馬場英雄著

嵆康の思想

明治書院

はしがき

竹林の士、嵆康（二二三〜二六二）が生きたのは、曹魏の文帝の始めから、やがて王朝が司馬氏によって簒奪され、その末年に至る、明帝、斉王芳、高貴郷公の時代である。はじめ文帝の遺詔をうけた曹爽は、その乱脈ぶりの隙をつかれ、司馬懿の謀略によって一族を殲滅させられる。正始十（二四九）年、高平陵の変である。このとき曹魏につらなる有力な士人、何晏・鄧颺・桓范らも三族を夷せられる。これ以降、曹魏政権は名目をかろうじてたもっているだけの、微弱な存在でしかなく、日々司馬氏は権勢を内外に示すようになる。

この時代、嵆康がどこで何をしていたか、具体的な様子は史書に記されていない。彼の行動が歴史の表面にあらわれるのは、何晏・王弼らの活躍した正始の時代を経過して後のことである。

嵆康の生涯を要約していえば、九つの「論」といくらかの詩文を残し、当時の士人社会で際立った存在であったらしく、そしてある事件、呂安事件に連座して刑死したということになる。さてこの嵆康が問題である。

嵆康の死は歴史書の中に明確に記されている。景元三（二六二）年、嵆康は「上は天子に臣たらず、下は王侯に事へず、時を軽んじ世に傲り、物の用を為さず、今に益無く、俗に敗る有り」と断罪されて刑死したと、『世説新語』や『三国志』にはある。一方阮籍の死はこれほどに鮮明には記録されてはいない。曖昧模糊としていて、その死の様が鮮明には伝わってこない。二人はほぼ同じ時代を生き、またあい似通った境遇の中で、物を思い、行動し、発言し、いくばくかの物を書き記し、そして相前後して亡くなっているのだが、そして嵆康・阮籍と並び称せられているのだ

が、しかし、その文章の発する書き手の情緒、論理には何か決定的な違いがあるように感ぜられる。もちろん違った個性の二つが、それぞれ違った感じを読み手に抱かせるのは自明のことであって、たとえば曹操と曹植が違うのはいうまでもないことである。嵇康・阮籍においてその差異が問題となるのは、この二人の違いのなかに、後々の中国の士大夫達の生き方を大きく規定している本質的な差異がそこにあると考えられるからである。士大夫達が自己の責任において物を考え決断しようとする時、あるいは、ある場面において究極的な選択を迫られた時、その拠り所になるもののその分岐点が、この二人の差異の中に見て取れるように思われる。この、人の思想を規定する究極の分岐点をもしでき得ることならば、明らかにしてみたいと思う、というのがそもそもこの小論を書き表す動機である。

彼らの分岐点を歴史的な制約の下で眺めてみるならば、彼らの直面していた問題は、二つの党派集団がその主導権をめぐって生死をかけて争う状況の下に置かれた時、その勢力の盛衰動向を如何に把握し如何にふるまうか、というまずは現実の問題になる。その時、勝利を収めた側についた者が正しいとすれば、明らかに阮籍は正しく、嵇康は誤ったということになる。しかし、では誤った判断をした嵇康の思想には価値がないのかといえば、恐らくそうではあるまい。思想の価値を何で評価するかは難しい問題であるが、より普遍性に近いところにとどいているかどうかというのが、一つの尺度にはなるであろう。普遍性にとどくとは、様々な制約を超えてより多くの人の心を打つということであろう。もちろん思想はことばで表現され書物として後世に伝えられるから、まず人々にその書物は読まれるのでなくてはならない。例えば魯迅は嵇康集の校訂を行っている。この事実が魯迅の嵇康に対する評価をあらわしているし、また嵇康の立場を講演の中で述べている。これは嵇康の思想が確かに魯迅にとどいたのであり、そこに思想のもつ普遍性があらわれていると見ることができるであろう。

正しい判断をした阮籍の思想ではなく、誤った判断をした嵇康の思想に後世の評価がかえって高いとすれば、この二人の思想の分岐点という問題には、処世の知恵の差という以上の、もっと本質的な問題が含まれているように思わ

れる。この相違は何処にあるのか、明らかにしてみたいと思うのである。

ある士人が世という士大夫社会を離れて生きてはいけないということを事実として受け入れた場合、次の問題はその世がそのままに受け入れられないということに覚醒したとすれば、人はいかようにあり得るのかという問いに突き当たる。その時、人はいかにふるまい、いかに意味をみいだすか、という点で嵆康・阮籍は分離していった、ということができるのではないか。嵆康は生命の危険を察知しても守るべきものがあると考えたということであろうか。阮籍はその問いそのものをとらわれと考えて、観念の中で乗り越えたと自らは考えたということなのであろうか。

嵆康にせよ阮籍にせよ、彼らは曹魏王朝の士大夫であって、彼らにとって世とはそうした王朝の内部世界のことであろう。天子の権威が強固に維持されているのであれば、彼ら士大夫の生きる拠り所は、君臣の義に如何に忠実であるかというところへと集約することが可能である。そこにひとまず迷いの生じる余地はないと見られる。しかし、嵆康・阮籍が身を託した曹魏王朝は世家豪族の連合政権であって、微妙な勢力の均衡の上にその王権を成立させている。曹魏への忠節が必ずしも良い結果をもたらすという確信は、一般の士大夫にとっては持ちにくいものであった。曹爽の死後、司馬氏の優位が誰の目にも顕著となってくる状況のなかで、世の推移の先を読むことは、世に士大夫として在ろうとする限り必須のものとなる。人々は世の推移を読むことに腐心したであろう。では嵆康にとっても、課題として担われた問題はそうしたものであったろうか。彼らは曹魏への忠誠と司馬氏への加担という間で悩んだのであろうか。彼らの行動の結果だけを見るならば、そのようにも思われるかもしれない。しかし、嵆康・阮籍にとっての問題は、そうした今目の前に進行する状況に対する対応という、便宜的な問題ではなかったようである。士大夫の皮をはぎ取ったところで生の人の生命、人生と、それを束縛し圧迫する、世というものとの関わりが問題であったと考えられる。世は曹魏のものであれ司馬氏のものであれ、その人にとっての本質は変わるものではないという覚醒が彼らには在ったのではなかろうか。では、そうした覚醒に達した彼らのその後の行動はどのように分離していったのであ

ろうか。問題はここにある。

戦国時代の諸子には王者の同意許諾を得ることを必須の前提とはするものの、人の力が世を作り世を変えると信じられたのではないか。自己の言説への期待と信頼とがその時には存在していたであろう。漢代の官僚達にも一定の制約の下ではあっても、自己の言説への信頼は維持することが一応可能であった。王符にはその名残のようなものがあるし、王充の頌漢思想はその一つのあらわれであり、彼の批判精神の、嵆康の批判との質的な違いではなかろうか。

嵆康・阮籍の時代は、言論を吸収する一元的な主体としての天子が微弱であり、派閥勢力の分裂の中で、自己の言説の有効性が信頼できないというのが、時代の様相であるということになる。統一的価値がはっきりと見えない、というのが魏晋の時代である。全体的価値、少なくとも自己の生活環境の中では通用するような価値観が見いだせない時に、そうした世に、人は如何にして自己であることを維持できるのかというのが、嵆康・阮籍問題、すなわち彼らが問いかけたのはこのことであろう。

二人の行動と発言とをたどることで、彼らが彼らの「生」と彼らとともにある「世」とをどのように理解しており、そしてそこでどのように発言し行動したのかをたずねてみたいと思うのである。

（補足）

魯迅にとっての嵆康の意味づけは別に考えるべき問題である。その「魏晋之風度及文章与薬及酒之関係」はその後の嵆康研究の視角を規定するのに多大の影響を与えている。魯迅が自己と自己の歴史的状況との関係を見る視角が彼の嵆康・阮籍を意味づける視角と一定の関連を有するであろうことは、想像に難くない。羅宗強『玄学与魏晋士人心態』は、嵆康の刑死が、思想界の雰囲気を一変させたとその意味を重く論じている。このことの妥当性も考えてみなくてはならない。

目次

第十一章　嵇康「管蔡論」考

第十二章　嵇康の「太師箴」について

第十三章　嵆康の「非湯武」考

第十四章　嵆康の所謂政治的思考と自己統合について

問題の所在

嵇康を理解しようとするわれわれが望みうることは、可能な限り独善的理解をまぬがれて、できるだけ多くの人々と理解を共有しようと努めることであろう。理解を共有し得るには、まず問いが共有されるのでなくてはならぬ。この「論」の問いは、嵇康はどのように物を見、物を考え、そしてどのように生きたか、これを問うことである。彼の「生」の全体は、彼の行動と発言とにあらわれているはずであり、その「生」という全体の「部分」は、いくつかの逸話、いくつかの著作に表現されている。その表にあらわれたところから、全体を構成してみたい、というのが、この「論」の動機であり、そしてその理解のいくばくかでも人々と共有してみたい、というのがこの「論」の、ささやかな願いである。嵇康の全体像というものを想定してみるに、必ずしも統一的共通理解があるわけではない。これは理解しようとする側の、さまざまな立場のちがいのせいとするだけのことではなくて、嵇康の、今に残っている作品そのものに由来するところがある。たとえば嵇康には「湯武を非とす」という発言があって、名教の批判者という像の結びかたができる。一方、「俯仰自得、遊心太玄」という、隠逸者の像、あるいは「長寄霊岳、怡心養神」する、神仙・長生の術に心惹かれる、嵇康像が結べる。したがって、社会へと向かう像とそこから退こうとする像との、この二つの側面をいかにして統一ある一つの全体として理解できるのであるか、このことが嵇康理解の核心の問題ということができるであろう。嵇康像を形成しようとする際に立ちあらわれる問題は、およそ四つの局面に分けて考えることができる。一は「自然」をめぐる問題、一は「養生」をめぐる問題、一は「神秘」をめぐる問題、一は「名教」をめぐる問題である。これらの諸問題をめぐる嵇康の思索のあとをたどり、そこにあらわれる「全体」を描いてみたいとおもうのである。

一　「自然」をめぐる問題(1)

嵇康の思想を特色づける考え方に「名教を越えて自然に任す」(「釈私論」)という命題があるのは周知のことである。また彼が張遼叔の「自然好学論」を批判して、

其の原を推すや六経は抑引を以て主と為し、人の性は従欲を以て歓と為す。抑引すれば則ち其の願ひに違ふ、従欲すれば則ち自然を得らる。(『嵇中散集』巻七・二裏)(2)

ともいう。この二つの「自然」を同一のものとみるならば、「自然」は「六経」という規範にしたがうことではなく「従欲」し「歓」びを得ることこそ、人の本性にかなうことだ、という考え方に帰着する。しかし、前文のは「名教を越えて自然に任す」というのであって、「自然に任せて名教を越える」というのではない。単純に「名教」は克服されるべきものと考えられてはいない。後者は「従欲」であって、「名教」と相対立するという考え方である。したがって、この二つの考え方は単純に一致するようにはみえない。なによりも嵇康は、「名教を越える」ことを「自然に任す」前提条件としているのであるから、ここのところに彼の「名教」に対する深刻な反省が認められるようである。したがって、「名教」への反省、批判から導きだされている「自然」は、たんに「従欲」ということとはちがうように思われる。そこで改めて嵇康の「自然」について考察してみる。

二　「養生」をめぐる問題(3)

嵇康が「養生」ということに熱心であったというのは、根拠のあることで、おそらく事実であろう。彼を「養生家」であると規定しても誤りとはいえない。ただ問題は養生の実践と「養生」の論とは、嵇康にとってはその一部、一面であって、この一面の延長上に彼の「全体」を想定することは、彼の実像をゆがめてしまい誤りとなるのではな

いか。嵆康の兄の嵆喜の「康伝」には次のように記す。

長而好老荘之業、恬静無欲、性好服食、嘗採御上薬、善属文論、弾琴詠詩、自足于懐抱之中、以為神仙者、稟之自然、非積学所致。至於導養得理、以尽性命、若安期彭祖之倫、可以善求而得也。著養生篇。

（『三国志』巻二十一・六〇五頁）

なるほどここには嵆康を親しく見知っていたはずの人が、嵆康は「服食」を好み、「上薬」を採取したと証言している。だからそうした一面が嵆康にはあったというのはよい、ただそれが一面であるという保留は必要である。

また嵆康はその晩年近く友人の山濤にあてた「絶交書」で次のような感慨を述べる。

又聞道士遺言餌朮黄精、令人久寿、意甚信之。

（巻二・七表）

吾頃学養生之術、外栄華去滋味、游心於寂寞、以無為為貴。

（同右）

ただこの場合も、これが友人に「絶交書」をつきつけるという特殊な状況のもとでの発言で、その表現の意味するものが慎重に考量されなくてはならないだろう。たんに書かれている事実を事実として受け容れるというのでは足りない。怠惰な自己認識を相手に「誇示」するというところに嵆康の根本の動機を読みとる必要があるであろう。

もちろん、彼は「養生論」を書き表しているのだが、これが果たして「養生」の実践を説いているものであるか、まずその検討が必要である。事実かどうかもさることながら、より大切なことは事実に対する嵆康の意味づけであろう。彼の全体像のなかに位置づけて理解する必要がある。

三　「神秘」をめぐる問題(4)

一般に「運命」について二つの考え方がある。儒教の基本的な考え方は、一定程度人間の行為が、その人の運命に対して有効であるとするものである。たとえば董仲舒は「名利」に汲々とする士人たちを批判して「君子」が徳に努

力すべきものだと論じているが、こうした考えは「天命」の信仰のもとではあっても、人の行為が現実を形成するという確信にもとづくものである。たとえば『春秋繁露』「同類相動篇」では次のようにいう、

故琴瑟報弾其宮、他宮自鳴而応之、此物之以類動者也。其動以声而無形、人不見其動之形則謂之自鳴也。又相動無形則謂之自然、其実非自然也。有使之然者矣。物固有実使之。其使之無形。尚書伝言、周将興之時、有大赤烏銜穀之種而集王屋之上者、武王喜、諸大夫皆喜。周公曰、茂哉茂哉、天之見此以勧之也。恐恃之。

（『春秋繁露義証』巻十三「同類相動篇」）

ここで周公は「茂哉（つとめんかな）」と述べて、人がその行為によって「天命」の期待に応えることを述べている。こうした考え方は後漢末から魏晋においても基本的に継承されていて「信順」説として表現されている。

易曰、自天祐之、吉无不利、子曰祐者助也、天之所助者順也、人之所助者信也。履信思乎順、又以尚賢也。是以自天祐之、吉无不利也。

（『周易注疏』巻七・三十・一六九頁）

禍福無門、惟人所召、天之所助者順也、人之所尚者信也。履信思乎順、又以尚賢、是以吉无不利也。亮哉斯言、可無思乎。

（『潜夫論校正』「慎微篇」・一五〇頁）

有布衣、積善不怠、必致顔・閔之賢。積悪不休、必致盗・跖之名。

（同一四三頁）

一方、道家の側からいえば、「命」に対する徹底した随順の思考を強調する場合がおおい。魏晋にその成立が及ぶかともいわれている『列子』「力命篇」には次のような一節がある。

魏人有東門呉者、其子死而不憂、其相室曰、公之愛子、天下無有。今子死不憂、何也。東門呉曰、吾常無子、無子之時不憂。今子死、乃与嚮無子同。臣奚憂焉。農赴時、商趣利、工追術、仕逐勢、勢使然也。然農有水旱、商有得失、工有成敗、仕有遇否、命使然也。

（楊伯峻『列子集釈』巻六・二一五頁）

魏人の東門呉なる者は、その子を失っても憂える様子はまったくなかった。相室（めしつかい）がそれをいぶか

ると答えていう、「わたしは元々子がなかった、だから今、子を失ったけれど、それは先の、子のなかったときと同じことになっただけのことだ、何を憂えることがあるか」と。「命」のあるがままを受けいれる、という態度の極端なものである。

一般に王朝体制の内にある士人たちは、一定程度人の行為の意義を認めながらも、同時にその背後に「命定」論の立場が秘められている場合が多い。あるいは両者が平然と使い分けられるということもある。したがって、ここにその立場を厳密に問いかけていくと、「命定論」なのか「定命論」なのか、明確でないという場合がある。こうした世俗士大夫の不徹底な思考を嵇康が「批判」する。今その様相を窺ってみる。

四　「名教」をめぐる問題(5)

嵇康の思想を理解する上で、彼の行動の足跡を可能な限りたどっておくのは必要な手続きである。荘万寿の『嵇康研究及年譜』、何啓民の『竹林七賢研究』あるいは戴明揚『嵇康集校注』「附録」などには、そのための詳細な資料を提供している。ただし、これらの資料が確実なもので、嵇康の足跡を正しく伝えているかというと、必ずしも著者たちの記述をそのままに信じることはできにくい場合がある。史書に記すところによれば、正元二（二五五）年、鎮東将軍の毌《かん》丘倹の反乱が起こったが、このとき嵇康は毌丘倹のもとにはせ参じようとしたが、友人の山濤にたしなめられて、思いとどまったという、かかる逸話が伝えられている。（『三国志』巻二十一「王粲伝注引世語」）

この、嵇康が毌丘倹に加担しようとしたという記述を事実とみて重視するのは、おそらく侯外廬の『中国思想通史』がその早い時期のもので、近頃では大上正美『阮籍・嵇康の文学』などが、これを敷衍している。一方、侯外廬説に対する批判はすでに羅宗強『玄学与魏晋士人之心態』があり、嵇康の「挙兵」という行為の可能性が非現実的だと批判する。当時の状況を推定して、嵇康に丘倹に呼応するに足るだけの、現実的な条件がなかったことを羅宗強は

いうもので、それは必ずしも侯外廬の嵆康の立場を「反司馬」とする規定までも否定するものではない。羅宗強は「反司馬」という契機は嵆康の思想の契機として重要なものと認めながらも、「挙兵」を実現する現実的条件を欠いていたというのである。

そこで改めて考えてみようとおもうことは、毌丘倹の乱に嵆康が加担しようと「挙兵」しようとしたか否かという事実の問題よりも、むしろこうした記述がそもそも生産される、嵆康の思想の根本的な性格の問題である。

嵆康が鍾会の弾劾によって刑死したのは歴史的な事実であろう。したがって、嵆康の人となりやその思想、文学を理解する上で、この事実は当然重視されるべきである。彼の生涯は刑死というかたちで終焉をむかえたのであるから。嵆康は「名教」の罪人とされたのであり、「名教」の罪人とは、当時にあっては、実質の政権の中枢にいた司馬氏への、抵抗、批判の行為によると見るのは極めて自然な推測である。ただし、これまで大抵の場合、この視点は強化されて、あるいは拡張されて、極端な場合には嵆康の思想、行動の根本動機をこの「反司馬」という契機へと集約する議論がなされてきている。前述の侯外廬らの論はその典型であろう。しかし、果たして嵆康は「反司馬」の立場、すなわち曹魏派の一員として、終始したのであろうか、彼の行動と思想形成の動機を、この政治的現実的契機において理解しようとするのは正しいのであろうか。彼の思想と行動の、それを動機づけているものの「内的」理解が必要であるとおもう。嵆康の思想と行動の動機を「反司馬」という契機においてみるという視点が妥当なものであるか、改めて検討してみようとおもうのである。

以上の主として四つの視角から、思想家としての嵆康の全体像を曹魏時代の社会という動的過程のなかに位置づけて描いてみようとしたもの、嵆康の思想と行動の総合としてある「生」を理解しようとするものである。

注

1　「自然」をめぐる問題史について、簡単に整理しておく。一つには先秦以来の「自然」と、嵆康の「自然」とがどのように関わるのかという問題がある。先秦以来の「自然」については、池田知久「聖人の「無為」と万物の「自然」」（『老荘思想』放送大学教育振興会、平成八年）に詳説されている。ただ嵆康ばかりでなく、魏晋の「自然」を理解する枠組みは、これとは別に広くとる必要があると考えている。最近の研究では、陳少峰「嵆康自然観衍釈」（『原学』第1輯、一九九四年）、謝大寧『歴史的嵆康与玄学的嵆康』（文史哲出版社、民国八十六［一九九七］年）がある。

2　嵆康の原文の引用は『嵆中散集』（四部叢刊所収）に拠って、巻数・葉数を示した。（以下の章も同様）

3　「養生」の問題を扱うものに、平木康平「養生論をめぐる嵆康と向秀との論難」「養生論における相宅術―嵆康の養生思想をめぐって―」（『中国古代養生思想の総合的研究』平河出版、昭和六十三年）、堀池信夫「嵆康における信仰と社会―向秀との「養生論」論争を中心として―」（『歴史における民衆と文化』国書刊行会、平成九年）、吉川忠夫「長生の理論―嵆康の養生論」（『古代中国人の不死幻想』東方書店、平成七年）がある。嵆康が「養生」に熱心であったと説くが、実際、嵆康が「薬」を採取し、「養生」を心がけていたのが事実であるとしてみても、その実生活と、そこから彼が思い描いている「自己」像とは、同一視すべきではないとわたしは考えている。

4　神秘の問題とは、嵆康の語彙では「命」である。木全徳雄「儒教的合理主義の立場」（『東洋学論集』池田末利博士古希記念事業会、昭和五十五年）、辺土那朝邦「嵆康の「難宅無吉凶摂生論」によせて」（『中国哲学論集』15、平成元年）

5　「名教」の問題は、侯外廬『中国思想通史』以来、数多くの論著がある。詳細は各論の中で示す。

第一章　嵇康における「自然」の観念について

――「養生論」の立場――

もちろん人の存在基盤は社会にある。曹魏王朝の士大夫である嵇康や阮籍にとって、その士大夫としての基盤は曹魏王朝の世に他ならない。彼らにとって、したがって世は所与としてある。しかし、この所与は絶対ではなかった。ある時期から世は不安定な様相を呈し始めた。この不安の中で彼らは世を懐疑し始める。世は推移していくように見えるが、果たして何処に向かおうとしているものかと。あるいは、世の仕組みは如何なるものであるのかと。こうした彼らの懐疑の様相をひとまず眺めてみたいと思う。

一　問題の所在

ある人間が行為や事態に対して、それを積極的に受け入れてそこにその主体として関わろうとするか、あるいは逆に消極的にそこから逃れたり、それを拒否したりするかという態度決定をする場合に、人は一体何を拠り所としてそうするのであろうか、あるいは如何なる基準に基づいてそうするのであろうか。たとえば人は自己の独自性、自立等の語をしばしば口にしたり、あるいは夢想したりし得るのであろうが、しかし当人のおもうほどに人は他の一切から独立して物を考えるということが果たしてできるものであろうか。なるほど、一旦目を閉ざしてみるならば、忽ち周囲は暗闇の中に消えて、己一人の独白や思念が頭の中に揺らめいたり駆けめぐったりするといい得るかもしれない。しかし、そうした頭の中の想念には、実は既に当該の社会の一定の、物の見方や価値観が姿をしのび込ませているの

ではないだろうか。あるいは、どんなに独自であろうとしても、集団として「全体」としての思考の枠組みから抜け出て孤立し得るということは、程度の深浅は異なるにしても実際にはほとんど不可能なことなのではなかろうか、ともおもえる。

もしそうだとするならば、特定の時代の特定の社会を生きた人間が、ある事柄や事態に直面してその態度決定を迫られた場合、もちろんその人は様々な態度を選び得るのであって、そこに彼なりの自由や独自の立場があるのであるが、にも拘わらず、そうして自己の責任において選び取った一つの立場も、実はある特定の立場の「全体」的なものの見方を何らかのかたちで反映せずにはおかないというのが真実ではなかろうか。そうした「全体」的なものの見方の一つとして、魏晋時代においてはたとえば「自然」という観念が存在したであろう。そして魏晋時代の人々にとってある事柄やある事物やある事態に直面したとき、それに自己がどのようにして関わるかという態度決定の基準としての役割を、当人たちが意識するとしないとに拘わらず、「自然」という観念が果たしていたのではないか。

かかる彼らに共通している「自然」という観念が、それぞれどのように理解されていたか、そしてまた現実に、どんな働きをしていたのか、そうした問題を考えてみようと思うのである。魏晋時代に広く受け容れられていた「自然」の観念は、全体としてこれらの諸人の、その思考や行動の上に、どのような枠組みをまず与えていたのか、そしてこれらの人々がそれをどのように受け入れまたは拒否したのか。あるいは、その態度決定の違いにおいて、それぞれの思想家の個性がうかび上がってくるのではないかとおもうのである。

二　「自然」の観念

「自然」という観念が歴史的にいつから始まるのか、確定的なことはいえないが、少なくとも現存の文献によって知られる限りでは『老子』『荘子』に始まるようで、もともとは儒家の「人為」の立場に対する道家の「無為・自然」

の立場からの批判として、比較的その早い頃には存在していたようにおもわれる。(1) たとえば『荘子』「徳充符篇」には、恵子と荘子の問答を載せていて、人に「情」があるのかないのかが、議論されている。恵子が「人はもとより情がないのか」と問いかけると、荘子は「ない」と答える。恵子は情なくしてどうして人であり得るかと追究する。これに答えて荘子は次のように述べる。

吾の所謂情无しとは、人の、好悪を以て其の身を傷はず、常に自然に因りて生を益せざるなり。

（『荘子集釈』二二一頁）（a）

荘子のいうところは、「好悪」などの感情が全く人に存しないというのではなく、そうした感情をでたらめに発動させて、それで「身」を損なうことがない、これを「情无し」というのだ、と説明している。これは人の「身」はもともとそれだけで完全なもので、そこに「為」が加えられることは余計なことだ、という考えを前提とするものであろう。したがって、「身」自身の、完結したあり方をいう語として「自然」は用いられているといえよう。人のなすべきことはその「自然」なる身のあり方に「因る」こととされる。この「自然」の意味は、人の生まれつき、本性という狭い意義に限定されているようである。また「応帝王篇」には「天根」と「无名人」との問答の中に「物の自然に順ふ」という一文がある。

（天根）問ひて曰く、天下を為むるを請ひ問ふ。无名人曰く、去れ、汝、鄙人。何ぞ問ふの不予せるや、予方に将に造物者と、人を為さめんとす。厭けば則ち又夫の莽眇の鳥に乗り、以て六極の外に出でて、无何有の郷に遊び、以て壙埌の野に処らん、汝又何ぞ帠して天下を治むるを以て、予の心を感ぜしむるや。又復た問ふ。无名人曰く、汝、心を淡に遊ばせ、気を漠に合せ、物の自然に順ひ、私を容るる无かれ、而して天下治まらんと。

（同・二九二頁）（b）

ここでは「天下を為める」ことが問題として問いかけられ、その統治の対象である「物」のあり方が「自然」とし

て捉えられている。「物」の「自然」なるあり方にしたがって統治がなされるならば、「物」の集合である「天下」も自然に治まるというのであろう。

ただこうした「自然」によって儒家の作為と対立し批判する立場は、これも確定的なことはいえないけれども、既に前漢の時期では、「自然」の観念はその中に「人為」の立場を取り込み得るものに変質をとげていたように思われる。その一つの例として『淮南子』や、また文献の成立時期に不安を残してはいるが、『春秋繁露』などを、容易に挙げることができるであろう。(2) ところで、魏晋時代における「自然」という観念の、その時代に対してもった意味は、それ以前の時代における意味とは少しく異なっているようである。それ以前においても上述のごとく、「自然」はすでに「名教」などの「人為」の所産と融合可能なものと考えられていたのであり、部分的にはすでに存在していたと思われるのであるが、この時代にあっては、この「名教」をその中に取り込み得る「自然」という観念が、当時の士大夫達の意識を広く規定していたのであり、そしてこの広がりにおいてこの時代が特色づけられると考えられるようである。(3)

所謂竹林の七賢等によって知られているように、士大夫の間にさまざまなトピックをめぐって議論が活発にかわされたとされるが、その中の一つの論題として、「自然」と「名教」の関係という問題が取り上げられることがあった。これは一見すると「自然」の立場に立つ、道家の思想を拠り所とする人々と「名教」を拠り所とする人々との、思想上の論争のごとくに見えるものの、この論題を取り上げる人々の関心は、実は大抵の場合「名教」の側に立っていて、如何にそれを「自然」と調停し得るかを考えるところに、その関心は向けられていたようである。時代は少しくだるのであるが、例えば有名な「三語の掾」の逸話を窺ってみる。(4)

(阮)瞻、司徒王戎に見ゆ。戎問ひて曰く「聖人は名教を貴ぶ。老・荘は自然を明らかにす。其の旨同じか異なるか」と。瞻曰く「将た同じきこと無からんや」と。戎咨嗟すること良久し。即ち之を辟かしむ。時人之を三語

の掾と謂ふ。（『晋書』阮瞻伝）（c）

この逸話から窺い知られることは、「名教」という立場と「自然」という立場との対立をどのように現実の問題として解決するかという難問が当時の思想界にあったということではなく、むしろ問いを発する側も答える側も、あるいは当時の人においても、「名教」という立場が前提として暗黙に承認されていて、そこへ如何にして「老・荘」の「自然」をすべり込ませ、調停し得るかということに関心がむけられていたようである。こうした「名教」を前提としてそこに「自然」を調和させるための思考は、当時の士大夫達の有力な人々がほとんど試みていることである。何晏・王弼・阮籍、あるいは郭象の『荘子注』などは、そのもっとも有名な著作である。(5)

ところで、ここで問題にしようとする嵆康には、もちろん当時の士大夫達とその枠組みを共通にしているのではあるが、しかし、やや違ったところがあるように見うけられる。そこで、まず彼の「養生論」を取り上げて、そこで「自然」がどのように考えられ、またそれが彼の思想の中でどのような意味をもっていて、そしてどのように機能していたかを考察してみようと思うのである。

（a） 吾所謂无情者、言人之不以好悪内傷其身、常因自然而不益生也。

（b） （天根）問曰、請問為天下。无名人曰、去、汝、鄙人。何問之不予也、予方将与造物者為人。厭則又乗夫莽眇之鳥、以出六極之外、而遊无何有之郷、以処壙埌之野、汝又何帛以治天下、感予之心為。又復問。无名人曰、汝、遊心於淡、合気於漠、順物自然而無容私、而天下治矣。

（c） （阮）瞻見司徒王戎。戎問曰「聖人貴名教。老・荘明自然。其旨同異」瞻曰「将無同。」戎咨嗟良久。即命辟之。時人謂之三語掾。

三　「養生論」について

嵇康が「養生論」で述べているところによれば、世俗のある人は「神仙」は「学」によって実現可能であり、「不死」は「力」によって達成し得ると考えており、また別のある人は「上寿百二十」と、古今を通じて同一であり、これ以上の長寿・長命は「妖妄」でないものはなく、でたらめだと考えているという。前者は桓譚（約前二〇～後五六）の『新論』に述べられている「方士」の立場とほぼ同じく（弁惑篇）、「神仙・長生」を信ずる俗説ではあるが、歴史的に古くからある考え方である。また『抱朴子』（塞難篇）にも同様の立場が見えているから、魏晋時代においてもそうした立場の人々はある程度実在したのであろう。後者は、『養生経』（『文選』李善の注引）にも見えているが、人の寿命は一定の定め（限界）があって、それ以上の長命は不可能であると考えるものである。もちろん、これも先秦時代以来、一定のひろがりをもって存在した考え方であろう。要するに前者は人間の「力」が寿命を左右できると考えるのに対して、後者では寿命に対して人間の「力」は、関与できず、定めに従うほかないとするものである。この二つの考え方に対して嵇康は、そのどちらの考え方も誤っているとして、吟味して批判を加える。まず、嵇康は「神仙」というものが実在し得ることを肯定する立場に立つ。康はいう、

夫れ神仙は、目見せずと雖も、然れども記籍の載する所、前史の伝ふる所、較して之れを論ずれば、其の有ること必せり。（巻三・一表）（a）

嵇康は、「記籍」「前史」等の文献に記し伝えられていることを根拠として、「目見」できないとしても、「神仙」の存在を推論によって信じ得るというのである。しかし、そうした「神仙」がこの世に存在し得るとしても、それがすべての人間の、後天的な「力」によって実現することが可能かどうかという問いには、彼はそれはできないというのである。なぜなら、「神仙」となり得る条件は後天的な「力」で左右できるものではなく、「自然」において決定済み

のことだからである、というのがその理由である。

（神仙は）特だ異気を受け、之れを自然に稟く。積学の能く致す所に非ざるに似たるなり。（巻三・三表）（b）

ここで注目すべきは、嵆康が「神仙」をどのように見ていたかの問題ではなく、むしろ「自然」という言葉をどのような意味において使っているのかの問題であり、そして「自然」という観念で一体彼が何を考えているのかという点である。「積学」とは、人間の後天的な能力或いは行為の一切を意味しようが、そうした人の行為の及ばない領域、或いは人間の行為によって改変不可能な事柄、これを嵆康は「自然」によって決定されているというのであろう。そうすると彼にとって「自然」とは、人間の行為によって改変不可能の、人にとってはあるがままに受けいれ、それに順うしか他に方法のない事態ということになる。ある事柄がもし「自然」として、その人に先立ってそうなっていると観念されるのであれば、それに対して人間は全く無力であって、為すすべを持たないのである。ただしここで注意しなくてはならない点は、嵆康はそうした「自然」によって決定される領域を、他の同時代の人々に比べて、きわめて狭く、より限定して厳密に規定しているということである。嵆康は次のように論じている。

其れ自用甚だしき者は、飲食、節せず、以て百病を生じ、好色、倦まずして、以て乏絶を致し、風寒の災いする所、百毒の傷ふ所、中道にして衆難に夭す。世皆笑悼するを知り、之を善く生を持せずと謂ふ。措身、理を失へば、之を微に亡ひ、微を積み損を成し、損を積み衰を成し、衰従り白を得、白従り老を得、老従り終を得、悶ゆること端無きが若きに至りて、中智以下、之を自然と謂ふ。（巻三・四裏）（c）

世俗の人々が「飲食」「好色」に節度を欠いたり、あるいは「風寒」「百毒」に犯されたり、あるいは身を処するに道理をはずれ「養生」を怠った結果として、我が身の衰亡を招来しながらも、それでもそうした事態を「自然」と考え、すでに決定済みのことであったのだと、甘んじて受け容れる以外、なす術はないと開き直り、諦観するさまを描いている。嵆康は、これは「中智以下」の、道理を知らない者たちの誤ったものの見方として、もちろん退けている

のである。

ここから窺い知られることは、ほぼ次のごとくであろう。「中智以下」の世俗の人々はその「自然」という観念に関して、それが人為の及ばない、変更不能の、そしてそのままに受け容れるしかない事柄と考えているのであり、この点で一応嵆康と少しも違っていない。しかし、どのような事柄を「自然」として受け容れるかという、そこに厳密な判断がはたらいているかどうかという点では、嵆康が「理」に基づいて厳密に「自然」の範囲を限定して考えているに対して、世俗の人々は言わば「常見」にしたがって「目識」の及ぶ限りの判断に基づいて、所与の、目前にある困難をそのままに甘受しているのであって、この点において、両者は異なっているのである。

ところで、こうした世俗の「常見」の立場に立つ士大夫の一人として向秀が嵆康の論に対して、批判と反論とを加えている。以下ににその内容を窺ってみる。

（a）夫神仙、雖不目見、然記籍載所、前史伝所、較之論、其有必矣。

（b）（神仙）似特受異気、稟之自然。非積学所能致也。

（c）其自用甚者、飲食不節、以生百病、好色不倦、以致乏絶、風寒所災、百毒所傷、中道夭於衆難。世皆知笑悼、謂之不善持生也。至于措身失理、亡之於微、積微成損、積損成衰、従衰得白、従白得老、従老得終、悶若無端。中智以下、謂之自然。

四　向秀の反論

嵆康の「養生論」に対する向秀（約三七～二七二）の批判は幾つかの論点を有しているのだが、ここでは「自然」の観念について、向秀が、どのように考えていたのかをまず窺ってみる。

動有りて以て物に接し、智有りて以て自ら輔く、此れ心有るの益、智有るの功なり。若し閉して之を黙すれば、

則ち智無きと同じ。何ぞ智有るを貴ばんや。生有れば則ち情有り。情に称へば則ち自然なり。若し絶ちて之を外にすれば則ち生無きと同じ。何ぞ生有るを貴ばんや。（巻四・一表）（a）

向秀は、人間が「物」と関わりをもって行為をしたり、あるいは思考をめぐらして我が身体の及ばないところを補ったりすること、つまり人間の行為と、その所産とを併せて「生」の「自然」である、と考えている。人間が出生と同時に身につけている能力及びその能力を基礎として実現される行為と、その行為の結果として生まれる事柄、これ等一切を「自然」な事柄と考えているのであり、そうである以上、そこに出現する作為もその性質を問わずに退ける必要のない、むしろ人生に必須の事柄とみなすのである。したがって、彼のいう「自然」の内実は次のようになる。

且つ夫れ嗜欲・好栄・悪辱・好逸・悪労は、皆、自然に生ず。（巻四・一裏）（b）

ここでは、人間の、いわば本能が望むことの一切が、「自然」であるという理由によってまるごと肯定されているのが知られる。したがって、生得的欲求にもとづいて、社会的に栄達し、そして多くの財を蓄えることも、実は「自然」とされているのである。

貴ければ則ち人は己に順ひ、以て義を下に行ふ。富めば則ち欲する所得られ、有財を以て人を聚む。此れ皆先王の重んずる所、之を自然に関く、相ひ外にするを得ざるなり。（巻四・一裏）（c）

このように、向秀にとって「自然」として抱え込まれている事柄は、人間の生得的欲望とその対象との一切を含んでおり、したがって「自然」は現実の社会が生みだしているものを、あるがままに受け入れるという論理を人々に提供する観念であったということになる。では、向秀にとって「自然」とは、より具体的にいってどのような事柄に対して適用されたのであろうか。

肴粮、体に入り、旬を踰えずして充つ、此れ自然の符にして、生に宜しきの験なり。夫れ人は五行を含みて生まる。口には五味を思ひ、目には五色を思ひ、感じて室を思ひ、飢えて食を求む、自然の理なり。（巻四・二表）

且《そ》もそも生の楽しみ為るや、恩愛を以て相ひ接し、天理人倫、燕婉心を娯しませ、栄華志を悦ばしめ、滋味を服饗し、以て五情を宣ばし、声色を納御し、以て性気を達す。此れ天理自然、人の宜しき所、三王の易へざる所なり。（巻四・二裏）（d）

この二つの例から見るならば、向秀にとって、「自然」とされる事柄は、人間の生得の能力に根拠をもつ行為とその行為の結果とであって、「人倫」も「栄華」もそこには含まれている。したがって、人がその当面する社会が伝統的につくり上げた制度も、何の吟味検討の対象とされることもなく、人の欲望を充足する「自然」という事態として享受されるのである。いわば、今ある眼前の世界一切が「自然」とされる。それゆえに、ここにいう「自然の理」「天理・自然」という観念は、したがって人はそのままに受け入れて、それに順うことがもっとも望ましく、そうするほか致し方ない事柄という観念によって理解されていると思われる。つまり、向秀にとってある事柄が「自然」であると観念されるとき、その事柄はそのままに人間が受け入れるほかない事態であると判断され、そしてそれに基づいて彼は現実の世界を「自然」と観念し得る限りにおいて受け入れるのである。そこには「富貴」もあり、「天理・人倫」もあり、「栄華」も「滋味」も一定の節度をたもつ限り享楽することが「有生」の本質とされているのである。当該の「名教」社会が「自然」としてまるごとかかえ込まれているといえるであろう。

ところで嵆康にとって「養生論」でも「自然」は、人間の力で左右できない領域を意味していたから、その意味するところだけを問題とするならば、嵆康も向秀も何等ちがうところはなく、「自然」という観念を両者は共有しているとひとまずはいうことができるであろう。しかし、どのような事柄や事態に対して、それを「自然」として適用するか否かという点では、もちろん両者はくい違っている。前述の「養生論」で窺い知られる限りでは、嵆康にとって「自然」は、生存の始めにおいてあり、人間の行為の及ばない領域の事柄、と限定されていたのであった。ところが、向秀にとっては、人間の行為によって様々にちがった結果を生み出す事柄、すなわち「富貴」を求めることも、「人

倫」に順うことも、あるいは「滋味」を享楽することも、したがって「名教」とよばれる、今ある世界を用意するもの、それら一切を肯定し、享有するために「自然」は観念されている、と見ることができる。嵆康の「自然」という観念にとっては、「自然」の外にある、「名教」世界の様々な事柄が、向秀にとっては「自然」の中に抱え込まれてあるのである。

嵆康にとって、批判し吟味すべき対象として「自然」の外に取り出された事柄が、向秀にあっては、「自然」の中にあって、無批判に享有されているともいえよう。そしてこの点が、嵆康によって批判されることになるのである。

（a）有動以接物、有智以自輔、此有心之益、有智之功也。若閉而黙之、則与無智同。何貴於有智哉。有生則有情。称情則自然。若絶而外之、則与無生同。何貴於有生哉。

（b）且夫嗜欲・好栄・悪辱・逸労、皆生於自然。

（c）貴則人順己、以行義於下。富則所欲得、以有財聚人。此皆先王所重、関之自然、不得相外也。

（d）肴粮入体、不踰旬而充、此自然之符、宜生之験也。夫人含五行而生。口思五味、目思五色、感而思室、飢而求食。自然之理也。

且生之為楽、以恩愛相接、天理・人倫、燕婉娯心、栄華悦志、服饗滋味、以宣五情、納御声色、以達性気。此天理・自然、人之所宜、三王所不易也。

五　嵆康の批判

嵆康の、向秀の批判に対する反論の内容は多岐にわたっているが、ここでは「自然」の問題と直接に関連すると思われる次の三点についてのみ検討しておく。まず、向秀の「且つ夫れ嗜欲・好栄・悪辱・好逸・悪労は皆自然に生ず」という命題に対して、嵆康はひとまず「嗜欲」が「自然」に生ずるものであるという点に同意を示している。つ

まり人間にとって「嗜欲」の存することは、もともと天性としてそうなのだから、それを拒むことはできないということであろう。しかし、それが例えば「神仙」のごとく、あらかじめ既に規定されてしまっているのとは同じではないと嵆康はいう。「嗜欲」が人間にあることは、ちょうど「木」に「蝎」がいるのと同じことで「木の生ずる所と雖も、木の宜に非ず」ということなのである。ここで注目すべきことは、「自然」に生みだされたものであるとして、向秀などの人々が考え、そのことによってそれを肯定する根拠とするのに対して、嵆康が「自然」の中に「宜」やあるいは「道の正」といった価値的な観点を加えていることである。つまり嵆康のここでの「自然」は、決して「生」の、ありのまま一切を取り込んでいるのではなく、生存という事実に基礎をもつのはもちろんであるが、そこに一定の「正しさ」・「宜しさ」といった観点から選択が加えられ、そうして形成されているのである。

向秀への反論の第二点でも同様の論理が窺い知られる。「感じて室を思ひ、飢えて食を求む、自然の理なり」という向秀の命題に、やはり嵆康は「誠なる哉、是の言」と一応の同意を示す。ただし、人が「室」を思い「食」を思うことは、性情の「自然」ではあっても、そこに「理」を得るという観点が加えられる。「但だ室・食に理を得しむるのみ」という。人が「室」を思い「食」を思うという場合、嵆康は大別して二通りの場合があるという。

夫れ慮らずして欲するは性の動なり。識りて後感ずるは智の用なり。性の動く者は、物に遇ひて当たる。足れば則ち余す無し。智の用ふる者は、感ずるに従りて求め、勧《つと》めて已まず。（巻四・五裏）（a）

欲望の自然な発露であれば、それはその対象を得て充足する。これが「性の動」である。一方、欲望の発露ではあっても、そこに様々の「智慮」が加えられる場合、欲望は対象を得てもさらに別の対象を見い出して、次々と欲望を肥大させ、止まるところを知らない。これが「智の用」である。したがって「世の患ふる所、禍の由る所は、常に知用に存りて、性動に在らず」ということになる。

この場合の嵆康の「自然」の観念は、「性の動」に基づく「室」・「食」への欲望を、その内容とするものの、しか

し、同じく「室」・「食」への欲望ではあっても、それが「智の用」に基づくものであれば、それは「自然」の外に排除されていることが知られる。先程の、「理」を得るという観点は、「性の動」として「室を思ひ」「食を思ふ」ことを意味するであろう。欲望は、こうした「理」の観点から選別されたものだけが嵇康にとっては「自然」とされるのであって、向秀の、生得の欲、さらにはそこから生みだされる二次的な欲望を含めて、そのまるごとを「自然」と考える立場とは明らかに異なっているのである。

嵇康の、向秀に対する第三の反論は「富貴」「栄達」をめぐっての問題である。向秀の「富貴は天地の情なり。貴なれば則ち人、己に順ひ以て義を下に行ひ、富めば則ち欲する所得、有財を以て人を聚む。此れ皆先王の重んずる所にして、之れを自然に関く」という命題に対する批判である。嵇康は人々が「富貴」を好むのは、衰亡に瀕している「季世」において、「貧賤」を憎み「富貴」を求めたもので、嵇康によれば「聖人」による理想的な政治は、万物がそれぞれに自足し調和している状態であって、「聖人」が「富貴」を求めて人々に「力争」を奨めているものではないという。

聖人は、已むを得ずして天下に臨み、万物を以て心と為し、群生を在宥し、身を由ふに道を以てし、天下と自得を同にす。（巻四・四表）（b）

あるいは、

故に君臣、上に相ひ忘れ、蒸民家々、下に足る。豈に百姓の己を尊ぶを勧め、天下を割き以て自私し、富貴を以て崇高と為し、心に之を欲して已まざらんや。（巻四・四表）（c）

とも述べている。

向秀が、「富貴」を「自然」という観念において、その追求・享有を人間の本質として容認しようとしているのであるから、嵇康のそれに対する批判は、向秀の「自然」を批判し「富貴」を「自然」とは認めない立場となる。そし

て「富貴」を排除してそれに替わるものとして嵆康は「自得」あるいは「在宥」をうちだしているのである。もちろんこの「自得」や「在宥」、あるいは「君臣、上に相ひ忘れ、蒸民家々、下に足る」という状態が、嵆康にとってはもっとも望ましい、あり得べき政治のあり方と考えられたのであろう。そして向秀が「自然」を根拠として「富貴」を肯定しているのに対する反論であるから、この「自得」・「在宥」こそが「自然」として観念され当該社会の「名教」と対立させられているのであろう。

さて以上の三つの観点からの向秀への反論によって、嵆康の考えている「自然」の観念が、具体的に向秀らの、一般の士大夫達とどの点で異なっているか多少とも明らかになったであろう。

この「答難養生論」での嵆康の「自然」は、主として人間の生存に関わる欲望と、そしてそこから二次的社会的に生みだされる「嗜欲」、さらに「富貴」の問題との関わりにおいて考察されていた。ここで嵆康に特徴的なことは、人間が生得的に有している欲望が「自然」と観念されるのはもちろんであるが、その全面的な容認ではなく、そこに一定の「理」による選択が加えられていることである。「自得」ということも恐らく欲望の全面的容認ではなく、人々がおのずと調和し、社会的秩序を形成し得る限りでの欲望の自足であると言えよう。その意味からすれば、欲望の放恣な累積の上に成立しているのが実は「名教」の世界ということになろう。

「自然」は、嵆康にとってある行為が真実なものであるか虚偽のものであるかを批判する基準であったろう。ところが世俗の人々にとっても「自然」は同様の意味をもっていたと思われる。ひとたび「自然」とみなされた行為あるいは事柄はそれを否定したり改変したりする根拠が実はない。したがって、「自然」を根拠として行為の真実性、偽りのなさを保証するためには、その「自然」と非「自然」との境界を明らかにしなければならないであろう。つまり人間の行為を全面的に「自然」は排除するものではなく、ある種の行為の真実さを基礎づける機能を果たしているのであるから。

では、如何にしてある行為が「自然」においてその真実性を保証され得るのだろうか。もちろん、第一の「自然」は、人の行為を阻むもの、寄せ付けない、変更不能の領域において、人が所与として受け容れるしかない事柄であった。しかし第二の「自然」は、人間のある種の行為を取り出して、それを「自然」なるものとするものであるから、それは条件によって他のものに転化し、容易に偽へと転落する脆弱なものである。第一の「自然」が絶対の真実とすれば、第二の「自然」は条件付きの「真実」ということになろう。

したがって、この性質のちがう「自然」が、なぜひとつの言葉によって捉えられているのか、ということが問題となろうが、恐らく、人によってまちまちの、脆弱な第二の「自然」を、絶対としての第一の「自然」と重ね合わせることで、所与としてそうでしかあり得ない世界へと、現実の様々であり得る世界を一義的に絶対の真実へと導こうとしたのであろうか。と同時に嵇康にとって「自然」は、その外に取り出された、あるいは除外された事象に対して、人間の行為の可能性を追求し吟味することのために用いられていて、その力点のあるところは、「自然」の外側にお き得るものが如何なるものであるかを考察することが、重要な意味をもっていたのであろう。すなわち「名教」世界は「自然」の外にあって、当然人間の手で吟味し改変し得るべきものと考えられたのであろう。その点において、向秀の、いわば人為を「自然」の名において埋没させ、「名教」という所与の世界を無批判に受け入れる立場とは鋭く対立していたのである。

しかし、こうした人為をうかび上がらせるための装置としての、狭い「自然」という観念が、嵇康の「自然」のすべてではない。もう少し広い視点から改めて検討する必要があろうが、当面問題となるのは、「自然に従って名教を越える」と表明された「釈私論」での「自然」の観念が、前述の「養生論」での「自然」の観念とどのように関係しているのかということである。

嵇康は「釈私論」において「名教を越えて自然に任す」という有名な命題を掲げているが、ここにいう「自然」と、

「養生論」等において展開された「自然」とはどのように関わっているのであろうか。

夫れ気静にして神虚なる者は、心、矜尚に存せず、体亮に心達する者は、情、欲する所に繋からず。矜尚、心に存せざるの故に能く名教を越えて自然に任す。情、欲する所に繋からざるの故に能く貴賤を審らかにして物情に通ず。物情順通するのに故に大道、違ふ無く、名(教)を越え心に任すの故に是非、措く無し。(巻六・一表)(d)

ここにいわれている「自然」は、主として人間の心のあり方をいうものとして捉えられており、「矜尚」や「情」など、欲望や二次的な欲望の所産などをひとまず排除した上に成立しているもので、向秀や世俗の士人達の考えている所与の世界一切をかかえこんで、ほしいままに行動するといった性情の「自然」とはもちろん区別されている。その意味で、嵆康の「自然」は「養生論」の立場と一貫していると確認することができるであろう。しかし、問題は「名教」を越えた地平に見出されている「大道」が、どんな内容において考えられているのかというところにあろう。単なる理想郷にすぎないと嵆康は考えたものであろうか、それともそうした理想世界も一定の「理」にしたがって実現し得るものと考えていたのであろうか。いずれにせよ、そうした「大道」への通路として「自然」は観念されていたということはできるであろう。(6)

「自然」がそう鋭く意識されないうちに、全体的な思考の枠組みを与えていたのが魏晉という時代であったろう。そうした枠の中で当時の士大夫達は様々に物を考えていたわけであるが、とりわけ嵆康の思想はその制約の中で大きく際だった存在であったといえるのではなかろうか。

(a)　夫不慮而欲、性之動也。識而後感、智用之也。性動者、遇物而当。足則無余。智用者、従感而求、勧而不已。

(b)　聖人不得已而臨天下、以万物為心、在宥群生、由身以道、与天下同於自得。

(c)　故君臣相忘於上、蒸民家足於下。豈勧百姓之尊己、割天下以自私、以富貴為崇高、心欲之而不已哉。

（d）夫気静神虚者、心不存於矜尚、体亮心達者、情不繫於所欲。矜尚不存乎心、故能越名教而任自然。情不繫所欲、故能審貴賤而通物情。物情順通、故大道無違。越名（教）任心、故是非無措。

六　結語

嵇康にとって「自然」という観念は如何なる意味をもち、また如何なる機能を有していたのかという問題を考察してみた。嵇康の「自然」という観念の内容を考察してみると、同時代の人々と共通する内容と、さらにそれを批判し思索を深化させている内容とを窺い知ることができる。前者の「自然」は、その観念に拠って、人間の行為やあるいはその論理的な批判を退けて、所与の世界を享受し、世俗的栄達を人生の目的と考える士人達の立場を反映するものであろう。もちろん嵇康もそうした士大夫社会の一員である以上、彼の思想にもそれは反映されている。しかし、後者の「自然」の内容から知られるように、嵇康はそうした「名教」世界を批判しうる立場を形成し、それを貫くだけの頑なさを持していて、時代を広く覆っていたこの「自然」という観念の中にも、嵇康の独自性は発揮されていて、「自然に任せて名教を越ゆ」という鮮明な命題を残しているのである。このことの意味はまた別に考えてみなくてはならないだろう。

注

1　『哲学大辞典』（上海辞書出版社）の「自然」の項目では、「1天然、2無意識・無目的、3道、4人的自然本性」等に分類して記述されているが、各項の相互の関係や歴史的な概念内容の推移の様相が具体的にあきらかにされる必要があると思う。その意味で笠原仲二『中国人の自然観と美意識』（創文社）は、言葉の成り立ちについては詳細であるが、小論との関連は乏しい。福永光司「中国の自然観」（『岩波講座哲学5』）、中島隆蔵『六朝思想の研究』（平楽寺書店）などが創見に富んでいる。

2　拙稿「淮南子の〝自然〟について」（『国学院大学漢文学会々報』第32輯）

3　そうした士大夫達の意識の全体的変化は別に考えなくてはならないと思う。とりあえず唐長孺「魏晋玄学之形成及其発展」(『魏晋南北史論叢』)、余英時「漢晋之際士之新自覚与新思潮」(『中国知識階層史論』)が参考となる。

4　歴史的順序としては、この逸話は嵇康より少し後の話であるが、当時の士大夫の意識を象徴的に物語っていると思われる。

5　西順蔵「竹林の士とその〝自然〟について」・「嵇康たちの思想」(『中国思想論集』)が参考となる。なお、福永光司「嵇康における自我の問題」(『東方学報』32)、松本雅明「魏晋における無の思想の性格(一)」(『史学雑誌』昭和十五年・2号)などの論考がある。

6　『老子』や『荘子』のなかの、「無為・自然」の立場による、儒家の「人為」批判と、嵇康の「大道」の立場による「名教」批判とは質的にちがっているかという問題がある。嵇康が、「自然」の観念によって、「大道」と「名教」とを分別しているのは、「老・荘」が「無為・自然」の観念で、儒家の「人為」を、人間のあるべきあり方=真実世界から分別している点で同じである。しかし、嵇康にとっては「自然」の外にはじきだした「名教」を、人間の批判と行為の対象とすること、あるいは、そう試みる可能性を考えることに意味があったと思われる。だから「大道」そのものの、具体的な可能性は、十分追求されず、「自然」の外におかれた「名教」世界への批判が展開されたといえるのではなかろうか。

(補足)

　嵇康の「自然」という観念のなかに、世俗の「自然」と共有する部分と、逆に世俗の「自然」を批判する部分とが共有されていることを、「養生論」の「自然」の理解のなかに見いだし、それが「釈私論」の「自然」の観念へと発展していくものであることを、初歩的に考察したものである。第二の「自然」の内容を十分明らかにしていないという恨みを残している。後論において少しく解説しているが、簡単にいって生命の真実、あるいはいのちの自発等ということができるであろう。

(嵇康等の自然について補足)

　ここで考察したことは、「自然」という観念は人の力の及ぶ範囲と及ばない範囲との区別を明確にするという機能を有しているのであり、その区別をいわば浮き彫りにするために用いられているということであった。したがって、「自然」の観念内容を実体化して各論に表れている「自然」をそれぞれ突き合わせてみるならば、そこに齟齬が生じているのが知られよう。ただ、こうして見てみるならば、嵇康の「自然」は、それによって人の力の限界を知り、与えられた分に満足や慰めを見いだしたり、あるいは欲望にもとづく放逸、社会生活の与える歓哀の一切愛の中にわが身をおくことの正当性を保証するものと考えられているのではなかった。それは自己と人とがこの社会の中にあって、この一瞬一瞬のなかに未知の至物という如何なる形も未だ成してはいない時を見いだすという現世的生存を見いだし、そして実現する為の、一種の装置としてあったと考えられる。この問題は後に詳述する。

第二章　嵇康等の自然について

ここでは「自然」という観念について、嵇康と向秀との間のずれの問題を取り上げる。嵇康にとってこの一観念の、世俗士大夫とのずれこそが、彼を駆り立ててその生涯を予め規定しているということが窺い知られるであろう。「自然」は物事の必然なることを意味するから、今あることを肯定する際の原理としても機能し得るし、逆に今あるものが今あるとおりにあるのが、必然的なことなのかそうでないのかを批判する原理としても、機能し得る。そして実にこの二つの用法の違いが、嵇康を世俗士大夫から区別する根拠となっているのが知られる。

一　はじめに

嵇康が「養生論」を書き著して「導養得理」によって、理論上生命を長くすることができるはずだと論じると、向秀は「難養生論」を書いてそれを反駁した。それを受けて嵇康は再び「答難養生論」を書き著して向秀を批判した。今、その記録が『嵇康集』に残されていて、その論難の様子をほぼ窺い知ることができる。ところでこれらの「論」の中には「自然」という言葉が幾度か用いられているが、その意味している内容は必ずしも同一ではないように思われる。また嵇康には、これとは別に張遼叔の「自然好学論」を批判した「難自然好学論」があって、ここでも「自然」ということが考えられているのだが、やはり「養生論」の「自然」とは意味内容を異にしているように見うけられる。そこでそれぞれの「自然」が実際どのように用いられていて、そこにどのような違いがあるのかをまず明らか

にしてみたいとおもう。(1) そしてそこに生じている意味上のずれと、そしてそのずれが「論」の性格をどのように規定したのか、また、それは彼等の思想のどのような違いに由来するのか、そしてこの「自然」が嵆康の思想全体の中でどのような位置を占めているか等の問題について考えてみたいと思うのである。

二 「養生論」の「自然」

嵆康は世俗の神仙と養生についての誤った見解を批判して次のように述べている。

世或は神仙は学を以て得べし、不死力を以て致すべしと謂ふ者有り。或は云ふ上寿は百二十、古今の同じき所、此を過ぎて以往は妖妄に非ざる無しと。此皆両つながら其の情を失へり。試みに粗ぼ之を論ぜん。夫れ神仙は目に見えずと雖も、然れども記籍の載する所、前史の伝ふる所、較して之を論ずれば、其の有ること必せり。特だ異気を受け、之を自然に稟け、積学の致す所に非ざるに似たり。（巻三・三表）（a）

世俗の人々は「神仙」や「不死」は「学」や「力」という人間の行為によって実現できると考えていて、また一方で「上寿」はせいぜい「百二十」と決まっているとも考えているが、この二つの考えはいずれも物の真実を見極めたものではないと嵆康はいう。そして「神仙」については、その実在することは史籍に照らして明らかであるが、しかし人々のいうように人間の行為を幾ら積み重ねてみてもそれは実現されないという。何故なら「神仙」と成り得るか否かは「異気」によって決定されていて、「学」や「力」には左右されないからだという。そしてそのことを「自然」によると嵆康は述べている。したがってここにいう「自然」は、物の生存の始めにおいてそうあることが決定されていて、人の行為によって変更し得ない資質ということになるであろう。これが「養生論」の第一の「自然」についての嵆康の見解である。ところで嵆康の「養生論」の趣旨はこれとは別に「導養得理」という人間の一定の行為が、人の寿命の限界を極め得るはずだ(2)という確信に基づいて、世俗の人々の生命についての無理解を批判することにあった。

そうした一連の議論の過程で、嵇康はまた「自然」という言葉を次のように使っている。すなわち、飲食に節度を保たず、その結果様々な病に罹ったり、色を好むこと過度であって気力を萎えさせたり、「風寒」に犯されたり、「百毒」にあてられたりして、人生の途中において命を失う人々がいるけれども、それを見て世の人々は気の毒に思ったり笑ってみたりして「よく生命を守ることを知らぬ者だ」という。(3) これが世俗の人々なのだが、しかし、と嵇康はいう。

措身に理を失ふに至りては、之を微に亡ひ、微を積み損を成し、損を積み衰を成し、衰従り白を得、白従り老を得、老従り終を得、悶ゆること端無きがごとし。中智以下、之を自然と謂ふ。縦ひ少しく覚悟感歎するも、遇ふ所の初めを恨み、衆険を未兆に慎むを知らず。（巻三・四裏）(b)

他人の不摂生を気の毒がったり笑ったりしている人々の実際は、嵇康によれば次のようである。彼等が身の処し方を誤った場合、彼等自身気がつかない「微」の状態においてことは次第に進行していくので、やがて衰え、やがて老いてゆき、そうして死を目の前にすることになる。したがって彼等はかくなった原因を突き止められず、呆然としてうろたえ驚く。普通の人々はこれを「自然」として捉える。そして仮に少し物の道理を考える人であっても、自分の生命がこうなるのは、生を受けた最初に決まっていたことだ（「遇ふ所の初め」）と考えてしまい、事前に疾病の原因となることを避けるべきであったとは考えないのであるという。これによれば、嵇康がここで用いている「自然」の意味は第一の場合とほぼ同じで、その生存の始めにおいて得られる資質のことと考えられている。ただ、普通の人々の考えでは、この「自然」という考え方によって、自己の「措身」という行為における誤りが覆い隠されるという事実を、嵇康が実は明らかにしているということが知られる。つまり嵇康にとっては「自然」という考え方は、それによって人間の行為が自己の生命に対して果たしている役割を明確にさせるという機能を担っているということである。だから逆に一般の人々、すなわち世俗の人々にとっては、それは人間のなすべきことから眼を逸らさせ、自己の行為

の過ちの結果として生じた事態を諦め慰めさせるという機能を果たしているということにもなるのである。

さてかくして、こうした「自然」によって自己の生命と人生とに諦めと慰めとを見出している世俗の人々を代表するかのように、向秀が嵆康に反論を用意する。それが「難養生論」であるが、その中で向秀はこの「自然」の問題に言及している。その内容はおよそ次のようなものである。

嵆康は「養生論」の中で「導養得理」によって人間の生命はその限界を極め得るのであり、それ故に養生の工夫が必要なのだと論じていた。直接にはこの考え方に対する反論である。向子期の言い分を辿ってみる。

哀楽に節度をもち、喜怒を和らげ、飲食を程よくし、寒暑に調節するのは古人もしていたことである。しかし五穀を食わない、滋味をすてる、情欲を抑える、富貴を抑制するというのは認められない。そもそも人は肉体を造化から与えられ万物と並び存する中で生あるものの最霊なるものだ。だから「有動」で物と交渉し「有智」で自分に欠けている所を補う。これが心を有し智をもっていることの効用である。もし「智」があっても、使わないなら「智」のないのと同じで、一体人であることに何の価値があろう、というのである。(4) そして向子期は言葉を続けて次のように述べている。

　生有れば則ち情有り。情に称へば則ち自然。若し絶ちて之を外にすれば、則ち生無きと同じ。何ぞ生有るを貴ばんや。且つ夫れ嗜欲好栄悪辱好逸悪労、皆自然に生ず。夫れ天地の大徳を生と曰ひ、聖人の大宝を位と曰ふ。崇高は富貴より大なるは莫し。然らば則ち富貴は天地の情なり。貴なれば則ち人は己に順ひ義を下に行ひ、富めば則ち欲する所得られ有財以て人を聚む。此れ皆先王の重んずる所、之を自然に関《かか》く、相ひ外とするを得ざるなり。

（巻四・一表）（c）

いのち（生）あるものには欲（情）がある。だから欲を叶えさせるのは「自然」だ。もし欲を「絶ちて外」にするなら、いのち（生）のないのと同じだ。なんで生きていることに価値がある。そもそも「嗜欲」すなわち「好栄悪

辱」以下は皆「自然」から生まれてものだ、という。ここでの向秀の考えによれば、人は生存とともに「情」があるもので、その「情」の求めるものを満足させるものであればそれは「自然」であるという。したがって「嗜欲」すなわち「栄・逸」を好むこと、「辱・労」を悪むことはみな「自然」に生じたものと考えられている。さらに人が「富貴」であることを望むのも「自然」と考えられている。つまり向秀は「自然」を生存の始めにおいてあるものと一応考えているが、彼の主張はそこにとどまるものではない。

崇高であることは富貴以上のものはなく、それは天地とともにある永遠の真実なのだと彼はいう。人は生存の始めにおいて欲をもっている、だからそれは「自然」であり、さらにその欲がもとめる対象もまた「自然」であるというのである。この向秀の考え方は、嵆康が批判していた世俗の、「自然」によって自己の生命と人生とに諦めと慰めとを見出していた人々に比べて、人生の歓びと充足とを「自然」によって意義付けているという点で、より積極的な人生観を主張するものとひとまずいうことができる。ただ「自然」の捉え方について言えば、もともと生存の始めにおいて決定されていたのではないもの（富貴）を「自然」と見なしているという点では、先程の諦めと慰めとを「自然」において見出している人々と実は変わるところはないということになる。

したがって、ここでの「自然」という考え方は、例えば富貴を求めないという、他に選択し得る余地のあり得る人間の行為の可能性を一定の方向へと限定していく、という機能を果たしていて、人生の可能性を狭く限っているということができるであろう。それは嵆康によれば生命の真実と人の行為との関係を見極めないことによるということになるのだが、しかし向秀にとってはおよそそうした可能性は見えてはいない。したがって嵆康の「導養得理」によって生命は人々が思っている以上の可能性を有しているという考え方を批判して、向秀はまた次のように述べている。

顧ふに天命に限る有り、物の加ふる所に非ざるのみ。且《そ》もそも生の楽しみ為るや、恩愛を以て相ひ接し、天理人倫、燕婉心を娯しませ、栄華志を悦ばしめ、滋味を服饗し、以て五情を宣ばし、声色を納御し、以て性気を達す、

此れ天理自然、人の宜しき所、三王の易へざる所なり。　　（巻四・二裏）（d）

向秀によれば、（生命は）おもうに天命によって限定されていて、「物」によって加えることはできないのである。その上生きていることの楽しみは、恩愛によって人に接して天理と人倫にしたがい、心安らかで栄華に満たされ、滋味を味わい五情を延ばし、性気を滞らせないこと、これは皆「天理」で「自然」のことであって、人が当然なすべきことであって三王の昔から変わらぬことなのである、という。ここには向秀たち一般の士大夫の、生活世界への自己賛美のさまが描かれている。彼等にしてみれば「天理自然」が彼等の人生と生活とを支えるものなのだが、嵆康から見れば「生命」の真実を彼等から見えなくさせているのが、実は「天理」であり「自然」であるということになる。かくして嵆康は「生命」の真実を見きわめる「導養得理」から出発して、世俗士大夫たちの思考の根底にある「天理自然」という観念の本質を批判することになる。

（a）　世或有謂神仙可以学得、不死可以力致者。或云上寿百二十、古今所同、過此以往、無非妖妄。此皆両失其情。請試粗論之。夫神仙雖目不見、然記籍之所載、前史所伝、較而論之、其有必矣。似特受異気、稟之自然、非積学所致也。

（b）　至于措身失理、亡之于微、積微成損、従衰得白、従白得老、従老得終、悶若無端。中智以下、謂之自然。縦少覚悟感歎、恨所遇之初、而不知慎衆険于未兆。

（c）　有生則有情。称情則自然。若絶外之、則与無生同。何貴于有生哉。且夫嗜欲好栄悪辱好逸悪労、皆生于自然。夫天地之大徳曰生、聖人之大宝曰位。崇高莫大于富貴。然則富貴、天地之情也。貴則人順己行義于下、富則得所欲、以有財聚人。此皆先王所重、関之自然、不得相外也。

（d）　顧天命有限、非物所加耳。且生之為楽、以恩愛相接、天理人倫、燕婉楽心、栄華悦志、服饗滋味、以宣五情、納御声色、以達性気。此天理自然、人所宜、三王所不易也。

三 「答難養生論」

嵆康は「答難養生論」で四つの論点を設けて向秀を批判しているが、ここではその第一の論点、「欲」と「富貴」の問題について取り上げてみる。向秀は「嗜欲」は「自然」に基礎をもつもので、これによって「智」と「動」を発動させて「生」を充実させることが人生の目的であると考えていた。人生を成り立たせているのは欲であるということになる。嵆康はこの点を批判して次のようにいう。

夫れ嗜欲は人に出づと雖も、而れども道徳の正に非ず。猶ほ木の蝎有るは木の生む所と雖も、而れども木の宜とする所に非ざるがごとし。故に蝎盛んなれば則ち木は朽ち、欲勝てば則ち身は枯る。然らば則ち欲と生とは並びて久しからず、名と身とは倶には存せざること略ぼ知るべし。　（巻四・三表）（a）

そもそも嗜欲はなるほど生存の始めからあるもので、その意味で「自然」ではあるのだが、しかし欲の一切が「正」であるわけではない。それは譬えて言えば木に蝎がいるようなものだと嵆康はいう。蝎があまりに強盛であればたちまち木は枯れてしまうであろうと。また人にとって富貴を求めることは「自然」で必然的なことだという向秀の論点に対しては、嵆康は次のように批判を加えている。すなわち古の人々の中には富貴のことなどまるで眼中になかった、優れた人々が実際に存在していたではないかと嵆康はいう。

且つ子文は三たび顕はれ、色、悦びを加へず、柳恵は三たび黜けられ、容、戚を加へず、何者ぞや。令尹の尊も徳義の貴に若かず、三黜の賤も沖粋の美を傷はず。二人嘗て富貴を其の身に得たるも、終に人爵を以て其の心を嬰《みだ》さず、故に栄辱を視ること一のごとし。此に由りて之を言へば、豈に富貴を欲するは人の情と云はんや。　（巻四・四表）（b）

ここでは「子文」と「柳下恵」というある意味で対照的な人物が取り上げられていて、「富貴」を全く意に介さな

い人のあることが論ぜられている。これによって嵇康は「富貴」をすべての人が求めているのではないとひとまず反論しているわけである。ところで向秀の考え方の基本は、欲があればその対象である富貴もあるというもので、欲のあることとの必然性を「自然」から導き、併せて富貴にもその「自然」によって必然性を滑り込ませるというものである。これを批判する嵇康は、欲のあることとの必然性を「自然」において認めるものの、富貴は「自然」から必然的に出てこないことをいうものである。だからこのことの証明を嵇康は、同じく欲をもつ人で必ずしも富貴を求めない様々の人々によって例証しようとする。ただそうした人々はもちろん世俗士大夫の中には求められないから、それは古代の理想の世の人々であったり、養生の人であったりすることになる。例えば「聖人」の治める「世」を嵇康は次のように描いている。

　聖人は已むを得ずして天下に臨み、万物を以て心と為し、群生を在宥し、身を由《おこな》ふに道を以てし、天下と自得を同にす。穆然として無事を以て業と為し、担爾として天下を以て公と為す。君位に居り、万国を饗ると雖も、恬として素士の賓客に接するがごとし。竜旂を建て華衮を服すと雖も、忽として布衣の身に在るがごとし。故に君臣上に相ひ忘れ、蒸民家々下に足る。豈に百姓の己を尊ぶを勧め、天下を割きて以て自私し、富貴を以て崇高と為し、心之を欲して已まざらんや。　（巻四・四表）(c)

「聖人」が「天下」に君臨するのは自らは「万物」「群生」のために真にやむを得ぬと思ってそうするもので、それ故に君民は必然的にそれぞれが「自得」を遂げているという。ここでは「聖人」と「群生」とが「富貴」であるかないかを全く問題とせず、互いに相忘れ、足るものとして見事に調和しているさまが描かれている。古代において「富貴」であることを必要としない「聖人」の世が存在したとすれば、人にとって「富貴」は必然的ではないと嵇康はいうのである。あるいは「栄華」や「富」に煩わされることのない理想の人々のさまを次のように描いてもいる。

　法を奉じて理に循ひ世網に絓《か》からず、無罪を以て自ら尊しとし、不仕を以て逸を為し、心を道義に遊ばせ、卑室

に偃息し、恬愉として遻《ふ》る無く、神気条達す。豈に栄華を須ちて然る後乃ち貴しとせんや。（巻四・四裏）（d）

ここには「栄華」をまるで必要とせず、それでいて市井の片隅で心静かに暮らしながら「道義」の中に心の解放を見出している人のあることが描かれている。あるいは「自得」する人々を嵇康は次のように描く。

意足る者は甽畝に耦耕し褐を被て菽を啜るも豈に自得せざらんや。足らざる者は養ふに天下を以てし委ぬるに万物を以てするも猶ほ未だ愜然たらず。則ち足る者は外を須たず、足らざる者は外の須たざる無し。須たざる無し、故に往くとして乏しからざる無し。須つ所無し、故に適くとして足らざる無し。栄華を以て志を肆にせず、隠約を以て俗に趨かず。混乎として万物と並び行き、寵辱すべからず。此れ真に富貴有るなり。（巻四・五表）（e）

ここでは生活の貧しさをてんで気にもかけず、闊達で伸びやかに暮らす「意足る者」の「自得」が説かれていて、これが「真に富貴有る者」だとされている。

さて、これらの例を通して窺われることは、嵇康が「富貴」は決して人にとっては必然的でなく、「富貴」を必要としない人もあり得ると考えていることである。すなわちここに挙げられた「聖人」や「群生」あるいは「神気条達」する人、あるいは「意足者」で見る限り、彼等は「欲」を有しているのはもちろんだが、しかし、決して「富貴」へと彼等の思いをめぐらして汲々としているのではないのは明らかであるという。したがって、これらの例に伴って見るならば、嵇康は人が欲を生存の始めにおいて有するという点にだけ「自然」を捉え、そこから富貴を求めるあり方、心の静謐を求めるあり方、最小の欲に自得するあり方など、人々が様々に選び得る領域をそこから取り出して明確に区別していることが知られる。ただここに挙げられているのは必ずしも実際の社会に生活する人々の様子であるとは考えにくく、寧ろある種の理念的な描かれ方をしているという面が強い。では、このことの意味はどのように理解されるであろうか。

これはおそらく世俗の士大夫等の、欲と富貴とに必然性を設定する「自然」という捉え方を世の常論とするならば、

嵇康のその内容を欲に限定して人間の行為を様々に加え得る余地をそこから除外するという「自然」の捉え方は、「常論」に対置して「至論」として構成されたということができるのではなかろうか。[5] ただこの「至論」は経験的に事例を集めてそれを基礎として組み立てられたものではなく、「理」によって事物の本源をある歴史上の一点に設定し、その根源に照らして事例を検討するという論である。だから彼の主張を裏付ける例証がある種の理念化を被っていて現実感に乏しいのは、「論」のこの理念的な性格によるであろう。したがって「至論」は「目」に見える形で論を展開し難い性質のものにならざるを得ないはずである。したがって、嵇康はこの「至」の捉え難さを次のように述べざるを得ないのである。

夫れ至理は誠に微かにして善く世に溺る。（巻四・十表）

夫れ至物は微妙、理を以て知るべきも、目を以て識り難し。（巻三・五表）（f）

とはいえ、この「至物」「至理」によって「至論」を構成し、その「至論」を基準として、向秀等の「常論」を基礎とする「名教」社会に生活する人々が嵇康によって批判される。嵇康によればおよそ「至物」を理解しえない人々は以下のようであるという。

凡そ此のごときの類、上は周孔を以て関鍵と為し、志を一誠に畢くし、下は嗜欲を以て鞭策と為し、罷めんと欲して能はず、世教の中を馳驟し、巧みを栄辱の間に争ひ、多同を以て自ら減じ、思ひ位を出でず、奇事をして見る所に絶ち、妙理をして常論に断たしむ。（巻四・九裏）（g）

「常論」によって物を考え、一生を「常論」の枠組みの中に自ら限って生死する彼等には、およそ「奇事」も「妙理」も全く受け容れる余地がないわけである。したがって、かかる人々がすなわち向秀等の世俗士大夫にほかならない。そして向秀等の世俗士大夫が「周・孔」という教学と「嗜欲」の求める富貴との間を「馳驟」している世界が「世教」の世界であり、それを支えているのが「常論」という狭い物の見方であって、そしてその一角を構成してい

るのが向秀等の「自然」という物の考え方ということになるであろう。これで見るならば、嵆康の「自然」は「常論」の基礎としてある向秀等の「自然」を批判するために設けられた、いわば概念によって構成された、思考のための装置であって、その具体的例証の実質内容に拘泥することは却って真実から遠ざかる結果にもなるであろう。この問題が張遼叔の「自然好学論」との論難においてあらわれてくる。以下にこれを検討してみたい。

（a）夫嗜欲雖出于人、而非道徳之正。猶木之有蝎雖木所生、而非木之所宜。故蝎盛則木朽、欲勝則身枯。然則欲与生不並久、名与身不倶存、略可知矣。

（b）且子文三顕、色不加悦、柳恵三黜、容不加戚、何者。令尹之尊、不若徳義之貴、三黜之賤、不傷沖粋之美。二人嘗得富貴于其身中、終不以人爵嬰其心也、故視栄辱如一。由此言之、豈云欲富貴、人之情哉。

（c）聖人不得已而臨天下、以万物為心、在宥群生、由身以道、与天下同于自得。穆然以無事為業、担爾以天下為公。雖居君位、饗万国、恬若素士接賓客也。雖建竜旂服華衮、忽若布衣在身也。故君臣相忘于上、蒸民家足于下。豈勧百姓之尊己、割天下以自私、以富貴為崇高、心欲之而不已哉。

（d）奉法循理、不絓世網、以無罪以自尊、以不仕為逸、遊心乎道義、偃息乎卑室、恬愉無還、而神気条達。豈須栄華然後乃貴哉。

（e）意足者雖耦耕甽畝、被褐啜菽、豈不自得。不足者雖養以天下、委以万物、猶未愜然。則足者須外、不足者無外之不須。故無往而不乏。無所須、故無適而不足。不以栄華肆志、不以隠約趨俗。混乎与万物並行、不可寵辱。此真有富貴有也。

（f）夫至理誠微、善溺于世。夫至物微妙、以理可知、難以目識。

（g）凡若此類、上以周孔為関鍵、畢志一誠、下以嗜欲為鞭策、欲罷不能、馳騁于世教之内、争巧于栄辱之間、以多同自減、思不出位、使絶奇事于所見、妙理断于常論。

四　「自然好学論」と「難自然好学論」

この論争は張遼叔の、人は本性の「自然」として学を好むのだという論に対して、嵆康は人の本性の「自然」は欲にあり、人は本性をねじ曲げて学に努めるのだという論が対置されたものである。[6] 張遼叔は人の本性を次のようにべている。

夫れ喜怒哀楽愛悪欲懼は、人の有なり。意を得れば則ち喜び、犯さるれば則ち怒り、乖離すれば則ち哀しみ、聴和せらるれば則ち楽しみ、生育せらるれば則ち愛し、違好せらるれば則ち悪み、饑うれば則ち食を欲し、逼らるれば則ち懼れんと欲す。凡そ此の八者は教へずして能くす、論の云ふ所の即ち自然なり。　（巻七・一表）（a）

ここでは普通の人の生活感情が反省されて「喜怒哀楽愛悪欲懼」の八つの感情とその行動とが人が本来的に「有」するものとされ、それ故に「教へずして能くす」るもので「自然」であると考えられている。そしてここから「自然」から「教学」が導き出される必然性が述べられる。

況んや長夜の冥を以てして照を太陽に得、情、鬱陶を変じ、其の蒙を発するをや。　（巻七・一裏）（b）

文明の開かれてない「長夜の冥」という歴史の闇の時代に閉ざされていた人々にとって、聖人の教えに始めて接してみて、あたかも暗闇の中にいて太陽の光を全身に浴びるように、人々は「学」に歓びを見いだしたという。だからその歓びを基礎にして「教学」を「自然」と張遼叔は捉えるわけである。

即使《たと》ひ六芸の紛華たる、名利の雑詭なる、計りて後学ぶも、亦自然の好有るを損なふ無し。　（巻七・一裏）（c）

これで見るならば張遼叔のいう「自然」も向秀等と同じく人が生存の始めにおいて有している欲と、そしてその欲の対象とからなるものである。そしてここから張遼叔は人が「教え」を求めて刻苦努力することも「自然」と見なすわけである。したがって「名教」社会の主として教学の面を「自然」において基礎付けようとするのが張遼叔のこの

論の現実的な動機であろう。これに対して嵇康は次のように批判する。批判の第一は今を去る遥かな昔「鴻荒の世」では「仁義」などの教学は全く不要であったことを述べる。

昔鴻荒の世、大僕未だ虧けず、君、上に文無く、民、下に競ふ無し。物全く理順ひ、自得せざる莫し。飽けば則ち安寝し、饑うれば食を求め、怡然として鼓腹し、至徳の世為るを知らざるなり。此のごとければ則ち安くんぞ仁義の端、礼律の文を知らんや。（巻七・二表）（d）

今を去る遥か昔、人々は「君」「民」も「大僕」を失うことなく、万物の調和の中に「自得」していたという。ここに描かれているのは老荘的な「至徳の世」に近いもので、その意味で「名教」を批判するにふさわしいのだが、しかし、これは嵇康によれば人の欲を「理」によって分析していくと、「鴻荒の世」の大昔において人々はこんなふうであったはずだというに過ぎないだろう。「答難養生論」の「至人」の治世もこの点は同じで、必ずしも嵇康はこれを実体的に考えているものではなかろう。さて、そうして「至人」の存在しない「大道」の衰亡した時になって「仁義」が教えとして立てられ「学」が行われるようになったと嵇康はいう。

至人、存せざるに及んで、大道陵遅し、乃ち始めて文墨を作り、以て其の意を伝へ、群物を区別し、類族有ら使む。仁義を造立して以て其の心を嬰《みだ》し、其の名分を制し以て其の外を検し、学を勧め文を講じ、以て其の教を神にす。（巻七・二表）（e）

かくして「至人」の時代がおわり、「陵遅」せる時代の到来とともに「仁義」「名分」「学」が登場してきたという。つまり「教学」はせいぜいその程度の歴史的産物に過ぎないというわけである。第二の論点は人の本性がそもそも如何なるものであるかが考察される。

其の原を推すに、六経は抑引を以て主と為す、人の性は従欲を以て歓びと為す。抑引すれば則ち其の願ひに違ふ、従欲すれば則ち自然を得たり。然らば則ち自然の得らるるは、抑引の六経に由らず、全性の本は、情を犯すの礼

律を須ひず。　（巻七・二裏）（f）

ここで嵆康は「人の性」は「従欲」を求めそこに「歓び」を見いだすのが「自然の得らるる」ことだという。だから「自然」を得るためには「六経」や「礼律」等を必要とはしないということになる。

さて以上の議論で見る限りは嵆康の「名教」批判の論としてはきわめて鮮明なのではあるが、しかしこの議論も現実の社会にその批判の動機が当初からあったものとは考えにくい。むしろ人の本性を「至」の状態にまで逆上らせて考えると必然の結果としてかくならざるを得ないということであろう。すなわち「至論」によって「教学」の存立基礎を議論の対象としたということであろう。

以上の結果によって「自然」の問題を考察するならば、この「論」における嵆康の「自然」は簡単にいって「従欲」ということになつて、そこから教学の基礎は排除されている。嵆康が「自然」を欲と見ることは前論においても同じであって、「自然」によって基礎付けられる内容を世人達よりも狭く厳密に規定して「至論」において考えているという点も同じである。ただしここでは、欲にひかれることを人の「正」でないとする視点は出ていない。ここに前論との齟齬が見えるのだが、このことの意味はどのように解釈できるであろうか。

これはおそらく嵆康の「至物」「至理」「至論」によって「常論」を批判するという「論」の本質的な性格に由来すると見られるもので、例えば古昔の「至人」の統治のさま、或は「養生」を達成している人々の心の静謐な状態を描いたりしているが、これらはすべて「至論」として構成されたものであって、嵆康はそれを実体的に考え、そこに実践的な目標を設定していたものではなかったろうと考えられる。したがって、ここに見える「自然」の内容を従欲とみる観点も「常論」の聖教を基礎付ける張遼叔の「自然」に対置して構成されたもので、嵆康はこうした「自然」を実体的に捉えているものではなく、批判のための機能に注目しているものと考えられる。「常論」に束縛されてある張遼叔等の世界の狭隘さを嵆康は笑うのである。

今、子は六経を立て以て準と為し、仁義を仰ぎて以て主と為し、規矩を以て軒駕と為し、講誨を以て哺乳と為す。其の塗に由れば則ち通じ、其の路に乖けば則ち滞る。心を遊ばしめ視を極め、其の外を覩ずして、終年馳騁し、思ひ位を出でず、族を聚めて献議し、唯だ学を貴しと為し、書を執り句を摘し、俛仰し咨嗟し、其の言を服膺し、以て栄を為さしむ。

（巻七・三表）（g）

あなたは「六経」を拠り所とし、「仁義」「規矩」によって自ら律し、「講誨」によって自己の進歩に務め、ひたすら「位」の世界に邁進して、「学」を尊いものとして「栄華」を目指している。しかしこれは単に目当てあってのこと（豈不先計而後学）なのではありませんかと嵆康は批判する。ここに見える「思ひ位を出でず」は向秀の「論」を批判する時にも用いられていた（以多同自減、思不出位。）（巻四・十表）これでみるならば、ここに嵆康が様々な話題論点に即して世にある士大夫等と士大夫等の生活と思想とを批判しつづけた動機の一つを見て取ることができるであろう。だから確かにこの「論」は「仁義」や「六経」を正面から批判することばが見えているのだが、それをすでに「名教」批判という思考が形をとってここにあらわれていると見るのは早計であって、この時点での嵆康の「論」の動機は世俗士大夫達の生活及びその生き方という限定的なものであったと見るべきであろう。嵆康のここでの「自然」は、張遼叔の「自然」に「教学」の基礎を設定するという思考への批判としてあったといえるであろう。(7)

（a）夫喜怒哀楽愛悪欲懼、人情之有也。得意則喜、見犯則怒、乖離則哀、聴和則楽、生育則愛、違好則悪、饑則欲食、逼則欲懼。凡此八者、不教而能、若論所云即自然也。

（b）況以長夜之冥、得照太陽、情変鬱陶、而発其蒙也。

（c）即使六芸紛華、名利雑詭、計而後学、亦無損于有自然之好也。

（d）昔鴻荒之世、大樸未虧、君無文于上、民無于競下。物全理順、無不自得。飽則安寝、饑則求食、怡然鼓腹、不知為至徳之

世也。若此則安知仁義之端、礼律之文。

（e）及至人不存、大道陵遅、乃始作文墨、以伝其意、区別群物、使有類族。造立仁義、以嬰其心、制其名分、以検其外、勧学講文、以神其教。

（f）推其原、六経以抑引為主、人性以従欲為歓。抑引則違其願、従欲則得自然。然則自然之得、不由抑引之六経、全性之本、不須犯情之礼律。

（g）今、子立六経以為準、仰仁義以為主、以規矩為軒駕、以講誨為哺乳。由其塗則通、乖其路則滞。遊心極視、不覩其外、終年馳騁、思不出位、聚族献議、唯学為貴、執書摘句、俛仰咨嗟、使服膺其言、以為栄。

五　結語

以上の考察の結果によって「養生」と「好学」とに関わって論ぜられた二つの「論」の内容をまとめてみるとほぼ以下のようであろう。「養生論」について言えば、向秀は欲が生存の始めにあるという事実と、その欲が要求する富貴とを含めたところで「自然」を考えている。これは士大夫達の世俗の地位と名声と富とに汲々としている生活世界を正当化し根拠付ける考え方である。一方嵆康は生存の始めにある欲を「自然」とやはり考えているが、欲が一義的に富貴を求めるものでないことに注目する。向秀等世俗士大夫は、欲があれば必然的に富貴を求めて止まぬと考えているが、嵆康によれば、人が富貴を求めることは様々であり得る人間の行為の一つの選択肢に過ぎないものを絶対視して、それ以外の可能性を見ていないものに過ぎないということになる。したがって、彼は富貴を追求することが、欲から生じる必然性のないことを養生の心静かな生活の例や太古の人々の素朴な生活のさまを描いて述べているものである。

ここでの嵆康の「自然」は世俗士大夫等の「自然」に対置されていて、人々の思っている「自然」が実は「自然」でなく、人間のなし得る行為の様々な可能性の領域に属するものであることを明らかにし、諦めや慰めや欲動の中に

人生を閉じ込めている人々に対して、他でもあり得る可能性へと眼を見開かせるものとしてあるといえるであろう。いい換えるならば、嵆康は自己の「至論」から導きだした「自然」を人々の「常論」の中にある「自然」と対置することで「常論」から「至論」へと人々の視野を拡大するという動機のもとにこの論は書かれたと見ることができるであろう。

「難自然好学論」について言えば、人が学を好むというのも固より一つの可能な選択肢である。しかし嵆康はそれは可能なことの一つを人々が恣意的に（一定の目的をもって、意識的に）選んだもので、他に違う可能性が存在しているという。しかしそれを選んだ人々はそのことを無視し忘却し、自己の一つの選択肢を唯一可能なものという、そこに必然性を付与する。そしてそこに人々を一義的に追い込んでいく。かくして形成されたのが「常論」でありそして「名教」世界であるという。

したがって、この「常論」は「自然」の中に必然的でないものを取り込んでそれを必然的と見なすことによって支えられている。つまり厳密に「自然」を考えていくならば、そこを基礎として成立している「常論」はもっと違ったものであり得るはずだということになる。さらにこの考え方を突き詰めていくならば、やがていま目の前にある「名教」世界とは違う世界も形成され得るはずだという可能性がこの「自然」から生じてくることになる。それは例えば古代の人々の素朴な生活であったり、「養生」によって生命の可能性に目覚めた人々からなる世界であったりし得るわけである。

ただ、ここでの嵆康は「自然」によって「常論」の基礎をなしている「自然」の偽りを明らかにするという段階にとどまっていて、直接に「名教」社会を批判する一歩前に位置しているということができるであろう。以上のことを「自然」ということに即して言えば、嵆康と向秀・張遼叔等との違いは、ただ生存の始めにある欲において「自然」を規定するか、それとも生存の始めにある欲とその延長上に「栄華富貴教学」を加えて構成するかの違いでしかない。

しかしこの理論上の違いは、向秀等にとっては欲の延長上に名教社会の存立の基礎が係っているということになる。だから嵆康のそのことの不承認は、たかだか観念上のことではあるが、「名教」社会を拒否する、あるいは少なくともそのままの形では認めないという考え方に発展し得る可能性を秘めているということができるであろう。嵆康の「自然」は少なくともそうした可能性を有するものとしてあったといえるのではなかろうか。

注

1　西順蔵「竹林の士とその「自然」について」（『中国思想論集』）が卓見を示している。拙稿「嵆康における「自然」という観念について—養生論の立場—」（『国学院雑誌』88巻8号）参照。養生論についての論考は、福永光司「嵆康における自我の問題」（『東方学報』32）以来様々にある。

2　至于導養得理、以尽性命、上獲千余歳、下可数百年、可有之耳。（巻三・三表）

3　其自用甚者、飲食不節、以生百病。好色不倦、以致乏絶。風寒所災、百毒所傷、中道夭于衆難。世皆知笑悼、謂之不善持生也。（巻三・四裏）

4　難曰、若夫節哀楽、和喜怒、適飲食、調寒暑、亦古人之所脩也。至于絶五穀、去滋味、寡情欲、抑富貴、則未之敢許也。何以言之、夫人受于造化、与万物並存、有生之最霊者也。……有動以接物、有智以自輔、此有心之益、有智之功也。若閉而黙之、則与無智同。何貴于有智哉。（巻四・一表）

5　拙稿「嵆康の至論について」（『東洋文化』復刊74号、無窮会）参照。（第十六章参照）

6　西順蔵「嵆康の論の思想」（『中国思想論集』）参照。『嵆康集校注』（二五六頁）に拠れば、「張叔遼」であるが、今、通説にしたがう。

7　この「至論」の形成過程をたどることで、各論が嵆康の思想全体に占める位置が理解できるであろう。注5の拙稿参照。

（補足）

ここでは嵆康の「自然」の内容について積極的に規定することをしていない。それはこの時期の嵆康の「自然」は偽「自然」を批判するために用意されていて、自ら積極的にその内容を述べることが乏しいからである。これは後に論ずる問題であるが、嵆康の「自然」の実質は、端的にいって生命そのものである。ただし十全に発露された生命のことである。彼の批判は本来の生命が「世」に在ることによって萎縮されたり、歪曲されたり、肥大したりしていて、輝いていないという批判なのである。

第三章　嵇康の養生論について

嵇康が「自然」という観念に着目する契機となったのは、養生の問題をめぐっての議論からである。なるほど嵇康は養生の技術方法に詳しくて、その実践に熱心であった節が見えるのではあるが、しかし、養生の問題を考察することから嵇康が見出したものは、長生きの工夫という程度のものではなかったようである。嵇康の養生についての考え方を窺ってみる。そして「養生論」が嵇康の思想の中でどのような意義をもつものか、考察してみる。

一　はじめに

嵇康は山濤にあてた「絶交書」のなかで、「道士の遺言に餌朮黄精は人をして久寿ならしむと聞き、意に甚だ之を信ず」とか「吾頃ごろ養生の術を学び、栄華を方外にし、滋味を去り、心を寂寞に遊ばせ、無為を以て貴しと為す」とか述べていて、これによって、「養生」家嵇康という理解や、神仙を信じる嵇康像が描かれたりすることになる。ところで、嵇康には、別に「養生論」と題する一文がある。そこで論じられているのが、如何なる内容のものなのか、ひとまずその思考の展開のあとを辿ってみる。嵇康は、養生ということと、神仙ということとを、明確に区別して次のように論じている。

夫れ神仙は目見せずと雖も、然れども記籍の載する所、前史の伝ふる所、較して之を論ずれば、其の有るや必せ

り。特だ異気を受け之を自然に稟け、積学の能く致す所に非るに似たり。導養理を得、以て性命を尽くすに至っては、上は千余歳を獲、下はほぼ数百年なること、之有るべきのみ。（巻三・三表）（a）

つまりこれによれば、神仙は「積学」という、人間の行為によっては、実現できないものであるのにたいして、「性命を尽くし」長生を獲得することは、「導養」という人間の一定の行為によって実現可能であると考えられているのが知られる。このことからすれば、嵇康が養生の実践に心をくだいて、長寿を期待して心静かに生きようとしていた、と考えるのにも、それ相応の理由があると言えるのかもしれない。(1) しかし、そう迂闊に嵇康のいうことを信じ得ないのは、たとえば彼が「名教を越えて自然に任す(2)」と書き記しており、また彼が「名教」の罪人として刑死しているという歴史の記録があるからである。(3) とするならば、嵇康が「養生論」のなかで、「養生」という、人間の行為の可能性を主張する、その真意が如何なるものなのか、彼の思想と行動の全体とから明らかにされる必要があるであろう。嵇康の「養生」の可能性を信じるという立場と、たとえば彼の「名教」批判の立場とは、どのような関係にあるのであろうか。ひとまず嵇康が「養生論」のなかで、如何なることを考えているのか、明らかにしてみよう。

（a）　夫神仙雖不目見、然記籍所載、前史所伝、較而論之、其有必矣。似特受異気、禀之自然、非積学所能致也。至于導養得理、以尽性命、上獲千余歳、下可数百年、可有之耳。

二　「養生」について

たとえば嵇康は、かなりことこまかく養生の方法について解説しているようにみえる。

是を以て君子は形の、神を恃みて以て立ち、神の形を須ちて以て存するを知り、生理の失い易きを悟り、一過の生を害するを知る。故に性を修め以て神を保んじ、心を安んじて以て身を全ふす。愛憎、情に棲せず、憂喜、意

に留まらず、泊然として感無く、体気和平す。又呼吸吐納、服食養身、形・神をして相ひ親しみ、表裏をして倶に済さしむ。（巻三・三裏）（a）

ここでは、嵇康はひとまず身体を表している「形」と、心、精神に属するものとしての「神」とを区別し、その両者の相互補完の関係において、「生」を充実するという観点を見出している。「愛憎」「憂喜」などの感情を「情・意」の中に留めないというのが、心のあり方に関する注意、そして「呼吸吐納・服食養身」が、身体に関する方法ということになろう。あるいはまた、次のように述べている。

善く生を養ふ者は、則ち然らず。清虚静泰、少私寡欲、名位の徳を傷ふを知る。故に忽して営まず。欲して強ひて禁ずるには非ざるなり。厚味の、性を害するを識る。故に棄てて顧みず。貪りて而る後抑ふるには非ざるなり。外物は心を累するを以て存せず。神気は醇白を以て独り著はる。曠然として憂患無く、寂然として思慮無し。又之を守るに一を以てし、之を養ふに和を以てす。和理日び済り、大順に同じ。然る後烝するに霊芝を以てし、潤すに醴泉を以てし、晞かすに朝陽を以てし、綏んずるに五絃を以てす。無為自得、体は妙にして心は玄、歓を忘れて而る後楽しみ足り、生を遺れて而る後身存り。（巻三・五裏）（b）

ここでいわれていることは、まず心の気を清らかにし、心を静め、そして欲望を少なくする、という一種の養生実践の方法である。そして具体的には、心をかき乱す「外物」が慎重にとりだされ、それを排除することが求められている。一つには「名位」であり、「厚味」であるとされている。かくして「外物」を心に容れないことによって、「神気」が清らかになり、心は「憂患」から解放されることとなる。さらに一層高次の段階が考えられていて、「守一」「養和」ということがいわれているが、要するに「神気」を如何にして安定し充実させるかの方法であろう。さらに「霊芝」「醴泉」「朝陽」「五絃」と言葉は続いていくが、この段階になると、「無為自得」の、観念的な描写というに過ぎないのではなかろうか、とも思われる。さて以上のように見てくるならば、なるほど嵇康のこの「養生論」は、

心と身体を区別して、その両者の相互補完的なことをいい、またそれぞれの、「養」い方の手順と注意とが、一応書き記されれていて、「養生」の実践的手引きと見なし得ぬものでもない。ただしかし、仮に「名位」への執着をすて、「厚味」を慎重に避けて、心の平和、精神の安定ということを実現し得たとして、さてそうした人生が果たして嵆康の求めていたものであったろうか、という問いが残る。この「養生論」は果たして人々にそうした心の平和の実現を説くものであったのだろうかと。こうした疑問を解きあかすべく、いま少し嵆康の「論」の内容を辿ってみよう。

（a）是以君子知形恃神以立、神須形以存、悟生理之易失、知一過之害生。故修性以保神、安心以全身。愛憎不棲于情、憂喜不留于意、泊然無感、体気和平。又呼吸吐納、服食養身、使形神相親、表裏倶済也。

（b）善養生者、則不然矣。清虚静泰、少私寡欲、知名位之傷徳。故忽而不営。非欲而強禁也。識厚味之害性。故棄不顧。非貪而後抑。外物以累心不存。神気以醇白独著。曠然無憂患、寂然無思慮。又守之以一、養之養以和。和理日済、同乎大順。然後烝以霊芝、潤以醴泉、晞以朝陽、綏以五絃。無為自得、体妙心玄、忘歓而後楽足、遺生而後身存。

三　嵆康の批判

この「養生論」は後に向子期の反論を招来するのであるが、嵆康自身の意図するところでは、「世」の人々の無反省の、常識を信じて疑わない生活態度や物の考え方への批判として書かれたものと考えられる。そもそも人の寿命は、嵆康の考えによれば、百年などというのは、けっして実現不可能とは考えられてはいない、という。

導養理を得、以て性命を尽くすに至れば、上は千余歳を獲、下はほぼ数百年なること、之有るべきのみ。而るに世皆精しからず。故に能く之を得る莫し。（巻三・三表）（a）

嵆康によれば、人の生命は「導養」が「理」に合致するものであれば、「千余歳」から「数百年」を得ることがで

きるはずのものである。しかし、「世」の人々は、厳密に考えることがないので、十分な理解がえられず、かくして、「生命」を窮めることができていないのだ、というのである。したがって、「世」の人々の実際のありさまは、次のようなものである。

而して世常に謂ふ、一怒は以て性を侵すに足らず、一哀は以て身を傷ふに足らず。軽んじて之を肆にす。是れ猶ほ一漑の益あるを識らずして、嘉穀を旱苗に望む者のごとし。（巻三・三裏）（b）

すなわち「世」の人々は、「怒」や「哀」などが、身体にとって何らかの悪い方向での影響を与えるであろうとは、うすうす気がついてはいるのだが、そのことの意味を徹底して考えることがないので、「一怒」「一哀」であれば、「性」や「身」を損なうまでには至らない、と思い込んでいる。そして生命を養うことが、この「一怒」「一哀」の害を不断に取り除いていくという、日々の小さな実践の中にしかないことを認識できないでいる。かくして、生命を自分の手で養うことを忘れて、漠然と生命が長く続いてほしいという願望だけは忘れない。これが「世」の人々のありさまであって、「嘉穀を旱苗に望む者」とまるで同じだと嵆康はいう。

夫れ稼を湯の世に為すに、偏に一漑の功有る者は、終に焦爛に帰すと雖も、必ず一漑する者は後《おく》れて枯るるなり。然らば則ち一漑の益、固より誣すべからざるなり。（巻三・三裏）（c）

伝説に拠れば、殷の湯王の時代に長期に亘る旱魃が続いたというが、さて嵆康はその時代に思いを馳せて考える。こうした酷い旱魃の世に在ったとするならば、なるほどすべての作物は枯れ尽きるものであろうが、しかし、そうした中でも一番最後に枯れるのは、ほんのわずかであったとしても、一漑の水を与えられていた苗のはずである。このことを拡張して考えるならば、一漑の努力がなされればなされるだけ、「一漑の益」は必然的にともなうはずのものである。逆に、「一漑の功」のないものには「一漑の益」もない。したがって「嘉穀」を望むことはまるで無意味だということになろう。今の「世」に在って「一怒」「一哀」の功が、それに見合うだけの「益（害）」を身体にもたら

すことを顧みないのは、全くの誤りというほかはないのだが、では人々はなぜこのことに気づかないのか、あるいは事実のもつ意味を考えようとしないのであろうか。嵆康は四つのケースに分けてそれを説明している。

夫れ田種する者は、一畝に十斛なれば之を良田と謂ふ。此れ天下の通称なり。区種のほぼ百余斛なるを知らず。田種は一なり。樹養同じからざるに至つては、則ち功収相ひ懸《へだ》たれり。商に十倍の利無く、農に百斛の望無しと謂ふは、此れ常を守りて変ぜざる者なり。　（巻三・四表）（d）

「田種」によって生活を成り立たせている人々は、「一畝」の土地から「十斛」の収穫を得られれば、それを「良田」と信じて、それ以上の収穫のあり得べきことを考えることはない。実際には「区種」の方法を用いるならば、その十倍の収穫が得られるのである(4)。同じ「田種」を用いても、その「樹養」の方法がちがえば、そこから得られる収穫はまるで別のものとなるのだが、人々はこのことにまったく気づかない。これは人々が「常」によって一定の利益を得ていて、それ相応の安定を得ているからである。したがって人々は変わろうとはしない。これが第一のケースである。第二のケースは、その存在が知られていながらも、人々がそのことの意味を十分に推察していない、という場合である。

且つ豆は人をして重からしめ、楡は人をして瞑からしめ、合歓は忿を蠲《のぞ》き、萱草は憂を忘れしむ、愚智の共に知る所なり。薫辛は目を害し、豚魚は養はず、常世の識る所なり。蝨は頭に処りて黒し、麝は柏を食らひて香しく、頸は険に処りて瘦なり、歯は晋に処りて黄なり。此を推して言へば、凡そ食らふ所の気、性を蒸し身を染め、相ひ応ぜざる無し。豈に惟だに之を蒸して重からしめ、軽からしむる無く、之を害して闇からしめ、明ならしむる無く、之を薫して黄ならしめ、堅ならしむる無く、之を芬して香らしめ、延ならしむる無きのみならんや。故に神農に曰く、上薬は命を養ひ、中薬は性を養ふ者なりと。誠に性命の理を知り、因りて輔養し以て通ずるなり。而るに世人察せず、惟だ五穀を是れ見、声色に是れ耽る。　（巻三・四表）（e）

ここでは、部分的には事物を変化させるものの存在が知られていながら、そこから類推することができないために、知識が部分的、限定的にしか機能していないことが述べられている。すなわち人々は「豆」や「楡」や「合歓」や「萱草」をはじめとして「薫辛」「豚魚」などが、様々な形で人を変化させることを経験的事実によって知っている。そうした事例を集めて類推してみるならば、「薬」が人の「性命」を変化させる可能性を有するものであるのは、明らかなはずである。ところが「世人」たちはそのことを察知することがない、と嵇康は述べている。第三のケースは、「自然」という観念によって、人々の意識が「常人の域」に縛りつけられているという場合である。

措身、理を失ふに至りては、之を微に亡《うしな》ふ。微を積み損を成し、損を積み衰を成し、衰従り白を得、白従り老を得、老従り終を得、悶ゆること端無きがごとし。中智以下、之を自然と謂ふ。縦ひ少し覚悟し感嘆するも、遇ふ所の初めに恨みて、衆険を未兆に慎むを知らず。（巻三・四裏）（f）

人々が身の処し方を誤り「理」を失った場合、少年から老年に至る過程は、苒苒として衰亡へと移り変わっていく。人々はその過程の一切を「自然」と名付けて、そうなるべくして成った必然の結果であると思っている。たといそこに自己の行為と結果との間に必然的な繫がりの存することに気づいた人がいたとしても、その結果を「恨」だけで、既に「未兆」の時に身を慎む機会を逸している。それは、たとえば、

是れ由《な》ほ桓侯の、将に死なんとするの疾を抱き、扁鵲の先見を怒り、覚痛の日を以て受病の始めと為すがごとし。害は微に成りて、之を著に救ふ、故に功無きの治有り。常人の域に馳騁す、故に一切の寿有り。仰観俯察するに、皆然らざる莫し。多を以て自ら証し、同を以て慰め、天地の理、此に尽くるのみと謂ふ。（巻三・五表）（g）

桓侯が自らの死を目前にして始めて「死」を実感したように、[5]人々はやがて確実に死にいたる「害」がすでに「微」において懐胎していることに気がつかない。ただ多くの周囲の人々が自分と同じであるという事実に慰めを見いだしているにすぎない。第四のケースは「養生」に志しながらも、中途で挫折することを余儀なくされて、ついに

「養生」の可能性すら信じることができなくなってしまった人々の場合である。

> 縦ひ養生の事を聞くも、則ち断ずるに見る所を以てし、之を然らずと謂ふ。其の次は狐疑少なしと雖も、庶幾《ほと》んど由る所を知る莫し。其の次は自力服薬するも、半年一年、労して未だ験せざれば、志以て厭衰し、中路にして復た廃す。或いは之を益するに畎澮を以てし、之を泄するに尾閭を以てす。坐して顕報を望まんと欲する者は、或いは情を抑へ欲を忍び、栄願を割棄するも、而れども嗜好常に耳目の前に在り、希ふ所は数十年の後に在り。又両つながら失ふことを恐れ、内に猶予を懐き、心、内に戦ひ、物、外に誘ふ。交賒相ひ傾け、此のごとくして復た敗るる者なり。　（巻三・五表）（h）

ここでは「養生」のことを聞き知りながらも、自己の「所見」と一致しないことに拠って信じられない人、あるいは具体的な方法を知り得ず挫折する人、あるいは実際に「養生」を試みるものの、すぐにはその効「験」が得られないところから、「志」を砕かれて「廃」するもの、あるいは一度は「栄願」を棄ててみようとするものの、目前の「嗜欲」によってついに「数十年後」の効「験」あることを信じながらも断念してしまうもの、などのいることが述べられている。

さて以上のごとく、人々が「養生」の可能性に思いを致さないことの理由を四つに分けて述べてきたが、これでみると嵇康は、人々が「養生」の可能性に目覚め、かくして生命の可能性を可能な限り長くし得るとは、実際には考えていないようにみえる。「養生」が十全におこなわれるならば、その論理的な可能性としては必然的に生命は可能な限り拡張し得るはずである。そのことの確実さ、必然性を嵇康は微塵も疑ってはいない。しかし、そのことが経験的な世界において、実現され得る可能性は実際どれほどであろうか。人々は「常見」の枠の中から飛び出せないでいる。その事実を嵇康は冷静に秤量している。そしてここから、「養生」の問題は拡大されて、人がものを知り、行為をして、人生を築き、社会の中に生きていくという、人生に対する人の行為のもつ意味が問題として取り上げられる。し

かし、ここでも人のあり方は、「常見」によって、あらかじめ閉された枠の中でしか及ばないものとしてあると、嵇康はみている。

夫れ至物は微妙なれば、理を以て知るべきも、目を以て識り難し。之を予章の、生まれて七年にして然る後に覚すべきに譬ふるのみ。今躁競の心を以て希静の塗に渉る。意は速くして事は遅し、望は近くして応は遠し。故に能く終ふる莫し。（巻三・五表）(i)

「至物」とは未だ「常見」の枠の中に囲い込まれていない、将来においてあり得るはずの我が人生のありようであって、人はそれを「目」によってまざまざと見ることはできず、ただ「理」によってその可能性を推察するほかはないのである。そしてその結果ははるか遠くにおいてしか実現されることはない。人々が「常見」の枠の中で一定の見通しと、手近な利得とによって、一切を「自然」とみなして済ましている所以である。

さて以上のように見てくるならば、嵇康の「養生論」の趣旨が、決して「養生」の実践を人々に勧めるところにあるのでもなく、また自らが「養生」の可能性を信じて、長寿であることを期待しているという信念を表明しているものでないことは、明白であろう。「養生論」の趣旨は、「導養得理」によって、人の生命はその本来の長さに至り得るはずだという主張にある。しかし、この主張は「養生」の実践を人に勧めるものではない。嵇康はむしろ「常論」一般をこの「養生」という観点から批判している。つまり「常論」のもっている論理的欠陥を、この「養生」という具体的な問題に照らして批判するというのが、嵇康の「論」の真の狙いであったと考えられよう。ここに述べられているこまごまとした「養生」の方法は、「常論」の曖昧さの中に沈んで、その自らの思想と行動の、論理的な可能性を信じようとしない人々の、その欠陥を照らしだすための装置として機能している、とみることができるのではなかろうか。かくして、嵇康の「養生論」は、現実に存在し得る「養生」の可能性を論理的に拡張することによって、「常論の域」から抜け出ることの可能性にまるで気づかない人々や、あるいは、そのことに少しく気づいても、将来に予

想される困難に「志」をあらかじめ萎えさせてしまっている「世人」を批判することにあった、といえるのではなかろうか。

（a）至于導養得理、以尽性命、上獲千余歳、下可数百年、可有之耳。而世皆不精。故莫能得之。

（b）而世常謂、一怒不足以侵性、一哀不足以傷身。軽而肆之。是猶不識一溉之益、而望嘉穀于旱苗者也。

（c）夫為稼于湯之世、偏有一溉之功者、雖終帰于焦爛、必一溉者後枯。然則一溉之益、固不可誣也。

（d）夫田種者、一畝十斛、謂之良田。此天下之通称也。不知区種可百余斛。田種一也。至于樹養不同、則功収相懸。謂商無十倍之利、農無百斛之望無、此守常守而不変者也。

（e）且豆令人重、楡令人瞑、合歓蠲忿、萱草忘憂、愚智所共知也。薫辛害目、豚魚不養、常世所識也。蝨処頭而黒、麝食柏而香、頸処険而処瘦也、歯居晋而黄。推此而言、凡所食之気、蒸性染身、無不相応。豈惟蒸之使重、而無使軽、害之使闇、無使明、薫之令黄、而無使堅、芬之使香、無使延哉。故神農曰、上薬養命、中薬養性者。誠知性命之理、因輔養以通也。而世人不察、惟五穀是見、声色是耽。

（f）至于措身失理、亡之微。積微成損、積損成衰、従衰得白、従白得老、従老得終、悶若無端。中智以下、謂之自然。縦少覚悟感歎、恨所遇之初、而不知慎衆険于未兆。

（g）是由桓侯、抱将死之疾、而怒扁鵲之先見、以覚痛之日為受病之始也。害成于微、救之于著、故有無功之治。馳騁常人之域、故有一切之寿。仰観俯察、皆莫不皆然。以多自証、以同慰、謂天地之理、尽此而已。

（h）縦少聞養生之事、則断以所見、謂之不然。其次狐疑雖少、庶幾莫知所由。其次自力服薬、半年一年、労而未験、志以厭衰、中路復廃。或益之以畎澮、泄之以尾閭。欲坐望顕報者、或抑情忍欲、割棄栄願、而嗜好常在耳目之前、所希在数十年之後。又恐両失、内懐猶予、心戦于内、物誘于外。交賖相傾、如此復敗者。

（i）夫至物微妙、可以理知、難以目識。譬之予章、生七年然後可覚耳。今以躁競之心、渉希静之塗。意速而事遅、望近而応遠。故莫能相終。

四　向子期の批判

嵆康の「養生論」は必ずしも彼の趣旨通りには受け止められなかったようで、意外な角度からの反論が向子期によってなされた(6)。向子期の批判の要点を取りまとめてみると、以下のとおりである。すなわち五穀を絶つことの不可、「滋味」を去ることの不可、「情欲」を抑えることの不可、「富貴」を抑えることの不可、を述べて嵆康に反論したものである。したがって、以上の論点を構成していくと、嵆康のいう「養生」によって、人の寿命が変わり得るという論は成立しなくなることは明らかである。しかし、ではなぜ向子期は嵆康の「養生論」を不成立に至らしめるよう反論を書き表す必要があったのであろうか。

向子期の反論の一つの要点は、生まれながらにしてある「情」と、その「情」を満足させるものの一切を「自然」と見なし、そこに「先王」の権威を重ね合わせて、一定の「情欲」と「富貴」とからなる世俗の生活の有意義を説くものである。そして二つ目は、嵆康のいう「導養得理」の有効性を疑い、「天命」による限定に拠って人の寿命は決まるもので、人の力の効力のないことを説くものである。かくして、向子期の思い描いている世界は、ほぼ次のようなものである。

且つ生の楽しみ為るや、恩愛を以て相ひ接し、天理人倫、燕婉心を娯しませ、栄華志を悦ばせ、滋味を服饗し、以て五情を宣ばし、声色を納御し、以て性気を達す。此れ天理自然、人の宜しき所、三王の易へざる所なり。（巻四・二裏）（a）

これは、「燕婉」「栄華」「滋味」によって「五情」を満足させ、「礼」による制約と天命による制限の枠組みの中で人生を楽しむ、という「名教」世界をまるごと抱え込んだ世俗生活肯定論であって、嵆康の「導養得理」論によって枠組みを越えようとする試みに対する無効宣言とみることができる。以上のような向子期の反論によって、「論」の

中心課題は、「養生」の技術方法の問題は脇へおしやられ、「導養得理」の有効性を争点とするものとして、嵇康の批「反論」が書かれることとなる。

（a）且生之為楽、以恩愛相接、天理人倫、燕婉娯心、栄華悦志、服饗滋味、以宣五情、納御声色、以達性気。此天理自然、人之所宜、三王所不易也。

五　嵇康の批「反論」

嵇康は向子期の反論から、四つの論点を取り出して、その一つ一つを吟味し批判を加えている。その一、「智を貴んで動を尚ぶ者は、其の能く生を益して身を厚くするを以てなり」という向子期の反論には、嵇康は人生の価値は心の「憂無く」「足るを知る」ことにある、と批判している。(7) その二、「感じては室を思ひ、飢えては食を求むるは、自然の理なり」と述べて、生得の欲望から生じる一切を「自然」だとして、その充足に人生の価値があるとする向子期に対しては、嵇康は「室食に理を得る」(8) ことの必要性を論じて批判している。その三、「聖人の窮理尽性」が寿命を可能な限り拡大し得るとする嵇康の理論が正しいとするならば、史書に書き記されている聖人たちは、何故に長寿を得なかったのか、との批判に対しては、次のように嵇康は答えている。

且つ凡そ聖人は、己を損なひて世の為にす。行を表はし功を顕はし、天下をして之を慕はしむ。三徙して都を成す者は、或いは菲食し勤躬し、四方を経営す。心労し形困しみ、趣歩、節を失ふ者なり。（巻四・七表）（a）

嵇康によれば、歴史の上にその名を留めている「聖人」たちは、「己を損なふ」という、いわば「導養得理」とはまったく反対の行為によって、「世」の人々のために尽力したもので、その結果として長命を得ることができなかったに過ぎない、という。だから、このことによって「窮理尽性」の正しさを疑うのは、事実を誤認して推論している

からにほかならないと嵆康は批判している。その四、「神農、粒食の始めを唱す」より以来、人々は「粒食」を重んじてきたという、向子期の反論に対して嵆康は以下のように考えている。

今五穀は神農の唱ふる所に非ずと言はず。既に上薬と言ひ又五穀を唱ふるとは、上薬は希寡なれば、艱にして致し難く、五穀は殖し易く、農して久しくすべし。百姓を済して夭閼を継ぐ所以なり、並べて之を存す。

（巻四・七裏）（b）

すなわち「粒食」が人の生活を支える基盤であるとする向子期の反論に一応同意をしめして、そこから嵆康は、「粒食」が物を変化させるはたらきを有している以上、「上薬」が生命を長いものに変え得るはたらきをもっていることになる、と嵆康はいう。人々がそのことに思いを致さないのは、「此れ殆んど、先習する所を翫び、未だ知らざるを怪しむ」という、因習にとらわれた思考によるもので、単に人々が「上薬」についての知識が不十分なために「粒食」を最上と思いこんでいるに過ぎない、と説明している。

夫れ麦の菽より善く、稲の稷より勝れるを知る所は、効有るに由りて之を識る。仮《も》し稲稷無きの域なれば、必ず菽麦を以て珍養と為す。謂はく尚《くわ》ふべからず。然らば則ち世人の、上薬の稲稷より良きを知らざるは、猶ほ菽麦の蓬蒿より賢なるを守りて天下の稲稷無きを必とするがごとし。若し能く薬を杖り以て自ら永くすれば、則ち稲稷の賤、居然として知るべし。

（巻四・八表）（c）

また「五穀」を最上とする、向子期の論点に対しては、嵆康は、「孰か五穀を最上と為して、上薬は益無しと云はんや」（巻四・九裏）と述べて、「君子は其の此の如きを知る、故に性理の宜しき所に準じ、妙物を取りて以て身を養ふ」（巻四・八裏）といい、「流泉」「甘醴」「瓊蘂」「玉英」「金丹」「石菌」「紫芝」「黄精」（巻四・九表）などの「上薬」によって、実際に人の身体が「和気」に満ちて「五臓」が洗われ、次第に「志」が高揚するに至ることを述べている。人が一旦「上薬」を正しく用いるならば、

貞香歇き難く、和気、充盈し、五臓を澡雪し、疏徹開明し、之を吮ふ者体軽く、又骸を練し気を易へ、骨を染め筋を柔らかくし、垢を滌ひ穢を沢め、志、青雲を凌ぐ。（巻四・九表）（d）

すなわち「和気」は体に満ち溢れ、「五臓」は洗滌されて「志」は「青雲」のかなたに飛翔して高揚感にみたされるはずだという。もし人々がこうした事実を知り得るものだとするならば、もはや人々は「五穀」を最上と考えるはずのないことは明らかであると、嵇康は考えているのである。

さて、こうした「上薬」によって人の長寿が可能であるならば、そうした長寿の人々をどうして目睹しえないのかという、向子期の反論に対しては、前述のとおり嵇康はそうした向子期等の人々の視野の狭さ、見識の卑賤によるものと見ていた。すなわち、「彭祖七百、安期千年は、則ち狭見者謂ふ、書籍の妄記」（巻四・九裏）という人々は、「名教」世界を支えている「常論」という枠組みの中に自己の視野をあらかじめ限っているからに過ぎないのだと嵇康は考えている。嵇康からみれば、彼ら向子期たちの物の考え方は、およそ次のようなものである。

凡そ此のごときの類、上は周・孔を以て関鍵と為し、志を一誠に畢くし、下は嗜欲を以て鞭策と為し、罷めんと欲して能はず。世教の内に馳驟し、巧みを栄辱の間に争ひ、多同を以て自ら減じ、思ひ位を出でず。奇事をして見る所に絶ち、妙理をして常論に断たしむ。以て通変達微を言ふも、未だ之を聞かざるなり。（巻四・九裏）（e）

向子期のいう「此れ天理自然にして、人の宜しき所、三王の易へざる所」という「聖軌」（巻四・二裏）は、嵇康によれば、「周・孔」をその中心として、「嗜欲」に引き寄せられ「世教の内」をかけめぐり、「栄辱の間」に「巧み」に処することを競い合い、心に思うことのすべてを栄達という「位」の中に閉じ込めているもので、「位」に関わることのない、「奇事」「妙理」を「所見」「常論」を拠り所として、排除しているものである、ということになろう。だから彼らはおよそ自己の栄達に関与することのない「上薬」などについては、まったく関心をしめさないから、その正しい知識を欠如させているのである。

したがって、向子期が結局のところ、嵇康の「導養得理」による「養生」説を不可だとして反論する理由は、実は向子期があらかじめ「所見」「常論」によって自らの視野を囲い込み、「奇事」「妙理」を頭から無視するという、彼の人生に対する構え方に由来すると考えられる。そして、こうした人生に対する構え方は、向子期一人に止まるものではなく、所謂儒教の教学を人生の拠り所とする多くの士人たちが存在しているのであって、そうした彼等が自己をその中に託して生活を営んでいるのが「名教」社会ということになるわけである。

嵇康の「養生論」はそうした「名教」の士人たちをして、「変通達微」して彼らの「思」を「位」の外に飛翔せしめることを意図していたものと見ることができるので、「養生」をめぐっての嵇康の議論はそのための一つの方法としてあったということができるであろう。嵇康はいう。「積善履信、世屢しば之を聞く。言語を慎み、飲食を節す、学者之を識る。此を過ぎて以往は、之を或いは知る莫し。請ふ、先覚を以て将来の覚者に語げん。」（巻四・十二表）と。つまり嵇康の「養生論」は、今の「世」を批判して「将来の覚者」に告げるものであった。

（a）且凡聖人、損己為世。表行顕功、使天下慕之。三徙成都者、或菲食勤躬、経営四方。心労形困、趣歩失節者。

（b）今不言五穀非神農所唱也。既言上薬、又唱五穀者、上薬希寡、艱而難致、五穀易殖、農而可久。所以済百姓而継夭閼、並存之。

（c）夫所知麦之善于菽、稲之勝于稷、由有効而識之。仮無稲稷之域、必以菽麦為珍養。謂不可尚矣。然則世人不知上薬良于稲稷、猶守菽麦之賢于蓬蒿、而必天下之無稲稷也。若能杖薬以自永、則稲稷之賤、居然可知。

（d）貞香難歇、和気充盈、澡雪五臓、疏徹開明、吮之者体軽、又練骸易気、染骨柔筋、滌垢沢穢、志凌青雲。

（e）凡此若類、上以周・孔為関鍵、畢志一誠、下以嗜欲為鞭策、欲罷不能。馳騁于世教之内、争巧于栄辱之間、以多同自減、思不出位。使奇事絶于所見、妙理断于常論。以言通変達微、未之聞也。

六　結語

嵆康の「養生論」の命題は「導養得理、以尽生命」であった。すなわち「性命」は「理」にかなった一定の方法で「導養」することができるならば、その「性命」（生命）はほぼ限界を究め得るはずである、というものである。そして嵆康は、大まじめでその論理的正しさを論証しようと努めている。また正しき「導養得理」の実践方法を解説していたりもする。このことからすれば、嵆康はいかにも「養生」を自ら実践し、人々に熱心に説いているかのごとき印象を与えている。しかし、実際嵆康の、この「論」の趣旨はここにはない。

嵆康はなるほど「養生」のことなどまるで念頭になく、日々声色にふける人々を批判していたりする。けれどもその非難は、彼等が声色に溺れているという倫理的な批判ではなく、彼等が物の筋道をきちんとわきまえて、ものを考えることをしていないという、彼等の思考方法の誤りを批判しているのである。では、嵆康はなぜ彼らの思考方法の誤りを批判するのであろうか。それは彼らの思考方法の誤りは、たんに「養生」において見られるだけではなく、彼らの全生活に及んでいるからである。すなわち「名教」の中にあって、自己の有している可能性を正しく評価することができないでいる士人たちの(9)、そうした生き方への批判として嵆康の「養生論」はあったと考えられる。

以上のように見てくるならば、嵆康の「養生論」及び「答難養生論」が、彼の「名教」批判と共通の基盤のもとに構成されたもので、「大禹を非とし、周・孔を薄しとす」という精神(10)と共通のものを見てとることができるであろう。すなわち「養生論」及び「答難養生論」は、養生の技術方法を説いて、自らの退隠への志向を満足させたり、人々に養生の有効性を説いてその実践を勧めるものではなく、「導養得理」の、論理的可能性を基礎として、「名教」世界が人々に付与している、「礼」と「天命」とによる制約という枠組みが、実は如何ようにも人々の力で改変可能であるという嵆康の確信を表明するものであった。

したがって、そこには「聖人」「聖王」の権威に疑いを呈するという精神が流れていると見ることができるのであって、「大禹」「湯・武」「周・孔」などの、「名教」世界の源泉に疑いを致すのと同一の方向にあるものと見ることができるであろう。嵇康の他の主要作品との位置関係を図式的にいうならば、「卜疑集」「釈私論」などの「無措顕情」という自己の行為による未来の現出という思考との関係は、論理的順序から考えて、この「養生論」の思考の範囲を「名教」の枠組みの中に閉ざさないという考え方が、より前の、一層素朴な段階と位置づけることができるであろう。そして「難自然好学論」とほぼ同一の水準にあるといえるであろう。[11]

注

1　福永光司「嵇康における自我の問題」（『東方学方』32）をはじめとして、堀池信夫「嵇康における信仰と社会―向秀との「養生論」論争を中心として―」（『歴史における民衆と文化』）、平木康平「養生論をめぐる嵇康と向秀との論難」（『中国古代養生思想の総合研究』）などの論考がある。

2　「釈私論」（『嵇康集』巻六・一表）

3　『世説新語』雅量注引「文士伝」に「上は天子に臣たらず、下は王侯に事へず、時を軽んじ世に傲り、物の用を為さず、今に益無く、俗を敗る有り。」とある。これによれば、「名教」とは「時」「世」と「物の用」とからなる「今」であり「俗」である、ということになる。

4　『文選』李善注引氾勝之「田農書」に「上農は区田、大区方深寸、各六寸、相ひ去ること七寸。一畝三千七百区、丁男女治十畝、秋に至りて収む。区三升の粟、畝に百斛を得るなり。」とある。（「戴明揚『嵇康集校注』一四七頁）

5　『韓非子』喩老篇「扁鵲、桓侯に謂ひて曰く、君疾有り、腠理に在り。猶ほ湯熨すべし。桓侯信ぜず。後、病みて鵲を迎ふ。鵲之を逃れ、桓侯遂に死す。」（三九六頁）

6　『晋書』向秀伝「又康と養生を論ず。辞難往復す。蓋し康の高致を発せんと欲す」とある。なお、平木康平（前掲注1）は、向秀を「快楽主義者」と規定するが、向秀が「天地」「礼」によって思考の枠組みを構成していることから見て、当時におけるごく普通の儒教の教養を身につけた士人である。

7　「意足る者は畎畝に耦耕し、褐を被て菽を啜ふも、豈に自得せざらんや。足らざる者は、養ふに天下を以てし、委ぬるに天下を以

てすと雖も、猶ほ未だ慊かず。然らば則ち足る者は外を須ひず、足らざる者は、外の須ひざる無し。」（巻四・五表）

8 「今不室不食せしめず、但室食をして理を得使めんと欲するのみ。」（巻四・五裏）

9 『論語』憲問篇「曾子曰く、君子、思ひ其の位を出ず。」

10 「与山巨源絶交書」「又常に湯武を非として周孔を薄しとし、人間に在りて止まず。」（巻二・七裏）

11 嵇康の思想をその思考の過程を再構成してみると、すべての構成要素が同一平面にあるのではなく、そこに立体的な構造を見て取ることができる。「声無哀楽論」にみえる伝統的な物の見方に対する反省は、その中の最も素朴な段階にあると考えられ、「卜疑集」や「釈私論」にみえる「無措顕情」によって未来を自らの力によって切り開くというのが、最終的に到達された段階であると考えられる。この問題は別稿において明らかにする。

第四章　嵇康における運命の問題

今、目の前にある世界の問題から、未知の世界の問題へと嵇康の思索が深化していく契機となったのが、阮侃との間で闘わされたこの議論であろう。「命」とはいかなるものかをめぐって激しい応酬がなされた。嵇康の生涯の中で一つの転換期に位置すると見ることができるであろう。

一　問題の所在

『嵇中散集』（巻八）には、「宅無吉凶摂生論」と題する論文が附載されており、それに対する嵇康の「難宅無吉凶摂生論」、さらにその反論である「釈難宅無吉凶摂生論」及び嵇康の再批判である「答釈難宅無吉凶摂生論」の併せて四篇が載せられている。「宅無吉凶摂生論」及び「釈難宅無吉凶摂生論」の作者は、一応張邈とされたり、あるいは阮侃ともされるが、後者とするのが今日では通説である。(1)そこで論じられている事柄は、阮侃の第一の論文の題名から察すると、「宅には吉凶はない」という命題と、「養生ということが大切である」という教訓とであって、一見すると今日の我々からみても、その主張の立場は日常的・経験的世界内での一定程度の合理性を備えていて、きわめてわかりやすく容易に共感を得られそうである。そして逆にこれを批判する嵇康の、あげ足とりにも似た執拗な追求・論議は、神秘的で非合理なものにさえ見えてしまって難解であり、(2)しかも「養生」ということに限っていえば、嵇康には別に「養生論」の一文があって、そこでの主張とここでの批判とでは矛盾するのではとの疑念すら、うかうかし

ていると起こりかねない情況である。[3] そこで小論は、嵆康がこの「難宅無吉凶摂生論」と「答釈難宅無吉凶摂生論」とを書き著したその意図は一体どこにあったのか、あるいはなぜ執拗に阮侃の「宅無吉凶摂生論」等の諸論は批判されなければならなかったのか、そこには両者の拠って立つ世界と各々の生き方の、どういう違いがあったのか、といった問題を考察してみようと思うのである。そして併せて嵆康のここでの議論が彼の思想の全体の中で如何なる位置にあるのかも解明してみようと思うのである。

二　阮侃の所説

阮侃が「宅無吉凶摂生論」において意図していた事柄は、一つには世俗の「宅」についての迷信を打破することであったらしい。そして今一つは「摂生」もしくは「養生」することによって「寿強」すなわち強健な身体と長命とが得られるという信念の表明とであったようだ。

夫れ善く寿強を求むる者は必ず先ず災疾の自りて来たる所を知り、然る後に其の至るや妨ぐべきなり。……故に寿強は、専気致柔、少私寡欲、直ちに情性の宜しき所を行ひ、養生の正度に合し、之を懐抱の内に求めて之を得たり。（巻八・一表）（a）

阮侃によれば、なにが「生命」にとって「宜」であるのか、また「禍福（＝災疾）」がどのようにして我が身に及ぶのかについて、その因果関係を経験的な「知見」に基づいて正当な理解をもち、それによって正しく我が身を世に処していくならば、「禍福」を誤まらず、そこに身体の「寿強」は実現されるであろう、というのである。

是を以て善く生を執る者は、性命の宜しき所を見、禍福の来たる所を知る。故に之を求むること実にして之を防ぐこと信なり。（巻八・一表）（b）

以上がひとまず阮侃の、経験知によって肉体の「寿強」を獲得し、「禍福」に身を処して人生を実現していこうと

する立場である。その「養生」の考え方は『老子』に基づくものであるが、病理についての知識も当時の普通の知識人に共有されていた程度のものであったろうから、特別に「道家」の考え方に深く影響されているのでもなく、後に明らかになるとおり、その思想的立場は儒家のものである。そして阮侃はこの観点にたって世俗の迷信を虚妄であるとして、排除する。

世に安宅・葬埋・陰陽・度数・刑徳の忌有り。是れ何の生ずる所なるか。性命を見ず、禍福を知らざればなり。見ざるの故に妄りに求め、知らざるの故に幸を干《もと》む。　（巻八・一表）（c）

世俗の「安宅」等の「忌」は、すべて経験に基づく知見を欠いているところから生ずるものであるという。そしてとりわけ「三公之宅」という俗説を阮侃は厳しく批判する。

設し三公の宅を為りて、愚民をして之に居ら令めば、必ず三公為らざること知るべきなり。　（巻八・二表）（d）

「三公の宅」とは、そこに住む人あるいは生まれた人は将来必ず「三公」の位にまで上れる、そういう「宅」が存在するという俗信で「宅に吉凶がある」(4)とする考えの一つの具体例なのであろう。阮侃はそれは不可能だというのであるから、一見すると彼は経験知を重視し、それによって合理的に人が「三公」となり得る条件を考察した上で、それを「三公の宅」という、非本質的な条件によって期待するのは誤っていると推論しているかのように思われるが、実はそうでない。阮侃が「三公の宅」の存在を信じない根拠は次のようなものである。

夫れ寿夭の求むべからざるや、貴賤よりも甚だし。然らば則ち百年の宮を択んで殤子の寿を望み、魁岡に孤逆し以て彭祖の夭を速くするも、必ず〔期〕〔幾〕せざらん。或ひと曰く、愚民必ず久しく公侯の宅に居るを得ずと。然らば則ち果して宅無きなり。是れ性命の自然、求むべからず。　（巻八・二表）（e）

阮侃が「三公の宅」というものの存在を信じないのは、経験知によって考察し、不合理だと判断したからではなく、人が「三公」になり得るかなり得ないかは、人の「寿夭」と同じく「生命の自然」において決定済みであって、人間

の行為如何によって左右されるものではないと考えたからである。だから阮侃のこの考えは当時にあっては経験的・合理的とはいえても、今日に通じる「科学性」はもともともってはいない。阮侃にとって、経験知が通用する領域は、最初から、ある限定条件の下にあって、極めて限られたものである。阮侃はいう、

孔子疾有り。医曰く、子の居処適なり。飲食〔楽〕（薬）なり。しかも疾有るは天なり。医焉んぞ能く事へんや。是を以て命を知れば憂へず。原始反終、遂に死生の説を知る。（巻八・二裏）（f）

ここに表現されている「孔子」と「医」の立場が、正に阮侃の立場そのものとみられよう。「生命」を実現するために「居処」を適切にし「飲食」を節度ある快適なものとし、できうる限りの「摂生・養生」を実践する。そしてそれでも「疾」に遭うならば、それがその人に与えられた限界であるとして、それを受け容れる。行為の放棄とあきらめである。そしてそれを「命」というのである。ところでこうした経験的な知によって知られ得る世界と経験知によってそれ以上の追求が不可能である世界とは、いったい何によって区別されているのであろうか。そこに客観的な区分が存在するのであろうか。なるほど、阮侃のいうように人間の寿命に一定の限界があるであろうことは一定の説得力を有していよう。自己の肉体の衰えを自覚し、それ以上の生を望めないという心理的事実が、改変不能である以上はやむを得ないことであろう。しかし阮侃のあるいは「儒家」のいう「命」は、そうした物理的事実としての生命の限界ばかりを意味するものではない。人間の様々な行為に対しても「命」は制約となって機能するものと意識されるのである。阮侃は次のように述べている。

許負の、条侯を相せる、英布の、黥せられて後ち王たる、彭祖の七百なる、殤子の夭たる、是れ皆性命なり。（巻八・二裏）（g）

条侯亜夫がまだ河内の守となっていなかった時、河内の老嫗が「君はこの後三歳にして侯となり、侯であること八歳にして将相となり、その後九歳にして餓死するであろう」と予言した逸話が伝えられている。そして『史記』では

事実そのとおりであったと記されている。また黥布がまだ布衣であった時、ひとりの客が彼を相して「刑せられて王となるであろう」と予言し、そして壮年に及んで黥布は刑せられ、その後ち九江王となった、という(5)。

この「条侯」の例も「英布」の例も、人間の一生が実はあらかじめどのように展開し、そしてどのような結末をむかえるのか、「性命」によって決定済みであるという考え方を表明している。人間の一生は出生と同時にある制約を与えられており、そこから逸脱することはできないというのである。それを「性命」という。つまり阮侃は運命に関して決定論の立場に立つのである。以上の阮侃の「宅無吉凶摂生論」に述べられているところを総合すると、ほぼ次のようなものであろう。

物事は経験的に知られ得る範囲において一定の法則に従い、行為とその結果を予測し、効果的な行為を選び取ることができるが、経験知では知り得ないことに関しては、如何なる行為も努力も無意味である。阮侃によれば「摂生」によって「寿強」を求めることは前者の有効な行為に属し、「三公の宅」を設けて「三公」となろうと求めることは、後者の明白な行為の例となろう。何故なら「三公」と「三公の宅」との関係は、経験知では知り得ない「命」の問題だからである。

阮侃の主張の核心が以上のように「命」の限界の中で、経験知によって知られ得る限り法則性を見い出し、効果的に行為し、そこに人生の幸福を実現していこうとするところに、人間の本質があると考えているのだとすれば(6)、ではこれを嵇康はどのように批判しているのであろうか。

（a）　夫善求寿強者、必先知災疾之所自来、然後其至、可防也。……故寿強、専気致柔、少私寡欲、直行情性之所宜、而合于養生之正度、求之于懐抱之内而得之矣。

（b）　是以善執生者、見性命之所宜、知禍福之所来。故求之実而防之信。

（c）世有安宅・葬埋・陰陽・度数・刑徳之忌。是何所生乎所。不見性命、不知禍福也。不見故妄求、不知故干幸。

（d）設為三公之宅、而令愚民居之、必不為三公、可知也。

（e）夫寿夭不可求、甚于貴賤。然則択百年之宮、而望殤子之寿、孤逆魁岡、以速彭祖之夭、必不〔期〕（幾）矣。或曰、愚民必不得久居公侯之宅。然則果無宅也。是性命之自然、不可求矣。

（f）孔子有疾。医曰、子居処適也。飲食〔楽〕（薬）也。有疾天也。医焉能事。是以知命不憂。原始反終、遂知死生之説。

（g）若許負之相条侯、英布之黥而後王、彭祖之七百、殤子之夭、是皆性命也。

三　嵇康の批判

嵇康はまず阮侃の思考の形式上の矛盾、あるいは論議上の飛躍を鋭くついている。その最も核心となっている論点は、阮侃が一方では人間の一切の行為は「命」において決定済みであると主張し、「寿夭・禍福」は「性命の自然」において決定されているとしながら、しかもその上で「摂生」をすれば「寿強」となり、そうでなければ「寿強」は実現しないと、一定の人間の行為が「性命」を変更し得るという可能性を表明しているという矛盾である。

既に寿夭の求むべからざること貴賤よりも甚だしと曰ひて、復、善く寿強を求むる者は、必ず災疾の自りて来たる所を知り、然る後に防ぐべきなりと曰ふ。然らば則ち寿夭果たして求むべきか求むべからざるか。（巻八・五表）（a）

阮侃が経験的日常的な場面においては、人間の行為が一定の効果をもたらして一定の結果を生みだすと考え、人間の行為の意味を認めながら、未知の領域、すなわち経験知にとっては行為がどのような結果を生じ得るのか、予測し得ない事柄に対して、あらかじめ「命」によって決定されていると表明する矛盾を批判している。部分と全体とがつながっていないと嵇康はいうのである。さらに嵇康の第二の論点はこの「命」の問題に深く関わっている。阮侃の所

論には次のようにあったと指摘する。

論に曰く、百年の宮も殤子をして寿ならしむる能はず。魁岡に孤逆するも彭祖をして夭ならしむる能はずと。又曰く、許負の条侯を相せる、英布の黥せられて後に王たる、皆性命なりと。（巻八・四表）（b）

そして嵆康はこれを批判して次のようにいう。

応じて曰く、此れ命に定まる所有り、寿に在る所有りと為す。禍は智を以て逃るべからず、福は力を以て致すべからず。英布は痛を畏るるも卒に刀鋸に罹かる。亜夫は餒ゑを忌むも終に餓患有り。（巻八・四表）（c）

阮侃の考え方に依れば、「英布」はたとい黥せられることを畏れ避けようとしたとしても、その努力も空しく遂に刑せられたのであるし、「亜夫」がどんなに「餒」から逃れようと努めたとしても、「餓死」する運命を免れることができなかったと説明される。嵆康はそれを要約して「万事万物、凡そ遭遇する所、相命に非ざる無し」（巻八・四裏）という。すなわち阮侃のいうとおり、この世のすべての存在とその行為とがあらかじめ「命」によって決定されているとするならば、この世に生起する出来事はすべてその結果があらかじめ決定されてしまっていることになる。それを嵆康は「相命」というのである。であるとすれば、説明のつかない事象が既に歴史的事実として存在するし、道理に合わない事柄も生じてくるとして、嵆康は次のような疑問を投げかける。

然らば唐虞の世、命は何ぞ同じく延《なが》く、長平の卒、命は何ぞ短きや、此れ吾の疑ふ所なり。（巻八・四裏）（d）

すべての人の「命」があらかじめ決定されているとすれば、「唐虞」の世に生存した人々はひとしく戦禍を免れて長命であったし、一方「長平」（秦昭王四十七年）の時に生存した人々はひとしく災禍をうけて短命であったという、その違いはどこから生じたのであろうか、というのである。嵆康によれば、「命」によって決定されていると仮定して、そこに生じる現象の多様さは、「命」によって決定されてはいないと仮定しても、そこに生じている現象の多様さと、その現象の多様さにおいて少しも違いはないし、むしろそこに行為の善悪を措定する方が説得力を有するので

はないか、というものである。続いて第三の問題を述べている。

即し論ずる所のごとければ、慎しむこと曾・顔のごときと雖も禍を免がれず、悪なること桀・跖のごときと雖も、故より当に昌熾なるべし。（巻八・四裏）（e）

人間の行為が「命」によってその生みだす結果をあらかじめ決定されているとすれば、人が善を行い悪をなさないという倫理的存在であることが、そもそも意味をもたなくなるという批判である。人が「善」をなそうとも「悪」をなそうとも、「命」によって決定されているとおりにしか人生は実現しないことになる。したがって「命」において人の行為の結果があらかじめ決定済みであるとすれば、人がどのような行為をなし、如何なる行為をなさないかの選択に迷う必要は少しもない。何をなし、何をなさないとしても、その結果はあらかじめ当人とは無関係に決められていたのだから、当人には何の責任もないことになる。したがって伝統的な儒家の倫理観ともくい違っているのではないかと、嵆康はさらに批判を続ける。

吉凶素より定まりて推移すべからざれば、則ち古人何ぞ言はんや、積善の家、必ず余慶有り、信を履み順を思へば、天自り之を祐くと。必ず善を積みてしかる後に福応じ、信著にしてしかる後に祐来たる。猶ほ罪の罰を招き、功の賞を致すがごときなり。（巻八・四裏）（f）

行為の「善」によって「福」を招来し得るという信念は、儒家の経典に見えるもので、そもそも阮侃が拠り所としているものではないか、と嵆康はいうのである。さらに「宅」を「占」うという問題について嵆康は批判する。

論に曰く、師は成居を占へば則ち験有り。新を造《いた》さ使めば則ち徴無しと。請ひ問ふ、成居を占ひて験有るは、但に墻屋を占ふと為すか、居者の吉凶を占ふか。若し居者を占ひて盛衰を知れば、此れ自ら人を占ふにして、成居を占ふに非ず。成居を占ひて吉凶を知れば、此れ宅に自ら善悪有りと為す。しからば居者之に従れば、則ち当に吉なるべきの人も災を凶宅に受け、妖逆無道（の人）も、福を吉居に獲ん。（巻八・五裏）（g）

阮侃は、前論の中で一見奇妙な考え方を「宅」について述べていた。すでに完成していて「宅」としての歴史を有している「成居」については「卜」によってその「吉凶」を占うことができるが、新しく造ったばかりの「新」については「卜」によって「吉凶」を知ることができないというものである。[7] これは阮侃が過去の出来事に対しては経験知の対象となるが、未来の出来事に対してはその対象とならないと考えたもので、既知と未知とを区別し、既知に対しては経験知を対応させ、未知に対しては「命」を対応させて、「知」の対象とはしないという、阮侃の立場の、具体的なあらわれと見ることができよう。嵆康はこれを次のごとく批判する。

すなわち、もし阮侃のいうとおり「成居」が「卜」によって「吉凶」が知られるとすれば、それは「居」に「吉凶」が存在するか、そこにすまう「人」に「吉凶」が存在するかであるが、前者では「宅」に「吉凶」があることになるし、後者だとすれば、「吉凶」は人によるのであるから、「宅」の新・旧は「吉凶」とは無関係となって、「新」を「占」うことができないとする根拠がないことになる。

また「宅」をめぐって、「三公の宅」はないという阮侃に対して、嵆康は次のごとく反論している。

応じて曰く、吉宅能く独り福を成すと謂はず、但、君子既に賢才有りて又其の居を卜し、復順積徳すれば、乃ち元吉を享く。猶ほ夫の良農の、既に善く芸ぎることを懐ひ、又沃土を択び復た耘耔を加へ、乃ち盈倉の報有るがごときのみ。　（巻八・六裏）（h）

これによれば嵆康にとって「吉宅」とは、そこにすまいをすれば誰でも「福」を得るという魔化不思議な実体として考えられているのではなく、人間があることを実現する際の一つの要素として「宅」の善悪が関係するというのにすぎない。したがって、

今愚民の福を吉凶に得る能はざるを見て便ち宅に善悪無しと謂ふは、何ぞ種田の十千無きを観て、田に壌埆無しと謂ふに異ならんや。良田美なりと雖も稼は独り茂らず、卜宅吉なりと雖も、功は独り成らず。相ひ須つの理誠

に然り。則ち宅の吉凶、未だ惑ふべからず。（巻八・七表）（i）
嵆康によれば「宅」は「良農」にとっての「田」に類比され、「相ひ須つの理」の一要素であると確認される。かくして阮侃の所説は「宅」の要素たることを見誤まって、部分を実体化し、固執する謬見ということになる。

今、徴祥を信じては則ち人理の宜しき所を棄て、卜相を守りては則ち陰陽の吉凶を絶ち、知力を持しては則ち天道の存する所を忘る。此れ何ぞ時雨の物を生ずるを識りて、因りて垂拱して嘉穀を望むに異ならんや。（巻八・七表）（j）

嵆康は阮侃が、道理をあまりにも狭い領域の中に限ってしまっていると批判しているのである。

（a）既曰寿夭不可求、甚于貴賤、而復曰、善求寿強者、必先知災疾之所自来、然後可防也。然則寿夭果可求邪、不可求也。
（b）論曰、百年之宮、不能令殤子寿。孤逆魁岡、不能令彭祖夭。又曰、許負之相条侯、英布之黥而後王、皆性命也。
（c）応曰、此為命有所定、寿有所在。禍不可以智逃、福不可以力致。英布畏痛、卒罹刀鋸。亜夫忌餒、終有餓患。
（d）然唐虞之世、命何同延、長平之卒、命何同短、此吾之所疑也。
（e）即如所論、雖慎若曾・顔、不得免禍、悪若桀・跖、故当昌熾。
（f）吉凶素定、不可推移、則古人何言、積善之家、必有余慶、履信思順、自天祐之。必積善而後福応、信著而後祐来。猶罪之招罰、功之致賞也。
（g）論曰、師占成居、則有験。使造新、則無徵。請問、占成居而有験、為但占墻屋邪、占居者之吉凶也。若占居者而知盛衰、此自占人、非占成居也。占成居而知吉凶、此為宅自有善悪。而居者従之……、則当吉之人、受災于凶宅、妖逆無道（人）、獲福于吉居。
（h）応曰、不謂吉宅、能独成福、但謂、君子既有賢才、又卜其居、復順積徳、乃享元吉。猶夫良農、既懐善芸、又択沃土復加耘耔、乃有盈倉之報耳。

（i）今見愚民不能得福于吉凶、便謂宅無善悪、何異覩種者之無十千、而、田無壌埆邪。良田雖美、而稼不独茂、卜宅雖吉、而功不独成。相須之理誠然。則宅之吉凶、未可惑也。

（j）今信徴祥、則棄人理之所宜、守卜相、則絶陰陽之吉凶、持知力則忘天道之所存。此何異識時雨之生物生、因垂拱而望嘉穀乎。

四　阮侃の反論

嵇康は、阮侃の所説に対して、四つの疑問を提示したが、阮侃は必ずしもそのすべての問題に対して解答を与えているわけではない。まず、この世の一切の人間の行為のうみ出す結果が、「命」によって決定されているとすれば、人間にとって倫理的であるということが意味をもたなくなるし、伝統的儒家の「信順」とも矛盾するのではないか、という嵇康の批判に対しては次のように述べている。

夫れ命なる者は、稟くる所の分なり。信順なる者は、命を成すの理なり。故に曰く、君子は身を修め以て命を俟つと。命を知る者は、巌墻の下に立たず。……若し吾れ論じて怠に居り逆を行ふも、彭祖をして夭ならしむる能はずと曰はば、則ち足下「信順」の難是なり。論の説く所は、信順既に修まらば、則ち宅葬貴ぶ無し。故に之を寿宮の、殤子を益すこと無きに辟《たと》ふるのみ。（巻九・一裏）（a）

阮侃は、ここでは「命」と「信順」との調停を試みている。前論では「性命の自然」において、「人の寿夭・栄達」は決定されていて、それを改変する力も人には与えられていなかった。それ故に阮侃は「三公の宅」は存在し得ないと論じたのであったが、ここでは「命」を完成するものとしての人間の行為の一定の態度を「信順」として措定する。人間の行為の結果は、「命」の定めるとおりにしか実現されないのであるが、それを定められた方向に導いていく人間の一定の行為の効果を「信順」とすることで認めているわけである。そしてそのことで倫理的存在として

の人間の価値を評価しようとするのである。

この考え方によれば、人間は「命」によって制約されてはいるが、ある程度まで人間の行為は善悪によって、それをかえることができるとするもののようである。ただその可能な範囲がどこまで及ぶかという問題については不明瞭なままで、それ以上分析されてはいない。ここに問題点を残している。

さてひとまず阮侃は、「命」の制約の限界の中で一定の範囲において人間の行為の意味を認めたのであるが、「吉宅」に拠って「吉」を求める行為は、あくまでその範囲外としてしりぞけている。

元亨利貞は卜の吉繇にして、隆準・竜顔は公侯の相なりとは、其の数の遇ふ所にして、形の自然なるを以て為すべからざるなり。使し顔の準なる仮るべくんば則ち相無し。繇吉為すべくんば則ち卜無し。今設し吉宅を為し、福報を幸むれば、之を譬ふるに以て顔の準を仮りて公侯を望むに異なる無きなり。（巻九・二裏）（b）

『易』の「元亨利貞」の卦も「隆準・竜顔」も、「数」あるいは「形」として、人間のちからの及ばない所で「自然」として定まっているものであって、それを変更したり改変したりすることはできない。もしできるとすれば、「卜」や「相」が無意味なものとなってしまう。同様に「吉宅」が存在するとしても、それは人間のちからの及ばないところで「福報」を得べく定められているもので、そもそも「吉宅」を人間が作為できるものではないと阮侃はいうのである。次いで話題は「卜」の本質へと転換する。

猟夫、林に従る。其の遇ふ所の者、或いは禽、或いは虎なり。禽に遇ふは吉とする所、虎に遇ふは凶とする所なり。而して虎や善卜、以て之を知るべきのみ。是の故に吉凶を知るも、吉凶を為すに非ざるなり。（巻九・三表）（c）

「猟夫」が狩りに山林に分け入る場合、あらかじめ「卜」によって、彼が出会うのが「禽」であるか「虎」であるか、知ることが可能であるという。阮侃によれば、「吉凶」はあらかじめ定まっているもので、これに対して人間は、

それを予知することはできるけれども、その「吉凶」を変更改変することはできないし、まして「吉凶」を人間の力で作為することは不可能だというのである。「卜」による未来の予知の可能性を阮侃は肯定するのであるが、ここにも人間の行為のうみ出す結果は、あらかじめ決定されているとする阮侃の運命観がその前提としてあるわけである。つまりこの第三論において述べられている阮侃の立場は、以前として「命」によって人間の行為とその結果はあらかじめ制約されており、「宅」には「吉凶」は存在しないというもので、新に「卜」によって「吉凶」を予知するという問題が提出されたのである。

（a）夫命者、所稟之分也。信順者、成命之理也。故曰、君子修身以俟命。知命者、不立乎巌墻之下。……若吾 論曰居忌、行逆、不能令彭祖夭、則足下「信順」之難是也。論之所説、信順既修、則宅葬無貴。故譬之寿宮、無益殤子耳。

（b）元亨利貞、卜矣之吉繇、隆準・竜顔、公侯之相者、以其数所遇、而形自然、不可為也。使準顔可仮、則無相。繇吉可為則無卜。今設為吉宅、而幸福報、譬之無以異仮顔準而望公侯也。

（c）猟夫従林。其所遇者、或禽或虎。遇禽所吉、遇虎所凶。而虎也善卜、可以知之耳。是故知吉凶、非為吉凶也。

五　嵆康の再批判

「宅」によって「吉凶」を左右できないのは「竜顔」を仮りて「公侯」になることができないのと同様である、という阮侃の主張に対して嵆康は、「竜顔」と「吉宅」とが、性質の異なるものであるという視点から反論する。

若し顔の状を挟するも、則ち英布黥せられ相たりて、其の貴を減ぜず。隆準劓がるるも公侯の標を減ぜず。是れ知る、顔準は是れ公侯の標識にして、公侯為る所以の質に非ざるなり。（巻九・九裏）（a）

「顔準」はその人が将来「公侯」となることの「標識」ではあっても「顔準」そのものに「公侯」実現せしめる実

質があるわけではない。だからその「標識」を仮りて「公侯」となることはもちろんできない。これに対して「吉宅」は「吉」をもたらす実質であるから、両者を同一には扱い得ない、と嵆康はいう。さらに「公侯の命」が「自然」としてうけたもので「陶易」できないにしても、「宅」は、人間の作為によってつくられたものであるから、改変可能である点においても、性質を異にしているという。

宅は是れ外物にして、方円は人に由り、為すべきの理有ること、猶ほ西施の潔は為すべからざるも、西施の服は為すべきがごとし。（巻九・九裏）（b）

ここでの嵆康の、阮侃に対する批判も、前論と同じく阮侃の「宅」の「吉凶」が存在しないと考える、その前提となっている不変の「命」を無制限に拡張していくところに向けられているのが知られている。嵆康は、人間の左右できる限界をつきつめて、その可能性が少しでも窺われる限りにおいて、それを「命」にまかせて行為を放棄する態度を拒絶するのである。「安んぞ作すべからざるの人を以て、作すべきの宅を絶たんや」（巻九・九裏）という。

さらに「卜」による「吉凶」の予知という問題には次のように答えている。阮侃のいうように「卜筮」によって「猟夫」が出会う者が「虎」であるか「禽」であるかが、あらかじめ知られるとするならば、「地の善悪」も同様にして知られるのではないか。「猟夫」が事に先立って「卜筮」によって択んで「禽」に出会い得るように、もし「居」を択ぶならば、「凶」を避け「吉」に従うことが可能なはずである。

吉地は為すべからずと雖も、処を択ぶべきこと、猶ほ禽虎は変ずべからずと雖も、択び従ふべきがごとし。（巻九・十表）（c）

ここでは、阮侃の「卜筮」における論理をそのまま借用して、「宅の吉凶」が存在し、予知し得るものであることを嵆康は論難している。

以上の二つの嵆康の批判からも知られるように、阮侃の思考の背後には、人間には変更し得ないものとしての

「命」があるという命定論が相当に根強く隠蔽されている。嵆康はそれを前論において「信順」との矛盾という視点から厳しく批判したが、その結果阮侃は、「命」と「信順」とは調和し得るものという見方に、立場をずらして反論したわけである。しかし嵆康は両者は両立し得ないとして再び反論する。

嵆康は「命」と「信順」の問題を次のように批判する。「あなたは前論で〈許負が条侯を相ったことや英布が黥せられて後に王となったこと、さらに一囲の中の羊で、客がやって来た時にその一匹が殺されることなどは、性命の自然において決定されている〉と論じた。そして今〈隆準・竜顔が公侯の相であることは、他人が仮り求めることはできない〉と論じている」と。この立場を論理的につきつめるならば以下のごとくなるはずである。

此れを相命と為す。自ら一定有り。相の当に成るべき所、人壊る能はず。相の当に敗るべき所、智救ふ能はず。〔当〕（生）に生くべきを衆険に陥すも、懼るべしと雖も患ひ無し。当に貴なるべきを廝養に抑ふるも、辱賤せらると雖も必ず貴ならん。薄姫の困しみて後昌ふること、皆為すべからず、求むべからず。闇に自ら之に遇ふ。「全相の論」必ず当に此のごとくなるべし。

（巻九・六裏）（d）

「性命」において定められていることがらは、「人・智」によっても「救・壊」できない、というのが「全相の論」である。

「ところがあなたは私が〈信順〉の立場から疑問点をなげかけ批判すると、〈信順は命成すの理である〉という」もしそうであるとすれば、次のごとくなるはずである。

命は信順を以て成り、亦信順ならざるを以て敗る。若し命の成敗、信順に取足すとなせば、故より是れ吾の前難、寿夭は愚智に成るのみ。安んぞ性命の自然有るを得んや。若し信順果たして相命を成すとなせば、請ひ問ふ、亜夫とは幾悪に由りて餓を得たる、英布は何の徳を修めて以て王を致す、生羊は幾善を積みて存するを獲、死する者は何の罪を負ひて災に逢ひしや。

（巻九・六裏）（e）

以上のように嵇康は阮侃の「命」と「信順」とを弥縫しようとする意図を引き裂くのである。阮侃の「命」と「信順」とを調和させようとする思惟は、彼固有のものでなく伝統的な儒家に根拠をもつ。その論理的矛盾は嵇康の指摘のとおり避けられない問題である。(8)ところが阮侃にあっては「命」と「信順」とは、矛盾として意識されてはおらず、調和可能と考えられている。ではそれは、どのような形において調和し得ると考えるのであろうか。手がかりは阮侃が第二論において「命」を改めて定義したそのことばに求められる。阮侃は「夫れ命なる者は、稟くる所の分なり」と述べていた。「分」とは、人が天から与えられた、なし得ることの可能性とその限界を意味しよう。それは生命としての限界といった自然の資質も、社会的関係において形成される「富貴・栄達」などの問題をも含んでいるであろう。自然的存在としても、社会的存在としても、人間は一定の可能性を有しても、人間にあらかじめ決定された限界の中にある、というのであろう。そして同じくその限界の中にあっても、その限界を充足し得る人と、限界をきわめることなく終わる人とが現実には存在するのであるが、そうした違いはその人の「信順」「不信順」という行為のあり方に係っている、と阮侃は考えているのであろう。「命」と「信順」とを調和させる阮侃の思考はこのようなものであろう。

一方、嵇康は「命」と「信順」とを両極において、意識的にか調和させようとはしない。すべてが「命」によって決定されているか、或は人の行為のあり方によって「命」はかかわり得るかのどちらかだという。ただし彼自身がその問題をどう考えているかは、直接には述べていない。しかしおよそ彼の立場は次のようなものであろう。

すくなくとも人間の行為はすべて「命」によって決定されていて、そこから逸脱できないといったものではないし、かといって、すべてが人間の行為だけで左右できるものではない。人間にとって「未知」の部分は厳として未来に存在する。したがって、今のこの瞬間の行為が将来において「吉凶」いずれであるか、あらかじめ完全に知ることはできない。しかし、知り得ないからといってそれが存在しないと考えたり、あるいはすでに決定済みで、成るようにし

かならないと考えるのは誤りである。嵆康が「意の及ばざる所、皆之れ無しと謂ふは、見る所に拠つて個人の言ひ難しとする所を定む、蟪蛄の、氷を議するに似たるか」（巻八・八表）というのは、かかる意味においてであろう。[9] 未知の世界へ手さぐりでわけいるのは、「猟師」が「禽」を「尋迹」するようなものだという。時には獲物を手にすることができないこともある。しかし、獲物を得るにはこの「尋迹」以外あり得ないと（然レドモ禽ヲ得ルハ曷ンゾ嘗ツテ之レニ由ラザランヤ）（巻九・十一表）。

（a）若挟顔状、則英布黥相、不減其貴。隆準見劓、減公侯（標）。是知顔準是公侯之標識、非所以為公侯質也。

（b）宅是外物、方円由人、有可為之理、猶西施之潔、不可為、西施之服、可為也。

（c）吉地雖不可為、而可択処、猶禽虎雖不可変、可択従。

（d）此為相命。自有一定。相所当成、人不能壊。相所当敗、智不能救。陥〔当〕（生）生于衆険、雖可懼、而無患。抑当貴于廝養、雖辱賤、而必尊。薄姫之困而復昌、皆不可為、不可求。而闇自遇之。「全相之論」、必当若此。

（e）命以信順成、亦以不信順敗矣。若命之成敗、取足于信順、故是吾前難、寿夭成于愚智耳。安得有性命自然也。若信順果成相命、請問、亜夫由幾悪而得餓、英布修何徳以致王、生羊積幾善而獲存、死者負何罪以逢災耶。

六　結語

以上四つの論文の、主要な論点の展開を辿ってきたのであるが、その結果は、嵆康と阮侃との各拠り所とする世界観のちがいがきわだって対照的であることが知られた。阮侃は嵆康が厳しく排撃するほどに、自らが「命定論」の立場であるとは自覚していなかったのかも知れない。彼の基本的な立場は、伝統的な儒家の立場であり、日常的・経験的の範囲においては一定程度の合理的な思考とふるまいとを実践し、未知や神秘の領域に対しては、伝統的に許容さ

れる範囲を逸脱することを極力さけようとする消極的な態度であった。これに対して嵆康は、阮侃を執拗に追求して阮侃の本質が「命定論」に他ならないことを暴露しようとしている。その態度は徹底的であって、「友人との一時の気ばらし」といった性格のものとは、思われないほどである。

嵆康は厳しく阮侃を「命定論」と規定し、自己の立場を「神秘的なもの」へと近づけていった。彼はくり返し、「未知」や「神秘」の問題に言及しているのである。このことには、どんな意味があったのであろうか。

この論争の意味は、阮侃の一見もっともらしい〈合理的〉立場が、その背後に命定論をひそませていて、経験知と伝統的思考の中に自らの世界を限り、未来を予定と調和の中に閉ざしてしまおうとする立場であるのに対して、嵆康がそこに危機感をいだいて、人間にとって世界や未来は、所与として受けいれるものではなく、つねに不可知の領域として関わりあうものであり、そこに人間が自らの行為によって形成するものとしての世界が存在することの意味があると批判したところに存するといえよう。嵆康の思想は人生を今あるものをそのままに受けいれ、それで未来をもそうしたものとして安んじて受けいれようとする、そうした思考をあらゆる点から批判している所にその本質があって、他の作品において窺がわれる姿勢においても一貫しているように見うけられる。今、眼の前に確かなものとして人々が十分な根拠もなく信じている事柄の一つ一つを疑うこと、そして他の可能なあり方が存在しうることを論証すること、それが〈論〉の書かれなければならなかった嵆康にとっての動機ではなかろうか。扱われている事柄は個別的断片的な事象に止まっているが、経験的所与を絶対永遠と考える世俗の「常見」を超え出ることが考えられていたのではなかろうか。

注

1 戴明揚の校注（二六五頁）に詳細に説かれている。

2 木全徳雄「儒教的合理主義の立場」(『東洋学論集』)では阮侃を「道家の養生説と儒家の倫理とを合揉し、合理主義を貫いた」と評し、嵆康を「運命は一見阮侃の言うように不可抗な一面をもつが、決してあらかじめ決定されているのではなく適当な思慮と洞察によって回避しうる認識に嵆康は近づきながら、宅の吉凶という幽微な世界の承認の要求へとそれを捩じ曲げる。」と評している。

3 牟宗三『才性与玄理』(学生書局)三二〇頁

4 「宋書曰、初太社西空地一区、呉時丁奉宅。孫晧流徙其家。晋有江左。初為周顗蘇峻宅。其後為袁真宅。又為章武王司馬秀宅。皆凶敗。後給臧燾。又頻遇喪禍。故世称悪地。王僧綽常以正達自居。謂宅無吉凶。請為第。始就築未居、而敗。」(『太平御覧』巻一八〇)

5 『史記』「絳侯世家」(巻五十七)及び「黥布列伝」(巻九十一)

6 要するにここでの論の構成は、「崇忌」等の迷信が世の中にどうして存在するか、その原因をときあかし、それに迷わされることなく生きるには、何をどのように理解すればよいのかを説いたもので、「愚民」を啓蒙するものとしての立場に立つものといえよう。「寿強」を求めるには、「性命」の理を知り、正しく「養生」すること。「禍福」を免れるには、迷信にわずらわされないことなど。ところで、問題は、後者の俗信を排するという点にある。ここには「禍福」がどうして起こるか、正しく知れば、迷信を恐れることはなくなるということが言われている。それはその通りであろう。それは、いくつかの迷信・俗信の虚偽を暴露することはできる。ところが、では「禍福」全般にわたって、その原因を知り、「福」を得、「禍」を避けることは、どうやってできるかという問題については、全くふれる所がない。そして「命」によって、すべては「決定」済みという立場に実は立っているのである。つまり「禍福」を知るとは、知的合理的に、その因果関係を認識し、その対応を考える、というのでは全くなくて、経験的に知られることと、そこからの類推の及ぶ短い将来のことを除いて、すべては「命」による決定済のこととして、あきらめて、慰める、というのが彼の立場ということになろう。

7 「占旧居以讙崇、則可。安新居以求福、則不可。」(巻八・三表)

8 「養生」の必要性を強調しながら、「寿夭・富貴」は「生命の自然」において決定されていて変更できないと説く矛盾。この矛盾がどうして説かれなければならないか。人間の行為・努力によって、未来が切り開かれるという考えと、しかもその行為は無限に可能なのではなく、一つには生命の限界と、一つには社会が与える制約とによって、限界づけられているとする考えの、合成されたものが、伝統的儒家の信念ではないか。だからこの矛盾は儒家にとって本質的なのである。

9 「命定」と「信順」との矛盾を嵆康が批判するのは、その整合性を問題としているのではなく、論者が「定命」を補強するために、「命定」の中に「信順・卜筮」を取り込んでいて、結局は人間が伝統的・経験的習慣的に築きあげた社会の外にでて思考し、行動す

ることを、未然にふさごうとしている、その意図を読みとってのことである。「分」として決定済みのこと（「公侯之命」）と、人の力で改変可能なこと（「宅是外物、方円由人」）との区別を論者が立てていない、そのことで「人」の有り方をあらかじめ制約していること（＝名教）への批判である。人間が自分の可能性を探し求めうる根拠として、当時の「知見」では確実な知識の得られないことを、不可知として、それを様々に手探りしていくことが必要と嵆康は考えたのである。

（補足）

初稿の「定命」の語、「命定」に改めた。いずれにせよ、誤解を招きやすい語彙ではあるが、意味するところは文脈から読みとれるであろう。「定命」は定まれる運命という意味でも、用いられる場合が実際にはある。しかし、哲学事典では人が自己の力で運命を決定するという意味に当てているようである。「命定」の語は王充にその例があるのを考慮して、それに従った。

第五章　嵇康における「神仙」思想と「大道」の理想について

嵇康は神仙の問題や養生の問題を盛んに議論しているし、また養生こそ我が願いだと発言したりする。ここにこそ嵇康の思想の本質があるという見方もかなり有力であるようだ。しかし、このことが額面通りには受け取れないということを、主として「神仙」の問題を取り上げて考察してみる。

一　はじめに

人間がものを考える場合、もちろん論理的一貫性や体系的整合性ということが要請されるのであるが、しかし、現実の人間が時間の流れの中に生きているものである以上、たえず論理的矛盾と体系の破綻への危惧とを抱かざるを得ないのが実情なのであって、しかもそれにもかかわらず、なお論理性・整合性の中に踏みとどまろうとするところに、やはり思想の生きた姿があるのではなかろうか。嵇康の思想を全体として把握しようとする試みは、すでに様々に試みられているが、その中でも宗教的、神秘的側面を重視して、「神仙」思想すなわち永遠の生命の追求を嵇康のめざした究極のものとする見方は、早くに福永光司氏の提示したもので、日本では比較的よく知られている。(1)それに対して中国では、「名教」社会への弾劾者としての嵇康像が、その体系理解の細部を異にしながらも定着しつつあって、(2)その場合嵇康の「神仙」思想は、あまりかえりみられていないように見受けられる。「名教」への批判、あるいは世俗士大夫たちの思惟への批判という視角は、嵇康が終始堅持していた立場であったと思われるのであるが、(3)さてその

場合、彼の「神仙」思想は、彼の思想の全体像のなかで、どのように位置づけられることになるのであろうか。いわば現実への執着と現実からの超越という、この矛盾した「志尚」が嵇康の中で、一体どのように結びついていたのか、という問題である。以下にこの点を中心として考察してみようと思う。

二　「神仙」と「養生」の問題

嵇康の「神仙」思想を考察する材料は、そのいくつかの「神仙」や「養生」を詠じた詩篇と、「養生論」（巻三）とに求められる。嵇康が「神仙」すなわち永遠の生に憧れていたことは、たとえば、「登仙し以て不朽を済さんと思欲《おも》ふ」（巻一・二裏）とか、「遠く霊岳に登り、好みを松喬に結び、手を携へて倶に遊ばん」（巻一・三裏）あるいは「泰清の中に浮遊し、更に新な相知を求め、翼を比《なら》べ雲漢に翔り、露を飲み瓊枝を食はん」（巻一・五裏）「豈に区外に翔り瓊を餐ひ朝霞に漱ぎ、物を遺れ鄙累を棄て、太和に逍遥するに若かんや」（巻一・十一裏）などの詩篇によって知られる。

こうした「神仙」への憧れとともに、「養生」をいわば人生の究極の目標とするかのような詩篇もまた見受けられる。たとえば「俯仰自得し、心を泰玄に遊ばしめ」（巻一・三表）や「永く嘯し長く吟じ、性を頤ひ寿を養はん」（巻一・五裏）などである。もちろん、両者の関係は、一般的にいって密接なのであるが、嵇康においては、さてどのように位置づけられていたのであろうか。「養生論」のなかに簡潔な要約があって、次のように述べられている。

夫れ神仙は、目見せずと雖も、然れども記籍の載する所、前史の伝ふる所、較して之を論ずれば、其の有ること必せり。特だ異気を受け、之を自然に稟け、積学の能く致す所に非ざるに似たり。（巻三・三表）（a）

ここで嵇康ははっきりと「積学」すなわちあらゆる人間の知見や技術をもってしても、「神仙」は不可能と断言しているのである。だから人間にとってなし得ることは、「導養得理、以て性命を尽くし、上は千余歳を獲、下はほぼ

数百年なり」（巻三・三表）であるとされ、「道士の遺言に、餌朮黄精は人をして久寿ならしむと聞き、意に甚だ之を信ず」（巻二・七裏）とか、また、「吾頃《この》ごろ養生の術を学び、栄華を方外にし、滋味を去り、心を寂寞に遊ばしめ、無為を以て貴しと為す」（巻二・八表）と述べられていて、「養生」への深い傾倒とその実践への熱意を窺い知ることができるのであるが、しかし直接に「神仙」の実現をめざす考えは表明されてはいないのである。

しかし、それでは嵆康は「養生」の技術としての有効性を一方で確信し、その実践にも情熱を傾けながら、何故その究極のところで「神仙」世界と、この人間世界とを切り離してしまうのであろうか。もちろん「神仙」へのアコガレは詩篇の中には繰り返しあらわれている。「王喬と雲に乗り八極に遊び、五岳を凌厲し、忽ち万億を行かんと思ふ」（巻一・八裏）というのは、その最も強い表明であろう。ところが、同じく「神仙」への憧れを歌いながら、「神仙」との断絶や距離感を強く意識するものが見られる。

> 遥かに山上の松を望むに、隆谷鬱として青葱、自ら遇すること一に何ぞ高き、独り立ちて辺に叢無し。願はくは其の下に遊ばんと想ふも、蹊路絶えて通ぜず。王喬、我を棄てて去り、雲に乗りて大竜に駕す。（巻一・六表）（b）

つまり孤高なる「松」は「神仙」世界の象徴であって、そこに至る「蹊路」は途絶えていて、「神仙」は遥か彼方にあるというのである。

とすれば、「神仙」を憧れながらも、その距離の遥かなることを自覚させ、自分がこの地にあることを知らしめるものが、嵆康にはあったのではなかろうか。「個」としての生命の永遠への願いはもちろん嵆康にもあったであろう。しかし、「個」としての生命の追求に全力を傾けさせないものが、別にあったのではなかろうか。

こうした点から考えるならば、嵆康は「神仙」への強い憧れはもっていたが、それは終始一貫したものではなく、ある一定の幅をもって、彼の心の中で揺れていたものであって、[4]絶えず「神仙」と現実との距離は自覚されていたのであって、したがって、「神仙」への超越が嵆康の追求した究極のものとはいいにくいことが知られるであろう。そ

してまた「神仙」への通路を望み見ながら、実践としては「養生」の範囲に止まったことの理由も、おそらく彼の平生において求めていたものとの関連において考えられよう。

もちろん、嵇康は「養生」に対する強い傾倒を生涯持ちつづけたのであったが、彼にとって「養生」を説くことには、「個」としての「生命」の充足とはもう一つ別の意味があったと考えられる。たとえば嵇康は、詩篇の中で「流代は寤り難し、物を逐ひて還へらず」（巻一・三裏）おなじく「身は貴く名は賤し、栄辱何にか在らん」（巻一・四表）と歌っている。あるいは「俗人は親しむべからず」（魯迅校本三二頁）、「哀しいかな世間の人、何ぞ久しく身を託するに足らんや」（魯迅校本三二頁）という。これで見るならば、「神仙」に憧れ、「養生」に情熱を傾けるのは、もちろん彼の関心事であったからであろうが、しかし「世俗」への批判という契機が実はそこに強くはたらいていたのが知られるであろう。そしてこの「世俗」への強い関心が、「個」としての「生命」の永遠を願い、「神仙」に強く憧れながらも、そこに遥かなるものとしての距離を設けさせたのではなかろうか。

嵇康はその「答難養生論」の中で、「世教の内」に閉塞し、自らはそのことに気づかぬ士大夫たちを批判して、

嗜欲を以て鞭策と為し、罷めんと欲するも能はず、世教の内に馳騁し、巧を栄辱の間に争ひ、多同を以て自ら減じ、思ひ位を出でず。（巻四・九表）（c）

と述べている。あるいは「養生」を妨げるものとして「五難」をあげ、「名利・喜怒・声色・滋味」などの弊害を説いている。つまり彼にとって「養生」の問題はたんに「個」としての生命を如何にして養うかの問題としてあるに止まるものではなく、当時の世俗全体の、生命にたいする誤解を正すことが求められているのである。そしてとりわけ当時の世俗の士人達への批判は、彼等のその「欲」のあり方に深く関わっているのが知られる。しかしそれにしても「養生論」において欲望のあり方がもっぱら問題とされたのはなぜであろうか。もし嵇康にとって「養生」の実践や「神仙」の獲得が第一義と考えられ、その実現のための手段として欲望の問題が取り上げられたとすれば、世俗士大

夫達への批判はさしたる意味のないこととなろう。主たる関心は、「養生」実践上の技術・方法に向けられて然るべきであろう。それなのに嵇康は何故世俗の欲望を執拗に問題として批判したのであろうか。これはおそらく彼の志尚すなわち彼が人生の究極のところにおいて何を目指していたのかという問題に関連するであろう。つまり、己一身の安心立命という境地、あるいは社会的存在としての自己を自覚することなく、周囲から隔絶したところに自己をおいて、そこに休息を見出すという観想的立場をはたして嵇康が目指していたのであったかという問題である。嵇康が究極において志尚していたものはいったい何であったのか、そしてそのことと「神仙」や「養生」の問題は、どのように関連しているのであろうか、改めて考えてみる必要があるであろう。

（a）夫神仙、雖不目見、然記籍所載、前史所伝、較而論之、其有必矣。似特受異気、稟之自然、非積学所能致也。

（b）遥望山上松、隆谷鬱青葱、自遇一何高、独立迥無叢。願想遊其下、蹊路絶不通。王喬棄我去、乗雲駕六竜。

（c）以嗜欲為鞭策、欲罷不能、馳驟于世教之内、争巧于栄辱之間、以多同自滅、思不出位。

三　「大道」の理想について

嵇康には幾つかの「論」と題する文章が残されていて、それを通して彼の思想や彼の考え方の特色を窺い知ることができる。そこにあらわれている特色は、日常的、経験的世界の枠組の中で思考し、発言している常識的な士大夫達に対して、嵇康が事物や事象をその根源において捉えなおし、そのあり方を吟味し批判しているところにあるといえるであろう。たとえば「呂子」との間で議論された「明胆論」（巻六）おいては、嵇康の「論」は「呂子」によって次のように要約され批判されている。

今子の論は、乃ち渾元を引きて以て喩へと為す。何ぞ遼遼として坦謾なるや。故に直だ答ふるに人事の切要を以

です。　（巻六・七表）（a）

「明胆論」は人の「明」と「胆」とが一人の中で同時に備わっていることができるのかどうか、という問題を議論したもので、事柄は経験的事象を検討することで解明されると「呂子」は考えている。それにたいして嵆康は、「渾元」すなわち事物が生み出される以前の、物の未分化の状態からその思考を開始していて、それを「呂子」は「遼遼」まわりくどいと批判しているのである。ここに嵆康の、経験的事象に対してもその本源の様相において捉えなおそうとする思考の特色がよくあらわれているであろう。こうした彼の思考態度は、「釈私論」（巻六）においては倫理の問題としてあらわされ、また、「自然好学論」（巻七）と「声無哀楽論」（巻五）[5]では学問と教化の問題として論じられ、「難宅無吉凶摂生論」等（巻八）[6]では運命の問題としてあらわされている。

さてここで改めて考察を加えようとするのは、こうした嵆康の、日常世界への批判を生み出している彼の根底にある世界観とは、どのようなものとしてあったか、その考え方の構造を明らかにしてみたいと思うのである。もちろん批判は、「偽」に対して「真」を対置させるところから生まれてくるのであるから、様々の問題に対して具体的な批判を加える彼の思考の根底には、個別事象に対する「真」だけではなくて、個々の正しさを成立させている「あるなにか」が存在したはずである。思考を根源へと逆上っていったときにあらわれてくる、これ以上是非を加える余地のない「真実」と、嵆康において考えられていたものは何であったのだろうか、という問題である。ところで、そもそも「理想」が描かれ得るには、それ相応の現実の認識を前提とするのが通例であろう。それでは嵆康の現実認識はさてどのようであったろうか。あるいは嵆康は彼が生きた社会をどのように捉えていたであろうか。まずこの問いから始めてみようと思う。

歴史的にいえば彼の生きた時代は、曹魏王朝が司馬氏によってその実権を失い、有力であった曹氏一族やその縁故に繋がる人々が、司馬氏によってつぎつぎと殺されていくという凄惨な時代であった。だから嵆康が、

下其の上を疾み、君其の臣を猜ひ、喪乱弘多にして、国乃ち隕顚す。（巻十・一裏）（b）

と述べているのは、現実に対するリアルな危機感に基づくものであろうし、「世路巇嶮多し」（巻一・二表）、「流俗寤り難し、物を逐ひて還らず」（巻一・三裏）、「世俗栄に殉ひ」（巻一・六裏）、「富貴尊栄、憂患諒に独り多し」（巻一・七裏）、「坎懍、世教に趣き、常に網羅に嬰《かか》るを恐る」（巻一・十一表）、「世変百羅多し」（魯迅校本三一頁）と歌うのも、嵆康が目睹した世俗士大夫達のありさまであったろう。そこには放恣で歯止めの効かない、「富貴」の追求と、その一方で、一定の枠組みの中に押し込めようとする「世教」の軋轢とが閲《せめ》ぎ合っていたのだろう。「世教」の枠の中におさまる限り「富貴」も「尊栄」も、我がものとすることは容易であるが、人の志尚が一旦「世教」の枠を踏み外したり、あるいは「世教」の存立の基盤に踏み込んで物を考えようとするならば、人は「網羅」に罹ることをもちろん覚悟しなければならない。そうした時代として嵆康には捉えられていたようである。したがって、嵆康の各「論」は、基本的にはこうした現実に対するリアルな認識と危機意識とに由来すると考えられるであろう。彼の「論」における批判が、一見どれほど回りくどく「遼遼」たるものであるにしても、それは事象の平面的な平穏、日常世界の常見を突き抜けるための不可欠の方法であったと考えなければならないであろう。

さて、現実がこうした「憂患」の中にあるものとするならば、それでは嵆康にとって理想のあるべき世界とは、どのようなものとしてあったのか、そして、この現実から如何にして「理想」世界へと至り得るものと考えられていたのであろうか。あるいは、今の社会の混乱は歴史的に逆上ってみてどのようにして生じてきたのであろう、これらの問題を嵆康はどのように考えているのであろうか。嵆康によれば、理想の世界とはおよそ次のようなものであった。

洪荒の世、大樸未だ虧けず、君は上に文無く、民は下に競ふ無し。物全くして理したがひ、自得せざる無し。飽けば則ち安寝し、飢れば則ち食を求む。怡然として鼓腹し、至徳の世為るを知らず。此のごとければ、則ち安んぞ仁義の端、礼律の文を知らんや。（巻七・二表）（c）

「洪荒の世」すなわち遥かなる大昔、人々は素朴であって、「君」と「民」との区別はあったが、「君」は上にあってもその存在を「民」に知らしめる必要もなく、「民」も相互に「競」うこともなく、すべてが調和した状態であった。人々は「自得」して、「仁義」も「礼律」も、その存在に気づきもしない時代であった。また別の資料に拠るならば、

紹ぐに皇羲を以てすれば、黙黙として文無く、大朴未だ虧けず、万物熙熙として、夭せず離れず。唐虞に及んで、猶ほ其の緒を篤くし、体は易簡を資り、天に応じ矩に順ふ。……終に舜禹に禅る。（巻十・一表）(d)

とあるが、これによれば、理想の時代は具体的には「皇羲」以前から「舜禹」に及ぶまでがその範囲ということになる。つまり「禹」は、理想の世界が崩れようとするその最後に位置していることが知られる。また「六言十首」と題する詩が嵆康にはあって、これを通して彼の理想世界と人の理想とされるあり方を窺い知ることができる。

(惟れ上古は尭舜) 二人功徳斉均にして、天下を以て私親せず。高尚簡樸に茲れ順ひ、四海の蒸民を寧済す。
(唐虞世道治まる) 万国穆親して無事、賢愚自ら志を得たり。晏然として逸予して内に忘る。佳き哉爾の時、喜ぶべし。（巻一・六裏）(e)

ここには「尭舜」の聖世が理想の世として称賛されているのであるが、しかしこれはいうまでもなく儒家思想などではない。もちろん尭舜はしばしば儒家によって称賛されてきたのであるが、その例えば「無為の治」は、元来君主の徳と礼楽制度の完全さの、究極的発現として描かれたものであって、その「無為」の背後には、賢人の補佐と礼楽制度の完成が想定されていたのである。そこには賢愚・善悪・親疎の区別差等が存在していたのである。したがって、儒家にとっての尭舜は、「簡樸」ではもはやなく、「賢愚自ら志を得たり」というものでもなかった。とするならば、嵆康がここで描いている「尭舜」の、その来歴を強いて求めるとすれば、それは元来「道家」のものと考えざるを得ないであろう。

さてそれでは、こうした、人々がそれぞれ「自得」していた古代の理想の時代、「大道」の世は、如何にして崩れ、如何にして現在の頽廃と混乱とが生み出されたのであろうか。もし「大道」の衰退が、人間の関与し得ないところで、それ自身で推移して衰えていくものであるとするならば、人間は運命に身を任せて、なるようになれと傍観する以外に手だてはないだろう。しかし、「大道」の衰退にもし人間の行為がその原因として関わっているとの認識が得られるとするならば、人間は自らの行為と思慮とによって、衰退の世に在っても、「大道」の回復の可能性をそこに見出し得るはずである。嵆康は「大道」の衰退していく過程を次のように描いている。

下りて徳の衰ふるに逮んで、大道沈淪し、智恵日々用ひて、漸く其の親を私し、物の乖離するを懼れ、臂を攘ひ仁を以てし、名利愈いよ競ひ、繁礼屢しば陳ね、刑教争ひ馳せ、性を夭し真を喪ふ。（巻十・一表）（f）

至人存せず、大道陵遅するに及んで、始めて文墨を作り、以て其の意を伝へ、……故に六経紛錯し、百家繁熾し、栄利の途を開く。（巻七・二表）（g）

ここには「大道」が衰退していく過程において、およそ二つの契機が相即不離の関係であらわれている。一つは為政者のあり方、すなわちその「徳」の問題と、さらに一つは、人間のもっている「名利」への欲望という問題とである。理想の「至人」がもはや存在しないこと、そして、それにつれて人々の「欲」の生み出す様々の問題が解決できない状況になっていること、これが「大道」の隠れてしまった時代状況なのである。さて「大道」の衰退の契機として、人間の「欲」と「至人」の不在ということを見てきたのであるが、それならば今の世の混乱は、如何にして救済し得るであろうか。いうまでもなく、一つは「欲」の問題に解決を与えることであり、今一つは「至人」をふたたび登場させることである。したがって嵆康が目指したものは、衰退した「大道」を、「欲」と「至人」との問題として捉え、その救済をはかる「大道救済論」と見なすことができるであろう。改めてこの観点から「養生」諸篇を検討してみる必要があるであろう。

（a）今子之論、乃引渾元以為喩。何遼遼而坦謾也。故直答以人事之切要焉。

（b）下疾其上、君猜其臣、喪乱弘多、国乃隕顛。

（c）洪荒之世、大樸未虧、君無文于上、民無競于下。物全理順、莫不自得。飽則安寝、飢則求食。怡然鼓腹、不知為至徳之世也。若此、則安知仁義之端、礼律之文。

（d）紹以皇羲、黙静無文無、大朴未虧、万物熙熙、不夭不離。降及唐虞、猶篤其緒、体資易簡、応天順矩。……終禪舜禹。

（e）（惟上古堯舜）二人功徳斉均、不以天下私親。高尚簡樸茲順、寧済四海蒸民。

（唐虞世道治）万国穆親無事、賢愚各自得志。晏然逸予内忘。佳哉爾時可喜。

（f）下逮徳衰、大道沈淪、智恵日用、漸私其親、懼物乖離、攘臂以仁、名利愈競、繁礼屢陳、刑教争馳、夭性喪真。

（g）及至人不存、大道陵遅、乃始作文墨、以伝其意、……故六経紛錯、百家繁熾、開栄利之途。

四　「養生論」について

さて「養生論」諸篇においては、まず「欲」の問題はどのように考えられているであろうか。[7]「養生論」において嵆康が明らかにしようとしている問題は、「養生」ということの理解についての「世」の人々と「君子」との見解の違いを明らかにすることによって、「世」の人々の思考の狭隘さを指摘して、その生活態度を批判することにあったと考えられる。「養生」の実践が現実的な効果を生むことは、嵆康によれば確実な事柄なのであるが、その効果は短期間に顕著にあらわれるのでないことから、人々は「世」の「常見」を抜け出せないでいる、というのである。

　夫れ稼を湯の世に為せば、偏に一漑の功有る者は、終に憔爛に帰すと雖も、必ず一漑ある者は後れて枯る。然らば則ち一漑の益は固より誣《し》ふべからず。而るに世常に謂ふ、一怒は以て性を侵すに足らず、一哀は以て身を傷ふに足らずと。軽んじて之を肆にす。是れ猶ほ一漑の益を識らずして、嘉穀を旱苗に望む者のごとし。

世の人々は、「一怒」「一哀」は「性」「身」を損なうには至らないという「常見」によって、「養生」の効果を否定する。そしてそのことによって、放逸な生活態度そのものをまるごと肯定してしまうのである。

世人は察せず、惟だ五穀を是れ見、声色に是れ耽り、目は玄黄に惑ひ、耳は淫哇に務め、滋味其の府臓を煎、醴醪其の腸を煮し、香芳其の骨髄を腐らし、喜怒其の正気に悖り、思慮其の精神を銷し、哀楽其の平粋を殃す。（巻三・三裏）（a）

ここで嵆康は「世人」が自己の生命を正しく養うことをしないで、徒に欲望を肥大させ、感情によって「精」を疲弊させていることを指摘しているのであるが、実は彼等のそうした生活態度を彼ら自身が肯定する、その思考そのものを批判しているのである。

措身理を失ひ、之を微に亡ひ、微を積みて損を成し、損を積み衰を成し、衰従り白を得、白従り老を得、老従り終を得、悶ること端無きがごとし。中智以下、之を自然と謂ふ。（巻三・四裏）（b）

嵆康によれば「導養」という人間の行為によって「性命」は、その可能性を尽くし得るものなのであるが、「世人」はその効果の「微」に始まることから、それを軽視し、おろそかにし、その「措身」の誤りが時の経過と共に漸次積み重なって、「老」となり「終」に至るまで、自己の行為の結果としてそれがあることに気づかないで、それを「自然」と見なして、その結果をそのままに受け入れている、というのである。

「世人」が自らの運命（「自然」）として受け入れている自己の「性命」の「終」わりは、実は「欲」に対する自己の軽視に由来するものであることを、嵆康はここでは指摘しているわけである。そして「善く生を養ふ者」の理想的なあり方を彼は後に示す。ところで、これは世俗士大夫の側からの批判を受ける。向秀は次のように述べて嵆康を批判する。

且つ生の楽み為るや、恩愛を以て相ひ接し、天理・人倫・燕婉、心を娯しませ、栄華、志を喜ばせ、滋味を服饗し、以て五情を宣べ、声色を納御し、以て性気を達す。此れ天理・自然、人の宜とする所、三王の易へざる所なり。（巻四・二裏）（d）

ここには、自己とその周囲の狭い世界との中で調和し、「栄華」を身につけ、安定した秩序と富の中で生活を楽しみ、かつその中に自己を託する価値を見出して満ち足りている、士人達の典型的な考え方が見て取れる。こうした士人の一人である向秀から見れば、しかし嵇康の「養生論」は、己をわざわざ苦しめて、「山海を望むもの」（欲積塵露、以望山海）と見なされていて、その社会批判としての視点は全く無視されているのが知られるであろう。嵇康は向秀の批判を受けて、「欲」と「名利」との問題を、改めて広い視野から検討する。最初に彼は世人たちの「欲」と「名」とを位置づけることから始める。

夫れ嗜欲は人に出づと雖も、而れども道徳の正に非ず。猶ほ木の蝎有るは、木の生ずる所と雖も、而れども木の宜とする所に非ざるがごとし。故に蝎盛んなれば木は朽ち、欲勝てば則ち身枯る。然らば則ち欲と生と並びて久からず、名と身とは倶には存せず、略ぼ知るべし。而るに世未だ之を悟らず、順欲を以て得生と為し、厚生の情有りと雖も、而れども生生の理を知らず。故に死地に之《ゆ》くなり。（巻四・三表）（e）

放逸な欲望の追求はかえって生命を危険にし、名位の獲得に血眼になれば、また身を危険にさらす結果となる。世人達の「富貴」への執着が広まったのは「季世」以来のことで、「理想」の時代においてはかつて見られなかったことであるという。

富と貴とは、是れ人の欲する所と曰ふは、蓋し季世の貧賤を悪み富貴を好むが為なり。未だ栄華を外にして貧賤に安んずる能はざればなり。（巻四・四表）（f）

「富と貴」とが「季世」のものにほかならないとすれば、では「理想」の時代においてはどのようであったのか。

嵆康は次のように述べている。

聖人は已むを得ずして天下に臨み、万物を以て心と為し、群生を在宥し、身を由《おこな》ふに道を以てし、天下と自得を同じくし、穆然として無事を以て業と為し、担爾として天下を以て公と為す。君位に居りて万国を饗すと雖も、恬として素士の賓客に接するがごとく、竜旂を建て、華袞を服すと雖も、忽として布衣の身に在るがごとし。故に君臣上に相ひ忘れ、蒸民下に家々足る。（巻四・四表）（g）

ここには「聖人」が「天下」の人々と「自得」を共にするという理想の古代の社会の様子が記されている。「君臣」「蒸民」という階層の区別は存在していても、人々は同じく自らに満ち足りて「自得」を遂げていて、「富と貴」を意識することもなかったという。「大道」という言葉はないけれども、これは前述の「大道」のおこなわれていた「理想」の時代と同じものと考えられるであろう。なおここに見える「聖人」は、現在において「養生」の実践によって目指されている理想の人格と、その性格が極めて近似していることに注目しておいてよいだろう。

以上のように見てくるならば、嵆康の「養生論」は、たんに個人の自得達性や、養生長寿を説くに止まるものではなく、世俗士大夫達の欲望のあり方を厳しく批判することによって、世の中全体の「欲」のあり方を批判した、一種の社会論・政治論となっているといえるであろう。そして嵆康の考えでは、社会の肥大した「欲望」が「大道」の世を衰退させ、今日の混乱と頽廃とをもたらしている重要な契機と考えられていて、その「欲望」の克服は「大道」回復の課題として捉えられていたのであろう。ところで、「大道」の衰退の原因は、今一つ「聖人」「至人」の不在という契機で考えられていたが、この観点からは如何なる回復が期待し得るであろうか。もちろん「至人」の登場が待ち望まれるわけではあるが、しかし現実の君主と古代の「至人」との隔たりは、あまりに遠すぎるように見うけられる。「太師箴」では次のように述べるに止まっている。

季世陵遅し、体を継ぎ資を承け、尊に凴り勢に恃み、友とせず師とせず、天下を宰割し以て其の私に奉ず。故に

君位益々侈にして臣路心に生ず。……刑は本より暴を懲らすに、今は以て賢を脅かす。昔は天下の為にし、今は一身の為にす。下、其の上を疾み、君、其の臣を猜ふ。（巻十・一裏）（h）

「体を継ぐ」とは、君主の世襲制を意味するのであろう。「至人」の無為の治が崩壊し、一方で人々は私利に趨り、一方で君主はその「私」の為に「天下」を奉仕させる。「季世」とはこのようであって、現在に至っている。「賢」は顧みられることなく「刑」によって脅かされているのである。では如何にして「至人」を登場させることができるのであろうか。嵆康は次のように述べているのではあるが、果たしてどれほどの効力があったものか、あるいはまた嵆康自身、自らのことばにどれほどの力を認めていたであろうか。

故に帝王に居る者は、我れ尊しと曰ひて、爾の徳音を慢る無かれ。（巻十・二裏）（i）

さて、嵆康における「神仙」への憧れや「養生」への情熱が、どのようにして世俗士大夫や「名教」社会への批判と結びつき得るのかという問題を考察してきたわけである。その結果、彼の「養生論」には世俗の「欲」のあり方への批判という重要な要素があって、それは理想の古代の衰退の契機として「欲」を設定するという思考と密接な関連があると考えられる。嵆康にとって「養生」の実践は、個人の安心や自得・長寿を目指すものであるに止まらず、理想の古代へと通じる現実的な通路として存在したと考えられる。しかし、こうした「大道」の理想という思考が、現実に対してどれほどの作用をもたらしたか、その力の及ぶ範囲はたかだか知れていよう。その端緒たる「養生」の実践にしても、士大夫達の生活意識を根底から改める力は持っていないし、また、そのことも嵆康は承知していたであろう。したがって「大道」という救済論は空論なのである。けれども、彼が刑死した事実と、大学の学生達がその死を悼んだという記載とをそこに突き合わせてみると、この「大道」という空論が一定の社会的な作用を果たしたのではないかと想像することができるのではなかろうか。

とはいえ、「大道」への通路は、現実には社会を構成しているすべての人々が「養生」の実践を通して古代の「自

得」の世に回帰していくことと、「至人」の統治の招来とによって始めて実現できるものである。したがって、「大道」は実は遥かかなたにあるのであって、それは時として人を絶望させたり、また、その幻影を夢みさせたりもするのである。嵇康は「慷慨して古人を思ひ、夢想して容暉を見る」（巻一・六表）と詠じたり、「天衢に逍遥し、千載長生す」（巻一・八裏）と歌ったり、「独り庭の側らに歩み、首を仰げて天衢を看るに、流光は八極に曜く。心を撫して季世を悼み、遥かに大道の逼れるを念ふ」（魯迅校本三一頁）と詠じるとき、そこには「大道」のありようと神仙の幻想とがひとつになってあらわれていたのではなかったろうか。嵇康にとっての「神仙」は、現実の社会への危機意識が様々に現実的な解決を試みさせながらも、その解決は遥かかなたの古代社会を目指すことによってしかその手掛りを得られなかったがために、嵇康の心の幅を押し広げたり縮めたりすることを強いた結果として、その心の隙間に忍び込んだ、一つの幻影であったかも知れない。

（a）夫為稼于湯之世、偏有一溉之功者、雖終帰于燋爛、必一溉者後枯。然則一溉之益、固不誣也。而世常謂、一怒不足以侵性、一哀不足以傷身。軽而肆之。是猶不識一溉之益識、望嘉穀于旱苗者也。

（b）而世人不察、惟五穀是見、声色是耽、目玄黄、耳務淫哇、滋味煎其府臓、醴醪煮其腸、香芳腐其骨髄、喜怒悖其正気、思慮銷其精神、哀楽殃其平粋。

（c）至于措身失理、亡之于微、積微成損、積損成衰、従衰得白、従白得老、従老得終、悶若無端。中智以下、謂之自然。

（d）且生之為楽也、恩愛以相接、天理・人倫・燕婉娯心、栄華喜志、服饗滋味、以宣五情、納御声色、以達性気。此天理・自然、人所宜、三王所不易也。

（e）夫嗜欲雖出于人、而非道徳之正。猶木之有蝎、雖木之所生、而非木所宜。故蝎盛則木朽、欲勝則身枯。然則欲与生不並久、名与身不倶存、略可知矣。而世未之悟、以順欲為得生、雖有厚生之情、而不識生生之理。故動之死地也。

（f）曰富与貴、是人之所欲、蓋為季世悪貧賤而好富貴也。未能外栄華而安貧賤。

（g）聖人不得已而臨天下、以万物為心、在宥群生、由身以道、与天下同于自得、穆然以無事為業、担爾以天下為公。雖居君位居饗万国、恬若素士接賓客也、雖建竜旂、服華衮、忽若布衣在身也。故君臣相忘于上、蒸民家足于下。

（h）季世陵遅、継体承資、憑尊恃勢、不友不師、宰割天下、以奉其私。故君位益侈、臣路生心。……刑本懲暴、今以脅賢。昔為天下、今為一身。下疾其上、君猜其臣。

（i）故居帝王者、無曰我尊、慢爾徳音。

五　「道」について

嵆康が究極において目指していたものが、たんに自己の生命の真実の実現に止まるものでなく、古昔に実在したと信じられた「大道」の世におけるすべての人々の「自得」の実現にあったことを見てきた。嵆康は当世の混乱を「大道」の実現よって救済しようと考えたのであるが、それでは彼のこうした「大道」の理想という考え方はどのようにして構成されたのであろうか。先行思想との関係を考察しておく必要があるだろう。ただこの点については、嵆康の発想が「荘子」の諸篇に基づくものであるとの指摘がなされている。(8) しかし「道」の衰退とその回復という観点から改めて検討する価値があるだろう。「荘子」の中では「道」の堕落とそこからの回復という問題は、どのように考えられているであろうか。嵆康の描いている「大道」の理想に近いものを『荘子』の諸篇に求めてみると、たとえば次のようなものがある。

南越に邑あり。名づけて建得の国と為す。其の民は愚にして朴、私少なくして欲寡し。作るを知りて臧するを知らず。与へて其の報ひを求めず。義の適ふ所を知らず、礼の将《おこな》ふ所を知らず。猖狂妄行して乃ち大方を踏む。其の生くるや楽しむべく、其の死するや葬るべし。（『荘子集釈』「山木篇」・六七一頁）（a）

ここでは「民」の「愚」であり「朴」である状態と、「私少なく欲寡き」あり方が理想として描かれており、「老

子」との関係も容易に連想し得るのだが、ただ「君」と「民」との関係について直接のべることはない。しかし嵇康の描く「大道」の理想社会とほぼ同じものがここには見て取れる。では如何にしてこうした「理想」の社会は崩れていったのか。「荘子」では次のように述べられている。

虞氏、仁義を以て天下を撓してより、天下は仁義に奔命せざる莫し。是れ仁義を以て其の性を易《か》ふるに非ずや。故に嘗試《こころ》みに之を論ぜん、三代以下は天下、物を以て其の性を易へざる莫し。小人は則ち身を以て利に殉じ、士は則ち身を以て名に殉じ、大夫は則ち身を以て家に殉じ、聖人は則ち身を以て天下に殉ず。

（『荘子集釈』「駢拇篇」・三二三頁）（b）

ここでは「聖人」が「仁義」をもちだすことによって、「天下」が乱れたとされている。その結果、人々は「利」と「名」とを追い求めるようになったという。「理想」世界の堕落はもちろん人々の利の追求によるのだが、「聖人」も「道」の堕落に加担しているとされているところが「荘子」の特色である。では、こうした「道」の堕落は如何にして救済し、理想の太古の時代へと復帰できると考えられているのだろうか。たとえば次のように述べられている。

吾が謂はゆる臧《よ》しとは仁義の謂ひに非ざるなり、其の徳を臧しとするのみ。吾が謂はゆる臧しとは仁義の謂ひには非ざるなり、其の生命の情に任せるのみ。吾が謂はゆる聡とは其の彼を聞くを謂ふに非ざるなり、自ら聞くのみ。吾が謂はゆる明とは其の彼を見るを謂ふに非ざる也、自ら見るのみ。

（『荘子集釈』「駢拇篇」・三二七頁）（c）

「荘子」は「生命の情」に任すことによって、人が真実の生き方を回復できると考えているようである。しかしこの視点は、いわば個人の安心立命の境地を追求するに止まるのではなかろうか。上述の文章は一人の人間の、堕落からの回復を説くのであるが、しかしそれなら全体としての秩序は、如何にして回復されるだろうか。この「至人」が聖王として君臨すると考えられているのであろうか。あるいは「荘子」の立場は、そもそうした全体的視点を欠如させているのだろうか、あるいは全体の秩序を第一義とする立場に対して、個人の立場を強調するものなのであろ

うか。

彼の民には常の性あり。織りて衣《き》、耕して食ふ。（『荘子集釈』「馬蹄篇」・三三四頁）（d）

夫れ至徳の世は同じく禽獣と居り、族《あつ》まりて万物と並ぶ。悪くんぞ君子と小人を知らんや。同乎として無知なり、其の徳離れず。同乎として無欲なり、是れを素樸と謂ふ。素樸にして民性得らる。聖人に至るに及びて、蹩躠として仁を為し、踶跂して義を為し、而して天下を始めて疑ふ。（『荘子集釈』「馬蹄篇」・三三六頁）（e）

ここでは全体としての秩序が「民」が各々の「常の性」を得ることによって自ら形成されていたと「至徳の世」の理想が述べられている。しかし、ここにはまだ理想の「君主」は登場していないし、そもそも「荘子」においては「君主」は余計なものと考えられていたようである。したがって、「馬蹄篇」の「至徳の世」には「至人」は明確な姿をみせない。次の下降した時代に「聖人」が登場するが、それは時代の衰退の一つの象徴として登場しているのである。とすれば「荘子」の関心は「個」としての人々の救済に向けられていて、社会全体というものの秩序の形成を積極的に追求する思考は乏しいように見受けられる。

こうして見てくるならば、「荘子」は嵇康にとってその発想の根底において大きく作用していたのはもちろんであるが、しかし、そこにはまたかなりの違いも認められる。そのうちの最も大きなものは、堕落した現実から理想への回復を図る過程における「至人」や「聖人」の位置づけのちがいと、「荘子」的解決方が個人の救済に止まるのに対して、嵇康が社会全体をその視野においているという点とであろう。

（a）　南越有邑焉。名為建得之国。其民愚而朴、少私而寡欲。知作而不知臧。与而不求其報。不知義之所適、不知礼之所将。猖狂妄行、乃踏乎大方。其生可楽、其死可葬。

（b）自虞氏仁義、以撓天下也、天下莫不奔命於仁義。是非以仁義易其性与。故嘗試論之、自三代以下者、天下莫不以物易其性矣。小人則以身殉利、士則以身殉名、大夫則以身殉家、聖人則以身殉天下。

（c）吾所謂臧、非仁義之謂也。臧其德而已矣。吾所謂臧、非仁義之謂也、任其生命之情而已矣。吾所謂聡、非謂其聞彼也、自聞而已矣。吾所謂明、非謂其見彼也、自見而已矣。

（d）彼民有常性。織而衣、耕而食。

（e）夫至徳之世、同與禽獣居、族与万物並。悪乎知君子小人哉。同乎無知、其徳不離。同乎無欲、是謂素樸。素樸民性得矣。及至聖人、蹩躠為仁、踶跂為義、而天下始疑矣。

六　結語

嵇康の「論」は世俗社会の士大夫達の思考を根本的に批判するため書かれたものであり、その批判の基盤として理想的古代とも称すべき「大道」の時が存在していたと考えられていた。「大道」の時に比べるならば現在は衰世（季世）であり、その衰退をもたらした原因は、人間の欲望の肥大と「至人」の不在とに在ると考えられた。したがって彼の「養生論」は、士人達の欲望のあり方を批判することを通して「大道」の回復を図る試みであって、社会秩序の回復を願うという心情が込められているのであって、たんに「養生」の実践を通して自己の安心自得を目指すものではなかった。(9) こうした、批判を通して「大道」の時への復帰を願うという思考態度は、「難宅無吉凶摂生論」等においては運命に対する批判を通して未来の可能性を追求したものであり、「釈私論」では、倫理的側面において「顕情」の率直さによることを主張して「大道」の回復を希求したものであり、各論はその根底において「大道」の理想が存在していたのである。したがって、「神仙」という理想世界はこうした「大道」という理想社会を顕在化させる一つの比喩ということができるであろう。

注

1　福永光司「嵆康における自我の問題―嵆康の生活と思想―」(『東方学報』32)

2　侯外廬『中国思想通史』・任継愈『中国哲学史』

3　嵆康が「名教」の反逆者として刑死したと伝えられているのは周知のことだが、この事実を信じるならば、嵆康は刑死を自ら回避することをしなかったのであり、「名教」社会への批判という点で一貫していた思われる。したがって「永遠の生」も「宗教的情熱」も、彼の到達点を示すものではないと考えられる。

4　「卜疑集」では、嵆康は自己の「志尚」の揺れを様々に列挙していて、その中に「神仙」への憧れも「養生」の実践も含まれているが、そのどれかが究極のものと成り得ているわけではない。

5　拙稿「嵆康の「声無哀楽論」について」(『国学院雑誌』第89巻9号)(第六章参照)

6　拙稿「嵆康における運命の問題」(『漢文学会会報』第33輯)(第四章参照)

7　拙稿「嵆康における「自然」という観念について」(『国学院雑誌』第88巻8号)(第一章参照)

8　中嶋隆蔵「嵆康における公私の問題」(『文化』37巻3号・4号)

9　嵆康の「養生説」や「神仙説」によって、その宗教性や神秘的傾向を強調する、嵆康研究の立場に対する批判として、この論は書かかれたものである。

(補足)

嵆康の批判的「論」の性格を十分に展開できていない憾みはあるが、全体の見通しとしては正しいと今でも考えている。ただ「大道」の理想というものも、その批判の機能を重視すべきであって、それを実体的に捉えるべきではないと、今は考えている。

第六章　嵆康の「声無哀楽論」について
――「移風易俗」と「楽」の問題――

嵆康は当時において琴の名手として広く知られていたようであるし、「琴賦」という作品も残されている。ただ風流の名士という姿は、必ずしも彼が音楽に見出していたものを十分に尽くしているとは言えないようである。嵆康が音楽の問題を通して思索していたものを窺ってみる。

一　はじめに

嵆康の思想を嵆康自身のことばによって要約するならば、「名教を越えて自然に任す」（「釈私論」）ということであろう。嵆康が自らに課した思想上の問題は、如何にして「名教」社会の束縛から自由になり、「自然」の真実に忠実に生きることが可能かを明らかにすることであった、といいかえることもできるであろう。「名教」とは、その社会がそこに生きる人々を、目に見える露骨な形においてであれ、あるいはそうと知らない無意識の形においてであれ、ともかくも一定の秩序の枠の中へ追い込み、そこに止まることを強いる力のことであり、一方「自然」とは、ひとまずそうした制約から自由でありたいと願う、心の思い、あるいはそうした観念であろう。(1) だから人が人生を生きることが社会においてであり、しかもその社会がかつては人間の思いや力で築いたはずであるのに、物のような存在感をもって、人の意識ではもはや左右できないものとして厳として存在し続けている事実がある以上、嵆康が自ら抱え込んだ「名教を超える」という課題は困難なものとならざるを得ないであろう。嵆康は様々な角度から動かし難い現実、

所与としてある世界から、「自然」への通路を見出そうとしていたように思われる。

嵆康には「養生論」を始めとして九つの「論」[2]と題する論文があって、論究の対象は様々であるけれども、その問題意識を底辺において規定しているのは、この「名教」と「自然」という問題であるように見受けられる。各論文の制作年代も、あるいはその順序についても、今日では確実なことは何一つ知り得ないのであるが、しかし、それぞれの論において「名教と自然」の問題がどのように考えられ、そしてどの程度に問題意識の変化あるいは深化があらわれているのか、逐一検討してみるならば、嵆康の思索の跡を少しく具体的に辿り得るのではなかろうか。ここに取り上げる「声無哀楽論」[3]もそうした考察の対象の一つである。

二　「楽記篇」の音楽論

さて「声無哀楽論」は「秦客」の問いかけに「東野主人」が応答するという形式によって展開されていく。「東野主人」はもちろん嵆康自身の立場を表すものであり、「秦客」は具体的に誰とは特定できないのであるが、その表明している立場は一般の士大夫の平均的な考え方のようである。そしてこの「秦客」が「今あなたは声に哀楽はないとお考えですが、その論理はどのようなものですか」とたずねているところから考えると、当時この作品以外にも嵆康は「声に哀楽はない」という議論を公開していて、広く世間に知られていたのであるかもしれない。[4]さて「秦客」は以下のような問いをもって「東野主人」と議論を開始する。

秦客有り、東野主人に問ひて曰く、之を前論に聞く、曰く、治世の音は安んじて以て楽しく、亡国の音は哀しくして以て思ふ。夫れ治乱は政に在りて音声之に応ず。故に哀思の情は金石に表れ、安楽の象は管弦に形はると。（巻五・一表）（a）

「秦客」は二つの論拠を挙げて「東野主人」の「声に哀楽はない」の論を批判するのであるが、これはその中の第

一の論拠である。ここにいう「前論」とは『礼記』楽記篇・『史記』楽書・『毛詩』大序などに類似の考え方の見えるもので、儒家の伝統的な、音楽と政治との所謂対応論と見ることができるであろう。音楽は政治の善し悪しを反映する、そしてその前提として哀楽の感情、すなわち心の思いが「音声」にあらわれる、文字通り音楽にあらわれる、というのである。

「秦客」はさらにもう一つの論拠を次のようにのべる。

仲尼、韶を聞きて虞舜の徳を識り、季札、絃を聴きて衆国の風を知る。斯れ已然の事、先賢の疑はざる所なり。（巻五・一表）（b）

孔子が斉の国に居て韶の音楽を聞き、数か月のあいだ感動したという話（述而編）や、韶の音楽の「美しさ、善さ」を批評した逸話（里仁編）が『論語』にあり、また季札が魯国にやって来て周の音楽を聞き、それぞれの音楽から各国の政治の様子や聖王の徳のありさまを聞き分けた、という説話が『左伝』（襄公二十九年）には記されている。そうした経典の記載に拠って「秦客」は、「音楽において政治の善悪を知り得るのだから、まして哀楽の情なども音楽においてたやすく知り得るはずだ」というのである。もちろんその前提として「声」には「哀楽」等が存在するはずだというのである。それなのに何故あなたは「声に哀楽はない」と考えるのであるか、と「秦客」は「東野主人」を問いただすのである。

さて「東野主人」たる嵆康はもちろん「秦客」の論難を逐一再批判していくのであるが、嵆康の「声に哀楽はない」という命題は、社会の伝統的な思考の批判に向けられている。そこで、そうした伝統的音楽論を形成するのに最も強力であったと思われる『礼記』楽記篇の基本的な考え方を以下に一瞥しておくのが便利であろう。

「楽記篇」の音楽論の基礎を構成している思考はおよそ次の三点にまとめられるであろう。まず第一には音声と音楽とを一貫して「人心」から生じると考える要素がある。つまり音楽の発生・起源の問題についての思考である。

凡そ音の起こるや人心に由りて生ずるなり。人心の動くや物之をして然らしむるなり。物に感じて動く、故に声に形はれ、声相ひ応ず、故に変を生じ、変方を成す、之を音と謂ひ、比音して之を楽にし干戚羽旄に及ぼす、之を楽と謂ふ。楽とは音の由りて生ずる所なり。其の本は人心の物に感ずるに在るなり。

（『礼記注疏』巻三十七・一裏）（c）

ここでは制度として作為された、あるいは社会の中に形成された楽の起源が人心から「声→音→楽」という経路によって生じるとされていて、あたかも人心の自然な発露であるものが、制度としての「楽」にそのまま転化したかのように考えられている。なるほど人心が物に感動して発する叫びは感情の直接的な表出であるのだから、その過程は自然であろう。しかし「声」が混じり合い整えられて楽器にのせられた段階においての「楽」はもはや自然ではなく、社会の産物としてあるのであり、人の自然とはもはや疎遠な存在となっているはずである。ところが「楽記篇」の「音は人心に由る」という音楽起源論は、こうした音楽の、社会的人為的な性格を実は人々の目から覆い隠す機能を果たしてしまっていることになる。これが「楽記篇」の音楽起源論の含んでいる問題である。

「楽記篇」を構成している思考の第二の要素は音声感情対応論とでも称すべき性質のものである。

是の故に其の哀心感ずる者は其の声噍（つまって短い声）にして以て殺ぐ。其の楽心感ずる者は、其の声嘽にして緩し。其の喜心感ずる者は、其の声発にして以て散ず。其の怒心感ずる者は、其の声粗にして以て厲し。其の敬心感ずる者は、其の声直にして以て廉なり。其の愛心感ずる者は、其の声和にして柔なり。

（『礼記注疏』巻三十七・三表）（d）

ここでは、人心の「哀・楽・喜・怒・敬・愛」の六つの感情、心の動きに各々対応して「噍・嘽・発・粗・直・和」の六つの「声」が区別されている。つまり「人心」の動きに應じて、それに対応する「声」が区別できるというのである。そしてここから「声」を知るという第三の問題が生じてくる。

凡そ音は人心に生ずる者なり。楽は倫理を通ずる者なり。是の故に声を知りて音を知らざる者は禽獣是なり。音を知りて楽を知らざる者は衆庶是なり。唯だ君子のみ能く楽を知ると為す。是の故に声を審かにして以て音を知り、音を審らかにして以て楽を知り、楽を審らかにして以て政を知り、而して治道備はれり。

（『礼記注疏』巻三十七・七表）（e）

「声」は「人心」の表出であるという前提のもとに、「音」「楽」という「自然」の系列が存在するとすれば、その逆を起源に向かって辿ってゆけば、それは「人心」にたどり着くはずであり、そしてその逆向きの過程も「自然」の中に含まれていると考えられる。そして、そこから「人心を知る→政治→楽を知る」という、音楽による教化という図式が、あくまで自然の過程として理論化されていくのである。すなわち「楽記篇」の音楽論は音楽の起源を人心に求め、その感情の反映を「声」として捉え、「声」を基礎として「楽→音」を導き出し、そしてそれを自然と見なして、さらに「先王」の「人心」に対する働きかけを、その自然と見なした過程を逆に辿ることによって、音楽を知ることで「人心」を知り得ると考え、かくして教化の正当性を基礎付けるものである、ということができるであろう。これはもし太古の小国寡民の時代においてならば、人々が相互に「心」を通い合わせていて、一定程度の真実であり得ようが、音楽が社会の産物として「人心」から隔たって存在している後世にあっては架空のものと考えざるを得ないであろう。「楽記篇」の音楽論は以上三つの要素からなっているとひとまずはいえよう。

ところで嵆康の「声無哀楽論」は、直接的にはこの「楽記篇」の第二の要素、すなわち「哀しい心の表れである哀しい音楽が存在する」という思考を否定するものであるが、それでは嵆康はこの問題をどのように考えることによって「声無哀楽」という命題に至り得たのであろうか。

（a）有秦客、問于東野主人曰、聞之前論曰、治世之音、安以楽、亡国之音、哀以思。夫治乱在政、音声応之。故哀思之情表于

金石、安楽之象、形于管弦也。

（b）仲尼聞韶、識虞舜之徳、季札聴絃、知衆国之風。斯已然之事、先賢所不疑也。

（c）凡音之起、由人心生也。人心之動、物使之然也。感於物而動、故形於声、声相応、故生変、変成方、謂之音、比音而楽之、及干戚羽旄、謂之楽。楽者音之所由生也。其本在人心之感於物也。

（d）是故其哀心感者、其声噍以殺。其楽心感者、其声嘽以緩。其喜心感者、其声発以散。其怒心感者、其声粗厲。其敬心感者、其声直以廉。其愛心感者、其声和以柔。

（e）凡音者、生於人心者也。楽者通倫理者也。是故知声而不知音者、禽獣是也。知音而不知楽者、衆庶是也。唯君子為能知楽。是故審声以知音、審音以知楽、審楽以知政、而治道備矣。

三　「楽」と「自得」の問題

「秦客」は二つの論拠をあげて嵆康の「声無哀楽論」に対して疑問を投じたのであった。「前論」には「哀思の情は金石に表れる」とされているではないか。「仲尼は韶の楽を聞いて、聖王の徳を知った」と古籍に記されているではないか。にもかかわらず「声に哀楽はない」と、どうしてあなたはいうのであるかと。嵆康は「亡国の音は哀しく以て思ふ」という思考が、必然的に「哀思の情は金石に表れる」という「声有哀楽」論を導き出すのではないとして、次のようにいう。

然れども声音和比するは、人を感ぜしむるの最も深き者なり。労者は其の事を歌ひ、楽者は其の功を舞ふ。夫れ内に悲痛の心有れば、則ち激切にして哀言す。言比して詩を成し、声比して音を成す。雑へて之を詠じ、聚めて之を聴く。心は和声に動き、情は苦言に感ず。嗟歎未だ絶えずして泣涕流漣す。（巻五・一裏）（a）

「声音」が一定の調和した状態にあって、人を深く感動させることは事実として嵆康は認めている。しかしそれは、たとえば悲痛の「心」がそのまま「ことば」となり「声音」となるからではなく、「言」が「詩」となり、「声」が

「音」となって始めて第三者の共感を得られるように、「心」が自己を社会の共有する観念に形を変えることによって実現される。社会の共通理解を可能にする形態は、ことばに対しては「詩」といわれ、音声に対しては「和声」といわれている。「和声」は、その社会の人々が暗黙のうちにそれで「心」を動かされる、一定の音声の連なりであるが、それは個々の心の思いや感情を、直接そのまま反映するものではない。なるほど人々は「和声」に心を動かされるのであるが、それは個々の特定の心を知って感動しているのではない。ただわけもなく、我知らず心が動くのである。したがって、その「和声」は、特定の感情があらわれているのでもなく、またその「和」から特定の人の心を知ることもできないのである。では人が「哀」しい気持ちを他人にどのようにして知らしめることができるのであろうか。

夫れ哀心、心内に蔵し、和声に遇ひてしかる後発す。和声は象無くして哀心は主有り。夫れ有主の哀心を以てして、無象の和声に因る。其の覚悟する所は唯だ哀のみ。豈に復た吹万の同じからずして、其の己に自ら使むるを知らんや。（巻五・二表）（b）

人の心の「哀」は、「和声」と出会うことで始めて形をとり外化される。ところで「和声」自体は無色であって、特定の感情を表してはいない。したがって、「哀」を発する主体は「和声」に自己の「哀」を読み込むのである。そして他者への伝達は、自己の「哀」と「和声」との同一視を、他者へと類比することで可能となる、というのであろう。他者がある感情を「和声」によって外化している場面において、聞き手はその音声、身振り、表情を総合してその「和声」に一定の感情を読み込むのである。

さてそれでは、どうして「亡国の音は哀しく以て思ふ」といわれるのであろうか。嵆康の考えでは、ある感情が「和声」にであって外化され、その主体が感情と「和声」とを同一視するところから「声に哀楽が有る」と考えられたとされる。したがって「亡国の音」が「哀」しいとされるのは、「亡国の音」を発する主体の心の思いが「和声」を待ってあらわれ、そしてその「音」と「心」とを同一視することによって生じたものといわれるのであろう。

風俗の流るるや、遂に其の政を成す。是の故に国史、政教の得失を明らかにし、国風の盛衰を審らかにし、情性を吟詠し、以て其の上を諷す。故に曰く、亡国の音は哀しく以て思ふと。（巻五・二表）（c）

「亡国の音」とは、国家の乱れと風俗の頽廃とを目睹した国史が、その心の「哀」を「和声」を媒介として「音（楽）」に託して為政者を諷諭したものであって、そこにも国史自身の自己の感情と「和声」「音」との同一視がはたらいており、それがそのまま、ことば・記録として伝えられ、人々は「亡国の音」を聞き「亡国」の歴史的事実が生み出す悲哀の感情をそこに重ね合わせて、「音（楽）」と「悲哀」とを同一視する、というのである。したがって「声に哀楽が有る」のではない、人々は音楽と感情とを区別できないでいるだけだと嵆康はいうのである。

「秦客」の批判の第二の論点は「楽」を通じて様々な事が知られるという伝承に基づくものであった。仲尼や季札は「楽」を聞いて「虞舜の徳」を知り、「多国の風」を知ったではないかという。嵆康は次のようにいってそれを退ける。

且つ季子魯に在りて詩を採り礼を観以て風雅を別つ。豈に徒に声に任せて臧否を決せんや。又仲尼、韶を聞き其の一致を歎ず、是を以て咨嗟す。何ぞ必ずしも声に因りて以て虞舜の徳を知り然る後に歎美せんや。（巻五・二裏）（d）

「秦客」のあげる二つの例証は、必ずしも音楽によって時空を隔てた様々の事柄を知り得たことの証拠とはならない。季札にしても仲尼にしても、その判断はたんに「声」によってなされたものではなく、具体的な「詩」「礼」を見たり、あるいは「虞舜の徳」をあらかじめ知っていて、それを「韶」に結び付けることで感動したものであろうという。

さて嵆康と「秦客」との論難応酬はこの後も繰り返されていくのであるが、両者の対立は以上の応答において一応明らかであろう。「秦客」は「音楽に哀楽その他が有って、人は音楽によってそれを知ることができる」と主張して

いるのに対して、嵆康は「哀楽は声─→和声─→音」という過程によって外化されるが、音楽そのものが哀楽なのではなく、したがって、「音楽から哀楽を知ることはできない」のであって、それ故に「声に哀楽は無い」というのである。

嵆康の側から見れば「秦客」の立場は「哀楽」と「楽」とを同一視して「楽」そのものの意義を認めずに感情の表出という限定された視点に拘束されて、「楽」の独自の意義を覆い隠してしまっている、ということになるであろう。だから嵆康が「声に哀楽は無い」と宣言するその意義は、「楽」をたんに感情のあらわれとみたり、「楽」と心を一致するものと見たりする伝統的な見方に対して、「楽」そのもののより広い意義を明らかにすることにあったと、ひとまずはいえるであろう。「歴世の才士」たちの「賦頌」を批判して嵆康は次のように述べている。

其の声音を賦しては、則ち悲哀を以て主と為し、其の感化を美しては、則ち垂涕を以て貴しと為す。麗は則ち麗なり。然れども未だ其の理を尽くさず。其の由る所を推すに、元より音声を解せざるに似たり。其の旨趣を覧るに亦未だ礼楽の情に達せざるなり。（巻二・一表「琴賦」）（e）

ここに批判されているのは、「歴世の才士」たちの音楽の意義を「悲哀」と「垂涕」においてのみ見る唯美的で単調な思考である。それは「声音」の「理」を尽くしたものではない、と嵆康は批判しているのである。では嵆康にとって「楽」は如何なる独自意義を有するものと考えられていたのであろうか。これが次に考えられるべき問題であろう。嵆康は音楽の本質を次のように規定している。

余少くして音声を好み、長じて之を翫び、以為へらく物に盛衰有りて此に変無し。滋味に厭く有りて此は倦まず。以て神気を導養し、情志を宣和し、窮独に処りて悶えざる者は、音声より近きは莫し。（巻一・一表「琴賦」）（f）

「音声」は、永遠にその本質を「変」えない不変の存在であり、人はそれを「滋味」のごとく味わい、しかも「倦」むことのないものである、という。それによって「神気」を養い「情志」を和することができるとされる。

「神気」といい「情志」といい、それは人間の内なる自然であろう。肉体的精神的苦痛から「音声」は人の心を解放するというのであろう。だから人がどんな「窮独」にあってもそれに耐え得るのは、「音声」の効用によるのだというのである。ここに見える嵆康の「声音」についての見方は、「音声」が人間の「喜怒哀楽」の情や「心」の思いから独立して存在していると考えられているところに特色があって、そしてその独立した「声音」が逆に人の「心」に働きかけて、人にある種の変化をもたらす、と考えられている。

夫れ天地、徳を合し、万物資りて生ず。寒暑代に往き、五行以て成る。章はれて五色と為り、発して五音と為る。音声の作るや、其れ猶ほ臭味の天地の間に在るがごとし。其の善と不善とは、濁乱に遭ふと雖も、其の体自若たりて変ぜざるなり。豈に愛憎を以て操を易へ、哀楽もて度を改めんや。（巻五・一表）（g）

「音声」は「天地」から生じた「万物」の「発」する音のすべての本たる「五音」として存在する。それは「臭味」が「天地の間」にあるのと同じであるという。人がある物を味わうという行為によって、一つの「味」があり、ある物の臭いを嗅ぐという行為によって一つの「臭」があるように、「音声」も聞くという行為をまって一つの「楽」が存在する。味わうという行為も、嗅ぐという行為も、さらに「楽」を聞くという行為も、それはその行為の数だけ様々であり得るのであり、その多様さに応じて「臭・味・楽」も多様なあらわれ方をするはずである。この場合、聞き手の数あるいは聞くという行為の数に対応して、個別の「楽」があると考えるのか、あるいは一つの「楽」が、聞き手の数や行為の数に対応してあらわれると考えるのか、そのいずれかであろう。嵆康は理想的な「楽」と人との関わりを次のように述べている。

夫の曠遠の者に非ざれば、之と嬉遊する能はず。夫の淵の静かなる者に非ざれば、之と閑止する能はず。夫の放達の者に非ざれば、之と惜しむ無き能はず。夫の至精の者に非ざれば、之と析理する能はず。（巻二・四裏「琴賦」）（h）

「曠遠者」「淵静者」「放達者」「至精者」がそれぞれどれほどの違いをあらわしているのか明らかではないが、「楽」に対して「個」がその内面において向かい合って、そしてある種の実践を達成していると知ることができるであろう。つまり「楽」は、個がその内面の自由において始めて向かい合い得る、それ自身は不変のものとされているのであろう。だから、単に「心」の感情を単調にそのまま反映しているのが「楽」だとは考えられておらず、「楽」そのものは不変で、特定の意味づけから解放されている故に、個の内面の多様さに対して対応できると考えられているのである。嵆康は一層具体的に次のように述べている。

是を以て伯夷は之を以て廉なり、顔回は之を以て仁なり、比干は之を以て忠なり、尾生は之を以て信なり。恵施は之を以て弁給なり。万石は之を以て訥慎なり。其の余は類に触れて長ず。致す所は一つに非ず。同帰にして殊塗、或いは文、或いは質、中和を総べて以て物を統べ、咸な日々用ひて其の人を感ぜしめ、物を動かしむるを失はず。（巻二・五表「琴賦」）（i）

伯夷の「廉」や顔回の「仁」、比干の「忠」や尾生の「信」、さらに恵施の「弁給」、万石の「訥慎」に至るまで、まさに多種多様な人々のあり方が、すべて「楽」によって実現されたものであると嵆康はいう。これらの人々がその達成し得ている事柄に共通性はないけれど、彼らがその「志尚」によって自己を律し、他の制約から自由であり得た点では共通していると嵆康は見ているのではなかろうか。そうした自己の「志」を妨げる様々の制約から解放する力を有するものとして「楽」があると、嵆康は考えているのではなかろうか。嵆康はしばしば「自得」(5)に言及するのであるが、これも単に心が欲望から解放されるという「養生」の観点から述べているというのではなく、自己を含めて人々がその「志」を遂げることを妨げるものから解放されることを意味するものであろう(6)。

嵆康にとって「楽」はかかる意味での「自得」をたすけるものと考えられたのであろう。したがって、その性格は、多種多様な人々の「志」をその個別生のままに達成するものでなければならず、単調な伝統思考の枠の中に押し込め

るものであってはならなかったのである。「声に哀楽が有る」と考えることは、単に「音楽が心の哀楽を伝える」ことを意味するものではなく、その背景としてある「人の心を善にする楽」という、多様なものを済一化するハタラキを「楽」に期待する考え方を忍び込ませているといえるであろう。嵇康にとって「声に哀楽は無い」とは、こうした伝統的な思考への批判であり、そうした制約された思考の改変を求めるものとして存在したといえるのではなかろうか。

（a）然声音和比、感人之最深者也。労者歌其事、楽者舞其功。夫内有悲痛之心、則激切哀言。言比成詩、声比成音。雑而詠之、聚而聴之。心動于和声、情感于苦言。嗟歎未絶、而泣涕流漣。

（b）夫哀心、蔵于心内、遇和声而後発。和声無象、哀心有主。夫以有主之哀心、因無象之和声（而発）。其所覚悟、唯哀而已。豈復知吹万之不同、而使其自己哉。

（c）風俗之流、遂成其政。是故国史、明政教之得失、審国風之盛衰、吟詠情性、以諷其上。故曰、亡国之音哀以思也。

（d）且季子在魯、採詩観礼、以別風雅。豈徒任声決臧否哉。又仲尼聞韶歎其一致、是以咨嗟。何必因声以知虞舜之徳、然後歎美邪。

（e）賦其声音、則以悲哀為主、美其感化、則以垂涕為貴。麗則麗矣。然未尽其理也。推其所由、似元不解音声。覧其旨趣、亦未達礼楽之情也。

（f）余少好音声、長而翫之、以為物有盛衰、而此無変。滋味有厭、而此不（倦）。以導養神気、宣和情志、処窮独而不悶者、莫近于音声也。

（g）夫天地合徳、万物資生。寒暑代往、五行以成。章為五色、発為五音。音声之作、其猶臭味在于天地之間。其善与不善、雖遭濁乱、其体自若、而不変也。豈以愛憎易操、哀楽改度哉。

（h）非夫曠遠者、不能与之嬉遊。非夫淵静者不能与之閑止。非夫放達者非、不能与之無惜。非夫至精者、不能与之析理也。

（i）是以伯夷以之廉、顔回以之仁、比干以之忠、尾生以之信。恵施以之弁給。万石以之訥慎也。其余触類而長。所致非一。同帰殊塗、或文或質、総中和以統物、咸日用而不失。其感人動物。

四 「移風易俗」の問題

さて、嵆康の反論の前に屈伏を余儀なくされた「秦客」が、「東野主人」に突きつけた最後の問いはきわめてリアルな次のようなものであった。

秦客曰く、仲尼言へる有り、移風易俗は楽より善きは莫しと。論ずる所のごとければ、凡そ百哀楽皆声に在らず。即ち移風易俗は果して何物を以てせんや。（巻五・十二表）（a）

「移風易俗」とは「楽」によって人民を教化し「善」に向かわしめるというものであって、儒家の伝統的な教化論の核心をなすもので、例えば「楽記篇」では次のようにいう。

哀楽の分、皆礼を以て終はる。楽なる者は、聖人の楽とする所なり。以て民心を善にすべし。其の人を感ぜしむるや深し。其の移風易俗するの故に先王教へに著はす。（巻十一・十三裏）（b）

「聖人」あるいは「先王」が「民心」を「善」にするその最善の方法として「楽」による「移風易俗」があるというのである。そしてその前提は「楽」が人心より直接生まれた「声」に基礎をもつという音楽起源論があったわけであり、「楽記篇」やこの「秦客」の立場からいえば、「声に哀楽が有る」「楽は人心を反映する」という思考は、「移風易俗」論にとっては不可欠の前提である。だから「秦客」は「あなたは声に哀楽はないというが、それならば移風易俗の問題はどうすればよいのか」と詰問するのである。つまり「声に哀楽はない」という立場では、「移風易俗」の問題はどのような関係に置かれることになるのか、と問うのである。

嵆康の思想の核は「名教を超えて自然に任す」という発言にあるとはすでにのべたし、また「毎に湯武を非とし、

周孔を薄んず」（「与山巨源絶交書」）とあるのも、名教批判のことばとして有名なものである。そこで「移風易俗」という儒家の統治論・教化論に対しても鋭い批判がなされているのでは、と安易に期待してしまうのであるが、嵆康の解答は予想のごとく率直でもなく、その真意を殊更に眩ましているかのようにも見える。嵆康は「声」と「音」と「楽」とを関連づけることをしないで、「楽」を人間の欲望の対象の一つとして位置づけ、そして「楽」による「移風易俗」という考え方を退ける。

八音会諧するに至りては、人の悦ぶ所にして、亦総て之を楽と謂ふ。然れども風俗の移易は此に在らざるなり。

（巻五・十二裏）（c）

それでは嵆康はどのような機構において「移風易俗」がなされると考えているのであろうか。

夫の音声和比するは、人情の已む能はざる所の者なり。是を以て古人は情の放《ほしいまま》にすべからざるを知る。故に其の逾る所を抑ふ。欲の絶つべからざるを知る。故に其の自る所に因る。奉ずべきの礼を為り、導くべきの楽を制し、口は味を尽くさず、楽は音を極めず、終始の宜を揆り、賢愚の中を度り、之が検を為す。

（巻五・十二裏）（d）

「音声」に対する人間の本能的な愛好は「人情の已む能はざる所」とされ、その欲望は「性情」の自然として認められる。ただしその放逸は規制されなければならないと考えられていて、そのために「礼」や「楽」が「古人」によって「為・制」されたのであると嵆康はいう。嵆康は「楽」を人間の欲望に適切な規制を加えることによって「宜」を知らしめる規範として位置づけているのである。したがって「楽」は「自然」から生まれそこに基礎をもつものではなく、人間の作為によって作り出されたものとされ、「自然」の観念から排除されているのである。このことの意味は後に述べるとして、「楽」が規範として立てられ、それが具体的にどのように「移風易俗」を実現していくと考えられているのであろうか。前文に引き続いて嵆康は次のようにいう。

則ち遠近風を同じくし、用いて竭きず。亦忠信を結び、遷らざるを著く所以なり。故に郷校庠塾亦之に随ひ変じ、糸竹は俎豆と並び存し、羽毛は揖譲と倶に用ひ、正言は和声と同じく発し、将に是の声を聴かんとするや必ず此の言を聞き、将に是の容を観んとするや必ず此の礼を崇ぶ……是に於て言語の節・音声の度・揖譲の儀・動止の数、進退相ひ須《ま》ち、共に一体と為る。君臣之を朝に用ひ、庶士之を家に用ふ。少《わか》くして之を習ひ、長じて怠らず、心安く志固く、善に従ひて日々遷り、然る後之に臨むに敬を以てし、之を持するに久しきを以てして変わらず、然る後化成る。此れ又先王楽を用ふるの意なり。（巻五・十三表）（e）

ここに述べられているのは、制度としての作為された「楽」が「礼」と併せ用いられることによって、人々が「善」に教化されていく過程であって、それを嵆康は「先王用楽の意」であるというのであるが、そして確かに「声に哀楽はない」という嵆康の論旨を逸脱してはいないのであるが、やはり誰しも首を傾けざるを得ないであろう。ここに描かれているのは、理想化されているとはいえ、「名教」世界そのものではないのか。もしそうだとすれば、ではなぜ嵆康は伝統的「楽」論とは異なる「声に哀楽はない」という命題を立てたのであるのか。そもそも「名教を超えて自然にまかす」という、彼の根本的な立場とどのように関わっていくのか、まるでわからないということになってしまうであろう。

問題は嵆康がなぜ「声に哀楽はない」という命題にこだわったかという点にある。前章で考察したごとく、それが「楽記篇」をその視野に入れてのことであるのは明らかであろう。では嵆康の「声に哀楽はない」の論は、「楽記篇」のどこを否定しているのか、あるいはどんな変更を加えているのであったか。前論から明らかなように嵆康は、この「声に哀楽はない」の論において、「楽」が政治・教化に果たす役割を全面的に否定しているのではない。嵆康が「声」「楽」と「心」とは別のものであると考えていたのは前述のとおりである。一方「楽記篇」は直接的に両者を区別しないというのではないが、「楽」において「哀楽」の情を知り得るというのであるから、「楽」と「哀楽」とは一

体不可分のものと見なしているわけである。したがって、嵆康の「声に哀楽はない」の論は、「楽記篇」のこの「楽」と「心」との一致という一点に向けられていると理解することができるであろう。

では一体、嵆康の批判の意味は「名教」社会とどのように関わるのであろうか。振り返ってみるならば、嵆康は「楽」を「哀楽」から区別された、制度としての音楽に限定し、それに規範としての性格を与えた。「楽記篇」では、「楽」は「人心」の発する「声→音→楽」が、一体の、自然の存在と見なされ、それによって「楽」は「人心」に基礎付けられ、自然で必然的なものとされたり、「聖人」と人民との感応による教化が、人々に抜き差しならぬものとして存在すると考えられたのである。こうした「楽記」あるいは「秦客」の思考は、政治や教化の作為性・恣意性を実は覆い隠して人々から見えなくさせ、政治や教化の内容に立ち入っての批判や吟味を「自然」としてある「楽」というドグマで神秘化することによって、回避しようとするものではなかったろうか。

嵆康は「楽」を「心」から切り離し、「人心」に対する規範として位置付けることによって、「楽」を「自然」の外に明確に位置付け、その作為性・恣意性を明らかにすることで、却って豊かな「心」の自由を「自然」において取り戻そうとした、といえるのではなかろうか。言い換えれば「楽」は人の「心」の外にある対象とされることで、それ故に規範として作用したり、あるいは人の「志」をたすけるものと考えられたのではなかろうか。「楽」が「人心」の反映とのみ考えられている限り、それは人々の哀楽をあらわしていて、聖王の教化をたすけるものという伝統的思考から一歩も抜け出せない。そうした思考の制約の根本の所に「楽」と「心」の反映論は位置していたのであって、それ故に嵆康とって「楽→声→心」の分離は、そうした思考の制約から自由となる一歩であったといえるのではなかろうか。

（a）　秦客曰、仲尼有言、移風易俗、莫善于楽。即如所論、凡百哀楽皆不在声。即移風易俗、果以何物以邪。

（b）哀楽之分、皆以礼終。楽也者、聖人所楽也。可以善民心。其感人深。其移風易俗、故先王著教焉。

（c）至八音会諧、人之所悦、亦総謂之楽。然風俗移易、不在此也。

（d）夫音声和比、人情所不能已者也。是以古人知情之不可放。故抑其所遁。知欲之不可絶。故因其所自。為可奉之礼、制可導之楽、口不尽味、楽不極音、揆終始之宜、度賢愚之中、為之検。

（e）則遠近同風、用而不竭。亦所以結忠信、著不遷也。故郷校庠塾、亦随之変、糸竹与俎豆並存、羽毛与揖譲倶用、正言与和声同発、使将聴是声也、必聞此言、将観是容也、必崇此礼……于是言語之節・音声之度・揖譲之儀・動止之数、進退相須、共為一体。君臣用之于朝、庶士用之于家。少而習之、長而不怠、心安志固、従善従日遷、然後臨之以敬、持之以久而不変、然後化成。此又先王用楽之意也。

五　結語

この「声無哀楽論」において嵇康が意図していた事柄は、一つには「楽」の独自性を明らかにし、それが個別存在としての「個」の多様なあり方のままに、それを自得達性せしめるものであることを示し、「楽」を個人のものとして位置付け、社会的制約からの自由を願う「心」の向かい合う対象としてあることを明らかにすることであった。だから「楽」はそうした「心」の個別性・多様性に見合うだけの豊かなものでなければならず、単調な「哀楽」の対応物であってはそうした要求を満たし得ないと考えられたのであろう。

さらに「声無哀楽論」における今一つの意図は、「楽」と教化の問題に関して一定の批判を加えることにあったとひとまずはいえるであろう。嵇康は「楽」が教化に対して無効であると述べているのではない。ただ「楽」を「心」の「哀楽」のあらわれであると信じて、それ故に「楽」が人の「心」を善にするのだし、古来聖王の時代よりそうであったと伝説に従って人々が思い込んでいるとすれば、それは正しくないと嵇康はいう。古代聖王の移風易俗に「楽」は無関係であったのではもちろんないが、その場合の「楽」は礼と併用された客観的な規範として存在し機能

していたのであり、心の哀楽を反映する自然の中の一過程として「楽」が捉えられていたのではないと嵇康は述べている。

ところで「楽」はその成立の起源を人の心の哀楽にもつ自然な存在であるから、「楽」は人が自然の真実に従って生きようとする場合に不可欠のものなのであるということを根拠にして、「楽」による人心の教化・陶冶を正当視するのが「楽記篇」を始めとする諸書に見える儒家の伝統的な「聖楽教化」論である。こうした思考に嵇康の論を突き合わせてみると次のようにいうことができるであろう。「楽」はそもそも人の心の哀楽とは直接結びつくものではなく、人の感情とは独立した存在であり、人の性情の自然に根拠を持つものではなく、そうした意味で自然の存在ではない。したがって「楽」によって人心を教化することが可能であるにしても、それは「楽」が人にとって自然の、真実の存在だからではない。「楽」は人に対して規範として作用するものである。人が規範を必要とする限りにおいて「楽」は人にとって不可欠であるに過ぎず、もし人が自然の真実に従って生きることを第一義と考えるならば、聖教としての「楽」はもはや不可欠ではあり得ないと。恐らくこうした含みを持つものとして嵇康の「声無哀楽論」は存在していたのではなかろうか。

総じていえば嵇康がこの「声無哀楽論」において意図していてことは、「声（音）」の独自性を明らかにすることで単調な「声」と「心」の一致という「声有哀楽」論を批判することであり、そして「楽」の規範的性格・作為性を強調することで却って「声→楽→教化」を自然性において結合する「聖楽教化」論を批判しようとしたのではなかったろうか。嵇康の「声無哀楽論」は伝統的思考や日常生活の習慣的思考に無批判に埋没している人々、すなわち名教社会に安住している士大夫達への根本的な批判の一つとしてあったといえるのではなかろうか。

注

1 「名教と自然」の問題については、西順蔵「竹林の士とその自然について」（『中国思想論集』）が示唆に富む。拙稿「嵆康における自然という観念について」（『国学院雑誌』88巻8号）（第一章参照）

2 拙稿「嵆康における運命の問題」（『漢文学会会報』33輯）は嵆康の「難宅無吉凶摂生論」等を論じている。（第四章参照）

3 「声無哀楽論」を取り扱っている論著には『中国美学史』第2巻上（中国社会科学出版）、『中国古代音史稿』上冊（人民音楽出版）などがある。

4 『世説新語』文学篇。「旧云王丞相過江左、止道声無哀楽、養生、言尽意三理而已。」

5 所謂達能兼善而不渝、窮則自得而無悶、以此観之、故尭舜之君世、許由之巌栖、子房之佐漢、接輿之行歌、其揆一也。仰瞻数君、可謂能遂其志者也。故君子百行、殊塗而同致、循性而動、各附所安。（「与山巨源絶交書」）

6 李沢厚・劉細紀『中国美学史』（第2巻上）は「嵆康は、音楽によって養生が可能であり、養生の根本は精神上の（和）にあると考え、そこで音楽の本質は（和）であるとした。嵆康の「声無哀楽論」を主張する理由はやはり彼の説いている養生と関連する「和」の観念からきている」と述べている。しかし、「楽」によってであれ、あるいは「養生」によってであれ、精神の内に形成された「和」の状態が、そのままに嵆康の目指していた窮極のものであったかどうか、「自得」とは内面の状態、境地をあらわすだけの観念の問題であったかどうか、疑問である。嵆康のいう「志」の内実を検討する必要があるとおもう。

たんに「和」ということでは「楽記篇」で「楽者天地之和也、礼者天地之序也」（巻十一・十裏）とあって、「名教」秩序を基礎づけていて、「批判」を生みだす原理とはならない。

第七章　嵆康における「自得」と「兼善」の問題について
――「卜疑集」と「釈私論」――

「卜疑集」と「釈私論」とは、恐らく嵆康の晩年に近い頃の作品であろう。「卜疑集」には彼の苦悩と懐疑とが全体を沈鬱なものにしているように見えるし、「釈私論」には強固な意志の表白が漲っているようで、一見する限り両者の隔たりは歴然としているようである。ただ子細に検討してみると、共通の基盤が根底にあることが知られる。

一　はじめに

一般には屈原の作とされている有名な「漁父の辞」[1]は、「屈原」と「漁父」との問答が記されている。「屈原」が「挙世」の「濁」にあって「我独清」くあることによって「放」たれたとの、自己の境遇を告げ、それに対して、「漁父」が「物に凝滞せず、能く世と推移する」「聖人」の在り方を説いて、笑って去っていくという物語である。世俗の汚れにけがされず、「我」の「清」を貫こうとする「屈原」と、世の中の変化に自在に対応できる「聖人」とでは、もちろんある意味で対照的である。しかし、この二通りの思考は、それほど対立しているのでもなく、絶対的に両立し得ぬのでもない。この「漁父」と「屈原」との対話を一人の作者の「設詞」だという見解も十分成立し得るのである[2]。なるほど「屈原」の「清」は「世」の「濁」に対する拒絶であるのに対して、「漁父」は「世」の「濁」に適応し得るのであるから、「世」に対処するその仕方は異なっていると、一応はいえるのであるが、しかし、その二つの

世間に対する対処の仕方は、ある共通の基盤の上に成立している。

まず彼らは「世」に対して一定の関心を有していること、そして「世」は、それにもかかわらず彼らとは無関係に推移していくものであるとの認識をもっていることである。もちろん「屈原」は伝説にしたがえば、政治の枢要にあって、「世」にはたらきかけ、一定の成果を収めるのであるが、究極のところで、やはり彼は「自分を置き去りにして、世は変わっていく」という嘆きに達してしまう。「漁父」はもちろん当初から「世は己のあり方とかかわりなく、推移するもの」と諦観しているわけである。つまり「世」は、彼らによれば自己の行為の及ばない彼方にあって、自己の行為とは無関係にそれ自身で推移し変化するものとされている。とするならば、この「屈原」の嘆息と「漁父」の諦観とのちがいは、ほんのわずかでしかない、ということになるのではなかろうか。そして、一般化して言えば、ここに中国の士大夫たちの、世に向かい合う際の典型的な思考の原形がみてとれるのではなかろうか。世に立ちまじって栄達を願うことと、世をあきらめて隠逸として身を潜める志向とが、時には一人の中で調和し得るのは、世に対するこうした嘆息と諦観とを前提としているからではなかろうか。中国の士大夫の思想は、この両極の間を揺れていて、その基盤を根底から洗い直す思考が登場するのは、きわめて稀であったといえるかもしれない。その乏しい一つの例として、嵆康の思想はあるのではなかろうか。

二 「自得」と「兼善」

嵆康は、政治の実権が魏王朝から司馬氏へと移っていく険阻な時代を生きて、様々な角度から日常の安定の中に埋もれている士大夫たちの思考を批判したり、ときには「名教」の虚偽なることを公言したりして、「当世に益なき」発言をなす「名教の罪人」(3)として弾劾され、四十歳で刑死するという激しい生涯をおくった。今日に残されている『嵆康集』にはそうした彼の激越な一面を伝える文章も、たとえば、

唐虞を軽賤して大禹を笑はんか。（巻三・二表）

又毎に湯・武を非として周・孔を薄しとす。（巻二・七裏）

などもちろん存在しているのであるが、また一方では「養生」を説いて、わが身一つの、心の平静を願う心情、

吾頃《この》ごろ養生の術を学び、栄華を方外にし、滋味を去り、心を寂寞に遊ばせ、無為を以て貴しと為す。（巻二・八表）

や、老荘思想への傾斜をあらわしている文章、

寧ろ老聃の清浄微妙にして、玄を守り一を抱くがごとくせんか。将た荘周の斉物変化し、洞達して放逸するがごとくせんか。（巻三・二裏）

も散見するのである。

人が一生涯をおくるなかで、思想的遍歴を経験することも、また、その時々の関心に応じて、問題意識やその視野に変化が生じることは、普通のことであろう。しかしまた、そうした多様性の中にもおのずから何かの中心や、あるいは統一的な視点が存するであろうことも容易に推察されよう。あるいは分裂に終わったとすれば、そこにはまたそれなりの原因なり理由が存するであろう。そこで以下では、嵆康の思考のなかで、たとえば我が身一身の幸福を考える思考としての、

争はず譲らず、心を晧素に遊ばせ、忽然として坐忘す。（巻三・二表）

などの「自得」と、一方、「世」と「自己」との関わりを問題とする、

古の王者、天を承け物を理め、必ず簡易の教えを崇び、無為の治を御め、君、上に静かに、臣、下に順ふ。玄化潜通し、天人交ごもに泰し。……群生安逸し、自ら多福を求め、黙然として道に従ひ、忠を懐き義を抱き、而して其の然る所以を覚らず。（巻五・十二表）（a）

などの思考とが、嵆康の中でどのように調和していたのか、あるいは分裂せざるを得なかったのか、そして究極的に何が目指されていたのか、嵆康の思想の具体的な様相を考察してみたいと思うのである。

まず『嵆康集』の中で、その心情の率直かつ大胆な表明として有名な「与山巨源絶交書」がある。嵆康晩年の作といわれているが、嵆康が生涯に渡って追い求めていたものが何であったかを窺い知る恰好の材料であろう。その中で嵆康は、人のあり得べきあり方を規定して、次のように述べている。

老子・荘周は吾の師なり、親《みづ》から賤職に居る。柳下恵・東方朔は達人なり、卑位に安んずるも、吾豈に敢へて之を短《そし》らんや。又仲尼は兼愛して執鞭を羞ぢず。子文は卿相を欲する無くして三たび令尹に登る。是れ乃ち君子物を済はんと思ふの意なり。（巻二・六表）（b）

ここでは、老子・荘周・柳下恵・東方朔などの諸人が、「賤職・卑位」にあっても「吾之師」「達人」とされているのは、己にとって好ましくはない境遇においても、自己を失わないという点で評価されているのであろう。そして「仲尼」や「子文」が、必ずしも望まない「執鞭」や「令尹」となったのは、他者へのはたらきかけや救済という点を第一義としているからであり、そのところが嵆康によって評価されているのである。つまり、ここでは自己を実現することと、他者へのはたらきかけという二つのことが、いわば人生の第一義として登場している。そしてこの二つは、

所謂達しては能く兼ねて善にして渝らず、窮しては則ち自得して悶え無し。(4)（巻二・六表）（c）

というように、「窮・達」という、自己の力では左右できない外的条件に規定された自己の、それぞれのあらわれ方に過ぎないとされている。「達」という条件の下で人は「兼善」を実現し、「窮」という条件の下で人は「自得」をする。したがって、その自己にとって「兼善」も「自得」も、自己実現あるいは自己充足の観点からは本質的なちがいはない、とされるのである。この考え方に従えば、人は「兼善」や「自得」を自発的に選び取ることはないし、また

外的条件たる「窮・達」を自らの力で「窮」から「達」へ、もしくは「達」から「窮」へと、改変することは考えられていないことになる。外的条件は、自己のあり方とは関わりなく、変化するとすればそれ自身で変化するのであって、人はその変化に対応して自己のあり方をかえるに過ぎない、という思考である。かくして、この観点から歴代の様々な人々のあり方が「其の揆一なり」とされる。

故に尭舜の世に君たるや、許由の巌栖するや、子房の漢に佐たるや、接輿の行歌するや、其の揆一なり。仰いで数君を瞻るに、其の志を遂ぐる者と謂ふべし。（巻二・六表）(d)

「尭舜」「子房」は政治世界にあって「兼善」を実現した人々であり、「許由」「接輿」は野に在って「自得」した者達なのであるが、これは彼等に与えられた「窮・達」という外的条件に彼らが応じたものであって、その本質、つまり人のあり得べきあり方として変わるところはない、というのである。したがって、ここにいう「志を遂ぐる物」とは、外的条件にみごとに適応し得た、ということなのであって、その「志」は外的条件たる「窮・達」を自己にもたらすかどうかという発想を元々その対象とはしていないのである。

したがって、人々の多様な生き方は、多様なままにそれぞれ意義あるものとして容認されるのであるが、そして「安んずる所」であるとか、「志気の託する所」に拠るものであるとかいわれているのであるが、その生き方の本質は、所与の外的条件を自己において改変可能であるかを問いかけることなく、人生は条件に対するもっともふさわしい対応の選択という形でしか実現されないと考えられているのである。

故に君子は百行、塗を殊にして致を同じくし、性に循ひて動く。各々安んずる所に附く。故に朝廷に処りて出ず、山林に入りて反らずの論有り。且つ延陵は子臧の風を高しとし、長卿は相如の節を慕ふ。志気の託する所、奪ふべからず。（巻二・六表）(e)

「君子」たちは、それぞれの「性に循ひ」「安んずる所に附く」のであるが、そしてその自己の選択に基づいて、そ

れぞれ「朝廷」の士であったり、「山林」の士であったりするのであるが、彼等は何故自分たちが自己の視野を「性」や「安んずる所」に限定して思考しているかを反省することはない。だから、彼らの主観的意図とはうらはらに、「志気の託する所」も、特定の条件の下での制約下におかれているのである。では嵆康は、人がその「志」によって生きるとは、所与としての外的条件に自足することであって、またその「志」は外的条件を選び取ったり、変えたりすることはできないと考えていたのであろうか。

たとえば「尭舜の世に君たる」ことと、「許由の巌栖せる」こととが、「其の揆一なり」という場合、「尭舜」「許由」の各々の「志」の、個別性・絶対性に重点をおいて考えてみる。つまり「尭舜」は「世に君たる」ことを「志」としたのであり、また、「許由」は「巌栖せる」ことを無条件に求めたのであるとしてみる。そうすると「君たる」ことと「巌栖」とは、如何なる点で「其の揆一なり」とすることができるであろうか。これは、個別の存在が、各々の個別性を絶対化するという、その徹底性においてしか、共通性をもたないであろう。自己の要求をあくまで貫いた人々として、「尭舜」「子房」も「許由」「接輿」も、「塗を殊にするも、致を同じくす」ということになる。

嵆康のこの「与山巨源絶交書」は、山濤から自分の気にそまない官職を斡旋されそうになって、それを辞退するために書きしたためられたのであるから、後者の、己の志の個別性・絶対性を強調する解釈は、その意味で自然であって、事実この手紙の後半でも、己の性格がいかに官職に不向きであるかが、事細かに綿々と記されている。「有れば必ず堪へざる者七」と「甚だ不可なる者二」との「九患」を列挙したあとで次のようにいう。

此の九患を統ぶるに、外難有らざるも、当に内病有るべし。寧んぞ久しく人間に処るべけんや。又道士の遺言に餌朮黄精人をして久寿ならしむと聞き、意に甚だ信ず。山沢に游び魚鳥を観、心に甚だ楽しむ。一たび行きて吏とならば、此のこと便ち廃す。安んぞ能く其の楽しむ所を舎てて其の懼るる所に従がはんや。

（巻二・七裏）（f）

要するに自分は役人なんかになりたくはない、「養生」の術を学んだり、山野川沢を遊観していたい、と述べる。あるいは、「天性」の絶対性を強調して、

夫れ人の相ひ知るや、其の天性を識り、因りて之を済すを貴ぶ。禹は伯成子高に逼らず、其の節を全ふせしむ。仲尼は子夏に仮蓋せず、其の短を護らしむるなり。……足下、直木は必ず以て輪と為すべからず、曲者は以て桷と為すべからざるを見ん。蓋し以て其の天性を枉げるを欲せず、其の所を得しむるなり。故に四民に業有り、各おの得志を以て楽しみと為す。

（「与山巨源絶交書」巻二・七裏）（g）

個物はそれぞれ「天性」という絶対性のもとで、その「志」を実現しているのであって、その「天性」は「枉」げることはできぬとされるのである。いいかえれば、個がその自己の個別性を充足するという「得志」こそが第一義だとされるのである。以上のとおり嵆康は、この「与山巨源絶交書」において、個物がその与えられた、それぞれの「天性」という、自己にとっての絶対性を実現することを第一義と見ているごとくである。だから、前述の「尭舜」と「許」が「揆一」であるという問題も、それぞれが「天性」の個別性に徹することが、それぞれの「志」を実現することだとする、第二の解釈が一貫性を有しているように思われよう。

しかし、そうだとするならば、嵆康のいう自己の「志」とは、この「与山巨源絶交書」でみる限り、「養生の術」の実践であったり、「山沢に遊び魚鳥を観る」ことなのであろうか。あるいは、

今但願ふ、陋巷を守り、子孫を教養し、時に親旧と叙闊し、平生を陳説し、濁酒一杯、弾琴一曲、志願畢せり。

（巻二・八裏）（h）

という、あたかも老境に至った人の、もの静かな告白というに止まるものなのであろうか。

仮にここには嵆康の率直な心情の吐露があるのであり、彼はこの「書」を、実感を込めて書き記しているのだとしても、しかし、そのことが彼の「志」の絶対性をただちに意味するものであるか、改めて考えてみる必要がある。

そもそもこの「与山巨源絶交書」は、山濤から自分の気にそまぬ官職を与えられそうになって、そうした状況を予め回避すべく、書きしたためられたものである。したがって、嵇康が「天性」の絶対性を強調して、いかに自分が官途に不向きであるかを述べるのは、自分の不本意にも押し寄せた外的条件への対応としてあるわけである。「養生」に心ひかれ「山沢」に遊びたいという彼の希求は、官途に就くという状況への反発として表明されたものであり、意にそまぬことを強要されそうだ、という危機意識の下で始めて自覚されたものであって、それが己の「志」であって、絶対的であると、自らは信じていたにしても、それはある条件を所与とみなし、その上での一つの対応を、主観的に絶対視しているに過ぎぬ、ということになる。したがって、再び「兼善」と「自得」という、条件に対する対応の、いわば使い分け、ということが、嵇康の「志」を考察する上で、重要な視点を与えてくれることになろう。嵇康が「兼善」を「志」とする可能性が存在するわけである。

「与山巨源絶交書」が、「嵇康の死の二年前の景元元年（二六〇年）[5]」に書かれて、「志」の振幅が、いわば最も収縮しているごとくであるとすれば、これに対して、心の振幅を目一杯に広げてみせて、最も緊張感に溢れた一篇として、「卜疑集」が、その制作年は明らかではないが、存在している。次にこれを材料として考察をすすめてみよう。

（a）古之王者、承天理物、必崇簡易之教、御無為之治、君静于上、臣順于下。玄化潜通、天人交泰。……群生安逸、自求多福、黙然従道、懐忠抱義、而不覚其所以然也。

（b）老子・荘周、吾之師也。親居賤職。柳下恵・東方朔、達人也。安乎卑位、吾豈敢短之哉。又仲尼兼愛、不羞執鞭。子文無欲卿相、而無三登令尹。是乃君子思済物之意也。

（c）所謂達則能兼善而不渝、窮則自得而無悶。

（d）故尭舜之君世、許由之巌栖、子房之佐漢、接輿之行歌、其揆一也。仰瞻数君、可謂遂其志者也。

（e）故君子百行、殊塗而同致、循性而動。各附所安。故有処朝廷而不出、入山林而不反之論。且延陵高子臧之風、長卿慕相如之節。志気所託、亦不可奪也。

（f）統此九患、不有外難、当有内病。寧可久処人間邪。又聞道士遺言、餌朮黄精令人久寿、意甚信之。游山沢観魚鳥心甚楽之。一行作吏、此事便廃。安能舎其所楽従其所懼哉。

（g）夫人之相知、貴識其天性、因而済之。禹不逼伯成子高、全其節。仲尼不仮蓋子夏、護其短也。……足下見直木必不可以為輪、曲者（木）不可以為桷。蓋不欲以枉其天性、令得其所也。故四民有業、各以得志為楽。

（h）今但願守陋巷、教養子孫、与時親旧叙闊、陳説平生、濁酒一杯、弾琴一曲、志願畢矣。

三 「卜疑集」

「卜疑集」は、その文章の形式・用語・発想の面からみて、「楚辞」の「卜居篇」を強く意識するものであろうことは、明らかである。その文学史上の意義は、また別に考察されるべきであろうが、ここでは、嵆康の「志」の振幅の具体的な中身の検討に考察を限ることとする。

まず「宏達先生」なるものが登場する。彼は、「超世独歩」の聖人で、「天道を以て一指と為し、品物の細故を知らず」「九夷に居る」ことも「八蛮に遊ぶ」ことも可能な、自由自在の理想の人であったとされる。ところが、

然るに大道既に隠れ、智巧滋繁し、世俗膠加《もと》り、人情万端にして、利の在る所、鳥の鸞を追ふがごときなり。富は積蠹を為し、貴は聚怨を為し、動者累多く、静者患鮮し。（巻三・一表）（a）

と、世情が激変するに及んで、彼は「超然として自失し」、「数術」によって疑いをはらそうとして、「太史貞父」を尋ねるのである。ここに表白される様々の疑問は、やはり険阻な時代にある嵆康の、その心の中の葛藤を率直に表している、と見ることができるであろう。全体は、十四の二者択一の疑問文から成っている。その内容は多岐に渡っているが、今一応の大まかな分類で示しておくとすれば、「宏達先生」の疑問は、凡そ以下の四つの問いとして整理

できるであろう。

A　寧ろ外は其の形を化し、内は其の情を隠し、身を屈し時に随ひ、陸沈して名無く、人間に在りと雖も、実に冥冥に処らんか。（巻三・二表）

B　将に激昂して清を為し、鋭思して精を為し、行ひは世と異なり、心は俗と拼び、在る所は必ず聞こへ、恒に営営たらんか。（巻三・二表）

C　寧ろ寥落闇放にして、矜尚する所無し。彼我を一と為し、争はず譲らず、心を皓素に遊ばしめ、忽然として坐忘し、義・農を追ひて及ばず、中路に行きて惆悵たらんか。（巻三・二表）

D　将に慷慨以て壮と為し、感慨以て亮と為し、上は万乗を干し、下は将相を凌ぎ、其の容を尊厳にし、高く自ら矯抗し、常に職を失ふがごとく、恨みを懐きて怏怏たらんか。（巻三・二表）（b）

まずAは「その形は社会に同化し、その内面を隠して、身をかがめ時に従い、無名者として陸沈し、人の世に在っても冥冥であろうか」と問いかける。Bはこれとは対照的に「社会の不正に激昂し、思索し、世俗から際立った行動により、世間に知られ営営たろうか」と問う。Aがひたすら内面の自由を求めて「世」に陸沈しようと志向するのに対して、Bは「世」の批判者として「世」に自己を顕示しようとしている。両者は対照的だが、問題意識の上では「自己」を「世」に対してどのように位置づけるかという関心に集約される。力点は自己を如何にするかというところにあるようである。

一方Cは、「心に平静さを保ち、過去の聖王のふたたびあらわれないことを悲しんで〈惆悵〉たろうか」と問い、世の中、社会そのものが如何にあるかに関心が向けられ、そしてDでは「万乗も将相も畏れることなく、自己の正しさを世に示し、自己を高く保ち、つねに不満をいだいて〈怏怏〉たろうか」と問いかけている。CとDでは同じく「世」とか「時代」に対して「自己」を如何に関わらせるかという問題が含まれているが、A・Bとちがう所は、

A・Bでは主として我が身をどうするか、という問題意識であったのものが、C・Dでは「世」そのものをどうすべきか、と考えられている点である。そしてその結果、Cでは「惆愴」という無力感と哀しみが、そしてDでは「快快」という失意と苦悩とがあらわれている、といえるであろう。

さてこの四つの問いを通覧して、ここに嵇康が自ら抱え込んだ課題の質とその拡がりを窺い知ることができるであろう。その拡がりは、わが一身を如何に「世」に位置づけるかに始まって、また動かし難く存在する「世」の衰亡に対して如何に振る舞えばよいのか、と歴史の遥かかなたにも及んでいる。つまり自己と社会とその関連とがその視野には含まれているのである。

しかし、嵇康が自己を如何にすべきかと問う時、それは今ある「世」に対して自己をどう位置づけるかと問われるのであって、その自己のあり方が「世」のあり方と何か意味ある関連を有していて、「世」そのものに自己の行為が及ぶとは考えられてはいない。どうにかすべきなのは自己であって、「世」とは考えられていないのである。また「世」そのものが問題として取り上げられることはあっても、個のいかなる行為をもってしても「世」は今あるとおりにあるのであって、変わりようはないのだとして、その前で激昂したり嘆息したりするに過ぎないのである。

こうして見るならば「卜疑集」にあらわれている嵇康の様々な葛藤や心の揺れも、「世」というあらかじめ与えられた条件を不可変とみて、それに対する対応の一つに過ぎないという本質的性格を免れていない、ということができるであろう。「世」は嵇康に対して、最初からかくあるものとして姿をあらわすのであって、思考を開始するに当たって、所与として出現するのであって、彼の思考はそこに如何にして自己を位置すべきかを問うことはできるにしても、しかし、「世」を思考の対象として有効な思索を展開することはできないのである。

嵇康はこの「卜疑集」において、「与山巨源絶交書」でいうところの「自得」と「兼善」との二つの可能性を、その思念の中で可能な限りふくらませてみせた、ということができるのであろう。しかし「太史貞父」の答えとして記

されているのは、次のようなものである。

吾聞く、至人は相せず、達人はトせず。先生のごとき者は、文明、中に在り。素を見はし、朴を抱き、内は心に愧ぢず、外は俗に負かず。……又何ぞ人間の委曲を憂へんや。（巻三・二裏）（c）

嵇康の問いは、「自得」と「兼善」との間を往来し、それぞれの可能性を求めたものであるが、しかし「人間の委曲」を放棄すべく諭された形で終わっている。「兼善」の可能性があるとすればそれは「人間の委曲」の中においてであることは明らかであろう。「世」の中味が「委曲」として価値判断される限り、「世」の内実が問われ得ることもなくなるのであろう。

（a）然而大道既隠、智巧滋繁、世俗膠加、人情万端、利之所在、若鳥之追鸞。富為積蠹、貴為聚怨、動者多累、静者鮮患。

（b）A 寧外化其形、内隠其情、屈身随時、陸沈無名、雖在人間、実処冥冥乎。

B 将激昂為清、鋭思為精、行与世異、心与俗并、所在必聞、恒営営乎。

C 寧寥落間放、無所矜尚。彼我為一、不争不譲、遊心皓素、忽然坐忘、追羲・農而不及、行中路而惆愴乎。

D 将慷慨以為壮、感慨以為亮、上干万乗、下凌将相、尊厳其容、高自矯抗、常如失職、懐恨怏怏乎。

（c）吾聞至人不相、達人不卜。若先生者、文明在中。見素抱朴、内不愧心、外不負俗。……又何憂于人間之委曲。

四 「釈私論」

嵇康が自己の生き方を考えるに当たって、「世」の中味を具体的に考究することなく、そもそも「世」に対する問いかけを発することなく、「世」に対して如何に自己を位置付けるかという疑問の前に、立ちどまって嘆息するに過ぎなかったことを見てきたのである。

もっとも彼は、「名教」社会への激しい批判や「湯・武」「周・孔」への批判などでよく知られており、しかもその著作には日常的習慣的思考の枠の中で安逸にすごす無自覚な士人達への批判も幾つかあるわけで、彼が「世」とか「社会」とか、自己をとりまく周囲の状況に対して、まったく考察を加えなかったというのではもちろんない(6)。ただ彼が一方では「体制の批判者」という評価を受けながらも、今日ではその時代に制約された限界もしばしば指摘されている事実がある(7)。ここではその限界なるものを、具体的に明らかにしてみようと試みたわけである。そしてその糸口として、前章でみたごとく「世」という動かし難い観念が俎上に載せられたわけである。

以下「釈私論」において、嵆康の、「世」に対する意識が如何なるものであるのか、考察してみようと思う。「釈私論」は嵆康の著作の中でも最も過激な次の一文によってよく知られている。

夫れ気静かにして神虚なる者は、心矜尚に存せず。体亮にして心達する者は、情欲する所に繋《か》からず。矜尚心に存せず。故に能く名教を越えて自然に任す。情欲する所に繋からず。故に能く貴賤を審らかにして物情を通ず。

（巻六・一表）（a）

ここでは嵆康は彼の周囲にある「世」の具体的な中味である「名教」という、現実の法と道徳の世界に、直接に関わって、そして「自然」によって「名教」を越えることができるというのである。

ではなにゆえに「自然」に任せることが、倫理的側面に限ってみても、たとえば当該の時代の道徳体系の価値的上位にあることができると、信じられるのであろうか。仮に「自然」に任すことが、自意識の無限の肯定だとすれば、他者の存在をも含む道徳体系の、それが一時代の限定されたものであるにせよ、自意識では覆い尽くせないはずの、その体系を越え得ると信じられるのであろうか。嵆康は「君子」を定義して次のようにいう。

夫れ君子と称する者は、心に是非を措く無くして、行は道に違はざる者なり。

（巻六・一表）（b）

あるいは、

虚心・無措は君子の篤行なり。（巻六・一裏）（c）

という。ここでは、自己の「心」と「道」とに対する、無条件の信頼がみてとれる。「小人は匿情を以て非」と逆にいわれうるように、「心」はその真実が現実にあらわれるならば、悪とは究極のところでなり得ず、全き「道」へと通じ得るものだ、と信じられているのである。つまり「心」の全き発露は、たんに個人的な恣意に終わることなく「道」の顕現を招来すると、嵆康にあっては信じられているのである。しかし、この「道」への信頼が、実は逆にたとえば「世」そのものへの問をあらかじめできなくさせたのではなかろうか。

君子の、賢を行ふや、有度を察してしかる後行はず。心に任せて、邪無し。善を議してしかる後正しからず。情を顕らかにして措無し。是を論じてしかる後為さず。是の故に傲然として賢を忘れて、賢は度と会し忽然として心に任せて、心は善と遇ふ。儻然として措無くして、事は是と倶にす。（巻六・一裏）（d）

「賢を忘れて、賢は度と会す」あるいは「心に任せて、心は善と遇ふ」と、たとえばいわれるが、人が「賢」となろうとは意識にのぼせることなく、「善」をなそうと意識することなく行為し、そしてその結果が「度」や「善」に合致するというのであろう。この場合、行為を実現する以前においては、当該社会の倫理を越え得る可能性を有してはいても、その結果は「度」や「善」という既成の価値によって計られるわけであるから、彼の生存する社会の、倫理や法の体系の中に再び引き戻されてしまうはずである。つまり、どんなに「心」の「自然」に忠実であろうとしても、その行為が結果するものは、「世」に現にある「賢」であり「善」でしかないのである。(8)だから嵆康が「顕情」によって振る舞い得るのは、それが「世」において「善」なり「賢」なりと評価され得るはずだという見通しの、言わば無意識の安定感の下になされているのではなかろうか。今の「世」がどんなに乱雑で偽りに満ちたものであったとしても、どこかで「世」が真実な姿をあらわし、「善」や「賢」が実現しうるはずだという、「世」に対する信頼と見通しを前提としているのである。この信頼と見通しが成立しない限り、彼の「顕情」はたんなる恣意放縦に終わる

であろうが、逆にこの信頼と見通しは「世」の「善」や「賢」そのものへの批判をあらかじめ解消してしまっているのである。そしてこのような「世」の安定性、「心」への信頼の根拠とされているのが「道」である。もちろん「道」は太古から今日に至までに、その顕在しているところでは、衰亡して不完全なものと認識されている。

下は徳の衰ふるに逮んで、大道沈淪す。智恵日々用ひて、漸く其の親を私す。（巻十・一裏）（e）

現象としてあらわれている「世」は不完全なものである。しかし、その本質は「道」であるのだから、その不完全な「世」から、「道」へとの通路は見いだせるはずである。人の「心」も時代の下降とともに「偽り」に満ちたものとなってしまって、不完全なものである。

繁礼屢しば陳き、名利愈いよ競ひ、刑教争ひ馳せ、性を夭し真を喪ふ。（巻十・一裏）（f）

ただ不完全ながらも「真」は「心」に潜在すると信じられたのであろう。嵆康の「顕情」の論は、こうした「道」や「心」への信頼を基礎として、「世」という所与の条件のもとで考えられたものである。したがって彼の批判は、「世」の内実を対象とすることはできなかったようである。「道」に支えられた「世」の究極的な正しさを条件として、その条件の下でのみ嵆康は「顕情」の論を展開することができたといえるであろうか。だから、彼のこの「釈私論」がどんなに激越な言葉にみちていても、その本質は「道」やその現れとしての「世」に対する、一種の寄りかかり意識の上に成立しているのである。この一種の、自然生成的な秩序の枠の中を彼は抜け出ることはもちろんできないでいるのである。

（a）夫気静神虚者、心不存乎矜尚。体亮心達者、情不繫乎所欲。矜尚不存乎心。故能越名教而任自然。情不繫于所欲。故能審貴賤而審通物情。

（b）夫称君子者、心無措乎是非、而行不違乎道者也。

（c）虚心・無措、君子之篤行也。
（d）君子之行賢也、不察于有度而後行也。任心無邪、不議于善而後正也。顕情無措、不論是而後為也。是故傲然忘賢、而賢与度会、忽然任心、心与善遇。儻然無措、事与是倶也。
（e）下逮徳衰、大道沈淪。智恵日用、漸私其親。
（f）繁礼屢陳、名利愈競、刑教争馳、夭性喪真。

五　結語

嵆康がその究極において目指していたものが何であり、そしてそれが基本的にどのような性格のものであり、そしてそれ故に、どのような限界を有していたかを考察してきた。嵆康が究極的に目指していたものは、「兼善」という他者や社会への積極的なはたらきかけと、自己一身の平和をもたらす「自得」とであったと思われる。ただこの両者は無条件で希求されていたわけではなく、「窮・達」という、社会が自己に用意する環境にたいする適応として、使いわけられたようである。嵆康が山濤の就職の斡旋を拒絶して、「自得」へと頑に自己を閉塞させていくのは、所与の「世」を「窮」と捉えかえしたからであろう。一方、「卜疑集」においては、「世」にたいして自己は如何にかかわるべきかが問いかけられるのであるが、「世」を所与として前提とせざるを得ない嵆康にとって、「世」そのものの内実が徹底して問われることは遂になかったようである。

嵆康にとって、彼が現に今あるところの「世」は、どんなに不完全な形態を現しているにせよ、その究極のところには、まったき「道」が存在すると信じられていたのであり、そして、もし「世」が変わり得るとしても、それは自然の秩序としてそうなるのであって、それは彼の思惟のとどかぬところでそうなると考えられたのであろう。それ故に彼は、「世」に如何に自己を位置させるかということは、問い得ても、遂に「世」そのものを、自己は如何になし

得るかとは、問い得ないのである。(9) 彼は目前の「名教」に対して、それを「偽り」として弾劾するのであるが、その偽「名教」を批判する根拠は、やはり「名教」なのであって、「偽」と「真」とは、無限に繰り返されるのであるが、それもすべて「名教」の枠の中でのことなのである。(10) 嵆康が「屈原」と「漁父」の振幅を越えたのは、ほんの僅かであったかも知れない。ただこの「ほんの僅か」は改めて問いかけるに価する問題ではあるだろう。

注

1　『文選』巻三十三所収。

2　朱熹『楚辞集注』。「漁父者屈原之所作也、漁父蓋亦当時隠遁之士、或曰、亦原之設詞耳。」（巻五・十一裏）

3　『世説新語』雅量注引「文士伝」に「上は天子に臣たらず、下は王侯に事へず、時を軽んじ世に傲り、物の用を為さず、今に益無く、俗に敗る有り。」とある。

4　『孟子』尽心上。「古之人、得志沢加於民、不得志、脩身見於世、窮則独善其身、達則兼善天下。」

5　興膳宏「嵆康の飛翔」（『中国文学報』16冊）

6　拙稿「嵆康における運命の問題」（『国学院大学漢文学会々報』第33輯）（第四章参照）

7　任継愈『中国哲学史』第2冊・一八九頁。「嵆康の〈越名教而任自然〉は、彼の真の目的ではなく、寒門庶族地主の立場に立って、彼は名教の廃することができないのを主張したのです。名教が廃することができない以上、封建社会の君臣関係、父子関係は、やはり必ず維持されなければならないのです……彼は〈名教〉と〈自然〉とのあいだを徘徊して、諷刺によって軟弱な抗議を現したのです。」

8　西順蔵「嵆康の釈私論の一つの解釈」（『中国思想論集』一四八頁）。「顕情無措の行為における是非の基準は、顕情無措の自然そのものであって所与の世間的是非ではない。……したがって彼のいう是非も実は無措自然の心術からする世の私への批判そのものであるので、それが客観的法度に展開することはただ予定されるにすぎない。」とあるが、「無措顕情の行為」が名教社会において嵆康の主観的意図どおりに名教への批判として機能するためには、その「無措顕情の行為」が最終的には「所与の世間的是非」に合致することが、予め目指されていなければならないであろう。そうした見通しが成り立たない限り、彼の「無措顕情の行為」は、名教から〈非〉として排除されるに止まるのであって、批判として機能し得ぬことになるであろう。

9　嵇康は「自然」という観念の領域を、世間的士大夫よりも狭く限定することによって「自然」という自己の真実を社会において貫こうとする。しかし、その「自然」の内実は、世間的士大夫達の「名教＝自然」という思考に、ある限定を加えるという形でしか取り出されない。「名教」の、ある部分を取り出してそれを非「自然」だと批判することはできるのであるが、「名教」にかわるものとして「自然」を対置することはできない。なぜなら「名教」が法と道徳の体系として、人の外に姿をあらわしたり、あらわし得るのに対して、「自然」は人の内なる観念にすぎず、法や道徳があらわれる限りにおいて、それを「自然」非「自然」と判断するしかないからである。

10　嵇康は曹魏王の士大夫として生活しているが、同時に「自然」という「生」を生きる主体である。だから「主体」的ということは士大夫社会に対して批判し得る立場にたつことだが、それは「生」を危うくするという配慮の前にたじろぐ性質のものだろう。つまり、嵇康の「名教」への批判が真に成立しえたかどうかという問題は、そこに、いのちがけの飛躍がなされたのかどうか、という問題である。

第八章　嵇康における「名教」問題と「卜疑集」について

前章では嵇康の心の揺れを捉えてみようとした。ここでは彼の「卜疑集」の結論を踏まえて、彼の「世」に対する関わり方を彼の根底において規定しているものについて考察し、そこから、彼の「論」を動機づけている「名教」批判の意味を考えてみる。

一　はじめに

伏義が阮籍に与えた書簡の中で、

蓋し聞く、功を建て勲を立つる者は、必ず聖賢を以て本と為し、真を楽しみ性を養ふ物は、必ず栄名を主と為す。若し聖を棄て賢に背けば、則ち狂狷を離れず、栄を凌ぎ名を超ゆれば、則ち窮辱を免れず。（七三頁）[1]（a）

と述べているように、阮籍や嵇康が生きた三国・魏の時代においても、一般の士人たちにとっては、「聖賢」の教えを規範として、「功名」を手にすることが、人生の目標とされていた。聖人の教えを忠実に実践することで、名声と富貴とを手にし、人生の幸福を達成できると士大夫たちは信じていたのである。これを王権の側からいえば、たとえば、

詔して曰く、儒を尊び学を貴ぶは王教の本なり。自頃儒官或は其の人に非ず、将に何を以て聖道を宣明せんとするか。（『三国志』「魏書」明帝紀第三・九四頁）（b）

とあって、依然として儒教の権威は保たれていて、「王教の本」と宣言されている。嵇康が儒教への不信を表明したのは、こうした雰囲気に満たされている社会においてであった。嵇康は、

又毎に湯・武を非り、周・孔を薄んじ、人間に在りて止まず。此の事会たま顕はれて世教に容れられず。（巻二・七裏）（c）

と、自ら述べているし、

将た箕山の夫、潁水の父のごとく、唐虞を軽賤し、大禹を笑はんか。（巻三・二表）（d）

とも、自問している。

儒教の権威によって士人社会に秩序が形成されているなかで、その権威の源泉たる聖人を嵇康はことばにして非難しているのだから、彼が後に「名教」の罪人として弾劾され、刑死するに至る経過は、ほとんど必然的にもみえる。[2] したがって、嵇康の「名教」批判の問題は、彼の終始一貫した立場を鮮明に語るもので全く自明であって、こと新しく問題とすることでもないかのようにも思われる。しかし、たとえば嵇康がその理想を語るとき、

玄化潜通し、天人交ごもに泰し。（巻五・十二表）（e）

爰に唐虞に及び、猶ほ其の緒を篤くし、体は易簡を資り、天に応じ矩に順ひ……。（巻十・一表）（f）

とある。この「聖王」の賛美と、それでは、かの「名教」に対する批判とは、さて一体彼のなかでどのように関わっているのかが、まず問題であるし、さらに嵇康は、「神仙」の実在を信じていると表明してみたり、あるいは「養生」の実践に心惹かれていると、述べたり、あるいは、退隠して、心静かに「小市民」的に暮らしてみたい、といった感慨を述べていたりするのだが、はたしてこれらの述懐と、かの「名教」批判意識とは実際どのように関わってくるのであろうか。[3] あるいは、「卜疑集」[4] なる一篇が、『嵇康集』には存在していて、そこでは嵇康の「思念」がその振幅の可能な限りを拡げられているかに見えるのであり、そしてしかもその中に迷いがあるかに見えるのだが、さて、では

この心の揺れと、かの激烈な「名教」批判の発言とが、いったいいかに関わっているのであるか、あるいはそこにさらに「釈私論」の「無措・顕情」の論とを重ね合わせてみた場合、果たしてそこに論理的に一貫したものが見出せるのかどうか、と考えてみるならば、その複雑さは覆い難いといわねばならない。したがって、嵆康の「名教」批判を読み解く上で、とりわけ「釈私論」と「卜疑集」と「名教」批判の意識との距離をどのように量り定めるかということが重要な意味をもつものと思われるのである。

すなわち考察されるべき問題は、嵆康の「名教」批判が、彼の思想全体からみて、どのような必然性をもって登場してきているのか、あるいは、「名教」批判と「卜疑集」「釈私論」での論説との関係は彼の思想の中でどのように位置づけられるのか、そしてそれが、また曹魏という時代の中でどのような意味をもったのかということになるであろう。

そもそも彼の思想の全体の中で、この「名教」批判がどのように位置づけられているのか、あるいはそれがどのような思考過程を経て生まれてきたのかと、改めて問うてみるならば、実は彼の「名教」批判論はいまだ十分な解明がなされていないようにみうけられる。そして、それゆえに嵆康の全体像を描こうとして、様々な異論があらわれてくるのではあるまいか。また一見したところ、例えば『荘子』の諸篇と比べて、それ以上に激越とも思われない嵆康の「名教」に対する批判や非難が、どうして彼を刑死するところにまで追い込んだのであろうか、このことの意味も改めて考えてみる必要があるだろう。『荘子』諸篇が登場したのが、戦国の頃、あるいは漢代であるにせよ、嵆康の生きた時代においても多くの士人達に『荘子』は広く読まれていたであろうから、その論調とさしたる違いもなさそうな嵆康の「名教」批判が、なぜに当世において問題とされたのであろうか。そこにあるいは当局者たちにとって看過し得ない、危険なものを、彼らは見出していたのであろうか。もしそうだとすれば、それはどのようなことであろうか。

（a）蓋聞、建功立勲者、必以聖賢為本。楽真養性者、必以栄名為主。若棄聖背賢、則不離狂狷。凌栄超名、則不免窮辱。
（b）詔曰、尊儒貴学、王教之本也。自頃儒官、或非其人。将何以宣明聖道。
（c）又毎非湯武薄周孔、在人間不止。此事会顕、不容世教。
（d）将如箕山之夫、潁水之父、軽賤唐虞、而笑大禹乎。
（e）玄化潜通、天人交泰。
（f）爰及唐虞、猶篤其緒、体資易簡、応天順矩、……。

二「釈私論」と「管蔡論」

嵆康の「釈私論」は、端的にいって、次の命題において集約される。

夫れ君子と称する者は、心に是非を措く無くして、行ひ道に違はざる者なり。（巻六・一表）（a）

つまり、人が「是非」をあらかじめ考量することなくある行為をおこなって、しかもその結果が「道」と合致している、というもので、それが「君子」だと嵆康はいうのである。ここで問題となるのは、心に措くなといわれている「是非」と、そうした「無措」によって実現された行為が、合致しているとされている「道」とが、どのような関係において考えられているか、ということである。「是非」をあらかじめ考慮しないとされている「是非」は社会の規範として、実定的にある規律であって、道徳・法律から導き出される「是非」であろう。つまり今そこにある「名教」を構成している「是非」である。では、「無措」による結果として合致するという「道」は、同じく「名教」のもつ、実定的秩序そのものなのであろうか、それとも「名教を超える」といわれるごとく、別の次元における何かなのであろうか。ここに嵆康の「批判」の質が、現実の秩序と最終的にきっぱりと袂を別つことができているのか、それとも最終的には現実の「名教」の枠の中に吸収されてしまっているのかの分岐点があるように見うけられる。

嵆康はこの「無措」「顕情」による「道」との合致という、実践論の例として、たとえば次のような事例をあげて説明している。

夫れ至人の、心を用ふるや、固より措有るに存せず。是の故に伊尹は賢を殷湯に借らず。故に世済りて、名顕はる。周旦は賢を顧みずして隠行す。故に仮摂して化隆す。夷吾は、情を斉桓に匿さず。故に国覇して主尊し。其の、心を用ふるや、豈に身の為にして私に繫けんや。管子曰く、君子の道を行ふや、其の身の為にするを忘る。斯の言、是なり。（巻六・一裏）（b）

ここにいう「伊尹」にせよ、「周旦」にせよ「夷吾」にせよ、それぞれの行為の出発点にあたって、「賢」とされることをあらかじめ期待したり「情を匿し」たりしたものではなく、ただ行為の結果として「名」が著れ、「化隆」し、「国は覇たり」となったというのである。したがって、先程の「是非」と「道」との関係でいえば、「賢」とされることを期待しないのが「是非」を心に措かないことなのであって、「世済りて名顕はる」、「仮摂して化隆す」、「国覇して主尊し」といわれている、行為の結果が「道」に違わざるものと、ひとまず考えられる。したがって、もし、以上のことを材料として嵆康の「無措・顕情」という論の性格を規定するならば、それは社会の実定的な秩序とまるで齟齬をきたさないものということができる。したがって、たとえば、

生を以て貴しと為す無き者は、是れ生を貴しとするより賢なり。（巻六・一裏）（c）

という場合、「生」を貴しとしないことによってかえって「生」をよりよく実現できるという、一種の処世術的な智恵なのかとも疑われかねない。あるいは、

是の故に傲然として賢を忘れて、賢、度と会し、忽然として心に任せて、心、善と遭ひ、儻然として措無く、事、是と倶にするなり。（巻六・一裏）（d）

という場合の、「度」といい「善」といい「是」というものが、嵆康が現に生きている「名教」という社会秩序の

もっている「正しさ」と、実は一致しているというのであろうか。あるいはそう期待できると嵇康は考えていたのであろうかとひとまずは考えられる。しかし、これはいささか疑わしい。

「伊尹」といい、「周旦」といい、「夷吾」といい、上述の例は伝統的儒教の観念に照らしてみて、様々な議論の対象となったとはいっても、最終的なところで「非」とされ「悪」とされることはなかったのに対して、嵇康は別に「管蔡論」を著していて、そこでは名教の罪人とされている「管・蔡」を、実はこの「無措・顕情」の論によって、逆に儒教の伝統的評価を覆していると思われるからである。「管蔡論」は、以下のようである。

或るひと問ひて曰く、案ずるに、記に管蔡流言し、東都に叛戻し、周公征討し、誅する凶逆を以てす。頑悪顕著にして名を流すこと千里なり。……悪をして積み、罪をして成し、終に禍害に遇はしむ。理において通ぜず、心に安ずる所無し。願はくは其の説を聞かん。（巻六・五表）（e）

すなわち、「文武」によって任用されたはずの「管叔・蔡叔」が「武王」が死去し、「嗣誦幼冲」の非常事態に、「周公の践政」に対して「流言」して「凶逆」の汚名を被って征討されたのであるが、果たして「管蔡」を「凶逆」とすることは、「理」において通ずるのか検討してみよう、というものである。

夫れ管・蔡は皆、教に服し、義に殉ず。忠誠にして自然なり。是を以て文王、列して之を顕らかにし、発・旦二聖、挙げて之を任ず。情の親なるを以て相ひ私するに非ざるなり。（巻六・五裏）（f）

「凶逆」と評価されてきた「管・蔡」に対して、嵇康は彼等を「服教・殉義」であったと規定して、全く逆の評価を与えるのだが、その根拠は、一つには彼等の行為が「忠誠自然」という「無措・顕情」にあったことに求められている。つまり彼等は、あらかじめ「度」を思慮して行為したものでなく、「顕情」によったために、本来合致すべきはずの「度」と、様々の条件によって逸脱したと評されたというのである。

さらに第二に「管・蔡」がその始めにおいて「文王」に任ぜられ、「武王・成王・周公」に至るまで信任を保ち得

ていた歴史上の事実によって、彼等の周王朝への「忠義」を確認しているわけである。

ではそうした「忠義」なる「管・蔡」はどうして「誅」されたのか。嵆康によれば、それは「愚誠」なる彼等が、「聖権」を知り得なかったためであるという。

武の卒するに至るに逮んで、嗣誦幼冲なれば、周公践政し、諸侯を率朝せしめ、前載を光にし、以て王業を隆くせんと思ふ。而るに管・蔡は教に服するも、聖権に達せず。卒に大変に遇ひ、自ら通ずる能はず。忠にして乃心を疑ふ、(5) 思は王室に在り。遂に乃ち抗言し、衆を率て国患を除き、天子を翼在せんと欲し、甘心して旦を毀る。斯れ乃ち愚誠憤発し、福を徼むる所以なり。（巻六・五裏）(g)

すなわち、「管・蔡」は、「周公」の非常手段の真意を知り得ず、(つまり成王ですら一時的に周公を疑ったとされ、「金縢篇」が存在するのだから)、「国患」を除こうとして、その「愚誠」一途な誠実さ、すなわち「無措・顕情」の行為に出たと理解されているのである。(6) そして実は、その「無措・顕情」の「愚」行は、成王にも周公にも、既に理解されていたのだと嵆康はのべている。

成王大悟し、周公顕復し、一化斉俗し、義以て恩を断ず。内信、心のごとしと雖も、外体立たず。兵を称し乱すれば、惑ふ所の者広し。是を以て隠忍して刑を授け、流涕して誅を行ふ。示すに賞罰は親戚も避けざるを以てす。（巻六・五裏）(h)

これはつまり「成王」にしろ「周公」にしろ、「管・蔡」の「無措・顕情」の「忠義」は十分に理解されていたのであって、「外体」を立てるために、やむをえず「流涕」して「誅」したのが真実であったというのである。だから「管・蔡」の「無措・顕情」は、「道」としての正しさを実現していたのであるが、ただ現実の政治秩序を維持するために「誅」殺の対象とされたというのである。

これによって考えるならば、嵆康が「無措・顕情」によって、その実現が期待されているとする「道」は、実定的

秩序と必ず一致すべきものとは考えられておらず、いわば歴史的限定を超えた「道」は、現実の実定的秩序の中で期待されている「善」との間に、齟齬が生じ得る余地があるという認識ももっていたものと考えられる。すなわち、「釈私論」における「無措・顕情」によって実現されると考えられている「道」は、そこに「管蔡論」を重ね合わせてみるならば、「世」の実定的な秩序に吸収し得ないものを、未分化のうちに孕んでいるということができるであろう。したがって、「道」の内容が、必ずしも「世」の実定的秩序と一致することが期待できないとすれば、「無措・顕情」において見出された「道」は現実の実定的秩序たる「名教」と、どのように関わってくるのであろうか。次にこのことが問題となるであろう。

（a）夫称君子者、心無措乎是非、行不違乎道者也。

（b）夫至人之用心、固不存有措有矣。是故伊尹不借賢於殷湯。故世済而名顕。周旦不顧賢而隠行。故仮摂而化隆。夷吾、不匿情於斉桓。故国覇主尊。其用心、豈為身而繋乎私哉。管子曰、君子行道、忘其為身。斯言是矣。

（c）無以生為貴者、是賢於貴生也。

（d）是故傲然忘賢、而賢与度会、忽然任心、而心与善遭、儻然無措、而事与是倶也。

（e）或問曰、案記管蔡流言、叛戻東都、周公征討、誅以凶逆。頑悪顕著、流名千里。……使悪積罪成、終遇禍害。於理不通、心無所安。願聞其説。

（f）夫管・蔡皆服教殉義。忠誠自然。是以文王、列而顕之、発・旦二聖、而挙任之。非以情親而相私也非。

（g）逮至武卒、嗣誦幼冲、周公践政、率朝諸侯、思光前載、以隆王業。而管・蔡服教、不達聖権。卒遇大変、不能自通。忠疑乃心、思在王室。遂乃抗言率衆、欲除国患、翼在天子、甘心毀旦。斯乃愚誠憤発、所以徼福所也。

（h）成王大悟、周公顕復、一化斉俗、義以断恩。雖内信如心、外体不立。称兵叛乱、所惑者広。是以隠忍授刑、流涕行誅。示以賞罰、不避親戚。

三　「道」と「名教」の問題

嵇康は君子の「無措・顕情」の行為が「道」に合致すると「釈私論」において論じているのであるが、ではそうした「顕情」の行為の果てに実現されると期待されている「道」とは、まず一体どのような世界なのであろうか。嵇康はたとえば「古」の「聖人」の統治していた世を次のように描いている。

聖人、已むを得ずして天下に臨み、万物を以て心と為し、群生を在宥す。身を由《おこな》ふに道を以てし、天下と自得を同にし、穆然として無事を以て業と為し、担爾として天下を以て公と為し、君位に居り、万国を饗《う》くと雖も、恬として素士の、賓客に接するがごとし。竜旂を建て、華衮を服すと雖も、忽として布衣の身に在るがごとし。故に君臣、上に相ひ忘れ、蒸民、下に家々足る。（巻四・四表）（a）

ここでは「聖人」が「万物」を己の「心」となすことによって、「聖人」の「心」の自然な発露が、「天下」に「自得」をもたらして、そこに「君臣」「蒸民」が一体となったかのような調和がうまれていた、とされている。「聖人」「君臣」「蒸民」という区別はもちろん前提とはされているが、すべての存在がそれ自身であり得ていると思いながら、そこに調和があるという。いわば、「聖人」が「無措・顕情」によって一身を「自得」させることはもちろん、「万物」の「自得」をも助けているというのであろうか。したがって、「万物」はそれぞれに「無措・顕情」によって、「自得」しているのはいうまでもないだろう。これによって「君臣」「蒸民」がそれぞれに「無措置・顕情」し、そこに「道」との一致が現前しているのが窺い知られるであろう。あるいは、

古の王者、天を承けて物を理む。必ず簡易の教を崇び、無為の治を御す。君、上に静にして、臣、下に順ふ。玄化潜通し、天人交ごもに泰く、枯槁の類、浸育霊液、六合の内、沐浴鴻流、塵垢を蕩滌し、群生安逸し、自ら多福を求め、黙然として道に従ひ、忠を懐き義を抱きて、其の然る所以を覚えず。和心、内に足り、和気外に見は

る。……大道の隆、茲より盛んなる莫く、太平の業、此より顕らかなる莫し。（巻五・十二表）（b）

これもやはり、「王者」と「君」と「群生」とが区別されながら、それぞれのあり方に従うことによってそこに調和が実現されていると考えられている。この「古の王者」も「簡易の教」「無為の治」によって、「臣下」「群生」が「黙然として道に従ひ」、「忠」「義」である、則ちその行為が規範に少しもたがわぬものでありながら、しかも彼らは「其の然る所以を覚えず」とされているが、これは「釈私論」でいう「無措」、すなわちあらかじめ「心」に「是非」を考量することなく、行為して、それが「道」とたがわないという、その例としてやはり嵆康は考えているものであろう。

洪荒の世、大朴未だ虧けず、君は上に文無く、民は下に競ふ無し。物全くして理順ふ。自得せざる莫し。飽けば、則ち安寝し、饑うれば則ち食を求む。怡然として腹を鼓し、至徳の世為るを知らず。（巻七・二表）（c）

この「洪荒の世」における「民」の「自得」、すなわち「飽けば則ち安寝し、饑うれば則ち食を求む」という、調和世界、それを実現し得ていて、しかも人々は、「至徳の世」であるとは悟っていないという。ここにも「無措・顕情」の、まったき顕現を見てとることができる。

こうしてみてくるならば、嵆康が描いている「古」の世は、「王者」といい「聖人」といい、あるいは「君」といい、政治を統括する者と、それを佐ける「臣」と、「民」「群生」とから構成されていること、そしてその政治のあり方は「無事」といい「無為」といい、「文無く」「競ふ無し」といわれているごとく、おおむね、老荘的な雰囲気に満ちている。だからこの考え方は一応、たとえば「荘子」の外雑篇の、ある程度儒家の、君臣関係の存在を前提として、そこに「無為自然」を妥協させていった考え方と、かなり密接的な関係が認められる。(7)

しかし、では、こうした「道」の具現である「至徳の世」は、そのままに現在へと続いて来ているのであろうか。もちろん、そうであるはずもなく、現実には「道」が見出されないから、嵆康は「古」に託して理想を語らざるを得

ないのである。

> 茫茫たる在昔、寧からざる或る罔し。赫胥既に往き、紹ぐに皇羲を以てす。黙静にして文無く、大朴未だ虧けず。万物熙熙として、夭せず離れず。爰に唐虞に及び、猶ほ其の緒を篤くす。体は易簡を資り、天に応じ矩に順ふ。其の裳を絺褐にし、其の宇を土木にす。物、或いは性を失へば、懼るること予に在るがごとし。疇《た》れか熙載を咨《はか》らん、終に舜禹に禅る。夫れ之を統ぶる者は労し、之を仰ぐ者は逸す。至人は身を重んじ、棄てて恤へず。故に子州、疚と称し、石戸、桴に乗じ、許由、躬を鞠し、九州に長たるを辞す。先王、仁愛、世を愍み時を憂へ、万物の将に頽れんとするを哀れみ、然る後之に莅む。（巻十・一表）（d）

「茫茫たる在昔」をはるかに去って、「徳の衰へ、大道の沈淪」した時代に及ぶと、「智恵」が「名利」を求め、それを防ぐべく「仁」を立て「繁礼」が設けられ、「刑教」が網の目のように世界を覆うことになる。かくして人々は「真」を失うという。「大道」はここではその原因のつきとめられないまま、ただ時の経過とともに「衰」えてしまうとされる。そして、かかる時代を生きる人々は、もはや昔日のごとく「君臣」と「蒸民」との調和は成立し得ず、いわば「真」を失った「偽」と「偽」とが競い合う世界になってしまっているという。そしてここに実定的秩序としての「名教」社会が登場して、そこにある「道」は、もはやかの「大道」との間に決定的な分離が起こる。

> 下は徳の衰ふるに逮び、大道沈淪し、智恵日び用ひ、漸く其の親を私す。物の、乖離するを懼れ、擘□□仁、利巧愈いよ競ひ、繁礼屢しば陳べ、刑教争ひ施し、天性真を喪ふ。（巻十・一裏）（e）

かくして「無措・顕情」によってあり得ていた「大道」は衰え、「利巧」「繁礼」「刑教」によってなる「名教」社会において人々は「天性、真を喪」ってしまったわけである。

さて、以上のごとく嵆康は「大道」の「自得」の理想の「世」を描き、そしてそれが現在に至るにつれて失われてしまっていることを嘆くのであるが、そうだとすれば果たして嵆康はそうした既に失われてしまった「大道」の回復

をはかろうとしたものであろうか。あるいはその「時」の回復の不可能を知って、「神仙」に憧れ、「養生」を実践しようとしたものであろうか。

そこで改めて嵇康の「太古」の「道」の堕落としてある他ない「名教」世界への批判が実質どの程度のものであったのかを、振り返ってみようと思う。あからさまに「礼楽」に対する非難を表明しているのは、張遼叔の「自然好学論」を批判した、「難自然好学論」においてである。たとえば、嵇康は次のように述べている。

至人、存せず、大道陵遅するに及んで、乃ち始めて文墨を作り、以て其の意を伝へ、群物を区別し、類族有ら使む。仁義を造立し、以て其の心を嬰ち、其の名分を制し、以て其の外を検す。学を勧め文を講じ、以て其の教を神にす。故に六経紛錯し、百家繁熾し、栄利の塗を開く。（巻七・二表）（f）

「至徳の世」が時の経過とともに衰え、「至人」も存せず、「大道」ももはやそのまったき姿を見せなくなった時、「始」めて「文墨」を作り、さらに「仁義」をうち立て「名分」の中に、人々をおい込み、かくして「六経」は「栄利の塗」を開き、人々は「栄利」に狂奔しているのが、今の時代であるという。ここには確かに「仁義」や「名分」や「六経」が人々の欲望にはたらきかけて、その結果が現在の人々の混乱を生じているのだという、「儒教」の考え方の根幹をゆるがすかに見える批判が現れてはいる。もちろん、これは元々張遼叔の「自然好学論」への批判を動機としてかき表された一文であって、たとえば儒教倫理や「六経」の本質をきわめようと意図されたものではない。つまり、現実の政治制度の中に現れている、たとえば「仁義」という理念がまるで不毛ではないかと、直接に述べているわけではない。まして「六経」や「仁義」を「偽」とはいうけれど、ではそれにかわり得るものを提示しているわけでもなく、「大道」に帰る方法を説いているわけでもない。だから、これは言葉だけの批判としてみるならば、たとえば『荘子』の書物が「仁義」を口をきわめて罵っているのを、「常論」の枠の中にその生活世界をすすんで限って「栄利」に血眼になっている士人達が、悠然と心の憂さをはらすべくながめていたように、嵇康の「難自然好学

論」をながめようとすればながめられ得るはずのものである。同様にして「卜疑集」の、

将た箕山の夫、潁水の父のごとく、唐虞を軽賤し大禹を笑はんか。（巻三・二表）（g）

という記述にしても、様々に自ら投げつけた〈問い〉の一つにすぎないわけでもない。いうまでもなく、「箕山の夫」や「潁水の父」は、儒教の「聖人」たちを、はるかに昔において笑い飛ばしているのであり、そしてその伝承や記載はもちろん嵆康の時代にまで及んでいるのである。だから嵆康の「名教」批判を「聖人」への侮蔑、悪口という言葉だけの問題であったと考えるならば、たとえば彼が自ら「世教に容れられず」と述べていることが理解できなくなるのである。山濤に与えた「絶交書」の中には次のようにある。

又、毎に湯・武を非り、周・孔を薄んじ、人間に在りて止まず。此の事会たま顕はれ、世教に容れられず。（巻二・七裏）（h）

ここにいう「世教」が、曹魏政権の側の人々であるか、あるいは司馬氏の側の人々であるのか、あるいは両者は一体となってのことなのか、判別は困難であろうが、ここでは彼の「湯・武」「周・孔」への批判が「顕」在化して、現実の側から逆に非難を浴びせるられたことを確認しておけばよい。ただ問題は嵆康が「湯・武」にせよ「周・孔」にせよ、それへの批判を明らかにしたことが、なぜ「世教」の側で大きく取り上げられなければならなかったのか、ということである。つまり「世教」の側に過剰な反応をひき起こすだけの重さを、嵆康の「名教」批判の言葉はもっていたのかどうかである。もし、もち得たとすればそれはどうしてだろうか、ということである。すなわち、嵆康の「名教」批判は、たんに「聖人」への蔑視にとどまらない、何か実質の意味をもち得ていたのかどうかが問題なのである。

このように見てくるならば、彼が「名教」の罪人として弾劾されて刑死したという歴史的事実は、その具体的な「呂安」事件の連座という、いわば状況の側からの説明は可能であるにしても、彼がそうした形で生涯を終わらなけ

ればならなかったことの必然性を、彼の思想の中に求めようとすると、なかなかにその真相は窺い知れないのである。しかし、この問題に直接手がかりを与えてくれるものがあるとするならば、それは彼の著作の中の、「釈私論」「卜疑集」などの諸論と、それらの間を繋ぐ論理の網目の中にあるほかはあるまい。そこでまず、問われるべきことがらは、この「名教」への批判と、「道」の堕落としてある今の世という認識とが、嵇康においていったいどのように結びついているのかという問題であるだろうし、そしてそこから嵇康が何を語ろうとしていたかが、改めて問われなければならないだろう。その上でたとえば「湯・武」への批判がどのような思考過程を経て生みだされ、そしてその結果が思想の上で現実にどのように士人達の上に影響をあたえ得ると考えられたのであるかということが考えられねばならないだろう。したがって、彼の思考のことばの表層に終わらない、実質の意味をまず明らかにし、その上でたとえばその思想の特質によって「管蔡論」「釈私論」の意味し得るところを、可能な限りおし拡げてみる必要があるだろう。かくして嵇康が「大道」の理想を語り、且つ「名教」批判することの、嵇康の思想の上でもっていた意義を明らかにすることができるのであろうし、また「名教」の側にひき起こした反応の意義をも明らかにし得るのではなかろうか。その手がかりを、まず各「論」の中に求めてみよう。

（a）聖人、不得已而臨天下、以万物為心、在宥群生。由身以道、与天下同於自得、穆然以無事為業、担爾以天下為公、雖居君位、饗万国、恬若素士接賓客。雖建竜旂、服華衮、忽若布衣之在身。故君臣相忘於上、蒸民家足於下。

（b）古之王者、承天理物。必崇簡易之教、御無為之治。君静於上、臣順於下。玄化潜通、天人交泰、枯槁之類、浸育霊液、六合之内、沐浴鴻流、蕩滌塵垢、群生安逸、自求多福、黙然従道、懐忠抱義、而不覚其所以然。和心足於内、和気見於外。……大道之隆、莫盛於茲、太平之業、莫顕於此。

（c）洪荒之世、大朴未虧、君無文於上、民無競於下。物全理順。莫不自得。飽則安寝、饑則求食。怡然鼓腹、不知為至徳之世

也。

（d）茫茫在昔、罔或不寧。赫胥既往、紹以皇羲。黙静無文、大朴未虧。万物熙熙、不夭不離。爰及唐虞、猶篤其緒。体資易簡、応天順矩。絺褐其裳、土木其宇。物或失性、懼若在予。疇咨熙載、終禅舜禹。夫統之者労、仰之者逸。至人重身、棄而不恤。故子州称疾、石戸乗桴、許由鞠躬、辞長九州。先王仁愛、愍世憂時、哀万物之将頽、然後莅之。

（e）下逮徳之衰、大道沈淪、智恵日用、漸私其親。懼物乖離、擘□□仁、利巧愈競、繁礼屢陳、刑教争施、天性喪真。

（f）及至人不存、大道陵遅、乃始作文墨、以伝其意、区別群物、使有類族。造立仁義、以嬰其心、制其名分、以検其外。勧学講文、以神其教。故六経紛錯、百家繁熾、開栄利之塗。

（g）将如箕山之夫、潁水之父、軽賤唐虞而笑大禹乎。

（h）又、毎非湯・武、而薄周・孔、在人間不在。此事会顕、世教所不容。

四　「論」のめざすもの

嵆康には今日九つの「論」と題する文章が残されているが、その議論の詳細は各々別稿にゆずるとして[8]、ここでは彼がそれによって世俗士大夫たちの「常論」を如何なる角度から批判しているのかを、まず明らかにしようと思う。そして、それが如何なる形で「名教」批判の問題に関わっているかを考えてみようと思うのである。たとえば「黄門郎向子期」との間で交わされた「養生」の問題をめぐっての議論がある。ここで嵆康は「養生」を妨げるもの五つを「五難」として数えあげ、その克服によって「養生」は可能であると、一応の結論を次のようにいう。

五者、胸中に無ければ、則ち信順日びに済り、玄徳日びに全く、喜を祈らずにして福有り。寿を求めずして自ら延ぶ。此れ養生の大理の效す所なり。（巻四・十一裏）（a）

この記述をその言葉どおりに受け止めるならば、嵆康は自らすすんで「養生」の実践を目指していたごとくであっ

て、たとえばそこに「絶交書」に

又、道士の遺言に、朮黄精を餌へば、人をして久寿なら令むと聞き、意に甚だ之を信ず。（巻二・七裏）（b）

とあるのや、あるいは、

吾、頃《この》ごろ養生の術を学び、栄華を方外にし、滋味を去り、心を寂寞に游ばせ、無為を以て貴と為す。（巻二・八表）（c）

あるいは、

吾のごときは、病困多く、事を離れ自ら全ふし、以て余年を保たんと欲す、此れ真の乏しき所のみ。（巻二・八裏）（d）

といった、「山巨源」への、いわば私的な感慨を重ね合わせてみることによって、さて嵆康の窮極において目指したもの、あるいは結局行き着いたところは、こうした「養生」の実践において期待される心の平和であったと、おだやかに結論づけることも、一応理由のないことでもない(9)。しかしながら、「養生論」の結論は実はここにあるのではないようだ。

然れども或いは行ひは曾・閔を踰へ、仁義を服膺し、動くに中和に由り、甚大の累無き有り、便ち人理已に畢はると謂ひ、此を以て自ら臧して、喜怒を盪かさず神気を平らかにして、老を却け歳を延ぶる者は、未だ之を聞かざるなり。（巻四・十一裏）（e）

たとえば右のごとく「喜怒を盪かさず、神気を平らかにして、老を却け歳を延ぶる者」は、自らは「人理」の限りを尽くしたと「謂」うものの、現実にそのようにできている者はいないと、嵆康はいう。そして「或いは抗志して古を希ふ」人、「或いは世を棄てて群せざる」人、「或いは瓊既に儲へ、六気並び御す」人、を数えあげる。すなわち「養生」によって年寿を希求する、現実に存在する様々の方法・形態を一応は認めながら、しかし嵆康はそのどれを

とっても不完全なもので、窮極の一者というのでないというのである。

凡そ此の数者は、合して用を為す。相ひ無かるべらざること、猶ほ輮軸輪轄の、一として輿に乏しかるべからざるがごとし。然るに人びと皆偏見、各おの患ふる所に備ふるのみ。（巻四・十二表）（f）

つまり、現実に存在する「養生」は、「輮」や「軸」や「輪」や「轄」が、バラバラに存するにすぎないのと同様であって、それを統合して「輿」を構成する、統一点を欠いている、というのである。「養生」がもし、希求されるべきであるとすれば、それは嵆康においても人々においても、おおよそまだ現実にはない、何かとしてあるほかはないというのである。

積善履信、世屢しば之を聞く。言語を慎しみ、飲食を節す、学者之を識る。此を過ぎて以往は、之を或いは知る莫し。請ふ、先覚を以て将来の覚する者に語げん。（巻四・十二表）（g）

これはつまり「積善履信」や「慎言語節飲食」という世俗の「常論」に縛られた人々に対して、その「常論」の枠から解放されるべきことを説いたものであって、嵆康自らが、「常論」の一つにすぎない「養生」を、窮極において目指したはずもないことはもちろんここにおいて明らかであろう。嵆康においては、

夫れ至物微妙、理を以て知るべく、目を以て識り難し。（巻三・五表）（h）

という、知り難き「至物」が求められていたわけである。

もちろん、嵆康の「論」は以上の「養生」に止まるものではなく、「声無哀楽論」をはじめとして、「答釈難宅無吉凶摂生論」に至るまでの、その話題とするところは多岐に渡っていて、その思考をたどって、そこに見出される一定の帰結を以て嵆康の思想の実体として固定することは、元来嵆康が「至物」という時間的にいえばいまだ存在しない「将来」において、あるとすればあるほかない、比喩でしか言語化できないものを語っているとすれば、それは上手の手から水は洩れてしまっているといわざるを得ないであろう。

つまり、「養生論」にせよ、「答釈難宅無吉凶摂生論」にせよ、すべては世俗の「常論」を揺さぶり、そしてそこから解放して「至物」へと導くためにそれはあるのである。このことから嵆康が「大古」の昔に託して述べる「君臣」の調和を理想の世として描いていることの意味も捉えられなくてはならないであろう。嵆康の思考の特色を、もっとも明白に語っているのは次の一節である。

況んや天下の微事は、言の及ぶ能はざる所、数の分つ能はざる所なり。是を以て古人存して論ぜず、神として明らかにし、遂に来物を知る。故に能く独り万化の前を観、功を大順の後に収む。百姓、之を自然と謂ひて、然る所以を知らず。此のごときは豈に常理の逮ぶ所ならんや。今形象著名にして数有る者すら猶尚ほ之に滞る。天地広遠にして品物多方、智の知る所、未だ知らざる者の衆きに若かざるなり。今辟穀の術を執りて、養生已に備り、至理已に尽すと謂ひて、心を馳せ観を極め、此を斉して而還、意の及ばざる所、皆之無しと謂ひ、見る所に拠り以て古人の言ひ難しとする所を定むるは、蟪蛄の氷を議するに似る無からんや。識る所を以て（古人）の棄つる所を（断ずる）は、戎人の布を中国に問ひ、麻種を覩て事とせざるに似る無きを得んや。（巻八・七裏）(i)

ここで嵆康は「天下の微事は、言の及ぶ能はざる所、数の分つ能はざる所」だという。「言」といい「数」といい、事物を言語化し、そこに法則をみいだして、そこに自ら「知」の限界を設定し、その領域の中に自足している限りにおいては「形象著名」なる「常理」の世界である。しかし、「天地広遠」なる世界の、「品物多方」なる事態を前にしては、「智の知る所」は「未だ知らざる者の衆き」に比べて、まるで及ばない。だから「万化の前」という現実において未来をみ、「大順」という「功」を収めるには「微事」を「皆之無し」といって済ましてはおれないのだという。

このようにみてくるならば、嵆康の思考の特色が、事物を実体化し固定的なものとみなす世俗士大夫たちの「常論」とはちがって、物の真実というものがあり得るとすれば、そうした「常論」を絶えず否定し批判し続けるという行為の持続の将来の果てに、来るべきものとして想定するほかないと考えられている、というところにあるだろう。

さて、嵆康の「論」を通して窺われるその思考が、上述のごとく「常論」から「至物」「微事」への否定・離脱として捉えられるとすれば、そうした観点に立ってみるならば彼の「大道」の理想と「名教」批判との意味する所はどのようにとらえ直し得るであろうか。この問題は、その手がかりを「大道」の「衰」を眼前において懐疑する「卜疑集」の中に求めることができるであろう。

（a）五者、無於胸中、則信順日済、玄徳日全、不祈喜而有福。不求寿而自延。此養生大理之所效也。

（b）又聞道士遺言、餌朮黄精、令人久寿、意甚信之。

（c）吾頃学養生之術、方外栄華、去滋味、游心於寂寞、以無為為貴。

（d）若吾多病困、欲離事自全、以保余年、此真所乏耳。

（e）然或有行踰曾閔、服膺仁義、動由中和、無甚大之累、便謂人理已畢、以此自臧、而不盪喜怒、平神気而平欲却老延歳者、未之聞也。

（f）凡此数者、合而為用。不可相無、猶轅軸輪轄、不可一乏於輿也。然人皆偏見、各備所患。

（g）積善履信、世屢聞之。慎言語、節飲食、学者識之。過此以往、莫之或知。請以先覚語将来之覚者。

（h）夫至物微妙、可以理知、難以目識。

（i）況乎天下微事、言所能及、数所不能分。是以古人存而不論、神而明之、遂知来物。故能独観於万化之前、収功於大順之後。百姓謂之自然、不知所以然。若此豈常理之所逮耶。今形象著名、有数者猶尚滞之。天地広遠、品物多方、智之所知、未若所不知者衆也。今執辟穀之術、謂養生已備、至理已尽、馳心極観、斉此而還、意所不及、皆謂無之、欲拠所見、以定古人之所難言、得無似蟪蛄之議氷。欲以所識、而（断）（古人）之所棄、得無戒人問布於中国、覩麻種而不事耶。

五　「卜疑集」について

今、ここにある「世」が「洪々の時」の「大道」の堕落としてあらわれてあるものにすぎないとすれば、では人はそうした「世」に如何にして処せばよいのか。端的にいって「卜疑集」における嵆康の問いは、以上のようなものである。

然り而して大道既に隠れ、智巧滋いよ繁く、世俗膠加し、人情は万端なり。利の在る所、鳥の鶩を逐ふがごとし。富は積蠹と為り、貴は聚怨と為る。……是に於て遠く念ひ長く想ひ、超然として自ら失ふ。郢人既に没し、誰か吾為に質さん。聖人、吾見るを得ず。冀はくは之を数術に聞かん。（巻三・一表）（a）

「大道」の衰えてしまった世において人々は「富」と「貴」との中で競奔していて、それはまるで「鳥」が「鶩」を逐い求めるようだという。

かくして、「大人先生」は「太史貞父の廬」を訪れて、十四題の、二者択一の問いを述べる。

①吾寧ろ発憤して誠を陳べ、帝庭に讜言し、王公にも屈せざらんか。将た卑懦委随し、旨を承け倚靡し、面従を為さんか（世俗の中で然るべき地位をえて、正言の士となろうか、阿諛追従の徒となろうか）。

②寧ろ愷悌弘覆し、施して徳とせざらんか。将た世利を進趣し、苟容偸合せんか（利益を他人に恵与するものとなろうか、世利をひたすらおい求めようか）。

③寧ろ隠居して義を行ひ、至誠を推さんか。将た矯誣を崇飾し、虚名を養はんか（隠居者となって自己の至誠をつらぬこうか、己を偽って虚名を手にしようか）。

④寧ろ凶佞を斥逐し、正を守りて傾かず、否臧を明らかにせんか。将た傲倪滑稽し、智を挟み術に任じ、智嚢と為らんか（悪人たちを放追し、正義を守り善悪を明らかにしようか。状況に機敏に処して智術によって、智恵者と

なろうか）。
⑤寧ろ王喬・赤松と侶と為らんか。将た伊摯を進めて尚父を友とせんか（王喬・赤松子の仲間となろうか。伊尹や呂望を友としようか）。
⑥寧ろ鱗を隠し彩を蔵し、淵中の竜のごとくせんか。将た翼を舒ばし声を揚げ、雲間の鴻のごとくせんか（竜のごとく才能を隠して淵に潜もうか。鴻のごとく翼を拡げて大空を翔けめぐろうか）。
⑦寧ろ外は其の形を化し、内は其の情を隠し、身を屈し時に随ひ、陸沈して名無く、人間に在りと雖も、実に冥冥に処らんか。将た激昂して清を為し、鋭思して精を為し、行ひは世と異なり、心は俗と並び、在る所は必ず聞こえ、恒に営営たらんか（外形は世に合わせ内を隠し、身を屈めて時の流れに追随し、陸沈して名も知られず、人の世に在っても冥冥としていようか。清く鋭く思いを巡らし、世と異を立てて俗と共にいて名を求めて営営としてあろうか）。
⑧寧ろ寥落間放にして、矜尚する所無く、彼我を一と為し、争はず譲らず、心を晧素に遊ばしめ、忽然として坐忘し、義農を追ひて及ばず、中路に行きて惆悵せんか。将た慷慨して壮を為し、感慨して亮を為し、上は万乗を干し、下は将相を凌ぎ、其の容を尊厳にし、高く自ら矯抗し、常に職を失ふがごとく、恨を懐き怏怏たらんか（心を解放させて彼我の区別を棄てて、心を静めて太古のもはや帰らぬことを嘆こうか。世の衰退を怒り、万乗も将相も恐れず、自ら高く保ち、世の吾を知るなきを恨もうか）。
⑨寧ろ貨を聚むること千億、鍾を撃ち鼎食し、枕藉芬芳として、美色に婉孌せんか。将た身を苦しめ力を竭し、荊棘を翦除し、山居谷飲し、巌に倚りて息はんか（千億の富を築き、この世の贅沢の限りを尽くし、美人に囲まれて暮らそうか。身を苦しめても、山中深入り込み、山住みの隠者となろうか）。
⑩寧ろ伯奮・仲堪のごとく二八を偶と為し、共鯀を排擯し、所を失はしめんか。将た箕山の夫・白水の女のごとく、

唐虞を軽賤して大禹を笑はんか（伯奮・仲堪のごとく二八とともに不正の君を排斥しようか。許由や白女のごとく舜禹を非としようか）。

⑪寧ろ泰伯の隠徳のごとく潜譲して揚らざらんか。将た季札の節義を顕はすがごとく慕ひて子臧と為らんか（泰伯の隠徳に倣って知られずにあろうか。季札の節義に倣って子臧のごとくなろうか）。

⑫寧ろ老聃の清浄微妙のごとく玄を守り一を抱かんか。将た荘周の斉物変化のごとく洞達して放逸せんか（老子のごとく玄と一とを心におこうか。荘子のごとく世を洞達して放逸しようか）。

⑬寧ろ夷吾の束縛を惜しまざるがごとくして終に覇功を立てんか。将た魯連の軽世肆志するがごとく高談従容せんか（管仲のごとく恥もおそれず覇功をたてようか。魯仲連のごとく心のままに放談しようか）。

⑭寧ろ市南子の神勇のごとく、内固く其の志を山淵にせんか。将た毛公藺生の竜驤虎歩のごとく、慕ひて壮士と為らんか（市南宜僚のごとく勇気を内にひめて山淵のごとくしようか。毛遂や藺相如のごとく気迫を表にみなぎらそうか）。

（巻三・一裏）（b）

さて、その問いは実に様々であって、そこに一定の立場や、全体を、統一する視点など容易に見出せそうにないのはもちろんであるが、しかし、かつて旧稿で指摘したごとく、これらの十四の問いは、いずれにせよ「世」という、自らが処するにせよ、そこから抜けでるにせよ、あるいは自己を正しくしようとするのであれ、あるいは汚れとみてそこに沈むのであれ、彼にとって「世」が一定の実体である、不変のものとして、あるいは変転推移するとしても、それは自己とは直接かかわらない、はるか彼方においてそうなるものとして、設問に先立って自明のこととされてしまっているかのように見えることである。だから旧稿ではそのことを「〈世〉に対する信頼と見通しを前提としている」[10]と述べた。しかし、この「卜疑集」の背後に、「至物」を将来において見出そうとする上述の彼の思考態度と、「釈私論」の「無措・顕情」の論とをかさね合わせてみるならば、あるいは事態はいささか違ってみえるかもしれな

い。

「大人先生」が「太史貞父」によって与えられた回答は「至人は相せず、達人は卜せず」というもので、これは一見して「大人先生」の真摯な問いをはぐらかして回答を回避したのかとも、あるいは単にその不可能を知って一種の慰謝を与えたのかとも思える。もし、そうとするならば、この「卜疑集」は嵇康にとって、はらし得ない憂さのための、単なるナグサメの書なのかとも思えてしまうわけである。しかし、「太史貞父」は次のごとくいう。

太史貞父曰く、至人は相せず、達人は卜せず。先生のごとき者は、文明、中に在り、素を見《あらは》し、璞を表し、内は心に愧ぢず、外は俗に負かず、交はりて利を為さず、仕へて禄を謀らず。古今に鑑し、情を蕩し欲を滌す。夫れ是のごとければ、呂梁も以て遊ぶべく、湯谷も浴すべし。方に将《かなら》ず大鵬を南溟に観るべし。又何ぞ人間の委曲を憂へんや。（巻三・二裏）（c）

「素を見し、璞を表し、内は心に愧ぢず、外は俗に負かず」とあるのは、「素」といい、「璞」というのは、もちろん、「老子」や、それを継承したと思われる荘子後学の、文明や社会の「汚」によごされていない人間の生命の輝きであったろうが、「老子」や荘子後学にとってそれは、「世俗」にある限りそれは喪失されざるをえないのは彼らにとって自明であって、それ故に彼らは人の始源への復帰を、社会においても人の本性においても希求したわけである。そして彼らは悟りを見出したり、無限の慰めを手にしたのである、と。しかし、ここで「太史貞父」は「大人先生」を評して、「素」「璞」を「見・表」している、と認定しているのである。つまりこれは、「大人先生」の行為は、「釈私論」でいう所の「無措・顕情」の、とくに「顕情」のことであって、しかも「外は俗に負かず」とあるのは、その「顕情」が、「内」に観念的に自閉することなく、「外」という世俗社会の中に、その実現の場を有していることを明白に告げているものである。

「呂梁」といい「湯谷」というも、これは観念的な、あるいは思惟の中だけに想い描かれる、悟りの心境の比喩と

解されるべきものでもないし、「養生」の実践の果てに達成される「神仙」世界を描いたものでは、まったくないであろう。もちろん「南溟」に飛翔する「大鵬」も、嵆康の、「人間」からの離脱への情熱を、美しく描いているわけでも、まるでないだろう。これらは、言葉によっておよそ限定しえない、つまり限定をあたえた途端にそのまったき姿を必然的に失ってしまうモノ、つまり、いまだ実現をみない「至物」、それを比喩して、あるいは象徴として、ことばにしたものにすぎないであろう。つまりそれは「釈私論」の「無措・顕情」を、社会の中で行為することで、現在においては、形を見ることも言語化することもできないが、将来において実現することが今としては、ただ期待することができるにすぎない、社会のまったき真実の姿＝「道」なのである。だから「何ぞ人間の委曲を憂へんや」とは、「人間の委曲」は、とるに足らない問題だ、吾が一身の心の平和を求めなさいという、諭しなどではまったくなくて、「人間の委曲」を憂えることなく「人間」の委曲のただ中において「無措・顕情」すればよいのだという、実は嵆康の固い決意、あるいは自己確認がなされたと、みるべきなのではなかなろうか。つまり、この「卜疑集」は、嵆康による自己への慰めの書ではなく、「釈私論」の「無措・顕情」の決意表明の書なのであって、嵆康の著作全体の中で、「釈私論」とならんで、彼の「志無きは人に非ず」「家誡書」という「志」をうかがい知るものとしてその存在意義はきわめて重いと言わねばならないのである。(11)

そもそも、嵆康が「上は君に臣たらず……」と弾劾されて、刑死したという歴史的事実は、その根拠を彼の著作の中に求めてみれば、たかだか「老荘」の「太古」を理想とする復古思想の焼き直しにあったのでもなく、露骨に「湯武」への非難を書き著したという事実にあったのでもない。もちろん嵆康を弾劾する彼らにとっては、それらは格好の口実として利用し得たではあろうが、問題の本質はそこにはないだろう。つまり、「常論」という枠によって今此にあるこの「世」を維持しようとするのが、いわばこの「世」の頂点にある司馬氏であろう。だから、たとえ議論が百出しても、それが今あるこの「世」は彼ら自身が自分達の議論の及ばないところで、そのままありつづけたり、あ

るいは「世」は自ら移りゆくものであると、前提されている限りでは何ら畏るるに足るものではない。事実阮籍は「世」の衰えを嘆きはしたけれども、しかも嘆く自己によって慰められていた[12]。

嵇康の「卜疑集」は、「世」に向かいあう困難を様々に問いかけて、そしてその不可能を前にして慰められたかにみえて、実は「無措・顕情」による「将来」を現出すべく行為する、自己の意志の確認書となり得ているのである。このことを「名教」批判の問題に即していえば、彼の「名教」批判論は『荘子』諸篇と同じく「太古」の「純僕」に「道」のまったき顕在を追念し、その時代への復帰を願ったり、そこへの回帰に憧れていたりしている。しかし、嵇康の「名教」論の本質は、ここにあるのではなく、実は「将来」に「至物」の存在することを確認し、現在においていまだ成らざる未来を刻一刻「無措・顕情」によって実現することを期待するという、いわば未来にむけての現在の創出という一種の「作為」主義にあったと考えられる。

それはたとえば、阮籍が「時」と「世」を、自己の彼方において、結局そこに同化されていく自己をただ詠歎するほかなかったのに対して、嵇康は逆に「時」と「世」を作り得るものとしての人間という、認識を貫こうとしたと、いえるのではなかろうか。そして彼はその未来をただ「道」という名で称し、そこに「太古」の幻影を重ねて、君臣の調和といった〈形〉で描きはしたが、しかし、それは具体的にそうなることを目指すという、行為に先立ってある規範でも目標でもあったわけではなく、いわば「空論」として描かれざるを得ぬものにすぎなかったといえるであろう。

かく見てくるならば、嵇康の目指した生き方は、明末の王夫之が、いみじくも与えている定義とほぼ近似しているといえるかもしれない。

夫れ志とは、執持して遷らざるの心なり。此に生きて此に死す。身没して子孫の精気相ひ承けて以て間せず。

（『読通鑑論』[13]四一三頁）（d）

いうまでもなく「此」とは、嵇康において「無措・顕情」のことであって、彼は「此に生き、此に死」せるものというべきであって、彼が牢獄で記したとして伝えられる「幽憤の詩」において「薇を山河に采り、髪を巌岫に散じ、永く嘯し長く吟じ、性を頤げ、寿を養はん」と嘆じているのが仮に事実としても、「惟だ此の褊心、臧否を顕明にす」というのが彼の終生変わらぬ「志」であったと、あるいは知るべきであるといえるのかもしれない。

（a）然而大道既隠、智巧滋繁、世俗膠加、人情万端。利之所在、若鳥之逐鸞。富為積蠹、貴為聚怨。……於是遠念長想、超然自失。郢人既没、誰為吾質。聖人吾不得見。冀聞之於数術。

（b）①吾寧発憤陳誠、讜言帝庭、不屈王公乎。将卑懦委随、承旨倚靡、為面従乎。

②寧愷悌弘覆、施而不徳乎。将進趣世利、苟容偸合乎。

③寧隠居行義、推至誠乎。将崇飾矯誣、養虚名乎。

④寧斥逐凶佞、守正不傾、明否臧乎。将傲倪滑稽、挟智任術、為智囊乎。

⑤寧与王喬・赤松為侶乎。将進伊摯友尚父乎。

⑥寧隠鱗蔵彩、若淵中之竜乎。将舒翼揚声、若雲間之鴻乎。

⑦寧外化其形、内隠其情、屈身随時、陸沈無名、雖若在人間、実処冥冥乎。将激昂為清、鋭思為精、行与世異、心与俗並、所在必聞、恒営営乎。

⑧寧寥落閑放、無所矜尚、彼我為一、不争不譲、遊心晧素、忽然坐忘、追羲農而不追、行中路而惆悵乎。将慷慨為壮、感慨為亮、上干万乗、下凌将相、尊厳其容、高自矯抗、常如失職、懐恨怏怏乎。

⑨寧聚貨千億、撃鍾鼎食、枕藉芬芳、婉孌美色乎。将苦身竭力、翦除荊棘、山居谷飲、寄巌而息乎。

⑩寧如伯奮・仲堪、二八為偶、排擯共鯀、令失所乎。将如箕山之夫・白水之女、軽賤唐虞而笑大禹乎。

⑪寧如泰伯之隠徳、潜譲而不揚乎。将如季札之顕節義、慕為子臧乎。

⑫寧如老聃之清浄微妙、守玄抱一乎。将如荘周之斉物変化、洞達而放逸乎。
⑬寧如夷吾之不惜束縛、而終立覇功乎。将如魯連之軽世肆志、高談従容乎。
⑭寧如市南子之神勇内固、山淵其志乎。将如毛公藺生之竜驤虎歩、慕為壮士乎。
（c）太史貞父曰、至人不相、達人不卜。若先生者、文明在中、見素表璞、内不愧心、外不負俗、交不為利、仕不謀禄。鑑乎古今、蕩情滌欲。夫如是、呂梁可以遊、湯谷可以浴。方将観大鵬於南溟。又何憂於人間之委曲。
（d）夫志者、執持不遷之心也。生此而死此。身没而子孫之精気相承不以間。

六　結語

嵇康の「名教」批判が彼を死に至らせるほどに大きな問題であったのはなぜなのか。問いかけたのはこうした問題である。あるいは、そもそも嵇康の思想の全体の中で「名教」批判はどのような位置にあり、どのような意味をもったのか。

「名教」批判は嵇康の「無措・顕情」による「道」の実現という確信にもとづいてなされたということができる。したがって批判するという行為の、いつか果てに「名教」がそのままに「道」であるという事態が期待し得るだけであって、現実との妥協点を見出して終わるという性質の批判では、それはなかった。つまり「道」と「名教」の不一致は、永遠に糾弾されなければならないわけである。終わりがあるとすれば、それは死をもって終わらざるをえない、そうした性質のものであったろう。かくして嵇康は刑死したのである。

以上述べてきたごとく、なるほど「無措・顕情」の行為によって目指されたのは、歴史的制約を超えた「道」という〈普遍〉であった。その意味で嵇康の思想は「封建的思惟」の枠を超える可能性はあったのであり、「刑死」という事実によって超えていたかもしれないのである。しかし、とはいえ「無措・顕情」を「志」として貫く嵇康は、「無措・顕情」が必然的に「普遍」を実現し得ると、いわば楽天的に考えていたのではない。「管蔡」論はもちろん、

史上に汚名をきせられて沈んでいった「管叔・蔡叔」の名誉回復をはかったものではあるが、そのことは逆に「無措・顕情」が〈普遍〉を実現しながらも政治の「権智」という実定的秩序の中にのみ込まれていく姿を、彼は管蔡の中に見てとったのであり、そして嵆康ははからずも自己の運命をそこにあらかじめ描いてしまったといえるのではなかろうか。

注

1 陳伯君『阮籍集校注』（中国古典文学基本叢書）

2 『世説新語』「雅量第六」注引「文士伝」に「而るに康は、上は天子に臣たらず、下は王侯に事へず、時を軽んじ、世に傲り、物の用を為さず、今に益する無く、俗に敗るあり」とある。

3 『嵆中散集』巻二「与山巨源絶交書」

4 通行本による。魯迅校本では「卜疑」に作る。

5 あるいは「乃ち心は忠誠にして」に改むるべきか、とも思える。後に「嵆康の「管蔡論」考」で検討した。

6 この「無措・顕情」という考え方に、道教の「道過」との類似や（マスペロ）、仏教の「告白」を重ねてみる理解があって、両者は「宗教的求道者」として嵆康をとらえようとしている点で共通だが、嵆康には「神」という「告白」の対象を欠いている点からみて、妥当しないだろう。嵆康の「顕情」は「名教」社会の中でなされたのであって、「伊尹」等の列挙から知られるごとく、伝統的な士人意識に由来しているのである。だから「きわめて一般民衆に接近したもの」（堀池信夫『漢魏思想の研究』五二三頁）とは、わたくしは考えない。

7 中島隆蔵「嵆康における公私の問題」（『文化』37巻3号・4号）

8 拙稿「嵆康における運命の問題」（『国学院大学漢文学会々報』第33輯）等。（第四章参照）

9 福永光司「嵆康における自我の問題」（『東方学報』32）や堀池信夫「嵆康の思想」（『漢魏思想の研究』）は、こうした方向において嵆康をとらえようとしているようだ。

10 拙稿『嵆康における「自得」と「兼善」の問題について』（『国学院大学漢文学会々報』第34輯・六七頁）参照。（第七章参照）なお、松浦崇「嵆康と楚辞」（『中国詩人論』汲古書院）は、「卜疑」の場合も、嵆康自身の切実な苦悩を告白することに主眼があっ

た」というが、「告白」はもちろん「無措・顕情」という「決意」表明に至る、一つの要素にすぎず、そこに止まるものではないだろう。

11 殷翔・郭全芝『嵆康集注』（黄山書社・一三四頁）に「道士の、栄利をしたわず、情欲を洗い去り、乱世の中に逍遥隠遁する避世の態度を肯定している」とあり、夏明釗『嵆康集訳注』（黒竜人民出版・四〇頁）に「孫登にしたがい　遊びたいという動機」とあるが、賛成できない。

12 拙稿「阮籍の「時」「世」の思想について」（『国学院大学漢文学会々報』第37輯）

13 『読通鑑論』（中華書局）

（補足）

「実定的秩序」という語について、社会制度、風俗、習慣等を指していうものである。「実定」とは「自然」に対立する概念として用いたが、その意味するところは、社会に生まれた当の人にとって、その周囲にある一切の環境は所与としてひとまず登場している。それは人間が自然を征服したり、そこに因循したりして、人間の力でともかくも築いたものである。その意味でそれは「実定」なのである。

第九章　嵆康の「釈私論」について

「釈私論」は嵆康の思想の中核をなすもので、俗論・常論を批判し、自己の思惟と行動が如何なる原則の上に成立しているかを反省したものである。世俗士大夫たちの思想と行動とを「批判」する原理がここにあるようだ。「釈私論」に展開されている嵆康の論理・思考をたどってみる。

一　はじめに

もともと物はみるひとの関心や角度のちがいに応じてちがって見えるものなのか、あるいは人はその関心に応じてしか物をみることがなくて、自己の視野の限界のなかでしか物をみないのであろうか。嵆康という人物像あるいはその思想は、じつにさまざまに描かれている(1)。様々な嵆康像を併存させてしまう原因をかりに今求めてみると、嵆康が各作品において意図したことと、彼が人生において目指したこととの関連に、必ずしも十分な関心がはらわれてはいないからではなかろうか。嵆康の各論はそれぞれに一定の目的をもって書きあらわされているから、これはそれぞれに作品の読解から明らかにし得ることである。彼の人生について、もちろんその詳細をかたる資料は乏しいわけだから、ひとまず無視するというのもひとつの立場・見識ではあろう。しかし、たとえば『世説新語』注にのせる鍾会の、嵆康を弾劾することばの(2)、現実的な意味あるいは実際に果たしたであろう機能を十分に考量する必要があるのではないか。

一般にある作品なり書き手なりを理解するうえで、その伝記的研究が不可欠とは必ずしもおもわないが、すくなくとも嵆康においては、いわばその死に至る過程とその意味への関心は必須のものにおもえる。端的にいって嵆康の思想を理解するには、嵆康が自分が刑死するかもしれないという予知と恐れをもちながら、なおかつそのままにその道を歩きつづけたように見えるのだが、これはどうしてなのか、というところを問うてみることだと思う。以下に「釈私論」についてこのことを考察してみる。

嵆康の「釈私論」は、他の論とおなじく、俗論・常論を批判し、そのうえで自己の思考と行動とが、いかなる原則の上に成立しているかを反省したものである。彼はいう、世のいわゆる君子は、次のようである。

故に矜忤の容、以て常人に観し、矯飾の言、以て俗誉を要む。謂《おも》ふ、永年の良規、茲《ここ》より盛んなる莫しと。終日、思ひを馳せ、其の外を闚ふ莫し。故に能く其の私を成し、其の自然の質を喪ふなり。（巻六・三裏）（a）

世俗の君子は、「永年の良規」を拠り所として、その枠の中にこそ真実はあると考え、「常人」の喝采を浴びんと願い、「俗誉」の起こるところをその人生の目標としていて、自らの思考をその枠の中に限っているものだと。かくして彼らは「自然の質」を失い、「私」をなしていると。こうした世俗君子への批判は、彼の一貫した「生き方」の姿勢からくるもので、たとえば「答難養生論」では、世俗君子は次のように描かれている。

上は周・孔を以て関鍵と為し、志を一誠に畢《つ》くし、下は嗜欲を以て鞭策と為し、罷めんと欲して能はず、世教の内に馳驟し、巧みを栄辱の間に争ひ、多同を以て自ら減じ、思ひ位を出でず、奇事をして見るところに絶ち、妙理をして常論に断ぜしめ、以て変通達微を言ふも、未だ之を聞かざるなり。（巻四・九裏）（b）

「周・孔」の教えこそが人生を展望する鍵だとおもい、一心に学び、その成果の果てに「栄華」を思いえがき、「嗜欲」にかられて「馳驟」する、世俗君子たち。嵆康はこうした彼らの「常論」を批判するのである。あるいは「難自然好学論」では、次のように彼らは描かれている。

六経を立て以て準と為し、仁義を仰ぎ、以て主と為し、規矩を以て軒駕と為し、講誨を以て哺乳と為し、其の途に由れば則ち通じ、其の路に乖けば則ち滞る。心を遊ばせ視を極め、其の外を覩ず。終年馳騁し、思ひ位を出でず、族を聚め献議し、唯だ学を貴しと為し、書を執り摘句し、俛仰し咨嗟し、其の言を服膺せしめ、以て栄華と為す。（巻七・三表）（c）

世俗君子たちの「六経」「仁義」への執着の背後に「栄華」への欲望がひめられていることを、これも明るみにだすものである。嵆康はこうした、自己の「思ひ」をあらかじめ「位」の中に限界づけ、「良規」「世教」のなかを「馳騁」してやまぬ君子たちを、一貫して批判している。

この三つの例に共通して表れている特色は、世俗の君子たちが「思ひ位を出でず」あるいは「其の外を闚ふ莫し」といわれているように、彼らの思考が一定の枠のなかで動き回っているにすぎないという、その狭さを批判している点にある。したがって、この「釈私論」も、彼のそうした批判の姿勢の一応そのあらわれとみてよいであろう。この「釈私論」では、世俗君子たちが自己の行為を狭いところに限り「外」にでることがないという。そしてその原因をなしているところに「私」が存在しているのであるという。この「私」からいかにして免れ得るか、これを明らかにすることが、この論のひとつの狙いなのであろう。嵆康は世俗の君子たちが、「私」をなし「自然の質」を喪失せるものとしてあると捉え、この観点から彼らを批判しているのだが、まずこの君子たちの行為が「私」をなすものとして批判されるその論理はいかなるものであるか、この問題を考察してみよう。

（a）故矜忤之容、以観常人、矯飾之言、以要俗誉。謂永年之良規、莫盛于茲。終日馳思、莫闚其外。故能成其私、喪其自然之質。

（b）上以周孔為関鍵、畢志一誠、下以嗜欲為鞭策、欲罷不能、世教内馳騖於世教之内、争巧於栄辱之間、以多同自滅、思不出

位、使奇事絶於所見、妙理断於常論、以言変通達微、未之聞也。
（c）　立六経以為準、仰仁義以為主、以規矩為軒駕、以講誨為哺乳、由其塗則通、乖其路則滞。遊心極視、不覩其外。終年馳騁、思不出位、聚族献議、唯学為貴、執書摘句、俛仰咨嗟、使服膺其言、以為栄華。

二　「私」とはなにか

「釈私」とは、端的にいって「私」をすてることを意味しようが[3]、ではその「私」とはなにか、まずたずねてみる。嵆康は過去の歴史的事例にさかのぼって、たとえば「私」をなして身を滅ぼした例として、「申苟」と「宰嚭」とを取り上げている。「申苟」の逸話は『左伝』にもみえるが[4]、ここでは『新序』を引用してみる。

楚の共王疾有り、令尹を召して曰く、……申侯伯は我と処るや、常に吾を縦恣にす。吾の楽しむ所の者は吾に勧めて之を為さしめ、吾の好む所の者は、吾に先んじて之に服す。吾与に処りて之を歓楽し、戚戚たるを見ざるなり。然りと雖も吾終に得る無きなり。其の過、細ならず、必ず亟かに之を遣れと。……申侯伯を逐ひて之を境より出ださしむ。

（『新序』雑事一・一〇頁）（a）

これは「楚の共王」がその死に臨んで、自分が寵愛していた「申侯伯」を国内から追放させたという逸話の一節である。「申侯伯」はわたしの我がままを許し、わたしの好悪をさきどりして行動した、かくて今に至るまで、私は心を悩ませることはなかったのだが、しかし、おもうに真に得るところはなかった。それ故に、このまま「申侯伯」をわたしの死後、国内にとどめておくわけにはいかぬ、というものである。

「楚の共王」はのちに「臣を知るは君に若くはなし」と『左伝』に詠嘆されているから、ある程度聡明な君主であったろう。「申侯」の忠勤ぶりを認めつつも、その欠点をよく知っていたことになる。しかし、にもかかわらず「共王」が「申侯」を追放するのは、己の死が目前に迫られてからのことである。彼が「申侯」の欠点を知りつつ、身近

く使役し、一定の信任をあたえていたのは、「申侯」が普通の基準に照らしてみれば、まぎれもなく忠臣と称してよいものだったからであろう。だから彼は自分の死を目前にするまで、彼を追放することはできなかったのである。嵆康はただちに「申公」を悪としているのではない。だいいち彼の行為に注目するならば、必ずしもそれを悪とするだけの根拠はみあたらない。しかし、嵆康はそこに「私」が存在したとみるわけである。「申侯苟順にして、棄を楚(恭)に取る」すなわち「苟順」という「私」があることで追放されたと見るのである。

もうひとつ嵆康は「太宰嚭《ひ》」の例をひいている。周知のごとく「太宰嚭」は、越王勾践の命をうけた大夫種から「美女宝器」をおくられ、「子胥」と対立し、彼をついに死へと追いやり、かくして呉の国の滅亡をまねいた人物である。[5]「太宰嚭」が賄をうけとり、君と国とに害悪をなしたのは明白であるが、嵆康はこうした視点から論じているのではない。善悪是非という観点からするならば、これは結果からの論であり、その非はいうまでもない。しかし、当時にあって、権勢を誇り「子胥」と議論する「宰嚭」は、その時の「常論」を支配したもので、それは「善」であり「是」とされていたはずである。

嵆康が問題とするのは、「申侯」にせよ「太宰嚭」にせよ、彼らがまさにその行為をなし、人々に一応「善」とし「是」として認められながら、なぜにその行為が「悪」であり「非」である結果におわったかである。そこに「私」があったと嵆康はみるのである。

「申侯」の心には「苟順」の念が、「宰嚭」の心には「耽私」の念が隠蔽されてあったと嵆康はみている。これが心の「私」である。「私」とは心に隠蔽が生じていることである。

「釈私論」とは人がこの心の隠蔽という「私」からいかにして免れるかを論じるのがひとつの眼目であったとみることができる。嵆康は、「私」を免れるところに「是」があらわれると、考えていたようであるが、それはどのような思考過程をへて得られた結論であったのか。以下に考えてみる。

（a）楚共王有疾、召令尹曰、……申侯伯与我処、常縦恣吾。吾所楽者勧吾為之、吾所好者、先吾服之。吾与処歓楽之、不見戚戚。雖然吾終無得也。其過不細、必亟遣之。……逐申侯伯出之於境。

三　告白の問題

嵆康はいう「小人は則ち匿情を以て非と為す、違道を以て闕と為す」（巻六・一表）と。すなわち心に隠蔽するところのあるものはもちろん「非」とされるのであるが、その「非」がそのまま行為や結果の「悪」をひきおこすとは考えられてはいない。

『左伝』の僖公二十四年に「里鳧」（頭須）の逸話をのせている。晋公重耳が出国したとき、その近習の一人「頭須」は晋に残り、財物を持ち出して逃れていた。重耳が帰国するにあたり、これを資金として提供したというものである。

初め、晋侯の豎頭須、守蔵者なり。其の出づるや、蔵を窃みて以て逃れ、用を尽して以て之を納るるを求む。入るに及びて見えんことを求む。公、辞するに浴するを以てす。僕人に謂ひて曰く、……居る者は、社稷の守り為り、行く者は、羈紲の僕為り、其れ亦可なり。何ぞ必ずしも居る者を罪せんや。国君にして匹夫を讎すれば、懼るる者甚だ衆しと。僕人以て告ぐ。公遽に之を見る。（『左伝注疏』四七八頁）（a）

嵆康の解釈によれば、「頭須」は「顕盗」なのである。晋公の亡命につきしたがわず、その財物を持ち出して、ひとり別行動をとったのであるから、明らかに「盗」である。晋公が帰国することがなかったならば、彼は「盗」のままであったろう。しかし、晋公は帰国する。彼は財物をさしだし、入国を支援する。もちろん晋公が彼の行為を心よくおもっていないことは承知している。下手をすれば「盗」として、あるいは謀反人として処分されるかもしれない。

「投命」の危機である。この危機に際して彼は、謁見をもとめるのだが、しかし、謁見は拒否される。危機はいよいよ切迫しているのだが、彼はそこで心の思いと事件の経緯とを人を介して滔々と述べ立てるのである。そして自己の罪とせられるいわれなきをのべる。晋公はその発言に心動かされて、あわてて謁見を許したという。

嵆康によればこれは、「盗」という悪なる行為をなしたものが、その心を表白してその罪過をまぬがれたということになる。「釈私論」には次のようにいう（「頭須」は「里鳧須《りふしゅ》」ともいわれている）、

　里鳧は盗を顕らかにし、晋文は愷悌とす。　（巻六・二表）(b)

同様のはなしが『左伝』にみえる。僖公二十四年に「勃鞮《ぼってい》」である。「勃鞮」はかつて晋の献公の命をうけ、公子重耳の「蒲」城を攻撃し、重耳の袖を切り落とすところにまで至った（僖公六年）。重耳はからくも逃れ、やがて帰国するが、「勃鞮」は謁見をねがいでる。当然重耳はかつての罪をせめて、彼にたちさることを命じる。そのとき「勃鞮」が重耳になげかけた言葉。

　臣謂へらく、君の入るや其れ之を知ると。若し猶ほ未だしければ、又将に難に及ばんとす。君命に二無し、古の制なり。君の悪を除く、唯だ力を是れ視る。蒲人狄人、余に何ぞ有らんや。今、君、位に即くに、其れ蒲狄無からん。斉の桓公、鉤を射るを置きて、管仲をして相たら使む。君若し之を易ふれば、何ぞ命を辱くせんや。行く者甚だ衆し、豈に唯に刑臣のみならんや。　（『左伝注疏』四七七頁）(c)

「勃鞮」はかつて晋公重耳を君命によって殺そうとしたのだが、もちろんこれは重耳に対しては罪である。彼はその罪とされる所以を表白する。ただし、これは自己の罪を悔いるというようなものではない。罪とされるに至る経過と、そのやむをえざる必然の事情とを弁論するのである。すなわち一旦君臣の関係に身をおいたならば、臣下が臣下のつとめを忠実に実行するのは当然の理である。人々がこの理に従うから君臣関係は成立する。もし君主にしてこの理の存在を無視するならば、その君にたいして誰も臣下となるものはいなくなるのであると。[6]「君命に二無し、古の

制なり」とは、かかる意味である。そこに好悪という恣意的な要素の介在する余地はないのだと。

この逸話を解釈して嵆康はいう、「勃鞮は罪を号して、忠立ち身存す。」（巻六・二裏）と。つまり彼は「罪」を悔いたのではなく、逆に罪とされることの不当を大声で表明したものである。このほかに「宦者令繆賢」(7)「高漸離」(8)の例を嵆康は引用している。その主旨はおなじである。そして以上の数子の例によって次のようにいう、

然れば数子、皆投命の禍を以て、不測の機に臨み、心識を表露して、独り以て安く全し。況や君子、彼の人の罪無くして其の善有るをや。（巻六・二裏）（d）

「里鳧」にせよ「勃鞮」にせよ、あるいは「繆賢」「漸離」の場合であっても、彼らは生命を失いかねない「罪」を背負って、彼らの生命を左右しうる「人」の前に臨んだのである。彼の一言一行がまさに彼のその生命を左右するという「不測の機」であった。彼らはいずれも見事にその「機」に処して生命をまっとうした（「漸離」は少し事情がことなる）。彼等は「罪」ある身でありながら、いかにしてこの危機をのがれえたのか。嵆康は「心識」を「表露」したことによるというのである。もちろん、そのとおりなのだが、これは誤解を招きやすい。

一般に罪なり過失なりを犯した者が心を「表露」するというのであれば、まずその罪過をいかに自分が悔いているかの表白、告白とみられよう。この一文をそのように解釈する人もいるようである。(9)しかし、「里鳧」と「勃鞮」の例で検討したように、彼等はまるで自己の「罪」を「罪」として自覚し、その非を反省し、悔い改めようとは少ししていないのである。つまり、彼等の「表露」とは、その行為——罪とされている——が、そのとおり罪であるかそうでないか、問題とはしないのである。是非を論ずる第三者の視点は無視するのである。そして、ひたすら自己の、その当時から今に至る「心」にあることのすべてを「号」するのである。これは大声で堂々、滔々とまくしたてるのであろう。彼らはもちろんこれが自己を救う道だと必ずしも確信しているわけでもなかろうが、しかし不安や疑念や邪心をはらいのけて「心」のありったけを「表露」するのである。かくしてはじめて彼らは生命をまっとうすることが

できたと、嵆康はみているのである。このようにみてくるならば、嵆康の「表露」というものが、いわゆる宗教的な「告白」や「罪」の意識とはおよそ普通の意味では関わりのないものであることは、明らかであろう。「表露」とは文字どおり是非善悪を忘れて、過去から今にいたるまでの心の思いを残りなくことばにし口にすることである。その徹底性の激しさに、一縷の可能性を託しているのであろう。かくして始めて「私」を免れ得るのだと、嵆康は考えているのである。

（補足）

この「宗教」という意味を広く考えるならば、中国固有の宗教意識の表出を想定することが可能であるかもしれない。

（a）初、晋侯之豎頭須、守蔵者也。其出也、窃蔵以逃、尽用以求納之。及入求見。公、辞以浴。謂僕人讃曰、……居者、為社稷之守、行者、為羈紲之僕、其亦可也。何必罪居者。国君而讎匹夫、懼者甚衆矣。僕人以告。公遽見之。

（b）里鳧顕盗、晋文愷悌。

（c）臣謂君之入也其知之。若猶未、又将及難。君命無二無、古之制也。除君之悪、唯力是視。蒲人狄人、余何有焉。今、君即位、其無蒲狄乎。斉桓公、置射鉤射而使管仲相。君若易之、何辱命焉。行者甚衆、豈唯刑臣。

（d）然数子、以皆投命之禍以、臨不測之機、表露心識、独以安全。況乎君子、無彼之人罪無而有其善有。

四　世俗君子

前節でみたのは、はっきりとした過失罪過のある者の場合であったが、ではもともとかかる過失罪過とは無縁の者についてはどうであろうか。嵆康がこの論の出発点としているのは、さきに述べたごとく、世のいわゆる君子人たちのあり方への批判が一つの契機をなしていた。この問題と「心」を「露」することとは、いかなる関係にあるのであろうか。嵆康は君子人のあり様を次のようにのべる。

闔堂盈階、寓目して善人と曰はざる莫きなり。然れども背顔して退き議し、私を含む者は、復た同じからざるのみ。□を抱き情を匿して改めざる者は、誠に神以て惑ふ所に喪ひ、体以て常名に溺る。心以て慴るる所に制せられ、情、欲する所に繋る有り。咸自ら以為へらく是有りて己より賢なる莫しと。未だ功朞（攻肌）の慘、駭心の禍有らざれば、遂に能く情を収め以て自ら反り、名を棄て以て実に任ずる莫し。乃ち心に是とする有り、之を匿して以て私し、志に善とする有り、之を措きて悪を為す。（巻六・三裏）（a）

朝廷に居並び、誰しもが立派な士君子と評する人びとがある。ところが、ひとたび人知れぬところでは「私」を内にもつものであれば、君子ではない、と嵆康はいう。彼等は、心はその「所惑」に失われ、「常名」に引き寄せられ、「所慴」「所欲」に規制されながら、我が心には「是」があり「善」があり、己以上に「賢」なるはないと、思い込んでいる者たちである。こうした自ら「是」「善」とする心をうちに隠して行為し発言する者達。嵆康はこれも心が「私」に隠蔽されているものであるという。

彼等はもちろん「罪」あるものではない。「里毚」のように国家の財宝をかってに持ち出したものでもないし、「勃鞮」のように重耳の生命を脅かしたりしたものではなく、明白な「罪」のあるものではない。善良の君子であるにはちがいない。彼等は君にたいしては忠をおもい、先王の教えを学び、政務に励む、忠勤の士である。ただ彼等がそうした善良であり得るのは、「常名」という安逸を求め、心に「栄華」を欲し、名教からの逸脱を「所慴」するからである。しかし、彼等は自らを動かすものが欲利であることには気づかず、あるいはそこには触れずに、みずから「善」にこころざし、ひたすら「是」に従うものと思っている。

嵆康によれば、彼等の「善」「是」は真実彼等のものであるのではなく、「所慴」「所欲」「所惑」に動機づけられた偽善なのであり、これを隠蔽したところで成り立っている「私」であるにすぎないのである。だから、彼等の心はこの本音にある「所欲」と「善」「是」とを案配することに費やされる。これを「措」だと嵆康はいうのである。彼等

は「措く所を措かず、措かざる所を措く」（巻六・三裏）ものだということになる。あるいは、

措かざる所以の理を求めずして、措を為す所以の道を求む。故に措を為すに（明）らかにして措に闇し。是を以て不措を拙と為し、措を工と為す。唯だ之を隠すの微ならざるを懼れ、唯だ之を匿すの密ならざるを患ふ。（巻六・三裏）（b）

彼らは自らの「措」の巧みさをおもう。「措」とはいかにして本音を隠蔽して、「是」と「善」とを求め、吾がものとまがうことなく「常人」に示すことにほかならない。かくして「永年の良規、茲より盛んなるは莫し」と心におもい、「終日、思ひを馳せ、其の外を闚ふ莫し」（巻六・三裏）という、いわゆる君子たちの生活がある。たとえば黄門郎向子期は「生の楽み為るや、恩愛を以て相ひ接し、天理人倫、燕婉、心を娯しませ、栄華、志を悦ばしむ。」（巻四・二裏）と述べている。嵆康のこの「論」のねらいが、こうした、心に「私」をひそませている世俗君子への批判をひとつの動機としていたことは、以上のごとくである。

ところで嵆康のいう「君子」は、もちろん、こうしたいわゆる世俗君子とはちがう。

夫れ君子と称する者は、心に是非を措く無くして、行ひ、道に違はざる者なり。（巻六・一表）（c）

世俗の君子が「措」の「工」みさに腐心しているのに対して、嵆康は「君子」を「措」をなさないものとして定義する。「君子を言へば、無措を以て主と為す」「虚心無措は君子の篤行なり」（巻六・一裏）とも、嵆康はのべている。

ではこの「無措」とは、いかなることをいうのであろうか。

（a）闔堂盈階、莫曰寓目而善人也。然背退議、而含私者、不復同耳。抱□而匿情不改者、誠神以喪於所惑、而体以溺於常名。心以制於所慴、而情有繫於所欲。咸自以為、有是而莫賢乎己。未有功朞（攻肌）之惨、駭心之禍、遂莫能収情以自反、棄名以任実。乃心有是焉、匿之以私、志有善焉、措之為悪。

（b）不求所以不措之理、而求所以為措之道。故（明）為措、而闇於措。是以不措為拙、措為工。唯懼隠之不微、唯患匿之不密。

（c）夫称君子者、心無措乎是非、而行不違乎道者也。

五　無措顕情

嵆康はいう、

君子の、賢を行ふや、度有るを察して而る後に行はざるなり。仁心、邪無し、善を議して而る後に正しからざるなり。顕情無措、是非を論じて而る後に為さざるなり。（巻六・一裏）（a）

あるいは、

言、得失を計らずして善に遇ひ、行ひ是非に準ぜずして吉に遇ふ。（巻六・二裏）（b）

ここにいう「度」（規範に合致すること）「善」「是非」「得失」「吉」とは、およそ社会において是認されている公準であり規範であろう。ここにその行為が合致して「君子」たり得るとされる。さてそれならば、その「君子」は、ある行為をなすに先だって、「度」「善」がいかなるものかを考量して、そこに自己の行為を合致させるのであるかといえば、嵆康はそうではないと考えている。およそ「君子」はその心を「無措顕情」にして行為し、しかもそれが結果として「善」であり、「吉」に結実するというのである。

さてこの嵆康の思考を、その論理的展開をたどり、いわば静止画像のごとくながめることもできる。彼は「無措」だというのだが、しかし、「心に矜する所無く、情に繋る所無く」ふるまうならば「体は清く神は正しく、是非允当し、忠は天子を感明し、信は万民に篤し」（巻六・四表）となるものであるとものべている。したがって「無措」「虚心」とはいっても、そこにすでに「善」なるものの顕現が、行為に先だって期待されているということになる。だから彼のいう「自然の質」も、いわゆる世俗の是非・善悪をはぎ取っていったところに、依然としてある種の倫理性が

残ると、一応考えられ、これはたとえば『荘子』駢拇篇に見えるのと同じ論理の思考である、ということになる。(10)

しかし、嵇康がこの「無措」という思考を具体的にしめしている例を改めて検討してみるならば、すこし事情がちがうことに気づかされる。たとえば嵇康は「至人の用心、固より措有るに存せず」とのべて、「伊尹」「周旦」「夷吾」の例をひいている。

是の故に伊尹、賢を殷湯に借らず、故に世済り名顕はる。周旦、賢を顧りみずして隠行す、故に仮摂して化隆す。夷吾、情を斉桓に匿さず、故に国は覇たり主は尊し。其の用心、豈に身の為にして私に繋らんや。

（巻六・一裏）(c)

「伊尹」にせよ「周旦」「夷吾」にせよ、「措」「無措」が問題とされるのは、彼等に決断が必要とされる場面においてである。このことの意味はおおきいだろう。「周旦」の場合、おそらく武王が死去し、成王がいまだ幼少であるという局面において、彼がいかにふるまうべきかを問われている場面を、おそらく嵇康は念頭においている。「周旦」は「三管」を討伐し、摂政の地位につき、政治の大権を手中におさめる決断をする。このときに彼をして果断な行為へと踏み切らせたものは何であったか。嵇康が問うのはこのことである。あるいは、「夷吾」の場合を考えてみる。「夷吾」がかつて桓公を殺害しようとしてその鉤を射たという罪を背負いながら、桓公の眼前にふたたび身をさらすことをなし得たものは何であったか。これが嵇康の問いである。

嵇康はいう、ある局面において、すなわちその一瞬先がどうなるか皆目わからない状況において、人をひとつの行為へと決断し踏み切らせる力は、どこにあるかと。この答えを嵇康は心の「無措」に求めたのである。つまり彼のいう「無措」とは、人がその局面にたたされたならば、その行為が善として是として実現するという確信が到底予測できず、自己の資質の善が理解されるだろうという想念も期待し難いような、まさに「投命」の危機において「無措」をいうものである。これはつまり一瞬の決断を要する場面においては、それが「善」なるものであれ「悪」なるもの

であれ、いずれも決断を躊躇させ、あるいは断念させるものであって、行為へと果敢に一歩を踏み込ませるものは、実に一切を心におかぬ「無措」だと、嵆康は考えているのである。

こうして見てくるならば、この「釈私論」にその材料を提供した「伊尹」や「周旦」「夷吾」、さらに「里鳧」「勃鞮」「繆賢」「漸離」の事例によって知られるように、「釈私」することによって、心、思いのありのままを口に出して告げ知らしめることや、心に「得失」「是非」への考量をおかず、「無措」であることが求められているのは、漫然と流れる時の安逸の中においてではなく、一挙一投が自らの運命を左右し得る、容易ならぬ事態や局面においてであった。「然れば数子皆投命の禍を以て不測の機に臨む」というのは、なにもこの「数子」に限定されるものではないだろう。

また「管蔡論」において管蔡が伝統的な評価をくつがえされ肯定されていくのも、彼等の危機に際しての決断と行動をみるという、嵆康の視点がそこにあるであろうし、この未知の局面において心の限りをことばにしてさらけだすという行為を、嵆康自らが実践したのが「卜疑集」ということになるだろう。[11] したがって、この「投命」「不測」という契機は、嵆康が「釈私論」をあらわすにあたって、その根本のところに作用しているのではなかろうか。

（a）君子之行賢也、不察於有度有而後行也。仁心無邪、不議於善而後正也。顕情無措、不論是非而後為也。

（b）言不計乎得失而遇善、行不準乎是非而遇吉。

（c）是故伊尹不借賢於殷湯、故世済名顕。周旦不顧賢而隠行、故仮摂而化隆。夷吾不匿情於斉桓、故国覇而主尊。其用心、豈為身而繫乎私哉。

「釈私論」が、まさに行為をなさんとする局面における心のあり方を問題としているのは、前節で述べたごとくである。では、こうした決断を要する局面において「無措」であること、という思考は、いったい嵇康はどのような所から学んだであろうか。

もちろんおおまかにいって、彼が「荘子」に学ぶことの多かったのは周知の事柄に属する。(12)たとえば、

老子・荘周は吾の師なり。（巻二・六表）（a）

又老荘を読みて其の放を重増す。（巻二・六裏）（b）

と、自ら述べているし、その用語にも荘子に由来するものもおおい。ただ、この「釈私論」においては、次の一節がその核心の所在を告げているであろう。

是の故に傲然として賢を忘れ、賢、度と会し、忽然として心に任せ、心、善と遇ひ、儻然として無措、事、是と倶にするなり。（巻六・一裏）（c）

ここにいう「忘賢」「任心」「無措」は、ほぼ同一の意味であろう。「任心」が心の善質に信頼することを強く意識するであろうが、世の是非を忘れることを意味する点では、ちがいはない。したがって問題は「忘」の字にかかっているようにみえる。嵇康の「答難養生論」には、次の一節がある。

勤誨善誘し、徒を聚むること三千、口は談議に勌み、身は磬折に疲し、形は孺子を救ふがごとく、視は四海に営し、神は利害の端に馳せ、心は栄辱の塗に鶩《いた》り、俛仰の間、已に再び宇宙の外を撫する者、若し之を内視反聴、気を愛しみ精を嗇み、明白四達して、無執無為、世を遺れ坐忘し、以て性を宝とし、真を全うする者に比ぶれば、吾の同じくする能はざる所なり。（巻四・七表）（d）

これは「勧誨善誘」に身も心も疲弊させている世俗君子を批判し、性を宝とし真を全うする道家を称賛したものであるが、ここにみえる「無執為無為」「遺世坐忘」という考え方はもちろん荘子に由来するであろう。嵆康の見たであろう荘子書が今本と同じであるはずも多分ないのだが、その内外雑の区別をとりはらって全体をみわたしてみるならば、「坐忘」という思考にゆきあたる。たとえば「顔回」と「仲尼」との対話をとおして「坐忘」は語られる。

顔回曰く、回や益せりと。仲尼曰く、何の謂ひぞやと。曰く、回、仁義を忘ると。曰く、可なり、猶ほ未だしきなりと。它日復た見えて曰く、回や益せりと。曰く、何の謂ひぞやと。曰く、回や礼楽を忘ると。曰く、可なり、猶ほ未だしきなり。它日復た見えて曰く、回や益せりと。曰く、何の謂ひぞやと。曰く、回や坐忘すと。仲尼蹵然として曰く、何をか坐忘と謂ふやと。顔回曰く、肢体を堕し聡明を黜け、形を離れ知を去り、大通に同す。此れ坐忘を謂ふと。仲尼曰く、同ずれば則ち好無きなり。化すれば則ち常無し。果して其れ丘より賢なるかな。丘や請ふ従ひて後せんと。（『荘子集釈』大宗師篇・二八二頁）（e）

ここでは「大通」という「道」にいたる修養の階梯がしめされている。まず心の中から「仁義」の念を「忘」れることがいわれる。さらに次の段階にすすむと、「礼楽」という日常生活での実践が「忘」れられる。そして最後のもっとも高い段階として「坐忘」があるとされている。「肢体」のあることを「忘」れ、己の「聡明」なることを「忘」れ、「形」を「忘」れ、「知」を「忘」れると。おそらく「道」という、悟りの境地に達する「心」の修養の段階を論じたものであろう。心に「道」を求めるのではなく、逆に心の中に浮かびくる想念をしずめ、最後には「道」を知ろうとする「知」のはたらきを「忘」れることで、そうした静まった心境の中に「道」がおのずからあらわれる、あるいはそうした境地そのものが「道」だというのであろう。

あるいは「孫休」と「扁慶子」との対話がある。

扁子曰く、子独り夫の至人の自ら行ふを聞かざるか。其の肝胆を忘れ、其の耳目を遺れ、茫然として塵垢の外に彷徨し、無事の業に逍遥す、是れ為して恃まず、長じて宰せずと謂ふ。今汝、知を飾り以て愚を驚かせ、身を修め以て汚を明らかにし、昭昭として日月を掲げて行くがごときなり。（『荘子集釈』達生篇・六六三頁）（f）

これは「知を飾り」「身を修め」ることにとらわれている「孫子」にたいして、「至人」の境地を説明したものである。「塵垢の外に彷徨し、無事の業に逍遥す」とは、「肝胆」を忘れ「耳目」を忘れた「至人」の心のさまを描いたものであろう。意識の中から「肝胆」を消し「耳目」あることを忘れ、この境地を行為へと結合させることが「無事の業」なのであろう。つまり心の「忘」なる状態において行為すること、これを「道」といい、「無事」というのであろう。この「忘」の境地と行為とが結合されている具体的な例として、たとえば「梓慶」（魯の大匠）の逸話がある。

梓慶、木を削りて鐻《きよ》を為す。見る者驚き、猶ほ鬼神のごとしと。魯侯見て問ふて曰く、子何の術ありて以て為すかと。対へて曰く、臣は工人、何の術か之れ有らん。然りと雖も、一有り。臣将に鐻を為さんとするに、未だ嘗て気を耗せざるなり。必ず斎して以て心を静かにす、斎すること三日にして、慶賞爵禄を懐かず、斎すること五日にして、敢へて非誉巧拙を懐かず、斎すること七日にして、輒然として吾が四肢形体有るを忘るるなり。是の時に当たるや、公朝無し。其の巧専にして外滑消たり。然る後、山林に入り、天性形軀の至れるを観、然る後、成鐻を見る。然る後、手を加ふ。（『荘子集釈』達生篇・六五八頁）（g）

「梓慶」は木を加工して「鐻」という楽器をつくる名人である。「梓慶」の術は「気」を損せず「斎」をおこない心を静め、かくして「慶賞」の念を消し、「非誉巧拙」の念を消してと、段階をへて心の思念をその内から消して、そうして「山林」にはいり「木」を見、かくて「加手」するというものである。心術と行為の実践との結合をみることができる。これらの例にいわれている「忘」は、一定の時の経過とともに段階的に夾雑物を心のなかから忘れていくものであるから、嵇康のいう「忘」が、一瞬の決断においてなされるのとは、すこしくちがう。しかし、嵇康は修養

の階梯を一念のなかに凝縮しようとしたものであろうか。

このようにみてくるならば、嵆康は、この行為に先だってその「善悪」「是非」を心の中で考量することのないのが「至人」であり、真の「君子」であると考えたのだが、これは『荘子』の「坐忘」あるいは「心斎」における、心術と行為との結合という思考を、「投命」「不測」という極限状況の下での決断という限定された場面において考えたものであろう。

（a）老子荘周吾師也。

（b）又読老荘而重増其放。

（c）是故傲然而忘賢、賢与度会、忽然而任心、心与善遇、儻然而無措、事与是倶也。

（d）勤誨善誘、聚徒三千、口勧談義、身疲磬折、形若救孺子、視若営四海、神馳利害之端、心鶩栄辱之塗、俛仰之間、已再撫宇宙之外者、若比之於内視反聴、愛気嗇精、明白四達、而無執無為、遺世坐忘、以宝性全真、吾所不能同也。

（e）顔回曰、回益矣。仲尼曰、何謂也。曰、回、忘仁義矣。曰、可矣、猶未也。它日復見曰、回益矣。曰、何謂也。曰、回忘礼楽。曰、可也、猶未也。它日復見曰、回益矣。曰、何謂也。曰、回坐忘矣。仲尼蹵然曰、何謂坐忘。顔回曰、堕肢体、黜聡明、離形去知、同于大通。此謂坐忘。仲尼曰、同則無好也。化則無常。而果其賢乎丘賢。丘請従後。

（f）扁子曰、子独不聞夫至人之自行耶。忘其肝胆、遺其耳目、茫然彷徨乎塵垢之外、逍遥乎無事之業、是謂為而不恃、長而不宰。今汝、飾知以驚愚、修身以明汚、昭昭乎若掲日月而行也。

（g）梓慶、削木為鐻。見者驚、猶鬼神。魯侯見問曰、子何術以為焉。対曰、臣工人、何術之有。雖然、有一焉。臣将為鐻、未嘗敢以耗気也。必斎以静心、斎三日、而不敢懐慶賞爵禄、斎五日、不敢懐非誉巧拙、斎七日、輒然忘吾有四肢形体也。当是時也、無公朝無。其巧専而外滑消。然後、入山林、観天性形軀至、然後、見成鐻。然後、加手。

七　結語

嵇康の「釈私論」はなにを明らかにしようとしたものであったか。端的にいって、行為とその善悪是非との関係、行為が善悪是非に結びつく過程を明らかにすることであった。彼の考えによれば、ある行為がなされようとするとき、その時点で行為は善とも悪とも、決定できるものではない、というのである。もちろん行為がなされたならば、瞬時に是非善悪は判断される。名教社会の一員たる士大夫がある行為をなすならば、それは名教社会の基準に照らして是非善悪の判断がくわえられる。したがって、一般の士大夫は当然行為に先だって己のなさんとする行為が、善悪是非いずれであるかを、計量し判断する。しかし、嵇康はこの行為とそれに加えられる是非善悪の判断との間に一定の時間のずれを見いだす。ある行為をなさんとする時、その行為はいまだなされていない以上、善悪是非そのいずれでもない。そのいずれでもないもののままに行為すること、これを「自然の質」と考えた。その「自然の質」を失わないように行為すること、これが彼の主張である。そのためには「是非善悪」という「計量」で心をくもらせ、気力を萎えさせることのないように、果敢に行為すること、これが大切なのだというのである。「傲然として賢を忘れ」という。これは名教の士大夫たちが「思ひを位に限って」その行為を萎縮させていることへの批判でもあった。

ところで、「賢を忘れて」行為してそれが「度」とあう、と嵇康は述べている。善悪是非を考量することなくして行為し、必ず善是とそれは判断されるというのである。この善悪是非が名教社会の善悪是非だとするならば、これはもともと善でも悪でもない行為が善悪いずれかに判断されるにすぎないから、一面の真実であるにすぎない。ただ名教社会の善悪是非も、刻々に生成され変化推移しうるものと、長い尺度をあてて善悪是非を考えたいとするならば、その可能性はますであろう。「名教を超える」とはこの意味でならば正しいであろう。嵇康は湯武の悪口を公言したという。彼に公言させたものは彼の「自然の質」であろう。この行為の善悪是非は彼が口にだす以前には善悪是非と

も無関係である。そう考えて彼は口にする。さて善悪是非はただちに付加されて、もちろん指弾を彼はうけた。「度」と会することはなかったように見える。その当時の名教社会においては、彼の考えたとおりの結果は得られなかった。かくして、彼は刑死したのだが、しかし、彼が「度」と会すると考えていた射程は、あるいは予想外に遥かかなたであったのだろうか。

注

1　嵆康の人とその思想について、さまざまな像が描かれ得る。たとえば「大自然の悠久な生命とそのまま合一する永遠の生命を実現することを希求した」（福永光司「嵆康における自我の問題」）という像であったり、あるいは「後世の所謂「文人墨客」のイメージに合致し」（平木康平「嵆康小論」）、「普遍性に従って個性の完成をはかる」（松本雅明「魏晋における無の思想の性格」）、「彼の究極的境地への思慕は強烈であり、信仰の熱誠には端倪すべからざるもの」（堀池信夫『漢魏思想の研究』）と評価されたりしている。

2　鍾会、康を庭論して曰く、今、皇道開明し、四海風靡し、辺鄙に詭随の民無く、街巷に異口の議無し。而るに康は上は天子に臣たらず、下は王侯に事へず、時を軽んじ世に傲り、物の用を為さず、今に益無く、俗に敗る有り。昔太公、華士を誅し、孔子、少正卯を戮す。其の才を負ひ群を乱し衆を惑はすを以てなり。今、康を誅せざれば、以て王道を潔くする無しと。是に於て康を録し獄に閉す。（『世説新語』雅量篇注引「文士伝」）

3　西順蔵「嵆康の釈私論の一考察」、福永光司「嵆康における自我の問題—嵆康の生活と思想—」（『東方学報』32）

4　『春秋左氏伝』僖公七年にみえる。

5　『史記』越王勾践世家にみえる。

6　『春秋左氏伝』僖公六年にみえる。「勃鞮」は「重耳」が国外を放浪していた時の「君臣」関係が、いま斉の一国の君主となった時、そのままに通用しないことを見抜いていて、かくいうのである。一部の群臣との間に通用する親密な信頼関係は、その規模を一国全体に拡大しようとするならば、そこに別の原理がはたらかなくてはならぬ、というのである。

7　宦者である繆賢は、藺相如を推挙するときに、かつての自分の罪を表白して、それが藺相如の判断に由来したことを述べた。ただし、この罪はすでに「大王」によって許されていたのであり、この時の告白によって許されるのを期待したものではない。『史記』八十一「藺相如伝」にみえる。

8 「高漸離」は結局誅殺されるのではあるが、いちどは「其の善く筑を撃つを惜しみ」、その罪を許されている。『史記』二十六「刺客列伝」にみえる。

9 福永光司前掲論文に「「心識の表露」すなわち自己の内部的真情の他者への表露（告白）が悪の浄化と救済になるという思想を示していることである。」とあり、ドナルド・ホルツマン「阮籍と嵆康との道家思想」（木全徳雄訳『東方宗教』10、昭和三十一年）に「宗教修道者が自己の罪を世界の前に告白する一種の公的な心理分析なのである」とある。堀池信夫『漢魏思想の研究』第三章「魏晋期の思想」は「すなわち病《あやまち》を病としてみずからの心情を他者に告白懺悔することが、精神の病根を断ち切り、充実と安全とをもたらす」とする。

10 中島隆蔵『六朝思想の研究』上篇第一章「漢末魏晋期の精神的課題」第三節「道徳観の諸相」六十七頁以下

11 拙稿「嵆康における「名教」問題と「卜疑集」について」（『国学院雑誌』93巻9号）で、この問題に言及している。（第八章参照）

12 羅宗強『玄学与魏晋士人心態』九十七頁以下。武田秀夫「嵆康思想の一視点」（『京都産業大学論集』第16巻第4号人文科学系列第14号』昭和六十二年三月）に「この発想の基盤はやはり老荘の無為自然であることは確かである。……精神・生命の自由な活動とは、いわば絶対的善であり、道にかなったものとする立場がある。」とある。

第十章　嵆康の「与山巨源絶交書」について

「与山巨源絶交書」は役人になるに不向きな自己の欠点を痛烈に描いているが、この過剰な自己批判の意味するところは何であろうか。

嵆康の「与山巨源絶交書」は、『文選』にも収められていて、人によく知られており、その文章も明晰なものだが、にもかかわらず、ここから様々な議論が生まれ、そしてそれが様々な嵆康像を生産してきているようである。ひとりの人物が見る人によって多彩な様相を呈することも、よくあることといえばそうなので、それほどいぶかることでもないのかもしれないが、しかし、明らかに当人の伝えようとしていることがつたわらなくて、予想外の「名辞」がそこに張り付けられるのは不本意なことであろうと忖度される。それで、嵆康がこの「絶交書」でなにを述べようとしているのかを、すこしく丁寧にたどってみようというのである。

一　「小便」の問題

だれしも『文選』所収の「与山巨源絶交書」を読み始めて、目を見張り驚くであろうとおもわれるのは次の一文であるはずである。[1]

常に小便する毎に忍んで起たず、胞中をして略ぼ転ぜしめ乃ち起つのみ。　（巻二一・六裏）（a）

魏晋はある意味で自由奔放の時代ともみられ、裸体を曝して大酒を飲むといった逸話にこと欠かないが、これはそうした寓話でもなく、自己の実感をまことに的確率直に述べたものである。「ユーモア」さえ感じさせるものである

にせよ、しかし、いかに自己の怠惰な性情を述べるにしても、かかる面まで述べることはあるまい、というのが通常の常識人の健全な感覚であろう。ここには何か通常とちがう感じが確かにあると思わせる。そしてこの通常と「どこかちがう」異様な感じを「無視」しない、あるいは見て見ぬふりをしないという態度が、嵆康を理解する、すくなくともこの「与山巨源絶交書」を誤解しないためには必要な措置であるとおもう。

ここにいう「通常」は、表向きということ、これはわれわれにとっても、これを読んだであろう当時の「士君子」たちにとっても、ということである。当然彼等もこの一文に目をむいたと考えなくてはならない。そしてそのことこそ、この一文を書き記した嵆康の意図するところであったと考えられるのである。

問題は、なぜ嵆康が「絶交」を告げる「書」のなかでこのような口にするのにいささかのうしろめたさを感じさせるようなことを書いたかということだが、今まで二、三の説がある。(2) しかし、これが説得的でないのは、すくなくともこの「小便」という異様な表現の意味を十分説明しないのは明らかだからである。ここに描かれているのは通り一遍のことではなくて、微妙なリアルな感覚的表現であって、なぜに、かほどに的確に自己の「実感」をことばにあらわしたかというところに、腑に落ちない感じが、やはり依然として消えないからである。自己の欠点を率直に述べるという「告白」ということばも、自己の欠点を責めるという「自責」ということばも、この「小便」の「実感」を嵆康がいうことの必要性をすこしも説明しないのである。

性復た疏懶、筋は駑肉は緩む、頭面は常に一月に十五日洗はず、大悶痒せざれば沐する能はざるなり、常に小便する毎に忍んで起たず、胞中をして略ぼ転ぜしめ乃ち起くるのみ。（巻二・六裏）（b）

ここにあるのは端的にいって「顕示」である。彼は自己の肉体・性情のあらゆる劣悪な属性をこれでもか、これでもかと立て続けにことばにして明示している。この執拗に自己劣性を「顕示」する意志、これを生みだす「発想」がいったいなにに由来するのか、まずその起源を問うてみる必要があるだろう。

（a）毎常小便而忍不起、令胞中略転乃起耳。
（b）性復疏懶、筋駑肉緩、頭面常一月十五日不洗、不大悶痒不能沐也、毎常小便而忍不起、令胞中略転乃起耳。

二　東方朔の上書と「絶交書」

一読すればあきらかなことだが、「絶交書」とあって、これは交際を絶つことの宣言なのだが、実はもうひとつの別の動機に基づいてこの手紙は書かれている。

恐らくは足下庖人の独り割くを羞ぢ、尸祝を引き以て自ら助け、手づから鸞刀を薦め、之を羶腥に漫にせしむ。（巻二・五裏）

官の為に人を得以て時用を益さんと欲するに過ぎざるのみ。（巻二・八裏）（a）

あなたは朝廷に人の足りないことを憂えて、そこでわたしに職務を与えようというのであるが、しかし、その判断が適切なものであるか（具為足下陳其可否）、述べてみるというのである。そして嵆康の可否を検討した結果は、

若し趣《ただち》に共に王塗に登り、相ひ致すを期し、時に歓益せんと欲し、一旦之を迫らば、必ず其の狂疾を発せん。（巻二・八裏）（b）

というもので、「官吏」となるなら、わたしは必ず発狂するというものである。

つまり、職につけていただくことはお願いしない、という就職を断る、これは「書」なのである。このことの意味は、十分考察される必要が実はある。この契機を見落として、その「表現」「作品」論を無前提に構成することは誤解、誤読に陥る危険があるようだ。

就職を断る手紙が歴史上どれほど存在するものなのか、よくわからない。それで、「就職を断る」手紙と対極に位

置する「就職をお願いする」手紙、というものに注目してみる。就職に恐らくもっとも熱心であった著名人は、嵆康も慕ったという東方（「東方朔達人也」巻二・五裏）である。(3)

『漢書』（巻六十五）には東方朔の「上書」を掲載しているが、これが熱心な「就職をお願いする」手紙の典型であると、すくなくとも嵆康が考えたものであるらしい。東方朔は次のようにいう、

上書して曰く、臣朔、少くして父母を失ひ、兄嫂に長養せられ、年十三にして書を学び、三冬文史用ふるに足り、十五にして撃剣を学び、十六にして詩書を学び、二十二万言を誦し、十九にして孫・呉の兵法を学び、戦陣の具、鉦鼓の教へ、亦二十二万言を誦す。凡そ臣朔固より已に四十四万言を誦し、又常に子路の言を服す。臣朔年二十二、長九尺三寸、目は県珠のごとく、歯は編貝のごとし。勇は孟賁のごとく、捷は慶忌のごとく、廉は鮑叔のごとく、信は尾生のごとし。此のごとければ、以て天子の大臣と為るべし。臣朔昧死し再拝し以聞す。

（『漢書』東方朔伝・二八四一頁）（c）

要するにこの手紙は「天子の大臣」として、わたし「朔」がいかにふさわしいかを自らことばにして明白にのべたものである。幼くして父母を失い、苦労を重ね、それにもめげず勉学につとめ、たくさんの学問をつんだ教養人であること、そしてその肉体がどれほど優美ですばらしいかをのべている。つまり、自己の才能と肉体の美とを自分で遠慮なく述べ立て、褒め立てているのである。自己の美、大臣にふさわしい自己の「価値」を自分で顕示するというところに、この「上書」の群を抜く特徴がある。これがフォーマルな就職依頼の文書として通用したかどうかは別に検討を要するであろうが、すくなくとも東方朔は就職依頼には「自己顕示」が必要だと考えたのである。

さて、注意してこの「上書」を読むならば、これが奇妙にもその形式、発想において嵆康の「絶交書」ととても似ているところがあるのに気付く。嵆康は次のように述べている。

少《わか》くして孤露を加へられ、母兄に驕せられ、経学に渉らず、性復た疏懶、筋は駑肉は緩む、頭面は常に一月に十

五日洗はず、大悶痒せざれば沐する能はざるなり、常に小便する毎に忍んで起たず、胞中をして略ぼ転ぜしめ乃ち起つのみ。（巻二・六裏）（d）

まず幼くして父母を亡くしたこと、母兄に育てられたこと、経学を学んでいないこと、そして肉体の優美でないこと、そして怠惰な性質であることがのべ立てられている。一方、東方朔の「上書」は、幼くして父母を失ったことに始まり、兄嫁に育てられたこと、熱心にあらゆるものを学んだこと、そして肉体の優美なこと、そして善良な性質であることがのべ立てられている。この両者の対比は明白であろう。嵇康は明らかに東方朔のこの「就職依頼」の「上書」を念頭においているとみるのでなければ、この類似は説明できないであろう。東方朔の「上書」の「自己顕示」を嵇康はマイナスの方向にむけてやはり「自己顕示」しているのである。

嵇康は「いかに自分が幼くしてあまやかされ、まったく学問もせず、なまけもので、ぶざまな外形であり、だらしない」かをこれでもかと述べ立てている。これは東方朔が「いかに自分が幼くして苦労を重ね、ありとあらゆる学問に勉励し努力し、優美な肉体と善良なる性質を身につけている」かをこれでもかとのべ立てていることを、ちょうど「負」の方向に向けてのべたものである。東方朔が目指しているのはもちろん「天子の大臣」であるから、逆に嵇康の目指す「負」の方向は、当然「天子の大臣」と対極に位置することになる。それがつまり、「官吏とならない」「就職はお断りする」という宣言であるのはいうまでもないだろう。（「縦無九患、尚不顧足下所好者」巻二・七裏）

ちなみに、彼がある人によれば「露悪的に」、自己の欠点を暴き出すのは、なにも自己の罪を「告白」しているのでもなく、また自己の欠点を「摘抉」しているのでもない。ただ彼は、東方朔とは逆に「自分は就職に不向きだ」「官吏となることを願わない」と述べているにすぎない。ある意味でこれは平凡な「就職お断り」の手紙なのである。ただ、平凡ではあるが世に「就職お断り」という行為が社会の通例の流れとは逆らうものであることから、この「異常な」表現を必要としたのであり、そして東方朔のある意味で「異常な」「求職の手紙」が彼の注意を引きつけたも

のであろう。求職願望の激しさ異常さが、嵆康の就職お断りの激しさ異常さに響きあったのである。嵆康はこの激しさ異常さに東方朔に引きつけられたのかも知れない。

ところで、この「異常」さは元来『尚書』「金縢《きんとう》篇」に由来するようである。「金縢篇」は古来衆訟の的とされているが、その特異な文章は存外「古代」の発想を伝えるものであるらしい[4]。周公は自己の身を犠牲として「神」に誓願をするのであるが、この時周公は、犠牲として捧げる自己の「美質」を述べ立てる。

若し爾三王、是れ天に丕子の責有れば、旦を以て某の身に代へよ、予仁にして若つ孝、能く多才多芸、能く鬼神に事ふ。

(『尚書注疏[5]』巻十二・八表)(e)

周公は太子が疾病あって救われないなら、我が身を代わりに召していただきたいと、「天」に祈るのであるが、その請願文のなかで「我が身は仁孝で、多才多芸である」と述べ、自己の美質、才能をはばかることなく「誇尚」している。

これは願い事が聞き入れられるには、その代価として捧げられるものは価値あるものでなければならぬと考えられているのであろう。犠牲として捧げる「自己」はしたがって常とは違う優れたものであるとされる。ここに誓願の主体である自己が自己を犠牲とするところから、自己は優れた美質のあるものだとする、「自己誇尚」という表現様式が登場する。周公の「才芸」、東方朔の「長九尺三寸、目若県珠、歯若編貝」は、いずれも自己の肉体の美を誇り、自尊するものである。

したがって、かの「小便」の話は、東方朔の肉体の優美さとは反対に、自己の肉体のマイナス「価値」を「顕示」するという強い意志によって選び抜かれた題材であって、これは読む人がぎょっとするであろう効果をもともと計量した上で表現されていたのである。

性復た疏懶、筋は駑肉は緩む、頭面は常に一月に十五日洗はず、大悶痒せざれば沐する能はざるなり、常に小便する毎に忍んで起たず、胞中をして略ぼ転ぜしめ乃ち起くるのみ。（巻二・六裏）（f）

「おおざっぱでものぐさ、身体はぶよぶよ、頭も顔も十五日洗わず、小便も我慢の限りを尽くし、やっと立ち上がる」と、およそ可能な限り自己の性情・肉体のだらしなさ、醜悪さをさらけ出しているのだが、これは論者たちのいうような、自己の「告白」でも「自責」でもまるでなく、別のものであって、深刻さがそこに微塵もないのは東方朔の自己顕示とまったく同じなのである。ただひたすらに、その「常」からの「逸脱」の効果が求められていたのである。この「小便」は、「大臣」になることを願う「上書」において東方朔が己の「歯」の白さを自慢しているのと、同じくらいの異様な効果をもったであろうとおもわれる。「絶交書」のモチーフは、かくして強い就職不向き、拒絶の強い意志表示なのである。

以上のように、東方朔の「求仕官」の「上書」の方向を逆走させるという、嵆康のモチーフが理解されるならば、彼の執拗な「二不堪、七甚不可」において描かれていることの意味も、まぎれもなく日常世界における自己の行動を生みだしている特質がいかに「役人」に不向きかを「顕示」し「誇尚」し、自分が如何に「官吏」となることを願わないかを示すためにことばが敷き詰められているのが了解されるはずである。

まず七つの「不堪」だが、

臥しては晩く起くるを喜ぶ、而るに当関之を呼びて置かず、一不堪なり。琴を抱き行吟し、草野に弋釣す、而るに吏卒之を守り、妄りに動くを得ず、二不堪なり。（巻二・七表）（g）

たとえばこの二つだが、「告白」と見るにせよ「自責」と見るにせよ、説明に苦しむところである。なぜなら、たんに「臥喜晩起」ことや「抱琴行吟、弋釣草原」という行為だけを取り上げるなら、特別、自己の欠点として「摘抉」するようなことでも、欠点として告白すべきことでもないからである。これが自己のマイナス価値としての意味

づけを受けるのはただ「役人」となるということを想定するから、そこではじめて欠点となるのである。

危坐すること一時にして、痺れて揺くを得ず、性復た虱多し、把して已む無し、而るに当に裹《つつ》むに章服を以てし、上官を揖拝すべし、三不堪なり。 （巻二・七表）（h）

礼儀正しく座っていると痺れて動けぬという「わたし」、また虱の多いたちである「わたし」というのだが、しかし、それ自体欠点とすべきことではない。それだけを述べることに「告白」も「自責」もありはしない。ただここに「役人」となるという条件が設定されると、この「わたし」の資質はマイナスの価値を帯びるのである。長く正座ができない、虱が多いという「わたし」の資質は、なるほど「官吏」となるにはマイナスでしかない、となるであろう。

素より書に便ぜず、又作書を喜ばず、而るに人間多事、案に堆り机に盈つ。相ひ酬答せざれば、則ち教を犯し義を傷ふ。自ら勉めんと欲すれば則ち久する能はず、四不堪なり。 （巻二・七表）（i）

文字を書くのが得意でない、手紙を書くのもきらいなのだ「わたしは」と。このことだけを告白したところで、それが特別の意味をもつものではない。これも「役人」としての資質としてみて始めてマイナスの価値となる。役人であって文字を書くのを好まぬ、手紙はいやだと公言すれば、これは許されない、となるだろう。

弔喪を喜ばず、而るに人道此を以て重しと為す。已に未だ恕とせられざる者の怨む所となる。中傷せられんと欲する者に至る、懼然として自責すと雖も、然れども性は化すべからず、心を降し俗に順はんと欲すれば、則ち詭故不情、亦終に咎無く誉無きを獲る能はざること此のごとし、五不堪なり。 （巻二・七表）（j）

「弔喪」を喜ばないという。これはたんに「官吏」として資質の問題としてだけではなく「人道」の問題であるという。つまり士大夫としての資質に関わる。「已」の文字が正しいとすれば、すでに彼は「弔喪」に手を抜いた経験があって、それで中傷を受けたことがあるらしい。これは確かに自己の体験のある意味で「告白」であり「自責」ではある。しかし、この反省もそれとして終わっているのではなく、こうした「性不可化」の資質ではいくら努力して

もまた「無咎無誉」ではあり得ないだろうというのである。これでは役人が務まらぬのは明白である。

俗人喜ばず、而るに当に之と事を共にすべし。（巻二・七裏）（k）

俗人を喜ばないということだけを取り出すならば、たんに人の好みの問題である。必ずしも低い価値で評価されるべきものでないし、かえって高くみる評価もあり得る。しかし、このことが「役人」となる人間の資質として評価された場合、やはりマイナスとなる。嵆康によれば「役人」の世界にはいることは、「俗人」と一緒に仕事することと見られている。そうであるならば「俗人を喜ばない」という「わたし」の資質はマイナスの価値で意味づけされるのである。

心、煩に耐へず、而るに官事は鞅掌なり。（巻二・七表裏）（l）

面倒なことは嫌いだという、これも人の性質としてそれだけでは取り立てて罪でも欠点でもない。しかし、これを役人としての資質の観点から評価すれば大きなマイナス点であることはいうまでもない。

残り二つの「甚不可」は、自己のかつての行動を述べてリアルである。

毎に湯武を非とし周孔を薄んず、人間に在りて止めず。此の事会たま顕はれ、世教の容れざる所。此れ甚だ不可の一なり。（巻二・七裏）

剛腸にして嫉悪、軽肆直言し、事に遇へば便ち発す。此れ甚だ不可の二なり。（巻二・七裏）（m）

これは自己の特質の顕示なのだが、それが「役人」としての資質を価値として設定し、その基準に照らしてわたしはだめだ、というものである。たんに「私はだめだ」と自己の欠点を告白しているのでも、責めているのでもない。ただわたしは役人としての資質がなく耐えられない、と述べているのである（以促中小心之性、統此九患、不有外難、当有内病、寧可久処人間邪）。この先にあるものは、やはり東方朔が「天子の大臣」として自己を推薦することであったのとは逆に「官吏」としてわたしを薦めないというもの。文末の二つの逸話に明白に語られている。

念のため嵆康の述べる二つの逸話を記しておく。

野人に炙背を快しとし、美芹を美とする者有り、之を至尊に献ぜんと欲す之、区区の意有りと雖も、亦已に疏なり。（巻二・八裏）（n）

いかに熱心に「至尊」に献上しようとしても、推薦する当のものに「価値」がないのであれば、熱意はむだとなろうというのである。

かように嵆康は自己の「官吏」として不向きな、ひとにはるかに劣れる才能・性情・行動を書き連ねるのだが、これは決して自己の罪や過失をそれと認め、反省し、改め向上しようなどという意図は微塵もないことに注意する必要がある。彼は「ガミガミ」[6]とことばを敷き連ね、そうした劣れる自己の才能・性情・行動を顕示し、そして「誇尚」しているのである。役人として不適当な自己、それがわたしだと明白に主張しているのである。

以上のことから、この「絶交書」の趣旨が山濤の仕官の薦めを断るべく、東方朔の「求仕官」の上書の「発想」に借りて、その不向きな自己の資質を顕示することにあったのは確実であろう。あるいは、すくなくともこの発想はその重要な契機をなしているであろう。もちろん、役人として不向きな自己の資質を彼自身が本気で「負の価値」とおもっているわけではない。世間的に「負」であることは、彼の真実として「正」なのである。だからこれは世間的「負」かつ内的「正」の価値の「顕示」なのである。

（a）恐足下羞庖人独割、引尸祝以自助、手推鸞刀、漫之羶腥。
　不過欲為官為得人以益時用耳。
（b）若趣欲共登王塗、期於相致、時為歓益、一旦迫之、必発其狂疾。
（c）上書曰、臣朔、少失父母、長養兄嫂、年十三学書、三冬文史足用、十五学撃剣、十六学詩書、誦二十二万言、十九学孫呉

兵法、戦陣之具、鉦鼓之教、亦誦二十二万言。凡臣朔固已誦四十四万言、又常服子路之言。臣朔年二十二、長九尺三寸、目若県珠、歯若編貝。勇若孟賁、捷若慶忌、廉若鮑叔、信若尾生。若此、可以為天子大臣矣。臣朔昧死再拝以聞。

（d）少加孤露、母兄見驕、不渉経学、性復疏懶、筋駑肉緩、頭面常一月十五日不洗、不大悶痒不能沐也、毎常小便而忍不起、令胞中略転乃起耳。

（e）若爾三王、是有丕子之責于天、以旦代某之身、予仁若孝、能多才多芸、能事鬼神。

（f）性復疏懶、筋駑肉緩、頭面常一月十五日不洗、不大悶痒不能沐也、毎常小便而忍不起、令胞中略転乃起耳。

（g）臥喜晩起、而当関呼之不置、一不堪也。抱琴行吟、弋釣草野、而吏卒守之、不得妄動、二不堪也。

（h）危坐一時、痺不得揺、性復多蝨、把搔無已、而当裹以章服、揖拝上官、三不堪也。

（i）素不便書、又不喜作書、而人間多事、堆案盈机。不相酬答、則犯教傷義。欲自勉強則不能久、四不堪也。

（j）不喜弔喪、而人道以此為重。已為未見恕者所怨。至欲見中傷者、雖瞿然自責、然性不可化、欲降心順俗、則詭故不情、亦終不能獲無咎無誉如此、五不堪也。

（k）不喜俗人、而当与之共事。

（l）心不耐煩、而官事鞅掌。

（m）毎非湯武而薄周孔、在人間不止。此事会顕、世教所不容。此甚不可一也。剛腸嫉悪、軽肆直言、遇事便発。此甚不可二也。

（n）野人有快炙背、美芹子美者、欲献之至尊、雖有区区之意、亦已疏矣。

三　「世俗君子」と嵆康

この「絶交書」のもう一つの問題は、いったいなぜ嵆康は山濤の就職の斡旋を拒絶したのであろうかということである。これにも様々な説があるのだが、必要なことは嵆康という「全体」の中に位置づけてこの問題を問い直してみるという手続きだろう。嵆康という「全体」をどう構成するかということにも諸説あるようだが、ここでは嵆康が残

したことばの語りかけてくるものの全体を「嵆康の全体」だとしてみる、そういう立場に立つ。この場合、二、三の歴史的事実に関する資料をどのようにこれと関連づけるかという問題がある。この「絶交書」についていえば、これが彼の刑死する二年前くらいのことである、ということは確実らしい。このことから、この「絶交書」の、当時の状況との関連がとりざたされるが、そのうち問題なのは嵆康の「反司馬」という立場の問題である。

嵆康は「絶交書」に記しているように、「湯・武」批判を宣言して、朝廷において問題となったようである。[7]また「卜疑集」では「大禹を笑ふ」ともあって、儒家の「聖人」を批判している。このことが当時政治の実権を掌握していた司馬昭の感情にさわったであろうとは容易に想像される。ただそうした結果から、逆に嵆康の様々の行為をすべて「反司馬」の立場に結びつけて理解する[8]というのは、事実から離れるとおもわれるのだが、これについて考えてみる。

こうした立場にとって魅力的であったのは、毌丘倹の反乱に嵆康が加担しようとして山濤にたしなめられたという逸話である。毌丘倹の乱が二五五年のことで、その一年後に、たとえば「管蔡論」が書かれていると想定して、そのことからそこに因果関係を想定しようというもので、これには議論がある。[9]これがあり得ない話だという羅宗強の説[10]は説得的だとおもうが、それにもまして必要なことは、仮に嵆康が司馬政権に批判的であるとしても、しかし、それでは彼が曹魏政権支持派に対して好意的であり、その一翼を担おうと意図していたと想定することが可能であろうかと、問いかけてみることだろう。

一つは外的条件として、この毌丘倹の乱から過去に逆上ってみて、曹魏派に属する人々で、いったい一国の政権を担うに足る人物がいたであろうか。曹爽以来、王淩、李豊、諸葛誕と数え上げても、仮に彼らが司馬に勝利したとしてみても、曹爽がそうであったごとく、そこには嵆康の望まぬ「俗」が成立するほかなかったのではなかろうか。もちろん彼らに関する残されている資料は、滅びた者の例として常に乏しいわけだから、その事情は考量されなくては

ならないだろう。しかし、やや詳しくその事情が知られ得る貴高郷公にしても、彼に理想を託することは到底できそうにない。すくなくとも嵇康の出自からいって、「曹魏派」であるということに彼が意味を見出していたとは考えにくいのである。この「絶交書」についても彼が曹魏派であり、反司馬の立場にあったという観点から評価しようとすることは、真に内に含む可能性をみないことにもなりかねない。

もう一つの問題は、嵇康が「論」のなかで批判している「俗」「世俗君子」のことである。この「俗」は必ずしも「司馬」側の人士ということではないだろう。司馬にせよ曹魏にせよ、あるいは中間派というものが存在していたにせよ、やはり「俗」は俗でしかなく、彼の望む「世」とはまるで別のものではなかったか。嵇康がたとえば「難自然好学論」でいう「君子」は、なにも司馬派の人士というのではないだろう。

今、子、六経を立て以て準と為し、仁義を仰ぎて主と為し、規矩を以て軒駕と為し、講誨を以て哺乳と為す、其の塗に由れば則ち通じ、其の路に乖けば則ち滞る。遊心極視、其の外を覩ず、終年馳騁し、思ひ位を出でず。族を聚め献議し、唯だ学を貴しと為し、執書摘句、俯仰咨嗟、其の言を服膺せしめ、以て栄華と為す。（巻七・三表）（a）

この名教の枠組みの中を唯一の「塗路」としてその「外」のあることを考えもしない「俗」、これが嵇康の容認できなかったもので、ここに向けて彼の批判は生みだされたと見ることができる。この批判意識はまた「絶交書」にも出てくる。

俗人を喜ばず、而るに当に之と事を共にすべし。而るに当に之と事を共にすべし。或は賓客坐に盈ち、鳴声耳に聒しく、囂塵臭処、千変百伎人の目の前に在り。（巻二・七裏）

自ら惟ふに亦皆今日の賢能に如かざるなり、俗人の皆栄華を喜ぶを以てするがごときは、独り能く之を離れ、此を以て快しと為す。（巻二・八裏）（b）

「俗人」といるのはまっぴらであるし、俗人の「栄華」への執着とはわたしは独り無縁だというのである。たんに好悪の問題なのではなく、「位」の中に自己の行動と発言とを限り、その延長線上に「栄華」を思い描くという、そういう生き方はできないと嵇康はいうのである。だから、これが彼に「官吏」となることを拒否させる理由の一つだろう。しかしそれにしてもなぜ「絶交」は宣言されなければならなかったのだろうか。

嵇康の、真に山濤に伝えようとしたメッセージを読みとることができるであろうか。

（a）今子、立六経以為準、仰仁義以為主、以規矩為軒駕、以講誨為哺乳、由其塗則通、乖其路則滞。遊心極視、不覩其外、終年馳騁、思不出位。聚族献議、唯学為貴、執書摘句、俛仰咨嗟、使服膺其言、以為栄華。

（b）不喜俗人、而当与之共事。而当与之共事。或賓客盈坐、鳴声聒耳、囂塵臭処、千変百伎、在人目前。自惟亦皆不如今日之賢能也、若以俗人皆喜栄華、独能離之、以此為快。

四　嵇康の「志」

嵇康が「絶交書」で述べているもう一つのことは「志」の問題である。これがあるから彼は山濤の就職斡旋をも拒絶するのである。嵇康の「志」とはなにか。「あなたはむかし潁川の地で私のことを称述されたが、私はこれを知己の言と思った」と述べている。あなたは真にわたしを理解するものと期待していたというのである。嵇康が山濤に理解されることを願った「己」とは如何なるものであったのか。一つは嵇康が二度ばかり「絶交書」のなかでその「願い」として繰り返していることがある。

又道士の遺言に聞くに、朮・黄精を餌せば、人をして久寿ならしむと、意に甚だ之を信ず、山沢に遊び魚鳥を観れば、心甚だ之を楽しむ。（巻二・七裏）

今但だ願ふ陋巷を守り、子孫を教養し、時に親旧と叙濶し、平生を陳説し、濁酒一杯、弾琴一曲、志願畢くせり。（巻二・八裏）（a）

嵆康のいうところにしたがえば、市井の片隅で、こどもたちを教育し、おりにふれて友人たちと久闊を叙し、日常のなにとはない話しを語り合い、そして酒を酌み交わし、琴の一曲も奏でることができれば、それで「志願」は十分つくせるというものである。あるいはそこに「山沢の遊」が加わればいうことはない、というのであろう。これを嵆康が本気で願ってはいないという必要はないであろう。これは誰しも心静かなる「暮らし」というものを願わないはずはもちろんないから。しかし、そうした彼の「真実の思い」があったとしても、そのことが必ずしもかれの「志」であるというふうにまではいえない。これを根拠として彼の思想の総括の根拠とするのは早計であるだろう。

ここに述べられた感慨より二年後、彼が獄中で書いたとも伝えられる「家誡」では、嵆康は次のようにいう。

人、志無きは人に非ざるなり、但だ君子の心を用ふる、準行せんと欲する所、自ら当に其の善者を量り、必ず擬議して而る後動くべし。志の之く所のごときは、則ち口と心と誓ひて、守死し二無し。（巻十・一表）（b）

ここにいわれている「志」と前述の「志願」とが本質的にちがうのは、後者が自分一人を社会の片隅の、ある程度限られた空間において、そこに好意的な人との関わりだけを取り出して、そうした条件のなかでひっそりと暮らしたいという願望であるのにたいして、前者でいう「志」は、はっきりと社会との相互関係において人があるということを自覚して考えられていることである。同じく自己の「生」の中に自己の「志」を位置づけようとしているのだが、前者の「生」は極めて狭い視野から構成されている。一方、後者の「生」は明確に社会的存在としての「人」における「志」の問題なのである。だからこの社会と人という視点は、彼はその刑死の直前においても放棄していたわけではなく、彼はそこに執着しつづけていたわけである。

こうして改めて「絶交書」をふりかえってみるならば、嵆康は「志」について次のように述べている。

故に尭舜の世に君たる、許由の巌栖せる、子房の漢に佐たる、接輿の行歌せる、其の揆一なり。仰ぎて数君を瞻るに、能く其の志を遂ぐる者と謂ふべきなり。（巻二・六表）（c）

これをたんに人にはそれぞれの好悪があると矮小化して理解するのは誤りであろう。彼が様々な人のあり方を述べ、その多様性のなかに「志」という共通性を見出すことの意味は、人がみずからのぞんでその行為の主体として関わった、その関わり方を大切であると考えるからである。

もちろん、

四民業有り、各々得志を以て楽しみと為す、唯だ達者のみ能く之を通ずと為す。此れ足下の度の内のみ。（巻二・八表）（d）

とも述べていて、人それぞれに向き不向きがあるから、「達者」はそれをよく理解すべきだというが、これは自分の、役人に向かないことを述べているにすぎない。

嵆康にとって大切なことは人が自己の「生」に自分で見出した価値なのであって、その自分がというところが大切なのである。どんな「生」であれ、そこに自己が主体として関わり続ける、そのあり方こそ問題だというのである。その「志」については他人の高配も関わらせないというのが、彼がとりつづけているスタンスなのである。嵆康にとってはこの彼の自分の「生」を自分で支配したいという姿勢、このことであった。嵆康がなぜ「絶交」を山濤に告げなくてはならないと考えたかの理由は、この自分のもっとも大切にしている自己のあり方を、元来友人として理解していてよいはずの山濤が踏みにじる恐れが現実のものとなりつつある、ということによるのであろう(11)。

（a）又聞道士之遺言、餌朮・黄精、令人久寿、意甚信之、遊山沢観魚鳥、心甚楽之。今但願守陋巷、教養子孫、時与親旧叙濶、陳説平生、濁酒一杯、弾琴一曲、志願畢矣。

（b）人無志、非人也、但君子用心、所欲準行、自当量其善者、必擬議而後動。若志之所之、則口与心誓、守死無二。
（c）故尭舜之君世、許由之巌栖、子房之佐漢、接輿之行歌、其揆一也。仰瞻数君、可謂能遂其志者也。
（d）四民有業、各以得志為楽、唯達者為能通之。此足下度内耳。

五　嵇康の「生」

嵇康のいう「志」の概念がそうした「生」に対する主体性を維持しつづけるという、機能において考えられているのだとして（「志気所託、不可奪也」（巻二・五））、改めて嵇康が自己の「生」全体に対して維持していたあり方とはどのようなものであったか、このことを嵇康の「全体」から考えてみる。端的に彼の「生」の解釈をいうならば、「生」をその可能性から目をそらして狭く固定的には理解しない、あくまでもその全体としての豊かさを見出すことに努めるというものである。「故に名教を越えて自然に任す」（巻六・一表）とはかかる意味であろう。[12] 嵇康が、こうした「生」の自己解釈に到達したのは、おそらく「卜疑集」での思索を経過して後のことであろう。「遺忘好悪、以天道為一指」として迷うことのなかった「宏達先生」は、「大道」の見えなくなった状況のなかで、次のような立場におかれる。

是に於て遠く念ひ長く想ひ、超然として自失す。人既に没す、誰か吾が為に質はん。聖人は吾見るを得ず、冀はくは之を数術に聞かん。（巻三・一裏）（a）

こうして嵇康は「宏達先生」に託して、生きることの意味を十四の問いとしてまず発する。「あれか、これか」と問いかけるわけだが、その答えは逆に「人間の委曲を憂えるな」という「太卜貞父」の諭しで終わっているのだが、しかし、これは問いを発する次元に連れ戻されているわけではない。「貞父」は答えていう、

先生のごとき者は、文明中に在り、素を見はし、璞を表はし、内は心に愧ぢず、外は俗に負かず。……夫れ是の

ごとければ、呂梁に以て遊ぶべく、湯谷に以て浴すべし。方に将《かなら》ず大鵬を南溟に観ん、又何ぞ人間の委曲を憂へんや。

（巻三・二裏）（b）

行為に先立ってあれかこれかと迷う、その迷いは行為そのものの価値とは別の価値に引き寄せられていて、そのことでまっすぐな「志」の発露が萎縮されているという事態、これがあることを貞父はここで諭したのであり、そして嵆康はこのことに覚醒したということなのである。これは「釈私論」の「忘」というのと同じ心のあり方をいうものであろう（「傲然忘賢、而賢与度会」（巻六・一裏））。

したがって、嵆康にとって「志」とは、「志の之《ゆ》く所」というのと同じであって、ただ人々は、そう口にするほどたやすく「志の之く所」を行為へと実現し得ていない、ということなのである。だからこの実現を妨げる、予断を排する「心術」の工夫、あるいは「坐忘」が必要とされたのであった。この「志」の実現が嵆康の「絶交書」の中の重要な契機をなしているのは明らかであろう。山濤の好意も、彼の「志」の発露を妨げるものとして、排除せねばならぬと嵆康は考えたのであろう。

景元二年（二六一）という時点で、司馬氏が覇権を握っているのは明らかで、目立った曹魏派の抵抗ももはやない。山濤が嵆康を自分の後任に推薦するのは、通説のとおり彼を司馬政権と宥和させようという思いやりであるかもしれない。しかし、嵆康は状況を考量して態度立場を変えるという思考、生き方は、主義として到底できないと考えたのであろう。あれかこれかの配慮を自分の行為に先立って持ち込み、それで「志」の発露の可能性の豊かさをあらかじめ萎縮させてしまう、彼はそうした「小人」の行為をなすことはできないと考えたのであろう。「志」をまっすぐに発露させること、これがわたしだ、と嵆康が考えているのに、その嵆康をそのままに理解できるものと期待していた山濤が、それと齟齬する行為にでようとしている、そのことを嵆康は許せないと思ったのであろう。「絶交」を宣言せざるを得ない理由はこれだろう。とはいえ、ことばは現実に向けて発せられるわけだから、嵆康の自身の「内」

の抵抗も重くあったかもしれない。「異常」なことばを嵆康が必要としたのはそうした理由によるのかもしれない。かくして「絶交書」のこの「異常」なことばは、嵆康の「志」の発露としてあったのはまちがいないことであろう。

（a）於是遠念長想、超然自失。人既没、誰為吾質。聖人吾不得見得、冀聞之数術聞。

（b）若先生者、文明在中、見素表璞、内不愧心、外不負俗。……夫如是、呂梁可以遊、湯谷可以浴。方将観大鵬於南溟、又何憂於人間之委曲。

六　結語

嵆康の「絶交書」は、もちろん山濤に絶交を宣言したものである。彼が絶交を宣言せざるを得なかった理由は、頼みとする友人山濤が彼の「志」を、如何なるおもいやりや配慮があるにせよ、無視して「俗」の中にひきいれようとしたことによる。彼の「志」は社会にたいして「批判」というかたちであらわれていたのであり、そうすること以外に彼は自分の「生」の意味を見出すことなどできないと考えていたのであるのに、山濤はそれを「俗」の一員として誘うことで、嵆康の「志」の発露を緩和させようとしたものである。これは嵆康には彼自身の生き方の否定を意味するから、己を知らぬものと絶交を宣言せざるを得なかったのである。

絶交を宣言するにあたって嵆康は、いかに自分が役人に不向きであるかを述べ立てるのだが、嵆康は東方朔の求職の「上書」の「発想」と形式とを手本としていて、ここに目をみはる「異常」な表現が生まれたのである。東方朔は武帝への「上書」の中で自己の肉体の美を顕示し「誇尚」した。嵆康は山濤への「絶交書」のなかで自己の肉体の不美をやはり顕示し「誇尚」したのである。

肉体の不美を自らいうことは、自己の欠点や過失を告げたり責めたりしているように通常はみられるのだが、嵆康

はここで自己を責めたり反省したりしているのではなく、世間的にみて負である価値を自己に見出し、それを顕示し「誇尚」しているのである。かの「小便」の話は、嵆康の自己自身の劣性の「顕示」としてあったのである。もちろん、これは同時に彼の「官吏となることを拒否する」という強い意志の顕現にほかならなかったのである。東方朔が「正」の価値への逸脱であるとすれば、嵆康は「負」の価値への逸脱の激しさによって自己の「志」をあらわしたものであろう。

物をみるにはまっすぐに見よとは古人の教えだが、書物を読むには、まず相手のいわんとするところへまっすぐに参入することが必要であるとおもうのである。

注

1　様々な「嵆康」像について、一応の整理をしておくのが便利であろう。ここでは「絶交書」の問題を考える上で手懸かりとなるものについて述べる。戦後の日本の「嵆康研究」に大きな影響を与えたのはマスペロの『道教研究』である。彼は「詩人嵆康と竹林七賢のつどい」という論文のなかで嵆康を論じて「かれは道教の信奉者で、その生涯と作品は道教の影響を強く受けていました」（川勝義雄訳『道教』）と述べている。この断定は福永光司の嵆康理解に関与しているらしくて、「ここには一個の人間の最も強烈な自我と個性の大胆な表出が見られる」（「嵆康における自我の問題」五頁）とあるし、この延長線上に堀池信夫氏の『漢魏思想の研究』の「首過」する嵆康像があるようだ。またこうした流れとは別に、興膳宏氏は「嵆康」（『中国思想史』二三八頁）で次のようにいう、「ここには世間一般の人々が「公」の名のもとに押し殺している赤裸々な自己が、実に大胆にあばきだされている」「絶対者である神の前に告白するのではなく、まず他者の前に心を開いて、自力による救済の道を求めようとするのである」「魂の浄化を信ずればこそ、嵆康は自己の本然の姿を山濤の前にさらけ出すことができたのである」と。これは「釈私論」との関係を重視して「告白」の問題をとりあげたものであろう。一方、「自責」説とよぶのは大上正美氏の論で（『阮籍・嵆康の文学』）、「どこまでも自己を露悪的に抉っていく」（一四二頁）と述べていて、劉伶や阮籍「大人先生伝」の「褌」の例を引くのであるが、これは類例とするには足りないだろう。作品中の人物の行為として描くことと自己の行為をその通りに書くというのは、まったく次元を異にする行為であろう。そもそもここでの問題は、「自己の事実」を書くという発想が問題なのであって、「小便」と「褌」とが類をなすかどうかはこの際ど

うでもよいことであるとおもう。また井波律子氏は「人の意表を突くことを快とするユーモア感覚にあふれている」（『中国的な自伝』『中国のアウトサイダー』四六頁）という。また「かかる手紙を得たらば、愉快な感は起さぬ」（狩野直喜『魏晋学術考』一五一頁）という評もある。

2　嵆康が山濤に絶交を告げた経緯については諸書に解説されている。丁冠之「嵆康」（『中国古代著名哲学家評伝』所収、一六頁）。ただ、大上正美氏「絶交書二首に見える表現の位相」のように「山濤を介してなされる思想的踏み絵に追い込まれる一歩手前で」とまでいえるのかは疑問である。別稿で考察する。

3　東方朔については、吹野安「東方朔小考（上・下）」（『中国古代文学発想論』）は、「自序文学の系列」として「金縢篇」、東方朔という系列を措定するという、論がある（特に「七　自薦文の容貌誇示」二九六頁以下）。周公が「神」の前に自己の才能、美質を誇尚すること、東方朔が自己の才能、美質を誇尚すること、この「発想」の理解なくしては、嵆康が、自己の劣れる才能、資質を「相手」に向かって誇尚することの意味は理解できないだろう。

4　藤野岩友博士「自序文学」（『巫系文学論』八五頁）に「最古の祝辞の僅に残存したもの」「自己の美点長処を堂々と挙げている」とある。

5　屈万里『尚書釈義』等を参照した。

6　狩野直喜『魏晋学術考』「此文を読み其語気を見れば、如何にもがみがみ言うて強く当たり、かくまで言わずとも宜しきにと思う程なるが」（一五〇頁）とある。

7　「非湯武而薄周孔」をめぐって、これに司馬昭が「怒」った「悪」んだの逸話が伝えられ、嵆康が司馬氏への風刺批判の意味を込めているとみる解釈がある。別稿で考察する。（第十三章参照）

8　西順蔵『中国思想論集』の嵆康理解にほとんど異論はないのだが、しかし、西は一応、毌丘倹の乱への加担に対して肯定的である（「嵆康たちの思想」一一六頁）。このことはまた「反司馬」ということに重視して嵆康の「生」を理解しようとすることと呼応している。そこから「自然的真実」という嵆康の自己規定説があるようだ。おもうに「卜疑集」や「釈私論」の「坐忘」の論に拠って考えるならば、「司馬につくか、曹魏につくか」という二者択一の迷いが嵆康にとって問題であったとは考えられないだろう。彼の営みも「反司馬」を目指したものでなく、「反俗」の立場の貫徹であったとおもう。もちろんこれが「反司馬」として司馬側から理解されたのは当然のことで、かくして嵆康は刑死したのではある。

9　侯外廬『中国思想通史』、業天恵美子「嵆康「管蔡論」について」（『香川大学国文研究』第14）、大上正美「管蔡論について」など。「管蔡論」に嵆康の「司馬氏」批判をみようとするものだが、この「論」を分析する視角として狭すぎる。端的にいって、嵆康はこ

こで「周公」を批判しているのではない。「管蔡」の「悪」という伝統的評価を崩そうとしているに過ぎない。詳細は別稿で論ずる。

10 羅宗強『玄学与魏晋士人心態』（浙江人民出版、一一一頁）

11 拙稿「嵇康の「釈私論」について」（『国学院中国学会報』第44輯）及び「嵇康における「名教」問題と「卜疑集」について」（『国学院雑誌』第93巻9號）（第八章・第九章参照）

12 「釈私論」との関係でいえば、山濤の、嵇康に対する配慮・斡旋は、嵇康にとって、たとえば「管子曰、君子行道、忘其為身、斯言是矣」（巻六・一裏）とある、その「為身」の行為にあたる。これを忘することが必要だと嵇康は考えたのである。これが「釈私論」の「忘」だが、その意味で「絶交書」全体は、この「忘」という行為の現れとみることができるであろう。

第十一章　嵇康「管蔡論」考

「管蔡論」は西周の初め、武王の死後におこった反乱の首謀者、管叔・蔡叔らを弁護し、儒教教学の価値観を批判したものとして知られている。しかしこのことは、直ちに嵇康の立場が曹魏派であり、毌丘倹に同情し、反司馬派に加担するものだ、ということを意味するものであるのだろうか。

一　はじめに

周知のように嵇康は司馬氏の手先であったらしい鍾会の弾劾を受けて刑死したという事実がある。さらに「湯・武を非とす」の発言があって、これが曹魏政権からの禅譲を画策していた司馬氏の怒りをかったとするのも、魯迅の指摘以来ほとんど定論のごとく扱われてきている。嵇康のその発言と行動とを「反司馬」ということが動機づけているとする見方はこのようなものだが、しかし、彼の著作が書かれる動機をすべてこのような外的条件に結びつけて考える見方は、真にそれぞれの著作の内包している可能性をあらかじめ理解の外においてしまう危険があるだろう。今、問題としようとする「管蔡論」について、従来の見方はこの危険性に必ずしも鋭敏ではないようだ。侯外廬以来、嵇康はこの「管蔡」に司馬への反旗を掲げて滅亡した「毌丘倹」をなぞらえたとする説があるが、今その妥当性を吟味してみたい[1]。

二 「管蔡論」の問題

ある作品についてその制作年代を知りたいというのは、研究者の本能的な欲望であるかもしれない。しかし、『三国志』とその注、あるいは『世説新語』とその注以外に取り立てて拠るべきまとまった書物をもたない曹魏時代の研究にとって、この欲望に身を任せることはかなり危ういことである。特定の作品を著者何歳の頃とか、西暦何年のことと推定することは、当然その作品に一定の解釈を付与しようとする思いが大抵その前提としてあり、そしてそれを補強しようとする行為にほかならない。だから一概にこうした努力を否定するものではないが、それがあまりに意図的になると、立ち止まって考えるべき場合もあるだろう。この制作年代の推定という行為は、客観的外観にもかかわらず、きわめて主体的意図的行為なのである。この作業としては客観をもとめる行為が実に行為者の強い主観の発動に由来するという事実がこの作業仮説をあやうくしているのである。

『嵆康集』の作品の中で一応その成立年代が推定可能なのは「絶交書」「家誡」と、それにいささか問題はあるが、ある説ではこの「管蔡論」である。

今「管蔡論」を取り上げるのであるが、これに先鞭をつけたのは侯外廬『中国思想通史』であり、そして近頃これを敷延する大上正美氏「「管蔡論」の方法について」がある。(2)彼等はこの「論」を毌丘倹の反乱の一年後に書かれたと推定し、そしてこの「論」の動機に毌丘倹弁護と反司馬という立場とをみる、という図式なのである。今、吟味しようとおもうのは、この作品の成立年代の推定の妥当性についてではない。問題はこの彼等の動機理解の妥当性にある。今、考えようとするのはこの「管蔡論」を生みだしたものは何かということである。「管蔡論」はなぜ書かれたのか、これを生みだした嵆康の思考はいかなるものか、問いかけようとおもうのは、このことである。作品の内包するものを問わないでいたずらに外的事情に関連づけるということの限界はそこから自ずから明らかとなるであろう。

「管蔡論」の含む問題を端的に整理すれば、⑴書かれた時期は何時のことであるのか、⑵それが毌丘倹弁護を意味するものであるのか、⑶それが「反司馬」という立場の表明であるのか、ということになろう。

三　魯迅の校訂本

周知のように魯迅の校訂『嵆康集』(3)および戴明揚の『嵆康集校注』(4)は、何か嵆康について議論する上での必備の書である。この他に二、三の訳注書及び大上正美氏「「管蔡論」の方法について」の訳文などあるが、いずれもさしてこの範囲をでるものではないようだ。(5)以上の書物に拠って見る限り、この嵆康の「管蔡論」は、読解の上でさしたる問題があるようにはみえないと思われている。しかし、かつて旧稿で「管蔡論」に言及したとき、わたくしは次の一文に疑問符を付して、よく読めないとしておいた。(6)

忠於乃心、思在王室、

とある一節で、通行本は「忠疑乃心、思在王室」とあるところ、魯迅が「忠於」と改めたものである。わたくしはこの魯迅の改訂が腑に落ちず、それであれこれと考えあぐねた。戴明揚は、魯迅の校訂を校語として引用していて、これに従うようであり、ここの「乃心」については「書康王之誥曰、雖爾身在外、乃心罔不在王室」と注記する。(7)しかし、わたくしは通行本の「疑」の字がかなり根拠のあるものであると考え、「忠」の字に改めるここの魯迅の校訂には賛成しない。わたくしが「疑」の字が根拠あるものとおもうのは、その一つは『史記』「周本紀」、同「管蔡世家」等の次の一節に注目するからである。

成王少、周初定天下、周公恐諸侯畔周、公乃摂行政当国、管叔、蔡叔群弟疑周公、与武庚作乱。

（『史記』「周本紀」・一三二頁）

武王既崩、成王少、周公旦専王室。管叔、蔡叔疑周公之為不利於成王、乃挾武庚以乱。

周公旦代成王治、当国。管叔、蔡叔疑周公、乃与武庚禄父作乱、欲攻成王。

（同「管蔡世家」・一五六五頁）

ここには「管叔、蔡叔は周公が成王に不利益をなそうとするかと疑った」と明示されている。嵇康及び当時の人々が管叔、蔡叔について考える際の材料はおそらくこの『史記』であるか『尚書』(8)であるかであろうから、これはその有力な材料の一つであったろう。そこには明らかに「疑」の字が用いられている。「周公」について語る場合に、彼が一旦は「疑」の対象とはなったという経学的「事実」は必須のものであるように見える。「周公」の抜きんでた「聖性」を構成し「語る」ためには、この「疑」という、いわば「汚れ」、これは不可欠の要素のように見える。この事実をわたくしは重視する。嵇康がこの一文を根拠とし意識したとみるのは、あながち無理な推定ではあるまいとおもう。さらに嵇康の「管蔡論」の他のところに、同じく「疑」の字が用いられていて、次のごとく記されている。このことも重視すべきであると考える。

則管蔡懐疑、未為不賢、而忠賢可不達権。

（同「衛康叔世家」・一五八九頁）

この一文でも「疑」う主体は「管蔡」であり、「疑」うその対象は「周公」であって、この関係は「管蔡論」内部で終始一貫していて、しかも前述のとおり『史記』の記述とも一致する。したがって、わたくしはこの一節を魯迅のごとく「忠於乃心」と「疑」の一字を改める必要を認めることができない。ここの「懐疑」「忠賢」が、通行本の「忠疑乃心」に呼応しているのは明白ではないか。わたくしの読みは次のようになる。

忠にして乃心を疑ふも、思ひは王室に在り。

「管蔡はみずから忠誠であり（周公の）諸侯としての忠誠心を疑ったのだが、管蔡等の思いは王室（成王）にあったのである。」と理解できるであろう。大上氏の説では、戴明揚の指摘にもとづいて、「乃心」は遠く地方に「外任」者のことを意味するとみているのだが、「乃心」の用法は実際複雑であり(9)、これは距離の問題ではなく、王室と同姓

の諸侯との間の忠誠を意味するものである。孫星衍『尚書今古文注疏』（巻七六六・十表）に拠れば、

今予の一二の伯父、尚《こひねが》はくは胥《あ》ひ曁《とも》に顧《おも》ひ、爾先公の臣を綏《やす》んじ、先王に服し、爾の身外に在りと雖も、乃心は王室に在らざる罔《な》く、用て厥の若を奉じ、鞠子の羞を遺す無かれと。群公既に皆命を聴く。（今予一二伯父、尚胥曁顧、綏爾先公之臣、服于王、雖爾身在外、乃心罔不在王室、用奉恤厥若、無遺鞠子羞。群公既皆聴命。）（皇清経解所収本）

疏、称伯父者、観礼云天子呼諸侯之礼、同姓大国曰伯父。

周公は王位に即くのでなければ、一諸侯にすぎないわけだから「乃心」でなくてはならない。管蔡がその「乃心」を「疑う」とは、したがって「周公に王位に即く意志がみえるのではないか」と疑ったと解釈できるであろう。

「乃心」は曹魏、西晋時代には熟語として盛んに用いられていて、「動詞」として使う例もあって単純に出典を突き止めるだけでは理解できないようだ。[10]「乃心」を「悉くせ」という用例はいくらもあるが、「乃心」と「忠」とが結びついている例はみあたらないし、「乃心」に介詞「於」「于」等が結合している例もみあたらない。魯迅の校訂に不安を感じる所以である。しかし、諸例いずれも王朝に対する、官吏の忠誠心を意味するものであることは確実である。もちろん『尚書』「顧命」以来のものであるのはいうまでもない。読解の上でもう一か所問題となるのは次の一節である。

則二叔之良乃顕三聖之用也有以流言之故有縁周公之誅是矣。（巻六・六表）

これは「二叔が善であって、はじめて三聖人の任用の（正しさ）が明らかとなる。流言をなしたのだから周公の誅殺がなされたのは正当である。」という意味であろう。「也」字を「明」の誤りと見るのと「三聖之用（也）有以、流言之故有縁、周公之誅是矣」と断句するのは戴明揚であり、[11]多くの訳注がそれに依拠しているが、しかし、「有以」「有縁」などの表現は嵇康の文体として異常であり、従えない。しかも文義の上では、結果的に通行本の理解と大差はないので、ここは今、通行本に拠る。一部、憶測に過ぎないが、文字を改めて解釈すれば、次のとおり。

今若し三聖の良を用ふるに本づき（原本作明）、顕授の実理を思ひ、忠賢の闇権を推し、為国の大紀を論ずれば、則ち二叔の良は、乃ち三聖の用を顕らかにするなり。流言を以の故に、周公の誅に縁る有り、是れなり。（今若本三聖之用良（原本作明）、思顕授之実理、推忠賢之闇権、論為国之大紀、則二叔之良、乃顕三聖之用也。以流言之故、有縁周公之誅、是矣。）

「三聖人が「忠良」なる者を任用したことに基づき、官吏登用の明白な原則が貫徹されたことを思い、「忠賢」なる管蔡が、「権」という非常の措置を理解できなかったであろうことを推定して、統治の規範のあり方を論じてみるならば、管蔡が「忠良」であるとすることで、はじめて三聖人の人材登用のあり方を顕彰することができる。管蔡が「流言」に及んだという事実があるので、周公の誅殺が根拠のあるものとできる、かくのごとくだ」と。おおよそ以上のような解釈になろう。原文「明」の文字、版本の拠るべき根拠はないが、前段落の「而見任必以忠良、則二叔故淑善矣」、次段落に「三聖未為用悪」「若此三聖所用信良」とあるところからみて、「忠」「良」「淑」「善」のいずれかの文字の誤りであろうと推定した。全文の趣旨に照らせば、これらは同義語であるから、そのうち頻出する「良」の誤りと一応確定しておく。戴明揚はこの「明」については何も述べていない、『全三国文』の校異にもない。したがって、これも一仮説としてのべてみたにすぎない。ただ文意にそう破綻はないであろう。

以上「管蔡論」の解釈上で問題のある二か所についてのべた。

四 「管蔡論」の趣旨

この「管蔡論」を理解する上でのポイントは、嵇康がこの論を生みだすにいたるその内的過程を彼の思想の全体から構成してみることである。この論の新しさ、したがって当時の名教社会に与えた効果、その意味は、いうまでもなく従来の管蔡は悪だという図式的評価、通念を、明確に悪でなく善であると、その伝統的評価を改めたところにある。

人びとが漠然と正しいと信じている教説や伝承に対して、それを論理的に思考し批判するということは、なにもこの「管蔡論」だけのことではなく、「養生論」でも「難宅無吉凶摂生論」でも「難自然好学論」でも「声無哀楽論」でも、嵆康が試みたことであり、彼の一貫した姿勢の形をとったものである。だからこの「管蔡論」を解釈する上で、その外的事情や特別の現実的意図やさらには寓意などを、確実な根拠の得られない条件の下では、いちいち持ち込む必然性はどこにもないと思われる。ある人の問いに解答を与えるという形で論が展開されるのであるが[12]、これもここに特有のことではなく、他の作品では「声無哀楽論」がもっともこれに形のうえでは近い。通念を批判し、価値観を転倒する思考に力を与えたのは、かつて示唆しておいたごとく、「卜疑集」や「釈私論」で展開された思考であるだろう[13]。「管蔡論」にはいくつかの訳解があるのだが、いくぶん同意できないところもあって、前章の校訂に拠って、今その論理の展開を一応たどってみる。

この「論」は「或問」ではじまり、それに「答」える形で展開される。

或ひと問ひて曰く、記を案ずるに管蔡流言し、東都に叛戻す、周公征誅し、誅するに凶逆を以てす、頑悪顕著にして、名を千里に流す。且つ明父聖兄、曾ち凶悪を幼稚に鑑《み》、無良の子弟を覚せず、而して乃ち乱殷の敝民を理め、栄爵を藩国に顕はしめ、悪積み罪成り、終に禍害に遇はしむ、理に於て通ぜず、心に安んずる所無し、願はくは其の説を聞かん、と。（或問曰、案記管蔡流言、叛戻東都、周公征誅、誅以凶逆、頑悪顕著、流名千里、且明父聖兄、曾不鑑凶悪於幼稚、覚無良之子弟、而乃使理乱殷之敝民、顕栄爵於藩国、使悪積罪成、終遇禍害、於理不通、心無所安、願聞其説。）

「或問」は、「明父聖兄」たる武王、周公が「管蔡」の「凶逆」「頑悪」をその「幼稚」の時にみぬくことができず、彼等に一旦は「栄爵」を与え、その「悪積」「罪成」に至ってからはじめて「征討」をなしたのか、と問いかけるものである。「心無所安」なのでその説を聞きたいというのである。

この問いかけに明らかなように「明父聖人」すなわち「武王」の「明」と「周公」の「聖」及び「管蔡」の「頑悪」とは、問いかける側の前提であることである。嵇康の「論」はこの前提のうち前者はそのままにして、後者の「管蔡」の「頑悪」を吟味し批判するものである。それゆえにこれは「管蔡論」なのであって、「周公」の「聖」はその前提として、批判の外にはじめからおかれている。「周公」批判の意図は微塵もないようだ。(14) 一部の人がそこに関連があるという少帝高貴郷公の朝議であるが、

周公失之二叔、何得謂之聖哲。（『三国志』巻三「少帝紀」・一三七頁）

とあって、明らかに高貴郷公の関心は「周公」の「失」である。この問いに司馬批判の寓意をみようという一部の論者があるようだが、しかし、この「周公の失」という問いは、経典解釈史上では周知のもので経典の学習の範囲を出るものではないだろう。そう装いつつ「寓意」があるというのであれば、それは論理実証の範疇ではないというほかないが。(15) たとえば「周公」の過失に言及するものは珍しくない。

周公誅管叔、蔡叔、以平国弭乱、可謂忠臣也、而未可謂弟（弟）也。（『淮南鴻烈集解』巻二十「泰族訓」・六九四頁）

これは周公の欠点を血縁倫理の観点から非難するもの、一方その過失を認めそれを弁護する議論もある。

周公放兄誅弟、非不仁也、以匡乱也。（巻十一「斉俗訓」・三七六頁）

周公股肱周室、輔翼成王、管叔、蔡叔奉公子禄父而欲為乱、周公誅之以定天下、縁不得已也。故舜放弟、周公殺兄、猶之為仁也。（巻二十「泰族訓」・七〇一頁）

周公の行為を「匡乱」や「定天下」という大義のためのものとして容認しようという議論である。

高貴郷公のその他の下問を検討してみても、いずれも経典解釈上の難問を問いかけているもので特別の意図があるようにはみえない。そもそも高貴郷公には「管蔡」にはまるで関心がないようにみえて、それは従来の議論の枠組みのなかにあると思われる。(16) 嵇康とは発想の次元を異にするとおもうのである。

問いを受けて嵆康は「管蔡」が「頑凶」と時人によって評定されるその経緯を次のように構成している。

夫れ管蔡は皆服教殉義、忠誠自然なり、是を以て文王列して之を顕にし、発旦二聖、挙げて之を任ず、情の親を以て相ひ私するに非ざるなり。乃ち徳を崇び賢を礼し、殷の敝民を済ひ、武庚を綏輔し、以て頑俗を興す所以、功業績有り、故に曠世廃せず、名、当時冠たり、列して藩臣と為す。（夫管蔡皆服教殉義、忠誠自然、是以文王列而顕之、発旦二聖、挙而任之、非以情親而相私也。乃所以崇徳礼賢、済殷敝民、綏輔武庚、以興頑俗、功業有績、故曠世不廃、名冠当時、列為藩臣。）

「管蔡」は「服教殉義、忠誠自然」なるもので、かくて「文王」にも「発旦」二聖人にも任用されつづけたもので、その名は当時に冠たるものであったという。ではどうして「忠誠」であった「管蔡」が「頑悪」とみなされるに至ったか、

武王に至るに逮び、嗣誦幼沖にして、周公践政し、諸侯を率朝せしめ、前載を光《みた》し、以て王業を隆くするを思ふ。（逮至武王。嗣誦幼沖、周公践政、率朝諸侯、思光前載、以隆王業。）

武王が亡くなり、成王誦がいまだ幼弱であるという王朝存立の危機に際会して周公は、政権の実質を急遽掌握するという行為にでた。これは摂政の地位についたとする説と、実際一時的に王位についたとする説とがあるが、いずれにせよ非常の措置を周公はとった。この危急の事態に対する周公の真意は、管蔡には理解することができなかった。

管蔡、教に服するも、聖権に達せず、卒に大変に遇ひ、自ら通ずる能はず、忠にして乃心を疑ふも、思ひは王室に在り、遂に乃ち抗言し衆を率て、国患を除き、天子を翼存せんと欲し、甘心旦を毀る、斯れ乃ち愚誠憤発、福を徼むる所以なり。（管蔡服教、不達聖権、卒遇大変、不能自通、忠疑乃心、思在王室、遂乃抗言率衆、欲除国患、翼存天子、甘心毀旦、斯乃愚誠憤発、所以徼福也。）

管蔡は「服教」者であり「忠」であり、諸侯として天子に忠実なるものであった。しかし、「大変」という事態を

理解できず、「国患」を除き天子を助けようとして周公を疑い、非難する行動にでた。これは彼等の心の真実が発露したもので「愚誠憤発」である。ではなぜ彼らは誅殺されたのであるか。

今の朝議、管蔡、懐忠懐誠と雖も、要するに罪誅と為す、罪誅已に顕らかなれば、復た理むるを得ず。（今之朝議、管蔡雖懐忠懐誠、要為罪誅、罪誅已顕、不得復理。）

論者の議論は「以管蔡為頑凶」というもので、管蔡に悪の実質をみている。管蔡は「悪」という存在そのものなのである。この議論ではこの「悪」を誅殺する周公は疑問の余地なく「善」そのものとなる。そうである以上、そこにこれ以上考量すべき余地はない、「悪」と「善」という図式を前にして思考は停止している。一方、嵇康のは、誅殺の理由を管蔡の行為の事情から読みとるという立場である。彼等の行為には過失があった、状況の真実が把握できないままに「称兵叛乱」するという過失を犯した、この過失に対する「罰」として「誅殺」は適正な処置であるという、そういう議論である。

この議論をふまえて嵇康は次のようにいう、

今若し三聖の良（明）を用ふる本づきて、顕授の実理を思ひ、忠賢の権に闇きを推し、為国の大紀を論ずれば、則ち二叔の良は、乃ち三聖の用を顕らかにするなり、流言を以の故に、周公の誅に縁る有り、是れなり。且つ周公、摂に居る、邵公悦ばず、此を推して言へば、則ち管蔡の懐疑、未だ不賢と為さず、忠賢なるも権に達せざるべし。三聖未だ悪を用ふると為さず、而れども周公、誅せざるを得ず。（今若本三聖之用良（明）、思顕授之実理、推忠賢之闇権、論為国之大紀、則二叔之良、乃顕三聖之用也、以流言之故、有縁周公之誅、是矣。且周公居摂邵公不悦、推此言、則管蔡懐疑、未為不賢、忠賢可不達権。三聖未為用悪、而周公不得不誅。）

「三聖」の人材任用は正しく「良」を登庸した、登庸された「管蔡」は「忠賢」「良」なるものである。しかし彼らが「流言」したことにより、周公の「誅殺」はなされた。彼らは「周公」を「懐疑」したのであるが、「権」を理解

できなかったからで、それで「不賢」とすることはできない。彼らは依然として「忠賢」であり、「周公」は「悪」を用いたのでなく依然として「良」を用いた、ということになる。

これは「三聖」も「周公」も、従来の経学上の前提をそのままにしている。

しかし、この議論が従来のものと違うのは、何か。端的にいえば、嵆康の議論からは「悪」の存在が消滅していることである。もっといえば、「悪」に対する「誅」殺という図式が訂正されて「誅」がある条件のもとでなされたとされていることである。これは何を意味するか。

前述のように従来の議論でも、周公が兄弟を「誅」したことをその瑕疵とみる議論はあった。しかし、管蔡の「悪」そのものは議論の対象とされることはなかった。一方、「悪」の内実を検証するというのが嵆康のこの議論の新しさである。彼は「悪」の前で立ち止まらず、その実質の吟味に一歩踏み出しているのである。この新しさは、次のような帰結をもたらす。

兄弟であってもそれが悪であるならば、それを殺すのは「誅」として正義である。しかし、それが兄弟であり、しかも「悪」でないとすれば、それを殺すとは「誅」とすることができるか。これが可能であるとしても前者の場合の「誅」は、「悪」という実体にもとづいた名であるのに対して、後者の場合では「悪」という実体を欠いたままに適用された、殺戮行為につけた、ただの「名」であるということになる。「誅」は、その行為の対象として「悪」という実体をともなうことなく適用可能な概念でしかない。「誅」という正義が、名辞だけのものと考え得ることになる。

つまり「管蔡」の悪を訂正し消滅させることは、逆に正義の実質を失わせてしまうのである。「管蔡」が「悪」でないとすれば、「周公」の「誅」は少なくとも実質としての正義ではないという帰結を導きだしてしまう。これは儒教体系の正義の基礎を確かにゆさぶる議論なのである。したがって、儒教にとって実質としての「悪」は、実質としての「善」「聖」「正義」が存在するためには、存在しつづけなくてはならないのである。嵆康の議論はこの「悪」を

抹殺したのである。

以上のように、議論そのものは明断なもので、「周公」の「善」を前提とする限り、「管蔡」は「悪」とすることはできないというもので、「周公」の「善」という前提は、問いかける者と共有したうえで論じている。したがって、この嵆康の批判は名教の正しさを前提としてその内部におけるゆがみを修正しているだけのことであった。しかし、これは批判をうける側からみれば、衝撃として受け取られる。なぜなら、「管蔡」は反乱を起こし「周公」に誅殺されたという経学上の認識は、「周公」の正しさを支える論拠の一つだからである。「周公」の誅殺の対象は「善」であってはならず「悪」でなければならない。そうでなければ聖人「周公」の完全さはゆらぐからである。したがって、この嵆康の「管蔡論」は、「周公」の正しさにもとづいて「管蔡」の「悪」でないことを理性的に論じたにもかかわらず名教批判の書とみられ、あるいは物議をかもしたと思われる。経学のうえから「悪」を抹殺することは同時に正義の存在をゆるがせるのである。あるいは正義を「名」だけのものという認識を生じさせてしまうのである。後に嵆康が刑死する一つの伏線として機能したのはおそらく確実であったろう。

ただこうした議論が生まれた具体的な状況は、不明だとするほかはない。高貴郷公の朝議、毌丘倹の反乱を契機とするというのは根拠に乏しく、そう特定できるものではないだろう。

五　状況の問題

毌丘倹への同情、弁護の論だとするのは、大上氏が「整理」した研究史の「三」の説（『阮籍・嵆康の文学』二二五頁）だが、これについて一応の検討を加えておく[17]。

そもそもこうした毌丘倹への同情・弁護だとする論が生まれるのは、一つには侯外廬以来の、この管蔡論の成立年代の推定と、もう一つは『世語』にある、嵆康が毌丘倹の乱に呼応しようとして山濤に相談してたしなめられたとす

る記載、さらには嵇康が曹魏の血縁に連なるものであるという事実などを根拠としているようだ。ここではそうした記述の信憑性やその意義を検討するよりはむしろ、曹魏派といわれている人々の一連の反司馬の行動の実質を検討し、そのことから嵇康に反司馬としての立場がどのような意味をもったかを考えてみたい。

曹魏派と司馬派の勢力争いは、二四九年、曹爽らが誅殺されて以後、二五四年、夏侯玄・李豊が殺され、斉王芳が廃立され、二五五年に毌丘倹が、二五八年に諸葛誕が、二六〇年に高貴郷公が「決起」する、と続く。この一連の動向の中に嵇康を位置づけると、彼は司馬派ではないから曹魏派であるから、そこに反司馬の動機があるのではないかという視点を生みだすのである。そこで嵇康が関与したのではないかと疑われる毌丘倹の行動を、限りある資料の下ではあるが一応検討してみる。

毌丘倹の行動は、曹魏派を結束して曹氏の血統を守ろうとする、曹魏の忠臣という名義の立つものではない。自身は淮南にいて檄を飛ばし、上書して司馬の悪行を責めてはいるが、当の天子は司馬の「庇護」の下にいるわけで、それを手紙一本で担ぎ出そうというのだから、これはたんに名目を借りるにすぎないことは明白である。王粛を批判し鄭玄の経義を墨守した王基のような保守的な学者に「淮南之徒、非吏民思乱也」（『三国志』巻二十七・七五三頁）と見抜かれている。

王淩の行動は曹魏派の行動の本質をもっともよくあらわしている。要するに斉王を廃し、楚王彪を擁立しようとするもので、たんに曹魏の血統に名を借りて己が司馬宣王の地位に立とうとするものであった。

こうしてみてみると、曹魏派というのは散発的に司馬への反旗を翻しているところからみて、決して派閥としての結束ができていたわけではなく、曹爽の死後その勢力は分裂状態にあったとみられる。

したがって、嵇康がもし曹魏の恩顧をおもう忠臣であるとするならば、こうした一連の曹魏を名目として立てるだけの諸人の反司馬の行動に、共感や同情を寄せたり、あるいは擁護したり決起しようとしたりしたとは極めて考えに

くいといわざるを得ないだろう。司馬氏への反感なり抵抗批判の意識はあったろうと想像はできる、しかし同じように、曹魏派の行動にも批判の感情は起こっても、そこへの共鳴はあり得なかったのではないか。

嵆康の生きた「世」を、司馬か曹魏かという派閥の二者択一の世界とみるのは、あまりに狭い視野といわねばならないだろう。彼のいう「流俗」を構成するのは、司馬たると曹魏たるとを問わぬ王朝士人全体のことであろう。

六 「管蔡論」と「無措顕情」

では、伝統的な議論では「悪」とされてきた「管蔡」のなかに嵆康が「善」をみ、そしてそのことを公言できたのはどうしてだろう。このことを嵆康の思想の全体のなかに位置づけることは、意味のないことではないだろう。彼のどのような思考が「管蔡」の「悪」でないことを見出させたのであろう。たとえば「釈私論」には人の行為の問題を論じて次のようにいう、

管子に曰く、君子、道を行ふに、其の身の為にするを忘ると、斯の言是なり。君子の、賢を行ふや、度有るを察して而る後行はざるなり。仁心邪無し、善を議して而る後正しからざるなり。顕情無措、是を論じて而る後為さざるなり。是の故に傲然として賢を忘れ、而も賢、度と会す、忽然として心に任じ、而も心、善と遇ふ、儻然として無措、而も事、是と倶にするなり。（管子曰、君子行道、忘其為身、斯言是矣。君子之行賢也、不察於有度而後行也。仁心無邪、不議於善而後正也。顕情無措、不論於是而後為也。是故傲然忘賢而賢与度会、忽然任心而心与善遇、儻然無措而事与是倶也。）（『嵆中散集』巻六「釈私論」）

行為をまさになそうとするとき、その行為が「正」「是」「賢」「善」として結果することは、通常の場合、行為者が予測し期待することである。ある体系の内部においてはそうした期待の正当なことは「規範」が示唆してくれる。しかしその行為が体系内部に収束し得るかいなかが定かでない場合、この「正」「是」「賢」「善」への見通しは成立

しない。その状況では期待や予測を「忘」れて、ただ果敢に行為するほかない、これが嵇康の「無措顕情」論である。これは行為がなされる以前においては善悪をいう後の評価とは無関係であり、そこにあらかじめ善悪への期待の念がまじることは、行為の実現せんとする可能性を十分に発揮させるものではなく、ただ萎えさせ阻害するものだ、という嵇康の認識をあらわしているだろう。こうした認識によって嵇康は、管蔡の行為について「悪」という評価が下される仕組みを解体し、「悪」の名は、彼等の行為の終わった後に付与されたにすぎず、行為に先立って彼らは「忠誠自然」であったと認識したと考えられる。嵇康によれば、「管蔡」は歴史上「頑悪顕著、流名千里」とされつづけてきたのであるが、それは彼らの行為の帰結にそうした名が付せられたものにすぎず、彼らはその実「愚誠発憤」なる者であった。彼らのこの「発憤」に嵇康は、「釈私論」に彼がいう「仁心無邪」「顕情無措」「傲然忘賢」「忽然任心」「儻然無措」の発露を読みとっていたと考えられるのである。

作品相互の内的連関ということでいえば、あるいは「卜疑集」もまたこの「管蔡論」と密接な関連を有するであろう。(18)もちろん「卜疑集」は嵇康の「内」なる思いの幅、広がりを可能な限り押し広げて描き出したものなので、例えば、正義に奮い立ち、激高し、悲歌慷慨する「心」の動きも描かれている。

吾寧ろ発憤陳誠し、帝庭に讜言し、王公に屈せざらんか。(吾寧発憤陳誠、讜言帝庭、不屈王公乎。)
寧ろ凶佞を斥逐し、守正傾かず、否臧を明らかにせんか。(寧斥逐凶佞、守正不傾、明否臧乎。)
将た激昂し清を為し、行は世と異なり、心は俗と併せ、在る所必ず聞こえ、恒に営営たらんか。(将激昂為清、行与世異、心与俗併、所在必聞、恒営営乎。)
将た慷慨し以て壮を為し、感慨し以て亮を為し、上は万乗に干め、下は将相を凌ぎ、其の容を尊厳にせんか。(将慷慨以為壮、感慨以為亮、上干万乗、下凌将相、尊厳其容。)(『嵆中散集』巻六「卜疑集」)

こうした「凶佞」への憎悪と「守正」「清」であろうとすることは、彼の「反司馬」の立場へと連なると見えなく

もない。けれども「卜疑集」の趣旨は、こうした様々な選択可能な、価値的行為の中の「迷い」をたんに述べているのではない。彼はこうした「迷い」を脱却し果敢に行為することに自己の「生」の十全な発露を見出しているのである「内不愧。外不負俗」とはかかる意味であろう(19)。

嵆康が「管蔡論」で管蔡の行為に「愚誠発憤」を見出し得たのは、ここにあるだろう、予断や躊躇を免れた「行為」の純粋性を彼が正当に評価する認識に至っていたからであろう。嵆康の「全体」との連関において各作品は意味づけられる必要があるであろう。

七　結語

「管蔡論」の意義は「悪」として評価・断罪されつづけてきた管叔・蔡叔等の行動について、嵆康がその「善」であったことを見出し論証したところにある。この、評価の転換こそが従来の議論にない、画期的なものであった。問題は、こうした教学内部における価値評価を反転させるという新しい思惟が、どうして嵆康において可能であったかを問いかけ、明らかにすることにこそ「管蔡論」を論じる意味があるだろう。これを反司馬というほか、取り立てて行為のうえでも思惟のうえでも特別なことのない、曹魏派の士人の毌丘倹の弁護論とみたり、「状況に切り結ぶ」とみるのでは、この「論」の思惟の可能性のもつ価値を見ないのに等しいように思われる。嵆康が「管蔡」の行為のなかに「善」を見出し、それを敢えて公言することを為し得た所以は、実に彼の「釈私論」における「無措顕情」論、あるいは「卜疑集」の決断という思考と大いに関係があると思うのである。たんに「状況」への反発からは、「悪」だとする圧倒的優勢な圧力に抗してそれを「善」だと公言することはできないだろう。人の行為とそれに付与される「名」という、世の仕組みと、行為をなさんとする者の「内」との関係についての思索と確信なくしてはこうした価値観の転倒はなし得ないのである。この「管蔡論」が書かれるには「釈私論」「卜疑集」のそうした思索が前提とな

っているとおもうのである。作品相互の内的連関こそが読み解かれるのでなくてはならぬのではあるまいか。これはそうした試みの一つであろうとしたに過ぎない。

「管蔡論」は高貴郷公の朝議をうけるという確実な証拠はないし、毌丘倹に同情を示すという確証もない、したがって「管蔡論」が反司馬、非司馬という契機を含むということも確実ではないようだ[20]。嵆康にこの論を書かしめたものは「俗」の「名教」意識、その従来からただ「正しい」とされているものを信じるだけで、その枠組みから一歩もでようとしない士人たちへの批判であり[21]、その意味で「養生論」「難自然好学論」「難宅無吉凶摂生論」「釈私論」「卜疑集」などを嵆康に書かしめた「動機」と、おなじものがここにはあるだろう。仮に反司馬という契機がそこにあったとしてもよいが、ではさらに曹魏派擁護論であったかといえば、恐らく、そうではなかった。彼は曹魏派とみられていたであろうが、彼の生きた時代に曹魏派には何の希望ももてはしなかった。そういう派閥の問題であるよりは、士大夫社会全体のあり方が、彼にとっては口を閉ざしてはおれないものであったのである。

嵆康について一面的に論じることは比較的容易である。養生・隠逸を前面におく議論、政治批判を前面におく議論、芸術・文化を問題とする議論、あるいは狭き「文学」あるいは詩文という枠組みを設定し、限定して論じるなど。それぞれに適当な資料と一定の根拠らしきものがあって、一応多彩で絢爛たる嵆康の像や「論」が生産され得るし、事実生まれてもいる。しかし、真に困難な問題は、嵆康という「全体」をいかにして把握し、構成し、理解するかということで、部分はこの「全体」との関連において意味づけられなくてはならぬだろう。従来からいくたびも指摘され続けてきたことではあるが、嵆康は「聖王の御世」を称賛してもいるし、あるべき「君臣」の調和せる古代を描いてもいる。この理想を描いたのも嵆康であるし、「湯武を非とす」と発言したのも同じく嵆康であるからには、このどちらか一方を切り捨てない「全体」、そういうものが明断に描かれなくてはならぬであろう。

冒頭に掲げておいた問いに端的にわたくしなりに答えておけば、(1)成立時期について確定はできないが、一応高貴

郷公の朝議を契機とした可能性は、その深浅広狭程度の差は様々であるとしても、一応あるとしてもよいだろう。しかし、⑵毌丘倹弁護であるという根拠は見出し得ないし、嵆康が弁護をする意味もまるでない。したがって、⑶ここに「反司馬」の立場の表出をみる、という図式には賛成できない。嵆康の「批判」の意味は別のところにあったとすべきであろう。

注

1　大上正美氏『阮籍・嵆康の文学』第五章「「管蔡論」の方法―嵆康と情況」（平成十二年二月）は、「管蔡論」が、⑴高貴郷公の太学での議論を受け継いだ議論、⑵管蔡を弁護し再評価を目指した議論、⑶司馬氏への反撥と毌丘倹への同情を表明する、とこれまでの理解を要約し、「筆者もまた訂正の必要のない理解だと考える。」と前提とした上で、「嵆康の文学営為の全体と本質とを見通す」という「論」であるようだが、今、拙論はこの「前提」を吟味批判してみる必要があることを論じようとするものであるにすぎない。ただ、なぜ「嵆康の文学営為」であり、なぜ「思想」ではないのか、という問題は、別に論じてみたいと思う。後者の問題について、その一部は拙稿「嵆康の非湯武考」（『国学院雑誌』第102巻第12号）で論じている。（第十三章参照）

2　前掲注の大上正美氏の指摘のとおり、侯外廬『中国思想通史』以来の議論であるが、その後の展開を整理しておくのが手続きとして必要だろう。中国では、何啓民『竹林七賢研究』（民国七十三［一九八四］年）「叔夜のこの論は、明らかに管蔡で毌丘倹・文欽が寿春で起兵したことを暗示している」（二三九頁）、荘万寿『嵆康研究及年譜』「嵆康は、この歴史的事件に評論を加え、曹髦を支持する立場」（一六四頁）、曾春海『嵆康』（民国八十九［二〇〇〇］年）「嵆康のこの文は、毌丘倹、文欽の事の弁護のために作られた」（二二八頁）などと論じられている。日本では、業天恵美子が「嵆康「管蔡論」について」（『香川大学国文研究』第14号、平成元年）で「司馬が狡猾に礼教規範を利用し、それに血の粛清と権力支配の正当性を求めた、その虚偽、欺瞞を嵆康が看破している点に、「管蔡論」の強烈なる政治的意義を見出すことができるであろう。」としている。この業天氏の論は、少なくとも戦後日本の嵆康研究史の上で、最初に「管蔡論」を正面に据えて論じたものであろうから、その内容の評価とは別に、その事実は明示しておく。しかし、大上氏の論は、侯外廬の推定を肯定した上で「直接状況へコミットするものでない」と、一応距離を取ろうとしているようだ。「「或ひと」の疑問は、高貴郷公の下問をそのまま受け継ぐものである」（二三三頁）という理解に立っているようだ。

3　『魯迅三十年集2』（新芸出版社、一九六八年）所収本がよく知られているが、魯迅「手鈔」影印本と比べて、文字に異同があって、

陳勝長「魯迅『嵇康集』校本指瑕」（『考証与反思』所収）がこの問題を扱っている。

4　戴明揚『嵇康集校注』が引用する魯迅校本は『魯迅全集』本である。なお『校注』の正文は、原則として「明黄省曾・嘉靖乙酉年仿宋刻本」（四部叢刊所収）のままであり、戴明揚の理解、立場はこの「校語」に表明されている。

5　韓格平『竹林七賢詩文全集訳注』（一九九七年）は、通行本の通り「忠疑乃心」に作るが「乃心は管蔡の心を指す」と理解するのが、わたくしの理解と異なる。その他の注釈書は魯迅の校訂にしたがう。殷翔・郭全芝『嵇康集注』（一九八六年）、夏明釗『嵇康集訳注』（一九八七年）、熊治祁等『乱世四大文豪合集注訳』（湖南文芸出版社、一九九六年）ROBERT G. HENRICKS『Philosophy and Argumentation in Third-Century China』（Princeton University Press）、等「訳文」は豊富にある。

6　拙稿「嵇康の名教問題と卜疑集について」（『国学院雑誌』第93巻9号）

7　「忠疑」の二字、戴明揚校本の「正文」は注4の「例言」どおり「黄省曾」本のままであるが、「校語」には「『疑』字呉鈔本塗改而成、原鈔不明、周校本作『于』」（二四五頁）とあるところから見て、魯迅の校訂にしたがうものであろう。

8　嵇康がその材料とした『尚書』は「金縢篇」の「武王既喪、管叔及其群弟、流言於国、曰、公将不利於孺子」であろう。「鄭玄云流公将不利於孺子之言於宮師、於時管蔡在東、蓋遣人流伝此言於民間也」（『尚書注疏』巻十三・十一b）。嵇康より後の解釈であるが、「正義曰、成王信流言、而疑周公、管蔡既誅、王疑益甚。」とあるのは、「金縢篇」「大誥篇」などの経典解釈の「通念」であったろう。「周公」についてこの「疑」が一旦は向けられるというモチーフは、「周公」を語るうえで不可欠であったろう。その意味でこの「通行本」の「疑」の文字は、簡単に切り捨てることは躊躇されるのである。

9　たとえば斉王芳が即位しての布告に「其与群卿大夫勉勗乃心、称朕意焉」（『三国志』巻四「少帝紀」一一七頁）とある。「正始元年、丙寅「群公卿士讜言嘉謀、各悉乃心」（一一九頁）、「或勧太祖曰、……雖禦難于外、乃心無不在王室、是将軍匡天下之素志也」（巻十「荀彧伝」三一〇頁）、あるいは「方今英雄並起、各矯命専制、唯曹兗州乃心王室」（巻十三「鍾繇伝」三九一頁）。このように「乃心」の魏晋における用法は複雑で、ことは出典の指摘で終わるものではない。一般に、王朝もしくは天子から臣下への公文書に多く用いられ、「乃心」は名詞でも動詞でもあり得るようだ。

10　大上氏は「この一文をふまえている以上、論者はその忠義心に加えて、都から遠く離れていて事情に通じていなかったのだと二叔を弁護することを忘れていないのである」というが、例えば中山王が「その世子」に「令」して「爾小子、慎修乃身、奉聖朝以忠貞、事太妃以孝敬、閨闈之内、奉令于太妃、閫閾之外、受教于沛王、無怠乃心、以慰予霊」（『全三国文』巻二十）といい、「外任官」とは関係なく使われている。晋代の例だが、「司徒」である「石苞」に対しても「今司徒位当其任、乃心王事」と使われている。「乃心」が「忠義心」を意味するのなら、それを「忠にする」というのは、語法の通例としても異様である。

11　戴明揚は「則二叔之良乃顕、三聖之用也有以、流言之故有縁、周公之誅是矣。」と句読し、かつ「有韻」を指摘する。大上氏はこれを踏襲して「詳説」し、さらに「盛り上がりをもって結ぶための韻文」（二三七頁）というが、不自然の感は残り、賛成できない。

12　大上氏は「当時太学に出入りしていた可能性のある嵇康は、それ以上進展することのなかった議論を受けとって「管蔡論」を執筆したのである」（二三六頁）と推定しているが、文字通り推定に過ぎない。魏晋に生起した事実を推定することは、論理的に可能でも、その事実を推定可能にする「尺度」は考量すべきであろう。

13　拙稿「嵇康における「名教」問題と「卜疑集」について」及び「嵇康の「釈私論」について」（第八章・第九章参照）

14　大上氏は「「管蔡論」が高貴郷公の太学での下問を受けついだ「或ひと」の問いに対する議論である限り、もともと高貴郷公は周公旦の聖性への疑問を契機に論じたがっていたのであるから、その聖性を絶対命題とする議論自体は高貴郷公の意図に反すると言えばいえる」（二四二頁）と明白に述べている。にもかかわらず大上氏は、これを「嵇康が議論をずらしてこの作品を構想したのだとみなさなければならない」というのだが、最初から高貴郷公とは無関係に嵇康がこの作品を構成したと考えて何の不都合があるのであろうか、とわたくしには不審である。

15　大上氏は「高貴郷公の、そしてそれを受けた「或るひと」の疑問、議論の意図からは微妙にずれているのである」（二四二頁）というが、わたくしにはまったく違っているとしかみえない。周公の過失を問題とする議論と、周公の正しさを前提とする議論との違いが、どうして「微妙にずれている」といい得るのか、そもそも「関係」を見ようとすることが無理のようにみえるのだが。これを「特異なレトリック」というが、これはわたくしの理解を絶するはるかかなたにあるようだ。

16　高貴郷公の朝議について、これが毌丘倹の乱の翌年の出来事であるから、郷公の下問に毌丘倹の乱への示唆が込められているというのが大上氏の趣旨のようである。

「このように高貴郷公は終始、多角度から執拗に尭の聖性に関して疑問を呈するのだが、その時、周公旦の聖性に関してのなくもなかった疑義を不用意に口にしてしまった庾峻に鋭く食いついていく。この二叔処置をめぐる議論の背後に前年の毌丘倹事件があり、高貴郷公は毌丘倹と文欽に管蔡二叔をだぶらせていたと従来考えられてきたのは妥当なところである。」（二二八頁）。こうした歴史書の記述を詮索する方法はやむを得ないにしても、断片的記述から「状況」を再構成する方法にならざるを得ない。その時必要なのは可能な限り総合的にということだろう。質疑と応答からその心理の機微を読みとるのは優れて文学的ではあろうが、しかし、これを生の事実の記録とみるには躊躇する。これは陳寿の文章表現を介しているわけだから、どこまでほりさげて事実に突き当たるかは不明である。話されたことばだとして、そこから発話者の心理へ詮索はすすむが、これが憶測でないと保証するものはなにもない。以下に述べるのも憶測であってさして意味もないが、大上氏とはちがう結論にも達し得るという可能性を示唆するほどの意味はあろ

う。当時高貴郷公は十六歳、彼の経書についての疑問はいずれも素朴で幼稚なものである。鋭くみえるのは彼が経学の枠組みを理解しないからであるにすぎない。経学の枠組みは『孟子』の周公についての記述に典型的である。『孟子』公孫丑下に周知の論がある。

曰使管叔監殷、管叔以殷畔也、有諸。然。曰周公知其将畔而使之与。曰不知也。然則聖人且有過与。曰周公弟也。管叔兄也。周公之過、不亦宜乎。

つまり経学的思惟とは、血縁の原理と、正義の原理との均衡の上に枠組みがつくられている。この均衡は伝統として伝えられたものの正しさを信じるところに成立している。

二つの原理が衝突するところでは「聖人」の正しさ、血縁の重さとの間にバランスを取ることになる。ここに自己の判断によることは危ういので、「教え」に従うという態度が生まれることになる。「周公」と「管蔡」の問題は、二つの原理の均衡の上に儒教的「統治」が成立することを反復して教えているのである。これを一方の側を絶対視するか、あるいは一方を無視するかの論は、幼稚であるか、教えに批判的である異端かとされる。しかし天子たる高貴郷公は「異端」とはされず、たんに稚拙とされるのだが、誰ひとりそうは断じ得ないのは権力関係による。もちろん従来にも、高貴郷公の下問を高く評価する理解もある。

その上で矢継ぎ早に質問を浴びせ、その鋭さに太常博士もたじたじの有様であった。（福原啓郎『西晋の武帝　司馬炎』〈平成七年〉、一〇九頁）

しかし、これとはまったく逆に胡三省のような辛辣な批評もある。

余観帝之所以論二君優劣、書生之譚耳。考其難疑答問、不過摘抉経義、及王鄭之異同耳、非人君之学也。

（『資治通鑑』巻七十七「魏紀九」二四三一頁）

高貴郷公が聡明であるとするならば、「現実」を知り、実際に可能性を模索すべきであって、「経義」の解釈に己を発露すべきではない。「帝王」の資質に欠けるというべきで、胡三省は「人君」のなんたるかを知っているといえるだろう。

17 田丘倹事件への嵆康の加担について、大上氏は「このときの嵆康の動静については事の次第は闇の中なのであるが、田丘倹のこと、この「管蔡論」の話題とが関係がきわめて深かったことだけは事実である。」（二四六頁）といい、あるいは「田丘倹への加担が十分に推測可能である」（二四七頁）というが、「闇の中」からどうして「関係がきわめて深かったことだけ」が「事実」であると推測できるのか不審である。その詮索は微をうがつものであるが、それがたんにエピソードとして推定されるに止まるならば、そうであり得るとしてもよい。しかし、そうではなくて、それを作品構成の重要な契機として位置づけ、そこから論を引き出そうとするのは、作品のもつ豊富なものを著しくあらかじめやせ細らせるように見える。まして大上氏は、ここから嵆康に「表現者として立つ潔さ」をみとめ、「そこにしか第一義的な思想はなかった」というのだが、おそらくそうではあるまい。嵆康の書き残したもののすべてを

通観するならば、そうした全体をつくらせる嵇康の「動機」は、大上氏のいうせまい「状況」への関与の仕方として説明できるものではないと思われる。「絶交書」と「管蔡論」と「釈私論」の一部から嵇康の全いとなみを構成するその方法の限界が、かかる限定的な視野を生じているのではないだろうか。

18 部分的には拙稿「嵇康の至論について」(無窮会『東洋文化』第74号)、「嵇康における「自得」と「兼善」の問題について」(『国学院大学漢文学会々報』第34輯)で考察した。(第十六章・第七章参照)

19 拙稿「嵇康の「釈私論」について」(『国学院中国学会報』第44輯)で論じた。(第八章参照)

20 もちろん「断代史」的研究の可能性全般を不可能だとか必要ないというのではない。嵇康について年代を追ってその人生や作品を配列するに足る資料は乏しいという現実に即した方法が構想されるのでなくてはならぬ、というに過ぎない。仮に高貴郷公の朝議をきっかけとして嵇康が「管蔡論」を書いたものと仮定してみても、そこから直ちに嵇康の「毌丘倹」への同情が導かれるものでもないし、そこから嵇康の「反司馬」という立場が明らかになるという根拠は、とりたててあるわけではない。そこから彼をとりまく「情況」が構成できるというものでもない。かかる狭い視野から窺いみるには、この時代はあまりに資料的な制約が多くて、こちらの期待どおりにはならないのである。

21 嵇康の思想と行動とを動機づけている一端は、「遊心極視、不覩其外、終年馳騁、思不出位」(「難自然好学論」巻七)「馳騖於世教之内、争巧於栄辱之間、以多同自滅、思不出位」(「答難養生論」巻四)と描かれている、「立六経為準」とし「以周孔為関鍵」する世俗士大夫たち「流俗」の、その思想と行動とにたいする、彼の批判にあったであろう。

第十二章　嵆康の「太師箴」について

嵆康の「太師箴」は彼の歴史観、あるいは政治批判を窺うに足るものと一般にみられているが、しかし「箴」という文体のもつ拘束力をまず考えてみなければならないのではないか。「箴」という文体の発生と展開をたどり、「箴」が生み出される契機を明らかにしてみたい。

一　はじめに

近年の、嵆康研究の歴史を振り返ってみると、いち早く嵆康の「政治観」をひとまとまりのものとして取り出したのは、侯外廬等の『中国思想通史』[1]であって、「嵆康の政治思想は、密接に魏晋の際の現実の政治と関連している。この点から、彼の思想のある部分では貴族政治の理想が反映されており、またある部分では現実政治への批判がなされている」（一八六頁）と述べている。この議論の根拠とされているのは「古之王者」論（「声無哀楽論」）、「至人不得已」論（「答難養生論」）、「季世陵遅」論（「太師箴」）及び「管蔡論」であり、議論の視角は、これらの作品が魏晋の際の政治闘争の惨烈を直接反映しているのであり、それで嵆康は、司馬氏の僭妄、凶残を風刺したのだ、というのである。議論はかなり詳細で具体的であるのだが、しかし、たとえば「憑尊恃勢、不友不師」「下嫉其上、君猜其臣」という「太師箴」のことばを取り上げて、「司馬父子兄弟の臣たらざるを指す」といい、あるいは「驕盈肆志、阻兵擅権、矜威縦虐、禍崇丘山」の一節は、「司馬氏が軍政の大権を持し、己とたがう者を殺戮したことを指す」（一八七頁）

と、論断するのであるが、しかし、いささか疑問なしとはしない。

いま「憑尊恃勢、不友不師」を取り上げてみるならば、これは権力を掌握したものが、その権力を恣意的に行施して、他者を顧反しない様子をいうものであろう。これが司馬の暴政の描写として確かによくあてはまるように見えるのだが、しかし、そう見えるのは、われわれの、「司馬氏」に関する視角、知識が、「司馬氏」を王権の簒奪者と認定する立場にいるためではないかと、こう反省してみるのも、あながち無意味ではなかろう。さらに言えば、古来暴君亡国、興亡治乱はいくどとなく繰り返されているのだから、たとえばこの嵇康のことばが、桀紂のことをいう、としてみても、あるいは秦王政のことだとしてみても、そうではないとは言いにくい。つまり暴政といわれる限りのものには、いずれの例もよくあてはまるのである。

つまり嵇康のことばは、一般的な「悪」をのべているので、それが一般論である限り、特定の具体的な「悪」を指すといえば、それはそういえてしまうのである。しかし、問題はそれを証拠立てる手がかりが実はない、乏しいというところにあるのだが、これが遥かに時を隔ててしまった、現在のわれわれの状況ではなかろうか。(2)

この「太師箴」は、例えば、これが「司馬氏のために書かれた」という議論もかなり古くからある。(3)あるいは近頃「惟賢是授」論というのもあるようだ。(4)ただ、いずれの場合も、嵇康のことばが現実とどのように対応しているかを追求しようとするものであるらしいことは共通している。もちろん『嵇中散集』のことばの一つひとつが「歴史」とか「状況」とかの中で読み解かれることをわたしは否定しない。一つの作品なり文章が、歴史、社会のなかに位置づけられることは、「理解」に至る必要な条件である。しかし、ただその場合には、それを成立させるだけの慎重な手続きを経たうえでのことでなければならないし、そうでなければ鍾会のような「論断」を一方的に押しつけるという危険を、われわれが犯してしまわないとは限らないと恐れるのである。

いま「太師箴」を取り上げるにあたって、まず「箴」の歴史や機能といった一般的な問題を考える。それは「箴」

という文体がかなり特異なもので、嵇康より以前の歴史を振り返ってみても、まず作品数に乏しく、またそれぞれに特別の歴史を有しているからである。「箴」という文体がいったいどのようにして生まれ、そしてどのような状況に関与し、そしていかに機能していたのかどうか、そうした一般的な問題に一定の見通しを立てたうえでないと、嵇康がなぜ「箴」という文体によって書いたのか、あるいは嵇康がこれにどのような意味づけをあたえ、そしてそこにどのような機能を期待していたのか、あるいは何をどのように表現しようとしていたのか、というような問題が解決できないと考えるからである。そして文章の指し示す方向を十分に把握したうえでなければ、それを生みだした条件も明らかにはならないと思えるのである。

二　箴の歴史

「箴」という一つの文体の発生、その起源、あるいはその歴史的展開の実際の様相を明らかにするという問題が一つあるのだが、ここでの関心はそれと無関係ではないが、ひとまず三世紀を生きた嵇康が「太師箴」を書くにあたって、彼が目睹したであろう「箴」と称する作品群を提示し、そこに彼が見ていたであろう、一定の秩序を改めて見出してみることにある。(5)

「箴」と称せられる作品で嵇康以前に存在し、今もあるものは、その数はさしておおくはない。まず周知の『左伝』所載の「虞箴」がある。伝えられるところでは揚雄はこれに倣って「州箴」「官箴」を作ったとされる。早くからその作品群の全体は散逸していて、胡広・崔琦・崔駰・崔爰等の手で、その欠を補うことがなされたという。

今日に残されている「箴」で、その成立の状況が具体的に知られ得るものはまずないといわねばならないのであるが、しかし、たとえば崔駰が時の執政、竇憲に献上した「書」が残されていて、その内容からみて、崔駰が「箴」を作るに至る事情が、ここからいくぶん推察できるかもしれないと思えるのがわずかな例外である。前漢末近く、和帝

（六八～一〇五在位）の外戚竇太后が朝政に臨み、兄の竇憲が政治の実権を壟断した一〇〇年ごろのこと、崔駰は次のように上書している。（『後漢書』一七一九頁）

わたしは次のように聞いています、交際が浅いのに深きを言うのは愚者であり、賤しい身分にありながら高きを求めるのは惑者であり、いまだ信頼を得られていないのに忠言を奉ろうとするものは、誹謗を受けるものだと。三者みなすべきではないにもかかわらず、敢えてそれをなそうとするのは、ささやかながら、内に満ちているものを発露させずにはおかないものがあるからです。

このように述べて、崔駰はさらに次のような「戒め」をいう、

1　伝曰、生而富者驕、生而貴者傲。生富貴而能不驕傲者、未之有也。今寵禄初隆、百僚観行、当尭舜之盛世、処光華之顕時、豈可不庶幾夙夜、以永衆誉、弘申伯之美、致周邵之事乎。（伝に曰く、生まれながらにして富める者は驕り、生まれながらにして貴なる者は傲る。生まれながら富貴にして能く驕傲せざる者は、未だ之れ有らざるなり。今寵禄初めて降り、百僚観行す、尭舜の盛世に当たり、光華の顕時に処り、豈に夙夜以て衆誉を永くし、申伯の美を弘め、周邵の事を致さんか。）

2　語曰、不患無位、患所以立、昔憑野王以外戚居位、称為賢臣。近陰衛尉克己復礼、終受多福。（語に曰く、位無きを患へず、立つ所以を患ふ、昔憑野王、外戚を以て位に居り、称して賢臣と為す。近陰衛尉、克己復礼し、終に多福を受く。）

郯氏之宗、非不尊也、陽平之族、非不盛也。重侯累将、建天枢、執斗柄、其所以獲譏於時、垂愆於後者、何也。（郯氏の宗、尊からざるに非ざるなり、陽平の族、盛ならざるに非ざるなり。重侯累将、天枢を建て、斗柄を執る、其の識を時に獲、愆を後に垂るる所以の者は、何ぞや。）

3　蓋在満而不挹、位有余而仁不足也。漢興以後、迄于哀平、外家二十、保族全身、四人而已。書曰、鑑于有殷、

可不慎哉。（蓋し満に在りて挹まず、位余り有りて仁足らざるなり。漢興りて以後、哀平に迄、外家二十あり、族を保ち身を全ふするは、四人なるのみ。書に曰く、有殷に鑑る、慎まざるべけんや。）

1　今やあなたは寵禄を得て「尭舜」の盛時に際会しているのだから、「申伯」が「宣王」になしたように「周邵」の盛世を実現しようとは思わないのかと問いかける。

2　『論語』を引いて「立つ所以を患ふる」ことを説いて、憑野王、陰衛尉の成功と、郟氏、陽平の失墜とを想起させる。

3　かくして「在満而不挹、位有余、仁不足也」という教訓を述べて「可不慎哉」と戒める。さらにことばをついで、漢王朝以来の事例を述べる。

漢王朝が興起してより以来、哀帝、平帝にいたるまで、外戚の家は二十、そのうちで一族と我が身とを全うしたものは四人だけであります。尚書には「鑑于有殷、可不慎哉」と教えておりますと。

このように述べて、崔駰は執政者が自らの奢侈を戒めることを求めている。

崔駰の書いた「箴」は「太尉箴」「司徒箴」「司空箴」「尚書箴」「太常箴」「大理箴」「河南尹箴」「酒箴」の八作品が今日に伝わっているが、ただ、これが彼の「箴」のすべてであったのかは明らかではないし、また作品によっては別の人の作だとされているものもある。今、厳可均『全後漢文』の整理にしたがう。ところで、崔駰がこれらの「箴」を書くに至った事情やその動機は、それを徴する資料がないのであるが、しかし、内容からいって前述の竇憲への「上書」と近いものを取り出してみると、たとえば次の「尚書箴」がある。

竜作納言、帝命惟允。山甫翼周、実司喉吻。赫赫禁台、万邦所庭。（竜、納言と作り、帝命惟れ允しむ。山甫、周を翼け、実に喉吻を司どる。赫赫たる禁台、万邦の庭《を》る所。）

無曰我平、而慢爾衡。無曰我審、而怠爾明。（我平らかと曰ひて、爾の衡を慢る無かれ。我審らかと曰ひて、爾の明を怠る無かれ。）

四岳阿鯀、績用不成。虞登入凱、五教聿清。挙以無私、乃忝服栄。正直是与、伊道之経。先人匪懈、永世流声。（四岳鯀に阿し、績用成らず。虞登入凱、五教聿に清し。挙ぐるに無私を以てす、乃ち忝く栄に服す。正直に是れ与す、伊れ道の経。先人懈るに匪ず、永世声を流す。）

君子下問、敢告侍庭。（君子下問す、敢へて侍庭に告ぐ。）

「竜」は帝舜の臣、「舜典」に「命汝作納言、夙夜出納朕命惟允」とある。「山甫」は「中山甫」、周の宣王を補佐した。「尚書」の職務に相当する「納言」の官、「相」となって、よくその職責を果たした先人たちである。天子が自身「公正」で事情によく通達しているからといって、自己の「衡」「明」であることに怠惰であってはならないと教訓する。

「四岳」の失敗、「八凱」の成功、その分かれ目にあったものは帝王の「無私」「正直」にかかっていたと、過去の事例を回顧している。帝王たるものが慢心しないように戒め、職務にふさわしい適切な人材を登庸することを説いている。

さてこの「尚書箴」が、もし例えば竇憲に読まれることを期待して書かれたとするならば、この「箴」のねらいは、執政者としての自覚を求めるというところにあるとみられよう。したがって、この「箴戒」は現実の社会に機能することが期待されていたともいえよう。すくなくともそうした可能性をここから窺うことはできるであろう。さらに崔琦が梁冀を戒めたとする例もある。(6)

もう一つ、「箴」の現実的意味を窺わせる例として、潘尼の場合がある。時代的には嵇康より少し後のことであるが、潘尼は太康中（二八〇～二八九年）、秀才に挙げられ、太常博士となり、元康の初め（二九一年ごろ）太子舎人となる。や

がて宛令となり、尚書郎を経て著作郎となる。『晋書』では、おそらくあり得べき一つの解釈であろうが、この時期に「乗輿箴」が書かれたとされている。趙王倫の簒奪への動きを牽制する意味あいが潘尼にはあったのであろうか。「序」には次のように記している。

自虞人箴、以至于百官、非唯規其所司、誠欲人主斟酌其得失焉。春秋伝曰、命百官箴王闕、則亦天子之事也。

（虞人の箴自り、以て百官に至るまで、唯に其の司る所を規すのみに非ず、誠に人主の、其の得失を斟酌するを欲す。春秋伝に曰く、百官に命じて王闕に箴せしむ、則ち亦天子の事なり。）

（『晋書』巻五十五・一五一三頁）

「誠欲人主斟酌其得失焉」とあるのを見れば、潘尼が「箴」は人主によってそれが斟酌されることを期待しているのがしられる。潘尼は趙王倫が「位極則侈」という自己の過ちに気付くことを求めたもののようであったが、やがて趙王倫が簒奪を成し遂げるに及び、孫秀の専政がはじまり、忠良の士人がその毒牙にかかるようになると、潘尼は朝廷を退いている。「箴言」の、現実の政治に及ぼすその効果のほどはたかが知れているということだが、それでも潘尼は「箴」のことばによって、執政者に対する一定の批判を期待していたものであったということであろうか。

このように乏しい資料からではあるが、「箴」は、当時の歴史社会のなかにおいて、一定の機能を果たしていて「空文」ではない可能性があるとするならば、崔琦が時の執政竇憲に「箴」を作って読まれることを期待し、崔琦が梁冀に期待し、あるいは潘尼が趙王倫に期待したように、それと同じような事情があるいは嵆康の場合にもあったのではないかと想像してみることは一応可能ではあろう。揚雄によって確立した「箴」というスタイルの文は、後漢末の混乱のなかで、執政者の政治姿勢に対して一定の批判をし、戒告するという機能をある程度果たしたと思われる。胡広や崔琦らの「箴」の復活は、そうした意味あいをもつものであったろう。曹魏末年の混乱せる政局を生きた嵆康にも、おそらくこうした知識は当然共有されていたろうと推定することはできるであろう。嵆康が「箴」という文体を選んで表現したということは、こうした「箴」の歴史に連なり得る可能性を見ていたのであるかもしれない。

三　箴の文体

「箴」を士大夫の表現のスタイルとして一躍表舞台に登場させたのは、前述のとおり前漢の揚雄であるが、その際彼が規範としたのは周知の「虞箴」である。文体としての規範もその淵源をここに求めている。[7]「虞箴」は次のようなスタイルをとっている。

1　禹迹、画為九州。経啓九道、民有寝廟、獣有茂草、各有攸処、徳用不擾。（禹迹、画して九州と為す。啓の九道を経て、民に寝廟有り、獣に茂草有り、各々処る攸有り、徳用擾れず。）

2　在帝夷羿、冒于原獣。忘其国恤、而思其麀牡。（帝の夷羿に在り、原獣に冒め。其の国恤を忘れ、其の麀牡を思ふ。）

3　武不可重、用不恢于夏家。（武は重んずべからず、用ふれば夏家を恢にせず。）

4　獣臣司原、敢告僕夫。（獣臣、原を司る、敢て僕夫に告ぐ。）

（『春秋左伝注疏』九六三頁）

形式的には、一見して明らかなように四字一句、必ずしも二句でひとまとまりではない。文末に官職を表す定型の言い方がくる。内容の上からは、理想的であった遥か昔のさまがまず描かれ、次いで衰退の時が描かれ、そしてそこからある教訓「3　武不可重、用不恢于夏家」が導かれ、そして結び、というふうである。

周知のとおり、漢代になって揚雄が「箴」を復活させ、その典型を作る。[8]彼には「州箴」と「官箴」の二つの類別がある。たとえば「冀州箴」がある。

1　洋洋冀州、鴻原大陸。岳陽是都、島夷被服、潺潺河流、表以碣石。三后攸降、列為侯伯。（洋洋たる冀州、鴻原大陸。岳陽是れ都り、島夷被服す、潺潺たる河流、表するに碣石を以てす。三后の降る攸、列して侯伯と為る。）

2　降周之末、趙魏是宅。冀土糜沸、炫沄如湯、更盛更衰、載従載横、陪臣擅命、天王是替。趙魏相反、秦拾其弊。北築長城、恢夏之場。漢興定制、改列藩王。仰覧前世、厥力孔多。初安如山、後崩如崖。（降周の末、趙魏是れ宅る。冀土糜沸し、炫沄なること湯のごとし、更ごも盛え更ごも衰ふ、載に従にし載に横し、陪臣、命を擅にし、天王を是れ替す。趙魏相ひ反し、秦、其の弊を拾ふ。北に長城を築く、恢夏の場。漢興り制を定め、改めて藩王を列す。仰いで前世を覧るに、厥の力孔多。初め安きこと山のごとし、後に崩るること崖のごとし。）

3　故治不忘乱、安不忘危。（故に治にて乱を忘れず、安にして危を忘れず。）

4　周宗自怙、云焉予隮。六国奮矯、果絶其維。（周宗自ら怙み、云に焉に予隮《やぶ》る。六国奮矯し、果して其の維を絶つ。）

5　牧臣司冀。敢告在階。（牧臣、冀を司どる。敢て在階に告ぐ。）

地方長官が天子に訓告するという形式をとる。まず当該の「州」が提示され、その土地の歴史がたどられる。その過程で治乱興亡の事実があったことが回顧される。そして回顧のなかから「帝王のあるべきあり方」が教訓として見いだされる。

教訓を守らずに失墜した例が引かれる。そして、「牧臣司冀。敢告在階」で結ばれる。

この「冀州箴」のほかに「青州箴」「幷州箴」「徐州箴」「揚州箴」「荊州箴」「予州箴」「益州箴」「雍州箴」「幽州箴」「交州箴」が現存する。

これとは別に「官箴」というスタイルをとるものがある。「太常箴」を例としてみる、

1　翼翼太常、実為宗伯。穆穆霊祇、寝廟奕奕。称秩元祀、班于群神。我祀既祇、我粢孔蠲、匪衍匪忒。公尸攸宜、弗祈弗求。惟徳之報、不矯不誣。庶無罪悔。（翼翼たる太常、実に宗伯と為す。穆穆たる霊祇、寝廟奕奕たり。称秩元祀、群神に班つ。我祀既祇《つつし》み、我粢孔《はなは》だ蠲《きよ》し、衍《たが》ふに匪《あら》ず、忒《へん》ずるに匪ず。公尸の宜しき攸、祈らず求

めず。惟れ徳に之れ報ゆ、矯めず誣せず。罪無く悔無きを庶ふ。）

2　昔在成湯、葛為不弔。棄礼慢祖、夔子不祀、楚師是虜、魯人躋僖、臧文不悟。文隳太室、桓納郜賂、災降二宮。用誥不祧。（昔在成湯、葛、不弔を為す。礼を棄て祖を慢し、夔子祀らず、楚師を是れ虜にす、魯人僖を躋《さかしま》にし、臧文悟らず。文は太室を隳《やぶ》り、桓は郜賂を納る、災は二宮に降る。用《もつ》て不祧を誥《いまし》む。）

3　故聖人在位、無曰我貴、慢行繁祭。無曰我材、軽身恃巫。（故に聖人位に在れば、我れ貴しと曰ひて、行を慢にし祭を繁くする無かれ。我材ありと曰ひて、身を軽んじ巫を恃む無かれ。）

4　東隣之犠牛、不如西隣之麦魚。秦殞望夷、隠斃鍾巫。（東隣の犠牛、西隣の麦魚に如かず。秦は望夷に殞し、隠は鍾巫に斃る。）

5　常臣司宗、敢告執書。（常臣、宗を司る、敢て執書に告ぐ。）

1　まず官職の歴史がたどられるが、ここでは「太常」の官は祭祀をつかさどることが述べられる。

2　「昔在」によって、過去の、祭祀がないがしろにされていく歴史、事例が述べられていく。「葛（伯）」は『孟子』滕文下、「夔子」は『左伝』僖公二十六年、「魯人」は『左伝』文公二年、「文」は魯の文公十三年のこと、「桓」は桓公二年のこと、「災降」は『春秋』経哀三年のこと。ここから、結論的に、

3　帝王への教訓が見出される。さらに、

4　教訓の生かされず失墜した例がひかれる。そして、

5　定型の結びのことば、で全体が締めくくられる。およそこうしたパターンを形成している。

この他に、「司空箴」「尚書箴」「大司農箴」「侍中箴」「光禄勲箴」「大鴻臚箴」「宗正箴」「衛尉箴」「太僕箴」「廷尉箴」「太常箴」「少府箴」「執金吾箴」「将作大匠箴」「太史令箴」「博士箴」がある。

いずれの場合も、ある官職にある者が、その官位にかかわる歴史を述べ、そしてそこから帝王への教訓を見出すというのが、基本的な構造である。

揚雄の後、後漢の時代になって、その数は決しておおくはないのだが、「箴」は書き継がれていく。『初学記』が胡広の作と云い、『古文苑』が崔爰の作とする「侍中箴」一篇がある。（『全後漢文』巻五十六・胡広）

1　皇矣聖上、神君天処。勤求俊良、是弼是輔。匪懈于位、庶工以序。（皇矣たる聖上、神君天処す。俊良を勤求し、是れ弼あり是れ輔あり。位に懈るに匪ず、庶工以て序す。）これは全体の「序」にあたる部分とみてよい。「聖上」が「俊良」の補佐を得て、秩序が維持されるという。

2　昔在周文、創徳西隣。勗聞上帝、頼茲四臣。辛尹是訪、八虞是詢。済済多士、乂用有勲。文公欽若、越興周道。亦惟先正、克慎左右。常伯常任、寔為政首。（昔在周文、徳を西隣に創め。上帝に勗聞するは、茲の四臣に頼る。辛尹を是れ訪《とぶら》ひ、八虞に是れ詢《はか》る。済済たる多士、乂用勲有り。文公欽み若ひ、越に周道を興す。亦惟れ先正、克く左右を慎み。常伯常に任じ、寔に政首と為る。）

「周の文王」の時、「徳」に努めた結果、「上帝」に嘉納されて「四臣」の優れた補佐を得た。「四臣」は、南宮括、散宜生、閎夭、太顚の四人の「四友」のこと。「辛尹」は辛甲と伊尹のこと。辛甲は殷の紂王を諫めて聞き入れられず、去って文王に仕えた。「八虞」は『論語』微子篇の「八士」「伯達、伯适、仲突、仲忽、叔夜、叔夏、季随、季騧」のこと。

周王朝が成立して後も、「左右」の近臣に人材を得て、「常伯、常任」は、善政を施いたという。「常伯、常任」は周代の三公（書・立政）漢代の侍中の官に相当する。

3　降及厲王、不祗不恪。暱彼宗夷、用肆其虐。惟敗天命、寇戎並作、圮墜宗緒、寝廟靡託。（降りて厲王に及び、祗せず恪せず。彼の宗夷に暱《したし》む、用て其の虐を肆にし、惟れ天命を敗り、寇戎並び作こり、宗緒を圮墜し、寝廟

託する靡し。）

しかしやがて、「降」りて、とあるように栄光の時代が失墜して、「虐」政によって「寇戎」の侵略をまねき、「宗緒」は絶え、国は滅びた。東周の末、「幽・厲」の時代をいうのであろう。

4　無曰我賢、不選至親。無曰我仁、妄用嬖人。（我のみ賢なりと曰ひて、至親を選ばざる無かれ。我のみ仁なりと曰ひて、妄に嬖人を用ふる無かれ。）

こうした、前節の歴史の回顧の中から、「我のみ賢」だとして、「至親」をないがしろにしないこと、「我のみ仁」だとして「嬖人」を乱用しないこと、という教訓が見出されて述べられる。

5　籍閎飾顔、穢我神武、鄧通擅鋳、不終厥後。中書窃命、石弘作禍、高安断袂、哀用無主。（籍閎飾顔し、我が神武を穢す、鄧通擅に鋳し、厥の後を終へず。中書命を窃み、石弘禍を作し、袂を断じ、哀用て主無し。）

この教訓を裏付けるべく、かかる教訓に従わずして失敗した数々の例が述べられる。

6　侍中司中、敢告執矩。（侍中、中を司る、敢て執矩に告ぐ。）

結びの定型の文である。

このように見てくると、「箴」のスタイルは揚雄においてほぼその定型ができていて、歴代の作者たちはそのスタイルに忠実であろうとしたことが知られる。スタイルは四字句、上下で一つのまとまり、有韻の文。序文を附す場合がある。段落はおよそ三から五の間でひとまとまりを形成するということになる。

これを内容からいうと、(1)まず理想の時代の叙述があり、(2)そこに堕落の契機が登場し、(3)ここに教訓が生まれる。そして(4)堕落した時代の具体的な様相が叙述される。(5)官位に関わる定型的な結びの文で終わる、ということになる。「理想」「堕落」「教訓」、教訓を無視した場合の「例示」と定式化できる。その本質は、帝王に対して、過去の歴史に

学び、自身の身のあり方、執政の姿勢を反省することを求めるものである。[9]

「箴」の本質は胡広の序「聖君求之于下、忠臣納之于上」の一文が的確に言い表しているように、書き手は一応自己を王朝の忠実な士人と規定しており、「聖君」に対して諫言なり訓戒しようとするものである。もっと適切にいえば、現実の君主が「聖君」となるべき条件として、何が欠けているかを指摘しようとするものである。「箴」という文体によって何かが表現されようとする場合、この一般的な動機に規制されているということである。すくなくともそれが「官箴」というスタイルをとる限り、この枠組みの中にあるということを意味するであろう。

以上「箴」という文体、表現様式が、一般にどのような本質を有するもので、実際その書き手に対して、どのような枠組みを与えていたか、という問題を考察した。嵆康が「箴」という文体によってなにかをいおうとしたのであれば、こうした枠組みはその前提としてあったと考えられる。したがって、嵆康の「太師箴」は当然この枠組みにおいて読み解かれる必要があるであろう。

四　「太師箴」の構造

「箴」という文体、表現様式が、どのような構造のものであり、どのような本質・機能を有するものであるか、そして実際その書き手にたいして、どのような枠組みをあたえているかという問題を考察してきた。この「箴」の文体的構造を意識しながら「太師箴」を読み解いてみよう。「太師箴」の全体は五つの部分に分けてみるのが適当であろう。(1)「序」にあたる部分、(2)理想の古代を回顧する部分、(3)時代の衰退を述べる部分、(4)帝王への教訓を述べる部分、(5)結びの部分、となる。嵆康は「太師箴」で何を述べようとしたものであろうか。順をおって読み解いてみる。[10]

(1)　浩浩太素、陽曜陰凝、二儀陶化、人倫肇興。厥初冥昧、不慮不営、欲以物開、患以事成。犯機触害、智不救生、宗長帰仁、自然之情。故君道自然、必託賢明。（浩浩たる太素、陽は曜き陰は凝る、二儀陶化し、人倫肇に興る。

厥の初冥昧、慮らず営まず、欲は物を以て開き、患ひは事を以て成る。機を犯し害に触れ、智も生を救はず、宗長、仁に帰す、自然の情。故に君道自然、必ず賢明に託す。）

ここは全体の「序」文に相当するところ、「君道」と「賢明」との関係が主題となることを予告しているとみることができる。「太素」の世界が分離して「人倫」が生まれ、「欲」と「患」が生みだす「害」を「救」うべく「宗長」の「仁」に人々は統合された、と「君道」の発生した経緯を述べ、そして以下にそのあり方として「必託賢明」というテーマを予告している。

(2) 茫茫在昔、罔或不寧、赫胥既往、紹以皇羲、黙静無文、大朴未虧、万物熙熙、不夭不離。爰及唐虞、猶篤其緒、体資易簡、応天順矩、絺褐其裳、土木其宇、物或失性、懼若在予。疇咨熙載、終禅舜禹。（茫茫たる在昔、寧らざる或る罔し、赫胥既に往けり、紹ぐに皇羲を以てす、黙静にして文無く、大朴未だ虧けず、万物熙熙として、夭せず離れず。爰に唐虞に及び、猶ほ其の緒を篤くす、体は易簡に資り、天に応じ矩に順ふ、其の裳を絺褐にし、其の宇を土木にす、物或は性を失へば、懼るること予に在るがごとし。疇れか咨載《ああこと》を熙《ひろ》くせん、終に舜禹に禅る。）

夫統之者労、仰之者逸、至人重身、棄而不恤。故子州称疾、石戸乗桴、許由鞠躬、辞長九州。先王仁愛、愍世憂時、哀万物之将頽、然後莅之。（夫れ之を統ぶる者労し、之を仰ぐ者逸す、至人、身を重んず、棄てて恤へず。故に子州、疾と称し、石戸、桴に乗る、許由鞠躬し、九州に長たるを辞す。先王仁愛、世を愍み時を憂へ、万物の将に頽れんとするを哀れみ、然る後之に莅む。）

「在昔」とは歴史時代のはじまりをいう、「赫胥」「皇羲」の「太朴」の時を経過して、「唐虞」「舜禹」へとつづく。「先王の仁愛」が行き渡っていた時代であり、「統之者」が労し「仰之者」が逸楽であった、理想の「君道」の時代であった。

(3)―1　下逮徳衰、大道沈淪、智慧日用、漸私其親、懼物乖離、擘義画仁、利巧愈競、繁礼屢陳、刑教争施、夭性喪真、（下は徳の衰へ、大道の沈淪するに逮び、智慧日々用ひ、漸く其の親を私す、物の乖離するを懼れ、義を擘《さ》き仁を画し、利巧愈いよ競ひ、繁礼屢しば陳べ、刑教争ひ施し、性を夭し真を喪ふ、）

時代は降って「徳」は衰退し「大道」が見えない。かくて「君道」のなかに「私」の契機が出現する。「其の親を私する」ということが次第に起こる。「万物」のためにあった「君道」が「私」性をまもるために逆に「物」の乖離をおそれ、「繁礼」を設け「刑教」に訴える。かくて「真」はうしなわれゆく。

(3)―2　季世陵遅、継体承資、憑尊恃勢、不友不師、宰割天下、以奉其私。故君位益侈、臣路生心、（季世陵遅し、体を継ぎ資を承け、尊に憑り勢に恃む、不友不師、天下を宰割し、以て其の私に奉ず。故に君位益々侈し、臣路、心に生ず、）

いよいよ時代は衰退し「季世」へと陵遅する。「君道」は私性を肥大させて「継体承資」、子々孫々へと独占的に継承され、その「尊」「勢」を強化させて、「私」のためのものとなる。「友」も「師」も求めず、「天下」万物を「私」のためのものと、転倒してしまう。ここに「君位」と「臣路」との対立が兆す。「君道」が天下のためにあるのでなく、「私」一人のためにあるとすれば、その「私」は誰が主張してみても、それを規制する理はないからである。

(3)―3　竭智謀国、不吝灰沈、賞罰雖存、莫勧莫禁、若乃驕盈肆志、阻兵擅権、矜威縦虐、禍蒙丘山。刑本懲暴、今以脅賢、昔為天下、今為一身。下疾其上、君猜其臣。喪乱弘多、国乃隕顛。（智を竭し国を謀り、灰沈するを吝まず、賞罰存すと雖も、勧む莫く禁ずる莫し、乃ち驕盈、志を肆にし、阻兵、権を擅にするがごときは、矜威縦虐、禍は丘山を蒙《おお》ふ。刑は本暴を懲らす、今以て賢を脅す、昔天下の為にし、今一身の為にす。下は其の上を疾み、君は其の臣を猜す。喪乱弘多にして、国乃ち隕顛す。）

かくて「君道」が「私」性を主張しはじめたことによって、「臣路」にも「私」性が生まれ、「賞罰」によっても、

もはや止めることもできず、「兵」と「威」とを争い、上下嫉妬しあう「喪乱」の時代となる。「暴」を懲しめるための「刑」は今や「賢」者を脅かしている。かくして国は滅びる。

(3)—4　故殷辛不道、首綴素旗。周朝敗度、彘人是謀、楚霊極暴、乾渓潰叛、晋厲残虐、欒書作難、主父棄礼、鷇胎不宰、秦王荼毒、禍流四海。（故に殷辛不道にして、首は素旗に綴《つな》がる。周朝度を敗り、彘人を是れ謀る、楚霊暴を極め、乾渓潰叛す、晋厲残虐にして、欒書、難を作す、主父、礼を棄て、鷇胎宰せず、秦王荼毒にして、禍、四海に流る。）

「陵遅」した時代の具体的な様相をのべる。

「殷辛」は帝乙の子「辛」のこと、紂王である。周の武王に敗れ、その頭は「白旗」に懸けられたという。（『史記』殷本紀）

「彘人」は晋の領民、周王の虐政に耐えられず、王を「彘」の地に流したという（『国語』周語）。「楚霊」は『左伝』昭公十二年、十三年の記事にある。

「晋厲」は『左伝』成公十二年、十八年の記事による。「厲公」は奢侈にして「外嬖」多く、その一族を取り立てようとするが、「欒書中行」によって弑される。

「主父」は趙の「武霊王」のこと。公子章の乱に、沙丘の宮で餓死する。（『史記』趙世家）

「秦王」はいうまでもなく秦王政の暴政のこと。かく五人の暴君がもたらした災禍を列叙している。ここに共通するのは君がその「私」性をほしいままにして「臣」によって滅ぼされていくありさまである。

(3)—5　是以亡国継踵、古今相承。醜彼摧滅、而襲其亡徴。初安若山、後敗如崩。臨刃振鋒、悔何所増。（是を以て亡国継踵し、古今相ひ承く。彼の摧滅を醜として、其の亡徴を襲ふ。初の安きこと山のごとし、後の敗るること崩がごとし。刃に臨み鋒を振るふ、悔ゆるも何の増す所あらん。）

古今の治乱を回顧してみると、いくつもの「国」が興亡を繰り返している。「初めは安泰なること山のごとく見えて」その「後になって、潰滅していくさまは、山が一気に崩れ落ちるようだ」と述べる。

(4) 故居帝王者、無曰我尊、慢爾徳音、無曰我強、肆于驕淫。棄彼佞倖、納此遻顔、腴言順耳、染徳生患。悠悠庶類、我控我告。惟賢是授、何必親戚。順乃造好、民実胥効。治乱之原、豈無昌教。（故に帝王に居る者は、我尊しと曰ひて、爾の徳音を慢る無かれ、我強しと曰ひて、驕淫を肆にする無かれ。彼の佞倖を棄て、此の遻顔を納れよ、腴言は耳に順ひ、染徳は患ひを生ず。悠悠たる庶類、我控し我告ぐ。惟れ賢に是れ授けよ、何ぞ必しも親戚ならん。乃《か》の造好に順へば、民実に胥ひ効ふ。治乱の原、豈に昌教無からんや。）

「箴」が教訓を述べる定型の文である。帝王は己の尊によって徳をないがしろにしてはならず、己の強さゆえに傲ってはならない、佞人を退けて、賢人を身近におきなさい、と教訓する。

(5) 穆穆天子、思問其僁、虚心導人、允求讜言。（穆穆たる天子、其の僁を問ふを思ひ、虚心人を導き、允に讜言を求む。）

師臣司訓。敢告在前。（師臣、訓を司る。敢へて告げて前に在り。）

「箴」の結び、定型の文である。「天子」の問いに対して、この「箴」答えたものであることを述べ、文を結んでいる。

このように整理して大過ないものとすれば、嵆康の「太師箴」は、(1)「序」、(2)「起源」、(3)「歴史的展開」、(4)「教訓」、(5)「結び」とその大枠を整理することができる。そしてこの構造が揚雄以来の「官箴」の系列にあることは明らかである。

以上みてきたとおり、「太師箴」は、伝統的な「箴」という文体を忠実に反映している。「君道」の起源をたずね、その展開をあとづけ、理想の「自然」から「私」が生まれ、時代が経過するとともに「君」と「臣」の間に対立と抗

争が生じ、かくして亡国を生みだした。この歴史のなかから、「遷顔」を納れ、「惟賢是授」という帝王たる者への教訓を説いているものである。ところで、こうした問題とは別に、「太師箴」全体の、嵆康にとっての意味ということがある。「箴」というスタイルをとりながら、その枠組みを越えて出るところはあるはずである。「賢人の登庸」というありふれた命題を導き出すにも、嵆康らしさはやはり発揮されているはずである。この点はどのようであろうか。

「太師箴」は、「君道」をその発生から説き起こし、その堕落の原因を「私」性の主張に求め、その解決に帝王の自省を求めるという論理展開になっている。これは「君道」というものの発生を根元的に考えたものだということができる。古代に聖王がいたという事実を確認するだけの論ではなく、「君」が生まれる必然性を「自然」にもとづけ、時代の「陵遅」の原因を「君」の「私」性から分析的に解き明かしているのは、封建的世界の賛美とはちがう、骨のある論である。これは社会の混乱と頽廃を見据えて、その核心のところに「君」自身のあり方があるという指摘と批判であるだろう。

したがって、彼が「論」というスタイルで「流俗の君子」の閉ざされた思考を批判していることと、基本的には同じ動機がこの「太師箴」にもはたらいているといえよう。この「太師箴」のこれを「君道」論としてみるならば、所謂「思不出位」という枠組みの中からこれは生まれ得る論ではないだろう。「位」の外に出る「思い」なくしては、問いかけられる「問い」ではないだろう。

たとえば揚雄は「陪臣擅命、天王是替」によって戦国の混乱の発生を説明していたし、胡広の場合では、「厲王」が「天命」を「不祇不恪」であることによって「用肆其虐。惟敗天命」したと説明されていた。つまり「君」がたまたま道徳性を欠如させたことが、亡国の原因だというのである。つまり「君道」に偶然生じた欠点だというのである。あるいは「賢人の登庸」を彼らはもちろんいうのであるが、それは過去の歴史に照らしてみて、すぐれた賢人、聖人の補佐が帝王の危機を救ったとする、いわば伝承に従って、のべているのであって、「君」の「私」性を抑止する

必然性から「賢人」の不可欠を導き出すという、嵆康のような思考があるわけではない。これが「思不出位」の枠組みにある論であるのは容易に知られよう。これに対して、嵆康が、「陵遅」を君の「私」性の必然性において説くとの新しさが、この「太師箴」の「君道」論にはあるといえるであろう。君の「私」性の克服を、「陵遅」した時代の危機を救済する鍵だとみたのであろう。彼が生きた時代や社会の孕む問題に対する関心と批判とから、この「太師箴」は生まれたと、ひとまずはいえるだろう。

五　「太師箴」と「情況」

ところで「太師箴」は前節でみたとおり、後漢の胡広や崔氏一族の「箴」と、そのスタイルもその趣旨もほぼ踏襲されている。彼等が「箴」を書く動機が、その時代の執政者に対する警鐘にあったことをここで想起するならば、嵆康の場合にもそうした一定の「状況」のなかからこの「太師箴」が生まれたのではないかと、推定するのは、いちおう根拠のないことではない。ただ問題は、それがどこまで具体的に跡づけ得るかといえば、曹魏時代を語る資料の乏しさ故に、あまりに雄弁であることは許されないということである。

たとえば、荘万寿『嵆康研究及年譜』は「高平陵の変から二五五年毌丘倹までの間」（二二〇頁）と、推定しているけれども、その他の可能性に対してこれはなんの特権も有するものではないし、それならいったい誰に向かって説かれたのかという問題もある。時代の危機に対して反応したものだということであれば、それはそうとしても、それでも様々の可能性が指摘できる。

嵆康は、斉王曹芳の正始元（二四〇）年には十七、八歳のはずで、この時期のものだという想定も不可能ではないし、また、正始八（二四七）年は曹爽の絶頂の時期にあたるが、曹爽にむかって戒告したとしても不可はない[11]。嘉平元（二四九）年、高平陵の政変のときには、二十六、七歳で、司馬懿が丞相となるが、この時期だとしてももちろん不可はな

い。あるいは、嘉平二（二五〇）年、二十七、八歳ごろ、王凌が淮南で楚王曹彪を擁立しようと画策する。ここに時代の危機を感じ取ったとすることもできるだろう。あるいは、嘉平四（二五二）年、司馬昭が「大将軍、加侍中、持節、都督中外諸事、記尚書事」となるが、反「司馬」の宣言であったと、想定することもできるであろう。

あるいは、高貴郷公の正元元（二五四）年、中書李豊・太常夏侯玄の乱が鎮圧され、正元二（二五五）年、には田丘倹・文欽の乱が起こり、次いで甘露二（二五七）年諸葛誕が淮南で起兵する。そして甘露五（二六〇）年五月、曹髦が絶望的な挙兵をする。時代は陳留王曹奐の景元元（二六〇）年へと移っていく。こうした激動する「時」の流れの中のある一点であったかもしれない。嵆康が生きた時代のどこをとっても、実は頽廃と混乱は姿をあらわしているのであり、それぞれに危機感をもって時と世の推移を見たであろうとは容易に想像できる。

こうしてみると、「箴」は天子を戒める形をとっているが、実質は政治上の実力者に向けて発せられている場合がおおいから、もし、これが嵆康の晩年のことであれば、これは司馬昭あたりであるほかはないという想定も一応成立しよう。そうとすれば嵆康は、この「箴」に現実的政治的機能を期待していたということになる、とは一応いえそうで、たんに「空」にむけてなされたものではない、ということになる。もちろん確定的なことはまるでわからないというほかはないのだが。

しかし、ここから一歩踏み込んで、これが「禅譲の話題が沸騰している情況の中で」書かれたのだとする論は、第一にそうした「情況」が実在のものであると確定できるのであるかどうか、また、第二にそうした「情況の中で」、直接に関与するかたちで書かれたと一層限定できるものであるのかどうか、当然にも慎重な吟味が必要であるはずのものだが、しかし、その実その材料はわれわれに与えられてはいない。ただ一つの可能性として示唆することはできるかもしれない、とはいえるばかりである。

とはいえ、仮にこうした仮定が成立するとした場合であっても、しかし「箴」が告げようとしている内容は実はか

わらないのであって、「惟賢是授」という教訓は、ある特定の党派にのみ人材を求めないで、異見を発するような、苦言を呈するような、そうした優れた人材を登庸すべきであると述べているにすぎない。

その時代のはらむ危機が心ある人によって自覚されたとき、何時の時代であれ、先覚を以て任じる人々が口にするこれはいわば常套句であり、一般的な命題である。「賢人」を登庸せよとは、必ずしも、特定の立場を強化し、それに加担するという性質のものではない。むしろ原則を主張することで、「今」のあり方を批判するものであるにすぎない。現実になにほどの「力」をもつものではないが、時代が流れるままにはならないという意志だけは標示できている。その意味で嵆康が向き合っていた社会と時代に対する姿勢と少しもこれは矛盾するものではないことは確かである。

「惟賢是授」の一文は、賢者を登用せよという意味だという解釈をいちおう示した。「箴」の趣旨からしてそうでなければならないと思うし、幾つかある訳注書も当然そのように読んでいる。ただこれには異説があるので、すこし詳説しておくのが適当だろう。(12)

異説はこの一文を取り上げて、これは「嵆康が禅譲」を説いた、あるいは示唆したと受け取れるというものである。もちろん「箴」が賢人の登庸を帝王に勧告するというのは、いわば定型である。問題は「授」の意義から生ずるものらしく、たとえば「尭舜の授受」の際をここに見ようとする考えである。そこでさらに「授」の用例を洗ってみると例えば次のようなものがある。

抑奪宦官欺国之封、案其無状誣罔之罪、信任忠良、平決臧否、使邪正毀誉、各得其所、宝愛天官、唯善是授、如此咎徴可消、天応可待。（抑も宦官、国を欺くの封を奪ひ、其の無状誣罔の罪を案じ、忠良を信任し、平らかに臧否を決し、邪正毀誉をして、各おの其の所を得しめ、天官を宝愛し、唯だ善に是れ授けよ、此のごとくして咎徴消すべく、天応待つべし。）

（『全後漢文』巻十六）

ここに「唯善是授」とあるのだが、この「善」は善人で「賢人」といっても同じことだろう。「宝愛天官」とある「天官」は当然官吏のことであって、それを「善人」に授与せよというのが、この一文の意味するところであろう。嵆康が「太師箴」で「惟賢是授、何必親戚」というのは、これといささかも違わないであろう。「授」の意味はいうまでもなく「天子の位」を「授与」することを必ずしも意味しないことがここから確認できるであろう。

あるいは嵆康よりすこし後のことだが、潘尼に「乗輿箴」があることは先に触れた。その一節に次のようにある。

昔唐氏授舜、舜亦命禹。受終納祖、丕承天序。放桀惟湯、克殷伊武。故禅代非一姓、社稷無常主。四岳三塗、九州之阻。彭蠡洞庭、殷商之旅。虞夏之隆、非由尺土。而紂之百克、卒於絶緒。（昔唐氏、舜に授け、舜亦禹に命ず。終を納祖に受け、丕《おほい》に天序を承く。桀を放つは惟れ湯、殷に克つは伊武。故に禅代一姓に非ず、社稷に常主無し。四岳三塗は、九州の阻。彭蠡洞庭は、殷商の旅。虞夏の隆、尺土に由るに非ず。而るに紂の百克、絶緒に卒はる。）

故王者無親、唯在択人。傾蓋惟旧、白首乃新。望由釣夫、伊起有莘。負鼎鼓刀、而謀合聖神。夫豈借官左右、而取介近臣。蓋有国有家者、莫云我聡、或此面従。莫謂我智、聴受未易。甘言美疾、尠不為累。由夷逃寵、遠於脱屣。柰何人主、位極則侈。知人則哲、惟帝所難。（故に王者親無し、唯だ人を択ぶに在り。傾蓋は惟れ旧し、白首は乃ち新なり。望は釣夫由りし、伊は有莘に起こる。鼎を負ひ刀を鼓し、而して謀は聖神に合す。夫れ豈に官を左右に借り、介を近臣に取らんや。蓋し国を有ち家を有つ者は、我聡しと云ふ莫かれ、此の面従或り。我智しと謂ふ莫かれ、聴受未だ易からず。甘言美疾、累を為さざること尠し。由・夷は寵を逃れ、脱屣より遠ざかる。人主を柰何せん、位極まれば則ち侈す。人を知るは則ち哲、惟れ帝の難しとする所。）

（『晋書』巻五十五・一五一五頁）

禅譲ということが何時でも起こり得るという認識はここにも述べられている（「禅代非一世、社稷無常主」）。ただ

その認識を前提としても、そこから導かれているのは「莫云我聡、或此面従。莫謂我智、聴受未易。甘言美疾」という教訓であって、「択人」によって優れた臣下を登庸せよということにすぎない。

人材の登庸という問題がここでもやはりテーマとされているのが確認できる。このことからすれば「太師箴」の「惟賢是授」とは、賢者にふさわしい官位を与えよということであるとするのがやはり妥当であろう。(13)

揚雄に本格化し、胡広・崔氏・潘尼と、漢代から西晋にいたるまで、散発的ではあるが「箴」という一つの表現様式が成立していたことは、これまで述べたとおりである。嵆康の「太師箴」もこの系列の中に位置していて、帝王たる者へ賢人の登庸を要請するという、基本的なモチーフを忠実に継承しているということができる。「箴」において「禅譲」を含意させるという例はないといわねばならない。嵆康の「太師箴」に「禅譲」を含意させるものはないとみるべきであろう。

六　結語

嵆康の「太師箴」を「虞箴」に始まり、揚雄らの「州箴」「官箴」と書きつがれていった、その「箴」の系列の中に位置づけて、嵆康がどのような枠組みにおいて「箴」を理解していたのかを明らかにしてきた。端的にいって「箴」は、歴史の治乱興亡をたどり、そこに帝王たるもののっとるべき教訓を見出し告げる、というのがその本質である。崔駰が時の執政竇憲にあてて「箴」を書いたとする想定が一応可能であるとすれば、嵆康の場合も、政治の実権を握っていた司馬氏を念頭において「太師箴」を書いたもので、それは政治が大きく変わろうとする時代の危機意識と密接に関連すると、想定することは一つの例として、一応は可能であろう。その意味で侯外廬のいうように、彼のことばの一つひとつが司馬の悪政を寓意していたとまではいえないにしても、彼が生きた時代の様相とことばは重なり合っていたとまではいえよう。

いったい、嵆康の「箴」が誰に向かってのべられ、いつの時代の状況から生まれたのか、厳密にいえば今のところ、我々にはそれを知る手がかりすら得られない。「賢人」を登庸せよとは、あるいは曹魏派の誰かを意識していたか、あるいは在野の、党派とは関わりない士人であったか、あるいはまったく逆に司馬派の士人、あるいは司馬昭その人のことであったか、想像をたくましくすることは、場合によっては可能であるのかもしれない。これとは別に「賢人」とは、実在の人物とはまったく関わりなく、嵆康の頭脳の内でたんに描かれた虚像にすぎないと考えることもできる。むしろ現実のなかになんの拠るべきものも、拠るべき人物をも見出せず、それ故に嵆康は「賢人」を登庸せよと、悲痛のいわば「叫び」をあげざるを得なかったのかと、私は想像する。

しかし、いずれにせよ想像であるにすぎない。ただし、この「箴」が司馬氏への「禅譲」を含意するという想定は、「箴」の文章の性質からいって、成立する可能性はほとんどないであろう。

「惟賢是授」によって禅譲を含意させた、あるいは司馬氏以外の賢者への譲位を意味するとかとする論は、「箴」の本質、帝王への帝王たるべき条件への反省をうながす、という点から考えて、成立する余地はまずないといわねばならないだろう。帝王の慢心を戒めて、より理想の帝王に近づくことを期待するというのが「箴」の趣旨である以上、言い得るところは「故居帝王者、無曰我尊、慢爾徳音、無曰我強、肆于驕淫」までであって、「箴」という形式に強く拘束されているところをみる限り、「箴」において「禅譲」を示唆するというようなことはあり得ないだろう。李兆洛のいうようにこれは「為司馬」の文としてもよいが、ただその趣旨は「執政」としてのあり方に修正を求めるものである点は見落としてはならないだろう。今あるものをそのあるがままには受け容れられない、他に別の可能性があるのではないかという「批判」の姿勢は、嵆康に一貫していることがここでも確認できる。このことの重要さは見落とすべきではない。こうしてみてくると、「箴」は世に対する警戒であり、沈黙し得ない嵆康の「叫び」であったと、私には思えるのでそこに「曖昧」なものはなにもないようである。

注

1 侯外廬『中国思想通史』第三巻（人民出版社、一九五七年）

2 嵆康の「政治的議論」とされるものについては、拙稿「嵆康の所謂政治論と自己統合について」（『国学院雑誌』第106巻11号）参照。「管蔡論」については、拙稿「嵆康「管蔡論」考」（『日本中国学会報』第54集）参照。

3 李兆洛曰、此為司馬氏言也。若諷若惜、詞多紆回。（『校注』巻十・三一四頁）

4 大上正美『言志と縁情』は「太師箴」が「禅譲の話題が沸騰している情況の中で」（七三頁）書かれたと想定しているようだ。注12参照。

5 「箴」の起源については、『史記』にある「召公」のことばが知られている。「故天子聴政、使公卿至於列士献詩、瞽献曲、史献書、師箴、瞍賦、矇誦、百工諫、庶人伝語、近臣尽規、親戚補察、瞽史教誨、耆艾修之、而后斟酌焉、是以事行而不悖」（『史記』周本紀・一四二頁）。古代には、天子を諫めることにおいて「百官」がその職務を見いだしていた、という制度の存在することが信じられていたのがわかる。

6 崔琦が梁冀を戒めた例が『後漢書』巻七十「文苑伝」にある。宮内克浩「崔琦「外戚箴」小考」（『国学院雑誌』第105巻2号）は、この問題を論じている。

7 「官箴」「私箴」等の概説は、『中国古代文体概論』（北京大学出版、一九九〇年）がその要点を解説している。また、宮内克浩「崔琦「外戚箴」小考」（『国学院雑誌』第105巻2号）に箴の歴史的展開についてのやや詳しい跡づけがある。

8 漢成帝時、揚雄愛虞箴、遂依放之、作十二州二十五官箴。後亡失九篇、後漢崔駰、駰子瑗、瑗子寔、世補其闕。及臨邑侯劉騊駼、大傅胡広、各有所増。凡四十八篇。（『春秋左伝注疏』九二六頁）

9 宮内克浩「崔琦「外戚箴」小考」（『国学院雑誌』第105巻2号）が崔琦の序を解釈して「儒学規範に基づき百官の政治倫理を正し、皇帝の天下統治を十全ならしめる」（五五頁）というが、「官箴」は「百官の政治倫理を正」すことは期待されていない。

10 『嵆中散集』巻十（四部叢刊所収本）に拠る。戴明揚『嵆康集校注』（人民文学出版社、一九六二年）、殷翔等『嵆康集注』（黄山書社出版、一九八六年）、夏明釗『嵆康集訳注』（黒竜江人民出版、一九八七年）、熊治祁等『乱世四大文豪合集注訳』（湖南文芸出版、一九九六年）、韓格平『竹林七賢詩文全集訳注』（吉林文史出版、一九九七年）等の参考書がある。

11 嵆康の生没年についてはいちおう三説あるようだが、今、通説に拠る。荘万寿『嵆康研究及年譜』（学生書局、民国七十九［一九九〇］年、六三頁）に整理されている。

12　大上正美「言志の文学」（四、嵆康の太師箴）に「賢明の士へ禅譲した理想のありかたをのべ、その後の歴々の亡国の因を世襲にもとめた議論をしてきたのですから、結びも当然禅譲の話題を視野に入れているはずです。」（七二頁）、「その彼が、禅譲の話題が沸騰している情況の中で、「唯賢に是れ授けよ、何ぞ必ずしも親戚のみならんや」と言ったことは、普通の人が読めば、世論を推進する見解だということになるわけで、これは嵆康の今までの人生、彼の倫理の危機である、と私は考えます。」（七三頁）、「世論がいかに賢者イコール司馬昭というふうにみなしたとしても、嵆康の頭の中では、そんな筈はない、イコールではないんだ、司馬昭でない賢明なる人物にこそ時代を譲るべきだというふうに発想していたかもわからない」（七三頁）とあって、「こういうような二通りの読み方が可能であるように、嵆康は書いているに違いありません」（七四頁）とし、「嵆康はこういう発言の両義性・曖昧性を敢えて方法として選んでいるのである、というふうに私は考えるわけです」と、論じている。（『言志と縁情』創文社、平成十六年）

13　崔琦「外戚箴」に「匪賢是上、番為司徒」とあって、「賢人を尊ばず、幽王の后の親戚を司徒とした」ことを非難している。「賢人の登庸」ということが「箴」のモチーフであることがここからも知られる。『後漢書』「文苑伝」崔琦の注（七）に「番、幽王之后親戚党也。幽王淫色、不尚賢徳之人、寵其后親、而以番為司徒。」とある。

第十三章　嵆康の「非湯武」考

嵆康の「与山巨源絶交書」には「湯・武ヲ非トス」の発言があって、名教批判の大胆な発露だとして有名であり、これを聞いて司馬昭が怒ったという逸話も伝えられ広く知られている。ここに司馬氏への批判・抵抗の意識を見るという考え方が侯外廬以来あるが、ここでは嵆康の思想の「全体」のなかで、この発言はどのような意味をもっているのかを考えてみる。

一　問題の視角

作品と伝記的事実調べの問題は、いろいろと議論があるようだが、すくなくとも中国の曹魏時代を生きた、たとえば嵆康を例として、今何か論じようとするのであれば、この二つの事柄は研究の要素として無視できないし、さらに両者の関係は原理的にいってどのようにあるのかという問題も一応考えておく必要がある。この作品と伝記的事実とは、いずれの場合もそれを「理解」しようとするのであれば、生《なま》の事実の集合にたいして、それを秩序づける「視点」が要請される。そうでなくては「理解」は不可能である。これは自明のことのようだが、この場合、「視点」が先か「事実」（素材）が先かという、かの「タマゴ─→ニワトリ」の先後問題と似たようなことがおこる。素材なくして視点は生まれないし、視点なくしては素材はただの事実の断片であるにすぎない(1)。

原理的にいって伝記的事実についての記述は生起したであろう事実の総体をおおうことはなく、ただその一部につ

いて記述しているにすぎない。これはどれほど大量の資料の集積してある後世にあっても同じことで、起こったことのすべてを書き尽くせるほどにことばは豊富にあるわけではない。語られ得る事実は生の事実の、常に限定された部分であるほかはない。したがって、書かれた事実に意味を与えるのはそれを一定の秩序の下に配置する「視点」の取り方にかかわってくる。理屈のうえではこういうことだが、これを実際の問題としてみると事柄はもうすこし複雑である。

嵆康について、その行動と足跡とに関する記述はそれほどおおく残されているわけではない。『三国志』『世説新語』『晋書』本伝等である。これらはいずれも断片的な記述が諸書に散見するにすぎないのであるが、しかし、それが断片ではあっても、もともとは一定の秩序と意味づけとを与えられた統一体として存在したはずである。断片的記述でももともと統一体としての「全体」を形成する視点のもとに集められ配置された記述であったはずである。したがって、「生」の事実ではない。そこから、こうした残されている限りの、事実の記述とみえる資料を寄せ集めてみれば、そこに自然に統一的な「像」が形成されるというわけではない。たまたま一つの「像」を結ぶかもしれないが、それは文字どおりたまたまであって、「事実」を真実に映し出しているという保証は実はどこにもない。

こんなことは事柄としてはわかりやすいことなのだが、しかし実際の研究の場面では、この簡単な理屈からしばしば錯誤が起こることがある。

曹魏集団の最後から二番目の抵抗である毌《かん》丘倹の乱が起こると、嵆康がこれに呼応して兵をあげようと考え、山濤に相談してたしなめられ、おもいとどまったという記述が『世語』という書物の断片として今伝えられている。(2) これが事実であるかどうかはほかに徴すべき資料がない。そこで研究者には三つの態度しか選択の余地がない。(1)無視する。(2)真実だと信じる。(3)真実でないと信じる。(1)の無視する場合は、真実とは信じないのと同じ結果になる。だから二か三の択一になる。真実と信じるのは根拠はいらぬから、これこれと書き記せばよい。(3)の場合、真実ではない

というには根拠を必要とする。

ここから事実を伝える断片に統一と秩序を与える「視点」の問題が出てくる。これは作品に求めるほかはない。この場合、一つの立場は毌丘倹の乱に加担するような思考が嵆康の作品のなかにあらわれているのではないかと想定して視点を形成しようとするいき方がある。これは伝記的事実を先行させて、作品を統一する視点を形成する方法である。これとは反対に作品内部から嵆康を統一する視点を構成しようとする方法がある。その視点にたって毌丘倹の乱への加担を可能にする思考が嵆康に生まれ得るかどうかを吟味するといういき方である。

伝記的事実が先か、作品内部から生まれる視点が先か、これはニワトリが先かタマゴが先かという問いに似ているといえば似ていて、決着がつかないようにも見える。あるいは部分と全体との関係ともみなし得るかもしれない。この場合「全体」は作品内部から生まれる視点のことだと、私は考えるのだが、さてこれには異論もあるであろうか。

二　嵆康の伝

嵆康の伝記的事実調べの歴史を振り返ってみると、侯外廬『中国思想通史』がもっとも早くて、ほぼ現存する断片資料を網羅している。その後、何啓民『竹林七賢研究』、荘万寿『嵆康研究及年譜』があり、日本では大上正美氏の『阮籍・嵆康の文学』が比較的伝記的事実を重視しているし、また最近、井波律子氏の『中国文章家列伝』には通説による、要領のよい「嵆康の伝」がある。また資料集としては戴明揚『嵆康集校注』附録がよく詳細に資料をあつめている。

ただこうした伝記資料を集めて、それを材料にして嵆康の生涯を描いていった場合、問題となる所が二か所ある。その一つは「毌丘倹の乱」と嵆康の関係の問題、今一つは「湯武周孔」批判の意味という問題である。ここでは後の問題について検討する。「絶交書」の中に「非湯武而薄周孔」という一節があるのは周知のことだが、問題はこの批

判がどんな性質のものなのかということが一つと、それに歴史書にはこの「絶交書」の内容を聞き知って司馬昭が怒った、憎んだと記されているのだが、果たしてこのことは事実として認めてよいのかというのがもう一つの問題である。

周知のように魯迅の『魏晋の風度と酒及び薬と文章の関係』は嵆康研究史の上で画期的なもので、その後の嵆康研究に一つの指針を与えたといえる。この講演の中で魯迅は次のように述べていた。

しかし多くの人の注目を集め、しかも生命すら危うくしたのは、「山巨源への絶交書」のなかで「殷の湯王、周の武王を非難し、周公、孔子を軽んじ」たことでした。司馬昭（懿）は、この文章で嵆康を殺そうとしました。湯王、武王、周公、孔子を否定するのは、現代ではなんでもありません。しかし当時はたいへんなことだったのです。湯王と武王は、武力で天下を平定した人です。周公は成王を補佐した人です。孔子は尭、舜を祖述し、そして尭、舜は天下を禅譲した人です。嵆康はそれをみんなだめだと言ったのです。ではいったい司馬昭（懿）が帝位を奪おうとするにはどうすればいいでしょう。手だてがありません。この点で、嵆康は司馬氏のやることに直接の影響を与えました。したがって、どうしても殺さなければならなかったのです。

（『而已集』・『魯迅作品全集』一三六頁）

つまり嵆康は「湯・武」「周・孔」を非難することで暗に司馬氏の曹魏簒奪の動きを風刺することを意図していたと魯迅はみているもののようである。(3) それはなにもこの一文だけを問題としているのではなく、嵆康が曹魏と姻戚関係にあるという事実や毌丘倹の乱への加担の動きなどによって補強されて、やがて嵆康の立場を反司馬においてみるというその後の見方を構成したものである。これはある意味でまことに自然な「嵆康像」であって、伝えられている伝記的資料を手際よく総合していくと、こうした「像」が形成される。近頃の井波律子氏の『中国文章家列伝』もこの線にそって嵆康の生涯を手際よく描いているようにみえる。

しかし、注意すべきは残されている伝記資料の断片性の問題と、それぞれの資料のもっていたであろう意図、目的が未知であるということである。嵆康の今日に知られる伝記的事実の大半は、嵆康より後の人々の特定の視野に捉えられた彼の一面である。しかもその一面的な像の断片が多種多様に重なり合っている時に、それらを総合するところから、自然に嵆康の「像」は描き得るのであろうか。ここにまた統一を与える特有の視点が重なりあってくるという問題がある。

魯迅にせよ侯外廬、あるいは井波律子氏にせよ、これら断片に統一をあたえる視野は、反司馬という契機を嵆康の中にみようとするものであるようにみえる。しかし、この反司馬という契機はどこから生じるのであろう、まずそのことが問題である。

三　「湯武」批判の問題

魯迅の、「絶交書」のなかの「湯武周孔」批判の解釈を支えている伝記資料は、おそらく『三国志』注引の『魏氏春秋』の次の一節であろう。

> 山濤、選曹郎と為るに及び、挙げて自ら代ふ、康、答書し拒絶す、因りて自ら説く、流俗に堪へず、而して湯武を非薄す。大将軍聞きて怒る。（巻二十一・六〇六頁）（a）

あるいは『世説新語』注引の『康別伝』であろう。

> 山巨源、吏部郎と為り、散騎常侍に遷り、康を挙ぐ、康之を辞し、並びに山と絶つ。豈に山の、一官を以て己を遇せざるの情を識らざらんや、亦不屈の節を標し、以て挙者の口を杜ざさんと欲するのみ。乃ち濤に答ふる書に、自ら説く流俗に堪へず、而して湯武を非薄す、大将軍聞きて之を悪む。（棲逸第十八・六五一頁）（b）

この二つの資料の特色は、一つには嵆康の「絶交書」の内容を「自説不堪流俗、而非薄湯武」と要約して載せるこ

と、二つには嵆康の「絶交書」が「大将軍」がその内容を「聞而怒焉」「聞而悪之」としているところである。

これらの資料に対して研究者の取り得る態度は、一つはそのままに事実として信じるという立場と、ここに嵆康の死以後に形成されたであろう解釈の特有の視角をみて取って、これを批判するかのいずれかであろう。魯迅・侯外廬らは前者の立場であろう、歴史的資料の量的に乏しい魏晋の研究にあってはあるいはそれも許される態度であるかもしれない。しかし、これを事実とみとめるという態度は、そこから嵆康の全体像を形成する段階に対して大きな影響を与える。このことこそが問題なのである。

つまり大将軍が嵆康の絶交書の内容を聞き知って、怒ったり憎んだりしたということを事実として認定すると、そこから逆に嵆康の「絶交書」にはその事実に対応する内容があるであろうという推定を生みだし、そしてさらに嵆康の全体像にもそれに見あうだけの性格があるだろうという推定を生みだす。そしてこの推定は嵆康の全体像を統括する原理としての地位にまで高められることになる。これが伝記的事実を先行させて、作品の統一像作者の人物像を形成しようとする研究である(4)。

こうした研究は多かれ少なかれいろいろな研究書の視角に影響しているのだが、これを極端に進めたものとして、たとえば業天恵美子「嵆康の管蔡論について」、福元明美「嵆康における批判の精神」さらには大上正美「嵆康の「絶交書」二首について」および「「管蔡論」の方法」などがある。

これらの研究は嵆康の作品・行動に「反司馬」という、政治的立場の表出を見ようとするものである。この視角からすれば前述の「湯武周孔」は、魯迅のいうように「司馬」への風刺をみようとするものである。しかしながら、この視角はその基礎に危ういものを含んでいる。『魏氏春秋』『康別伝』という後次資料の記述の断片をそのまま真実とするという仮定を基礎として成立しているからである。資料的価値としてこれが嵆康が自ら書き記した資料よりはるかに劣るものであることは自明であろう。果たして「反司馬」という契機は嵆康にとってそれほどに重要な意味をも

っていたのであろうか。「湯武周孔」への批反の意味は果たしてそこに司馬への風刺という意義においてみるべきものなのであろうか。このことは検討するに価することである。

(a)及山濤為選曹郎、挙康自代、康答書拒絶、因自説、不堪流俗、而非薄湯武。大将軍聞而怒焉。

(b)山巨源為吏部郎、遷散騎常侍、挙康、康辞之、並与山絶。豈識山之不以一官遇己情邪、亦欲標不屈之節、以杜挙者之口耳。乃答濤書、自説不堪流俗、而非薄湯武、大将軍聞而悪之。

四　聖人への非難

一体「湯武」について、そこに「簒奪」を想起することは、嵆康の生きた時代あるいはそれ以前の知的環境にあって、普通のことであったのだろうか、まず湯武が彼以前においてどのようにみられ、どのような論議の対象となっていたかの検討が必要であろう。確かに、たとえば『史記』伯夷叔斉列伝では「父死不葬、爰及干戈、可謂孝乎、以臣弑君、可謂仁乎」という批判がみえている。

また、たとえば「周・孔」であるが、幼弱の成王を助け、管蔡を誅殺したという出来事が話題にされることはしばしばあるのはもちろんである。しかし、「周孔を薄んず」というのが一義的にこうした事実に向けられているとみるのは早計であって、たとえば道家の書物からの周公、孔子への批判はこうした点に向けられているのではない。『列子』には次のようにいう、

武王既に終わり、成王幼弱、周公、天子の政を摂す。邵公悦ばず、四国流言す、東に居ること三年、兄を誅し弟を放つ。僅に其の身を免れ、戚戚然として以て死に至る。此れ天人の危懼する者なり。

(『列子集釈』楊朱篇・二三二頁)(a)

ここで周公は「危懼なる者」といわれている。人のあり得べき生涯を死の恐怖や心の葛藤から免れて安逸に過ごすべきことを理想として掲げ、その観点から「周公」にはもっとも低い評価しか与えられぬとするものである。同じくこの観点から孔子は次のようにいわれている。

孔子、帝王の道を明らかにし、時君の聘に応ず、樹を宋に伐たれ、迹を衛に削り、商周に窮し、陳蔡に囲まれ、屈を季氏に受け、陽虎に辱せらる。戚戚然として以て死に至る。此れ天民の遑遽なる者なり。

（『列子集釈』楊朱篇・二三二頁）（b）

孔子は魯を去って十四年の間、諸国をさすらう。「伐樹」とは、宋の司馬桓毋に殺されそうになったことをいう。「孔子去曹適宋、与弟子習礼大樹下、宋司馬桓魋欲殺孔子、抜其樹、孔子去。」（「孔子世家」一九二一頁）とある。「天運篇」にも「伐樹於宋、削迹於衛、窮於商周」とあり、「山木篇」にも同様の記述はみえる。(5)

要するに孔子は、生涯の大半を諸国をさすらってすごしたもので、安住の地を手にすることのできなかった、気の毒な生涯であったというのである。こうした事実を踏まえて次のように結論づける、

凡そ彼の四聖なる者は、生きて一日の歓無く、死して万世の名有り、名は固より実の取る所に非ざるなり。

（『列子集釈』楊朱篇・二三二頁）（c）

「舜・禹・周・孔」の四聖人を人生の「歓」を得ぬものとして非難しているのである。

「湯・武」については、たとえば次のようにいう、

湯将に桀を伐たんとす、卞随に因りて謀る、卞随曰く、吾の事に非ざるなりと。湯曰く、孰か可なると、曰く、吾知らざるなり。湯又務光に因りて謀る、務光曰く、吾の事にあらざると。湯曰く孰か可なると、曰く、吾知らざるなりと。湯曰く伊尹は何如と、曰く、強力忍垢、吾其の他を知らざるなりと。

（『荘子集釈』譲王篇・九八五頁）（d）

ここで湯は「無道の人」として非難されているのだが、卞随や務光が湯王を相手にもしないのは、君臣という義の立場から問題としているのではなく、たんに「貪」という欲望にとらわれた愚か者とみているので、真実の「生」の意味を知らぬ者としてされているのである。同じことは武王についてもいわれている。

昔、周の興るや、士二人有り孤竹に処る、伯夷・叔斉と曰ふ。二人相謂ひて曰く、吾聞く西方に人有り、有道者に似たり、試みに往きて観んと、岐陽に至る。武王之を聞き、叔旦をして往きて之を見使む、与に盟ひて曰く、富二等を加へ、官一列に就けんと、血牲して之を埋む。二人相視て笑ひて曰く、ああ、異なるかな、此れ吾の所謂道に非ざるなり。昔者、神農の天下を有するや、時祀に敬を尽して喜を祈らず、其の人に於けるや、忠信、治を尽して求むる无し、政を与にするを楽しみ政を為し、治を与にするを楽しみ治を為す、人の壊を以て自ら成さざるなり、人の卑を以て自ら高くせざるなり。時に遭ふを以て自ら利せざるなり。

今、周は殷の乱るるを見て遽に政を為す、謀を上びて貨を行ひ、兵を阻《たの》み威を保ち、牲を割きて盟ひて以て信と為し、揚行して以て衆に説き、殺伐して以て利を要む、是れ乱を推し以て暴に易ふるなり。吾聞く、古の士は、治世に遭ひては其の任を避けず、乱世に遇ひては苟くも存するを為さず、今天下闇く、周徳衰ふ、其れ周に並びて、以て吾が身を塗せんよりは、之を避け以て吾が行ひを潔くせんと。二子北に道陽の山に至る、遂に餓て死す。伯夷叔斉のごとき者は、其の富貴や、苟しくも已を得べくんば、則ち必ず頼らず、高節戻行、独り其の志を楽しませ、世に事へず、此れ二士の節なり。

（『荘子集釈』譲王篇・九八七頁）（e）

この逸話は必ずしも「武王」を非難することを主題とするものではないが、たたえられている「伯夷・叔斉」が「独楽其志」とされているところからみれば、逆に武王は「富」と「官位」とで有能な人材を集めることに心を砕く者として低くみられているのは明らかであろう。ここでの「伯夷・叔斉」的独楽の立場からすれば武王が「笑い」の対象でしかないのは当然であろう。『列子』という書物は先秦の古書でないと疑われてきた歴史もあるがこれが魏晋

の時代の空気とよく合致するものであるのは確実であろう。荘子の外・雑篇の後出も様々に指摘されている。

以上のように「孔子・周公・湯王・武王」といった「聖人」について、彼らを批判する視角は、必ずしも政治的なものでも倫理的なものでもなく、たとえば道家側からは彼等の生命の真実、価値の観点からその誤りが指摘され非難されてもいる。それぞれの学派が自説の視野から彼等を問題としているのである。孔子・周公のなかに「名教」倫理、制度の制定者としての役割を課し、「湯王、武王」に「武力行使」の正当性を問題とするという図式は、したがって当時の通念というのでは必ずしもないであろう。

こうしてみてくるならば、嵆康の「非薄湯武周孔」という命題が、嵆康の立場からいうならば、必ずしもそこに一義的に現実の政治世界への風刺を込めているとのみみられるわけではなく、道家的な生命重視論あるいは心の安逸を求める自得論などの観点からの批判であったと、解釈し得る余地は十分あるといえるであろう。すくなくとも特有の状況への特有の反応の表出であると、必ずしも限定できるものではないことが知られるであろう。

（a） 武王既終、成王幼弱、周公摂天子之政。邵公不悦、四国流言、居東三年、誅兄放弟。僅免其身、戚戚然以至死。、此天人之危懼者也。
（b） 孔子明帝王之道、応時君之聘、伐樹於宋、削迹於衛、窮於商周、囲於陳蔡、受屈於季氏、見辱於陽虎。戚戚然以至死。此天民之遑遽者也。
（c） 凡彼四聖者、生無一日之歓、死有万世之名、名固非実之所取也。
（d） 湯将伐桀、因卞随而謀、卞随曰、非吾之事也。湯曰、孰可、曰、吾不知也。湯又因務光而謀、務光曰、非吾之事也。湯曰孰可、曰、吾不知也。湯曰伊尹何如、曰強力忍垢、吾不知其他也。
（e） 昔周之興、有士二人処於孤竹、曰伯夷、叔斉。二人相謂曰、吾聞西方有人、似有道者、試往観焉、至岐陽。武王聞之、使叔旦往見之、与盟曰、加富二等、就官一列、血牲而埋之。二人相視而笑曰、嘻異哉、此非吾所謂道也。昔者、神農有天下也、

時祀尽敬尽而不祈喜、其於人也、忠信、尽治尽而无求焉、楽与政為政、楽与治為治、不以人之壊自成也、不以人之卑自高也。不以遭時遭自利也。

今、周見殷之乱而遽為政、上謀而下行貨、阻兵而保威、割牲割而盟以為信、揚行以説衆、殺伐以要利、是推乱以易暴也。吾聞、古之士、遭治世不避其任、遭乱世苟不為苟存、今天下闇、周徳衰、其並周以塗吾身也、不如避之以潔吾行。二子北至首陽之山、遂餓而死。若伯夷叔斉者、其於富貴也、苟可得已、則必不頼、高節戻行、独楽其志、不事於世、此二士之節也。

五　「湯武」の位置

以上のように嵆康の「絶交書」の「非薄湯武周孔」という命題が必ずしも反司馬への風刺を意図するものと限定できるものでもなく、たとえば道家的な思考の発展であるという可能性において解釈することができるとするならば、この「絶交書」のこの一節の、嵆康の思想の全体の中に占める位置はどのようなもので、またどのような意味をもつものであろうか。改めてその思想の広がりの可能性を検討してみる必要があるだろう。

嵆康には周知のように、名教を批判する議論がその作品のなかにいくつかある。「難自然好学論」では、

六経は抑引を以て主と為す、人性は従欲を以て歓びと為す、抑引は則ち其の願ひに違ひ、従欲は則ち自然を得、然れば則ち自然の得らるるは、抑引の六経に由らず、全性の本は、犯情の礼律を須たず、故に仁義は理偽に務む、養真の要術に非ず、廉譲は争奪に生ず、自然の出だす所に非ざるなり。（巻七・二裏）（a）

「六経」は人の本性を「抑引」するもの「従欲」が人の「歓」びで「自然」だと批判している。あるいは「答難養生論」では孔子を次のように描く。

或は韮食勤躬し四方を経営す、心労し形困す、趣歩、節を失ふ、或は奇謀潜称し、爰に干戈に及び、威武殺伐し、功利争奪す、或は脩身以て汚を明らかにし、顕智以て愚を驚かす、名高を一世に藉り、準的を天下に取る、又勤

誨善誘し、聚徒三千、口は談議に倦み、身は疲し磬折る、形は孺子を救ふがごとく、視は四海を営むがごとし、神は利害の端に馳せ、心は栄辱の塗に鶩《いた》る、俯仰の間、已に再び宇宙の外を撫する者、若し之を内視反聴、愛気嗇精、明白四達にして、無執無為、遺世坐忘し、以て性を宝とし真を全ふするに比ぶるに、吾の同じくする能はざる所なり。（巻四・七表）（b）

三千の門弟子を引き去れ「教誨」に疲弊する「孔子」の像を描いていて、養生家の「全真」の姿に比べてはるかに劣るものとしている。

「周・孔」の教えに邁進して「養生」を忘れている人々を批判してまた次のようにのべている。

凡そ此のごときの類は、上は周・孔を以て関鍵と為し、志を一誠に畢くし、下は嗜欲を以て鞭策と為す、罷めんと欲して能はず、世教の内に馳騁し、巧を栄辱の間に争ひ、多同を以て自ら減じ、思ひ位を出でず、奇事をして見る所に絶ち、妙理をして常論に断たしむ。（巻四・九裏）（c）

「周・孔」の教えを規範として「世教の内」に思考の範囲を自ら制約して一歩も出ようとしない当時の士人たちの「常論」の狭さを問題として批判しているのである。ここに嵇康の「論」の動機を見て取ることができる。

あるいは「声無哀楽論」では、

又仲尼、韶を聞き、其の一致を歎ず。是を以て咨嗟す、何ぞ必ずしも声に因りて以て虞舜の徳を知り、然る後歎美せんや。（巻五・二裏）（d）

とあって音楽を通して「虞舜の徳を知った」という孔子に関わる伝説に疑問を投げかけているのであるが、これは議論のなかで相手から「今子以区区之近知、斉所見而為限、無乃誣前賢之識微、負夫子之妙察耶。」（巻五・三表）と非難されている。これは『論語』の一節の伝える伝説を疑っているのである。

そして「釈私論」では

故に能く名教を越えて自然に任す。（巻六・一表）（e）

とあるのは、ことばだけを問題とすれば「名教」への挑戦だともいえなくはない。ただこうした「六経」「聖人」「周孔」「仲尼」「名教」等への批判は、彼が生きている「世」を支えているもっともらしき言い伝え、不確かな知識への原理的な批判であって、そこに派閥的な見地は微塵もはいってはいない。その意味で彼は、論理と自己の知見によってただ誠実に思考し議論したというにすぎない。嵇康の「内」からいえばそういうことでしかない。

もう一つ嵇康が「聖人」を直接批判したことばとして「大禹を笑ふ」がある。これは周知のように「卜疑集」の次のような一節に出てくる。

寧ろ伯奮仲堪のごとく二八を偶と為し、共鯀を排擯し所を失は令めんか、将た箕山の夫、潁水の父のごとく、唐虞を軽賤し大禹を笑はんか。（巻三・二表）（f）

「卜疑集」は、嵇康が「宏達先生」に託して「太史貞父」に問いかけ、その「術数」で自己の「所疑」を問いただす、という作品で、「十四」の二者択一の問いが書き連ねられている。(6) 右はその一節の中の問いである。したがって、これは十四ある「所疑」の一つであるにすぎないのだが、しばしば儒教の聖人への批判の発言として、後世の研究書に引用されている。

当時にあっても、もちろんこの一節だけが特権的に取り出されて物議をかもしたかもしれないとは一応いえる。ただ、しかし、そういう扱いが嵇康の意図したこととは元来別のものだということは確認しておく必要がある。

「伯奮」「仲堪」は高辛氏の有才の八人の子「八元」の二人、尭に臣となった舜の命を受けて「使布五教於四方」として知られている（『左伝』文公十八年）。同じく「共・鯀」は「共工」「鯀」で少皞氏の「不才の子」、舜によって「四裔」に流刑に処せられた。したがって、問いの前半は、「聖人」の命を受けて忠節を尽くそうかと問いかけている。

一方、後半は、「箕山之夫」は「許由」そして「巣父」のこと、彼等がしたように「唐虞」を軽賤し、「大禹」を笑ってみようかと問いかける。おそらくこの後半の問いの意味は、前半の「出仕」に対して「退隠」をいうものであろう。舜から天下を譲ろうと持ちかけられて、それを断る許由の意図も、「大禹」の政治に疲弊する姿を笑う意図も、そうしたものだろう。

だから儒家の「名教」の根底にある「聖人」の「聖」性を問題とし否定することを意図するものではこれはない。嵇康の意図はまるで別のところにある、これは確かなことである。しかし、王朝の権威を維持する側からみれば、これは「聖」性を侵犯するものと見なし得る材料ではある。これが反「司馬」の意図を秘めるという嫌疑は起こり得る余地は十分にあるとはいえる。

以上みてきたとおり、嵇康の「名教」批判、「聖人」批判というものは、嵇康の意図からすれば反「司馬」という政治的立場を明にせよ暗にせよ意図するものではないとみるべきである。ただそれが相手の側に様々な局面において格好の口実を与えたであろうと、いい得るにすぎない。

こうした批判の性質は事物を「理」によって厳密に考え直そうとする態度から生まれるもので、その意味で特定の時代、位置に限定された個別の事象の批判、非難ではない。[7] 彼の原理を突き止めようとする思考の様々な局面でのあらわれたものであるにすぎない。「湯武周孔」への批判もこれと同一線上にあるものではなかったか。あるいは論理を展開させる上でたまたま湯武の非が仮定的にのべられたものではなかったか。

此の聖人、専ら虚詐を造し以て天下匹夫の諒を欺く。（巻九・六表）（g）

この一文だけを問題にするなら、これは明らかに「聖人」は「虚詐」によって「天下の匹夫」を欺いていると、嵇康がのべている。しかし、これは論争の相手が「聖人は一方で「請命」を信しながら一方で「祈る」ことをしないのだ」という矛盾を突いた発言のなかにでてくる。これで嵇康は相手の「論理」を批判しているのであって、彼自身が

「聖人が虚詐を造した」と信じているわけではない。「湯武周孔」の問題も、こうした経緯から発せられたものであったかもしれない。

だがしかし、これはあくまでも嵆康の主観に即した理解であって、こうした発言の言葉尻をとらえるならば、そうした発言はあったという事実を取り上げることはできる。誰かがそれは当該政権を誹るものという議論を起こせば、それはそれで様々な議論が沸騰したであろうことは容易に想像される。鍾会の嵆康に対する弾劾はそのことを明白に告げているが、しかし、だからといって嵆康の営みの動機をこの点において理解しようとすることは、やはり嵆康にとって不本意なことといわねばならないだろう。

つまり「絶交書」のなかに「非湯武薄周孔」とあるところから、それを聞き知った司馬昭が嵆康に怒り、あるいは憎み、それで彼にぬれぎぬを着せて刑死させたと考え、そこから逆に嵆康が司馬への非妥協的態度を貫き、曹魏に連なる側の良心を表明したものだとする理解のことである。この観点にたって彼の作品、思想を反司馬の動機のもとに読み解き、構成しようとする研究、こうしたいき方は、たちどまって考えるべき問題を含んでいるであろう。

(a)　六経以抑引為主、人性以従欲為歓、抑引則違其願、従欲則得自然、然則自然之得、不由抑引之六経、全性之本、不須犯情之礼律、故仁義務於理偽、非養真之要術、廉譲生於争奪、非自然之所出非也。

(b)　或韮食勤躬、経営四方、心労形困、趣歩失節、或奇謀潜称、爰及干戈、威武殺伐、功利争奪、或脩身以明汚、顕智以驚愚、藉名高於一世、取準的於天下、又勤誨善誘、聚徒三千、口倦談議、身疲磬折、形若救孺子、視如営四海、神馳利害之端、心鶩栄辱之塗、俯仰之間、已再撫宇宙之外者、若比之内視反聴、愛気嗇精、明白四達、無執無為、遺世坐忘、以宝性全真、吾所不能同也。

(c)　凡若此類、上以周孔為関鍵、畢志於一誠、下以嗜欲為鞭策、欲罷不能、馳驟世教之内、争巧於栄辱之間、以多同自滅、思

不出位、使奇事絶於所見、妙理断於常論。
（d）又仲尼、聞韶、歎其一致。是以咨嗟、何必因声以知虞舜之徳、然後歎美耶。
（e）故能越名教而任自然。
（f）寧如伯奮仲堪二八為偶、排擯共鯀令失所乎、将如箕山之夫、潁水之父、軽賤唐虞而笑大禹乎。
（g）此聖人、専造虚詐以欺天下匹夫之諒。

六　「湯武」批判の意味

『嵇康別伝』や『魏氏春秋』のいうのとはちがって、この嵇康の「絶交書」が必ずしも反司馬という契機を含むものとは考る必然性に乏しいとする、以上の見通しが適当であるとするならば、かの「非湯武薄周孔」の一節は、「絶交書」の全体の中でどのように理解されるべきものとなるであろうか。

通説では、

また、私は常に殷の湯王、周の武王を非難し、周公や孔子を軽べつしております。もし世間に出て、この態度を改めずにいたら、社会道徳上、非難されるところとなりましょう。これは非常に悪い癖の第一であります。

（小尾郊一訳『文選』六・二十四頁）

と解釈されている。(8)

又毎に湯武を非りて周孔を薄ず。人間に在りて此の事を止めずんば、会たま世に顕るるの教への容れざる所とならん。此れ甚だ不可なることの一なり。

と訓むのである。

湯武・周孔への批判は、過去の事実を述べたとみるのはそのとおりだが、それ以下をこれから先に起こることを予

想して述べたものとみているが、ここに不安なものがある。

この解釈によれば嵆康は、山濤にしたがって職につき、世間に出ていったならという仮定をしたうえで、将来に生じるであろう不都合を予測し、その不都合を恐れて、謝絶の理由としたことになる。世間にでるならば世論に袋叩きにされると予想し、断るということだが、さてこうした思考は、この絶交書の全体、嵆康の思想と行動の全体からみてふさわしいものであろうか。

端的にわたくしの解釈を示すと次のようになる。

> 又毎に湯武を非とし周孔を薄んじ、人間に在りて止めず。此の事会たま顕はれ、世教の容れざる所と（なる）、此れ甚だ不可の一なり。（いつも湯武を非難したり周公、孔子を蔑視しておりましたので、このことがたまたま露見し、世間の方々からは排斥されることとなりました。）

つまりここでも、嵆康は過去の事跡をあげて、自己の劣れる点をいい、如何に役人に不向きであるかを述べたと解釈するのである。もちろん湯武周孔は、人々が漠然と信じている彼等にまつわる「聖」への疑問、不信を、理によって検討し吟味したことを指している。それが一義的に「簒奪」や「礼教」への反対を意味するものでもなく、まして反司馬の寓意を込めたものでないのは前述のとおりである。ただそうした懐疑が「世教」を維持したり、そこに参画している人々に容認されないというのももちろん事実であり、それを嵆康は既に経験していたということであろう。

この一節はこのように解釈することで、この「絶交書」がかつて述べたごとく、自己の劣性を顕示することで就職を願わないという彼の強い意志表示であるという全体の中に位置づけることができるであろう。

嵆康を理解するとは彼の「志」をみることだろう。「志無きは人に非ず」と嵆康はいうが、この「志」をたんに反「司馬」という契機で理解するのはあまりにせまいといわねばならない。彼はまっすぐに生きようとしたのであるにすぎないように見える。嵆康を理解するとは、状況を固定して、そこから彼の意図へとたどることではなく、まず彼

の見ようとしたものを見、彼の考えたところをたどるというのが先決問題であるとおもう。嵇康の思想と行動を支えたものは、太史貞父の嵇康に告げたことばがこれをよく表している。

先生のごとき者、文明、中に在り、素を見はし璞を表はす、内は心に愧ぢず、外は俗に負かず、交りて利を為さず、仕へて禄を謀らず、古今に鑑みて、情を滌ひ欲を蕩《あら》ふ。（巻三・二裏）（a）

嵇康は「卜疑集」で混乱と頽廃のなかにあって如何に生きるべきかと、様々に迷い、問いかけるのだが、その苦悩の中から彼が見出したのは、「利」のためでも「禄」のためでもなく、「内」と「外」とを偽るまいとすることであったように見える。(9)

したがって、嵇康にとって「湯武周孔」問題とは、名教や俗説を批判し吟味する彼の思考過程において、その欠点がたまたま指摘されたものにすぎず、そこに彼の「司馬」に対する寓意や風刺があったとは考えられない。曹爽が死んで後曹魏派に有力な士人はおらず、そうした曹魏王朝の衰退が誰の目にも明らかな状況のなかで彼が一派閥の立場に固執したとは考えにくいのである。彼の批判の対象は「流俗」という、司馬であれ曹魏であれ世の欺瞞であったと考えられる。こうした立場が一方から見て敵対する側に属すると見られるのは当然のことではある。かくして嵇康は鍾会から弾劾されて刑死したのではある。しかし、彼等の嵇康理解にしたがって嵇康を理解することは、ことばにならぬものにも「真実」があるとするならば、正しいとはいえないのである。

（a）若先生者、文明在中在、見素表璞、内不愧心、外不負俗、交不為利、仕不謀禄、鑑古乎今、滌情蕩欲、

七　結語

検討してきたことは、嵇康の「絶交書」に見える「湯武・周孔」の一節が、「絶交書」が書かれた時点での彼の司

馬への批判あるいは政治的抵抗を意味するものであったかどうかということである。[10]これを魯迅以下のように、司馬の曹魏王朝簒奪の意図を暗に風刺するものとみることは、嵆康の目指したものを反司馬という一契機において構成するというその後の幾多の理解を生みだしているのだが、こうした狭き視野こそ、嵆康の意図にそぐわないものはないと、わたしは考えている。

この一節は嵆康が過去の自己の行動発言をふりかえって、その世俗、俗説への批判を総括した語であるとみるべきである。彼のつもりでは取り立ててここに司馬氏の簒奪を風刺するような含みは微塵もないとおもうのである。彼は一貫して「俗」を支えている「常論」のもっともらしさを批判していたのであり、この「非湯武而薄周孔」も、その率直な批判の発露とみるべきであろう。すくなくとも嵆康の「内」に即していえばそうなる。[11]

それゆえに、『嵆康別伝』『魏氏春秋』が伝えるこの「絶交書」の内容を知って大将軍が憎んだ、怒ったという記載は、嵆康刑死の後に、その理由付けをわかりやすくした、一篇の説話にすぎないと私はみる。

魏晋時代の乏しい伝記資料の断片をたんにつなぎあわせるだけでは、真実はみえてこないと考えるのである。

注

1　たとえば、ハンス・ゲオルグ・ガーダマー「理解の循環について　哲学的解釈学」（『哲学の変貌』一六三頁）、及び『TRUTH AND METHOD』（七七頁）参照。

2　世語曰、毌丘倹反。康有力、且欲起兵応之以問山濤。濤曰、不可。倹亦已敗。（『三国志集解』注引・巻二十一・二七表）

3　魯迅が「反司馬」ということを動機として嵆康の全体を構成しようとしたとまではいえない。そうした「論」が形成される契機としての役割をこの講演は果たしたであろうとおもうのである。

4　大上正美氏の論は、「表現の位相」を解こうとするのが趣旨であるのだが、「対他的処世の位相」は「禅譲劇を遂行する司馬昭からの言論弾圧という攻撃の前で、ただ流され恐れているだけでない」（一三七頁）とあって、その前提とされているように見える。「非湯武、薄周孔」については「司馬権力そのものへの直接的攻撃としてなされた発言というすがたを決して表向きにはとっていなかっ

たのである。もちろん嵆康の真意は批判にあったのだが、しかしそれすら文脈は仮装していたのである。」（一五七頁）とある。「表向き」「仮装」とあるところからみると、「司馬権力」への「攻撃」の意図はあったというのであろうか。（大上正美『阮籍・嵆康の文学』創文社）

5 子畏於匡、……（子罕篇・一一七頁）

孔子謂季氏、季氏旅於泰山、……（八佾篇・四一頁）

陽貨欲見孔子、孔子不見、帰孔子豚、孔子時其亡也、而往拝之、遇諸塗、……（陽貨篇・二三六頁）

6 この解釈の拠り所は以下の『文選』の次の注釈であろう。李周幹の注

湯与武王、以臣伐君、故非之。周公孔子立礼、使人澆競、故薄之、言非薄不止、則必会明於世、則為礼教之人不容我也（李周幹の注）

晋氏方欲遵湯武革命、而非之、周孔以礼義教人、而薄之、故不為世所容也（陸善経の注）

7 「卜疑集」について大上正美「卜疑試論」があるが、設定した「状況」との関係で読みとこうとしていて、嵆康の「全体」を問題としない。「釈私論」「卜疑集」「絶交書」と「述詩」とを「状況」との関連から読みとくものだが、「養生論」「声無哀楽論」「難宅吉凶摂生論」等の重要な作品がその視線上にはのぼってこない。

8 拙稿「嵆康の「与山巨源絶交書」について」で論じた。（第十章参照）

9 拙稿「嵆康における「名教」問題と「卜疑集」について」（『国学院雑誌』第93巻9号）（第八章参照）

10 もう一つの問題に「管蔡論」があるが、これについては別稿で検討する。（第十一章参照）

11 「絶交書」の、嵆康の思想に占める位置については別稿で論じる（第十章「嵆康の「与山巨源絶交書」について）。

第十四章　嵇康の所謂政治的思考と自己統合について

思想を分析するのにその構成要素に分けてみるというのは一つの方法だろう。しかし思想の生命をいかにして把握するかを考え続けることが必要だろう。嵇康の思想を「儒家思想」「道家思想」、あるいはその折衷論だという議論があるが、このことは彼の俗批判の意識とどのような関係にあるのだろうか。嵇康の思想の「全体」は、どのように理解されるのであろうか。

一　はじめに

『嵇康集』は、それが生みだされた「時代」なり「歴史」「状況」なりの、コンテキストにおいて読まれることが必要であり、可能ならばそうした試みもしてみたいと痛切に思わないわけではない。しかし、たとえば後漢末から曹魏、西晋という「歴史」が一応たどり得るものであるにしても、そうした構成を支える文献・資料はいうまでもなく限りあるものでしかない。なるほど嵇康の生涯を語る逸話は、さまで事欠かないけれども、その一つ一つの素性は確かなものとは、しばしばいいにくいことがある。ことばはなにほどかのリアリティを伝えるものだろうが、嵇康自身のことばが伝える、嵇康に関するリアリティと、各逸話のかたる、嵇康に関するリアリティとは、やはり同日の談とはならないだろう。『嵇康集』を読むに先立って「歴史」的に嵇康を位置づけるということは、果たして可能であろうか。(1)

嵇康についてことあたらしく何かを論じようとする人々が必ず注目する「定番」がある。(2)一つは「養生論」「声無

哀楽論」「太師箴」など。そして議論は、中国では「封建的思惟」の残滓[3]、日本では儒家思想との折衷ということに帰着している。[4]

こうした議論が出てくるには、一つにはコンテキストを内在する論理に優先させる思考方法の問題がある、また一つには思想史的コンテキストという問題もある。[5]いずれの場合も、ことばの断片、あるいはひとまとまりの切片から全体を類推するという方法上の共通点を有している。理解というよりは裁くにちかい評価を下すところに特徴がある。

二 「古之王者論」

嵆康の思想を「儒家」思想とみる評価がある一方、あるいは「儒道折衷」であるという論、あるいは「道家」の系譜に位置するという論もあって、様々である。

思想を表現していることばの群れを分析し、分類し、そのことば・論理よりなる思考が、「儒家」に属するか「道家」に属するか、あるいはそれ以外のものかなにかを判別しようというものであるが、そうした意欲なり動機がどこから生じるのかは別としても、そうした研究の歴史をたどってみると、おおよそそうした議論の論拠となるのは限られた資料であることがわかる。たとえば次の「古之王者」論が、しばしば問題とされる。

古の王者、天を承け物を理む、必ず簡易の教を崇び、無為の治を御す、君、上に静にし、臣、下に順ふ、玄化潜通す、……忠を懐き義を抱きて而も其の所以然る所以を覚せざるなり。 （巻五・一二表）（a）

ここから嵆康は「古之王者」を理想としていた、あるいは「無為の治」を政治の理想としていた、あるいは「君臣」の倫理、「忠義」を肯定していたなど、様々の議論が生まれてきている。

なるほど嵆康が、「古之王者」に言及すること、「無為の治」の世界を描くこと、君臣の調和した世界をいうこと、これは事実であるが、しかし、そのことがただちに嵆康が「理想」として追い求めていたという帰結に至るわけでも

ないだろう。

嵇康は三世紀中国の、曹魏王朝の士大夫社会に一応中散大夫として生きたのであるから、彼の使うことばは士大夫社会のものであり、彼が考える思考論理は、士大夫社会の常識枠の中にまずあるわけである。嵇康が現に生きている社会の仕組みなり価値観なりを全面的に否定したり無視したりして、すべて一から物を考えるということはあり得ないだろう。彼は彼の生きている社会の一員である以上、そうであるほかない。その時代がもっていた知識の総体から、自由に物を考えることももちろんできはしない。だから彼の用いることばや論理がそれ以前あるいは同時代のものと同じであるからといって、やはり儒家だと評価してみても、さてどれほどの意味をもつであろう。儒家の教養を身につけない士大夫は、かえって想像するのがむつかしいだろう。だから議論の余地なく嵇康は士大夫であり儒家的教養を身につけている。しかし、だから嵇康の思想を「儒家思想」だ、「儒道折衷」だというのは、そうではない人物を曹魏時代の士大夫社会から見いだすのより、かえってむずかしい。

嵇康の思想が「儒家」だ「折衷」だの論は、一種のラベリングであるから、それはそれとしても、しかし思想の理解という立場からいって、そうした議論の由来は明らかにしてみる必要が一応あるだろう。

この「古之王者」論は、どのようにして生まれたか、まずそのことを無視すべきではない。これは「声無哀楽論」の議論の一節である。周知のように「声無哀楽論」は、嵇康の「声無哀楽」という主張に、「秦客」が「先賢」の言説を拠り所として「難」じたものに、嵇康が「東野主人」として「答」える文章である。

　秦客問ひて曰く、仲尼言ふ有り、移風易俗、楽より善きは莫し、即ち論ずる所のごとし。凡そ百の哀楽、皆声に在らざれば、即ち移風易俗、果たして何物を以てせんや。（巻五・十二裏）（b）

「秦客」の問いはこうである。仲尼は「移風易俗」には「楽」以上に効果のあるものはないとのべている。君のいうように、あらゆる「哀楽」が音声のなかにないのだとすれば、一体どのようにして「移風易俗」は「楽」によって

なされたのだろうか。

「秦客」と「東野主人」（嵇康）は、この議論のなかで仲尼の「楽」による「移風易俗」という思考を共通に前提としている。この仲尼の思考の可能不可能は、ここでは問題とはされていない。したがって、この論は儒家的思考の枠組みのなかでの議論である。嵇康の意図は、「声無哀楽」という主張を、儒家的思考の枠組みのなかで展開し、位置づけようとしている。「論」は西順蔵のいうように「相手と世界観・価値観を共有し相手に自己の命題を説得しようとする」論である。だから今の場合、「声無哀楽」という命題が問題なのであって、その他の諸問題は、この命題を否定しないあるいは抵触しない限りにおいて問題とはならない。たとい諸問題があるにせよ、今の場合他の問題は相手と共有する所が多いだけ説得は容易となるだろう。今の関心は「楽による移風易俗」という相手の信念のなかに「声無哀楽」を定位することであり、そのための議論である。

相手の問いは、「移風易俗」が、どうして哀楽のない「楽」によって可能なのかというものである。答えて嵇康は「移風易俗」の論は、「衰弊之後」に生まれたとする。その上でそれはどのような経過をたどって生まれたのか、これを説明するのが前掲の「古之王者」論である。

さて、この論では、「古之王者」の理想の政治がおこなわれて、人々はその「所以然」を知らず「和心足於内、和気見於外」であったという。そこで「歌い」「舞い」、「和」と「声」とは相い応じ、その「以済其美」、それが「顕於音声」にあらわれていたという。つまり理想の政治が行われたことによって、そこに「楽」が生まれたというのである。「楽」は理想の政治の結果であって、「楽」が理想の政治を実現したのではない、という。「移風易俗、不在此也」とは、そういう意味である。では「楽」と「治」とはいかなる関係にあるのか、次にこのことが問題である。

夫れ音声和比するは、人情の已む能はざる所の者なり。是を以て古人、情の放にすべからざるを知る、故に其の遁るる所を抑ふ、欲の絶つべからざるを知る、故に其の自る所に因り、奉ずべきの礼を為し、導くべきの楽を制

す、口は味を尽くさず、楽は音を極めず、終始の宜を揆り、賢愚の中を度り、之が検を為す、則ち遠近をして風を同じくし、用ひて竭ざらしむ、亦忠信を結び遷らざるを著す所以なり。（巻五・十二裏）

是に於て言語の節、声音の度、揖譲の儀、動止の数、進退相ひ須ち、共に一体を為す、君臣之を朝に用ひ、庶士之を家に用ふ、少くして之を習ひ、長じて怠らず、心安く志固し、善に従ひ日々遷る、然る後之に臨むに敬を以てし、之を持するに久きを以てして、変らず、然る後、化成る、此れ又先王、楽を用ふるの意なり。（巻五・十三表）（c）

「和比」した「音声」は人の情欲の欲求に根ざしていると嵆康は考えている。「先王」はこれに拠って「情」「欲」を制する「楽」と「礼」とを用いて、「検」を定め、風俗を一にし、「忠信」で人々を統合する。かくして「心安志固、従善日遷」、「化成」が出現する。これが先王が「楽」を用いることの意味であるという。また「国史」がその「化成」の実現を記録し、「楽士」はそれを管弦にのせる。これも先王が「楽」を用いることの意味であるという。

つまり、「音声」を聞くことは、人の自然・情に根ざしているから、それによって先王は「化成」を実現するのであり、また「楽工」は、その「化成」の美を「音声」にのせる。仲尼が「移風易俗は楽より以上のものはない」と述べたのは、「楽」が「化成」の手段であり、「化成」のなるところにまた「楽」が生まれることによるというのである。これは儒家の礼楽論とまるでかわるところはない。つまりそれはたんに「声無哀楽」の命題が、伝統的な礼楽教化論の枠組みのなかで成立することを述べたものである。

しかし、そこから嵆康が伝統的礼楽論を称賛しているとか、理想的統治論としているとか、ということはいい得ない。彼は教学の枠の中に、「声無哀楽」という命題を矛盾なく定立しようとしているのであって、それが定位されることで教学の矛盾を批判し得る地平を開いた、または開こうとしたのであって、その新しさが評価されなくてはなら

ないからである。(6)

伝統的教学論、礼楽思想のなかに「声無哀楽」という命題を位置づけることで、たとえば「神妙独見」や「前史」の「美談」という伝統的権威をただ信じて疑わないという思考に対して、「推類弁物」「先求之自然之理」という方法によって、心に納得できることを「知る」という態度を、新しくうち立てたのであり、その新しい姿勢から「批判」の諸論は生まれたし、嵇康自身の生き方も自らの「心」に納得するものとなろうとしたのである。この権威を信じる態度と自らの思考で生きようとする態度、そのひらき、径庭を理解することは、嵇康の思想を理解する上で不可欠であり、正当に評価されなくてはならないだろう。彼の思想を構成する材料がなにであるかは、このことに比べて一層重要だとはいえないようにおもわれる。

(a) 古之王者、承天理物、必崇簡易之教、御無為之治、君静於上、臣順於下、玄化潜通、……懐忠抱義而不覚其所以然也。

(b) 秦客問曰、仲尼有言、移風易俗、莫善於楽、即如所論。凡百哀楽、皆不在声、即移風易俗、果以何物耶。

(c) 夫音声和比、人情所不能已者也。是以古人知情之不可放、故抑其所遁、知欲之不可絶、故因其所自、為可奉之礼、制可導之楽、口不尽味、楽不極音、揆終始之宜、度賢愚之中、為之検、則使遠近同風、用而不竭、亦所以結忠信著不遷也。於是言語之節、声音之度、揖譲之儀、動止之数、進退相須、共為一体、君臣用之朝、庶士用之家、少而習之、長而不怠、心安志固、従善日遷、然後臨之以敬、持之以久、而不変、然後化成、此又先王用楽之意也。

三 「統治論」

嵇康の所謂理想の「統治論」だとして、これもしばしば引き合いに出されるのは、「答難養生論」の次の一節である。

聖人、已むを得ずして天下に臨む。万物を以て心と為し、群生を在宥す、身を由《おさむ》るに道を以てし、天下と自得を同にす、穆然として無事を以て業と為し、担爾として天下を以て公と為す、君位に居りて万国を饗するも、恬として素士のごとし、……故に君臣相ひ上に忘れ、蒸民家々下に足る、豈に百姓の、己を尊ぶを勧め、天下を割きて以て自私し、富貴を以て崇高と為し、心之を欲して已まざらんや。

（巻四・四表）（a）

これは、嵆康の「養生論」がまず書かれ、向秀がそれを論難した「難養生論」が次にできて、それに嵆康が答えたものが、この「答難養生論」であり、その一節が右の文章であるのだが、嵆康がその理想の治を述べようとしたものではない。嵆康の趣旨は、「養生」ということのもつ可能性に世人を注目せしめ、彼らのその閉ざされた思惟を新たな可能性の地平に解放することにある。もちろん「在宥群生」「以天下為公」と、一見して政治論にもみえる話が確かに出てくるのだが、ここの問題は「富貴」が人の自然であるのか、そうでないのかの議論であって、嵆康は「富貴」への執着から解放されるべきだという主張を、向秀の世界観、世俗士人の世界観のなかで説得しようとしているにすぎない。

まず「富貴」問題の経過をたどってみる。向秀は次のように述べて嵆康の「養生論」を批判した。

且つ夫れ嗜欲の、栄を好み辱を悪み逸を好み労を悪むは、皆自然に生ず。夫れ天地の大徳を生と曰ふ、聖人の大宝を位と曰ふ、崇高は富貴より大なるは莫し、然れば富貴は天地の情なり。貴なれば則ち人、己に順ひ以て義を下に行ふ、富なれば則ち欲する所得られ、有財以て人を聚む、此れ先王の重んずる所、之を自然に関《か》け、相ひ外とするを得ざるなり。

又曰く、富と貴とは、是れ人の欲する所なり。但だ当に之を求むるに道義を以てすべし、上に在るも以て驕らざれば、患ひ無し、満を持するも以て損検すれば、溢せず。此のごとければ何為れぞ其れ徳を傷はんや。或は富貴の過ぐるを覩、因りて懼れて之に背く、是れ猶ほ食の、噎する有るを見、因りて終身飡せざるがごときのみ。

「嗜欲好栄辱好逸悪労」はみな「自然」に生じたもの、「生」になくてはならぬものだ。「栄を好む」という生まれつきの自然必然は、「位」という「聖人の大宝」を生じた、したがって人が「富貴」となろうと願うことは「天地之情」に由来するもので、「生」ある限りなくてはならぬものだと向秀はいう。もちろん過度に「富貴」を求めることの弊害は警戒されていて、「道義」による批判が必要だともされている。しかし道徳を損しない限り、「富貴」を求めることは聖人によって許されており、自然だと論じているのである。「栄華悦志」は「此天理自然、人之所宜、三王所不易」ともいう。人が「富貴」を求めることの正当性を、一つは「天理自然」に拠り、一つは「三王」の権威によって基礎づけるというのが向秀の論難である。嵆康の「養生論」には、

名位の徳を傷るを知る、故に忽して営まず、欲して強ひて禁ずるに非ざるなり。厚味の性を害するを識る、故に棄てて顧りみず、貪りて而る後ち抑するに非ざるなり。外物以て心を累す、神気に存せず。（巻三・五裏）（c）

とあって、「善養生者」の、「養生」の実践が述べられているだけで、「聖王」「先王」「三王」を関連づけてのべているわけではなかった。ここに明らかなように「聖人之大宝」として「位」を位置づけているのは、向秀の議論である。これを受けて嵆康は「富貴」と「聖人」との関係を論じることになるのだが、それが「答難養生論」の周知の次の一節である。

且つ聖人位を宝とし富貴を以て崇高と為す者は、蓋し人君、貴くして天子と為り、富は四海を有つに、民は主無くして存すべからず、主は尊無くして立つ能はず、故に天下の為にして君位を尊ぶを謂ふ、一人の為に富貴を重んぜざるなり。（巻四・三裏）（d）

これは向秀の示した「聖人之大宝曰位」「崇高莫大於富貴」という論拠が生まれてくる事情を説明するもので、統治を構成する「主」と「民」との関係から「主」の側に「富貴」が必要とされる事情をいう。「富貴」が現にあるこ

とは認められても、そのことから人一般に「富貴」が求められてよいという論拠は出てこないというのである。さらに向秀の「富貴是人之所欲也」という論断にも、そうした論の成立した事情を説明して、次のようにいう、

蓋し季世貧賤を悪み富貴を好む為めなり、未だ栄華を外にして貧賤に安んずる能はず、且つ抑そも其の道に由りて争はざら使むるも、其の力に争はしむべからず、故に其の心に競ふを許す、中庸は得べからず、故に其の狂狷を与《ゆる》すと、此れ俗談なるのみ。（巻四・四表）（e）

「富貴是人之所欲也」という論は、「季世」に生まれたとする。「力争」させることを避けるべく、「心競」すなわち「富貴」となろうとすることを許したものであるとするのは、これは「俗談」であって、論拠とするに足りないという。この「俗談」に対して嵇康は、「至人」と「富貴」とを関連づける論を展開する。これが冒頭にも引用した次の一節である。

至人は当に貴を貪るべしとは言はざるなり、聖人は已むを得ずして天下に臨み、万物を以て心と為し、群生を在宥す、身を由《おこな》ふに道を以てし、天下と自得を同にす、穆然として無事を以て業と為し、坦爾として天下を以て公と為す、君の位に居りて万国を饗くるも、恬として素士のごとし、……故に君臣相ひ上に忘れ、蒸民家々下に足る、豈に百姓の己を尊ぶを勧め、天下を割きて以て自私し、富貴を以て崇高と為し、心之を欲して已まざらんや。（巻四・四表）（f）

これは「聖人」が「富貴」にどのようにかかわったかを説明したもので、嵇康がその理想とする統治論・政治論をのべたものではない。「聖人」が「富貴」を貪ることはしないということの論証をしようとしているもので、ここに描かれている「聖人」のさまは、当時の士大夫たちにとって受け入れ可能な程度の論であって、決して嵇康の独創的な論ではない。「自得」といい、「無事」といい、「以天下為公」といい、「君臣相忘於上、蒸民家足於下」というのは、向秀の「以富貴為崇高、心欲之而不已」聖人と対立する「聖人」を嵇康が描いているにすぎない。たとえばこの後に

続く一節で、「子文」「柳恵」の「富貴」に対する関わり方が描かれているが、そうだからといって嵆康がそうしたあり方こそ人の理想として立てているわけではないのと同じである。

以上の二つを例として嵆康は、向秀の「欲富貴是天地之情」という命題を批判しているのである。したがって、この前の一節は、「富貴」を貪らない「聖人」のあり方を描いたもので、「聖人」という権威を持ち出して「富貴」を基礎づけようとした向秀への批判として、「富貴」に恬淡として「富貴」を求めず、必要ともしない「聖人」のあり方を示したもので、嵆康のいう、「富貴」「栄華」を外にするという「養生」の方法の正当性を支える論拠であって、それ以上のものではない。ここに描かれているのは「富貴」を「崇高」と考えない「聖人」のさまであって、それは嵆康にとって理想の統治であったかもしれないが、しかし、嵆康が今生きている社会との関連において考えられているのではない。今の世がそうであるかどうかとは問われてもいない。ただ嵆康は「富貴」にもっとも恬淡たる「聖人」を描くことで向秀を批判したのである。

ここに嵆康の統治論を見て、儒家思想だ道家の無為の治だ、あるいは儒道折衷だ、あるいは封建的思惟の遺制だと、数多のラベリングはあるが、こうした「聖人」とその統治の世界を描いた嵆康のねらいから、それは大きく逸脱した議論であると言わざるをえない。(7)

（a）聖人不得已而臨天下。以万物為心、在宥群生、由身以道、与天下同於自得、穆然以無事為業、担爾以天下為公、居君位饗万国、恬若素士、……故君臣相忘於上、蒸民家足於下、豈勧百姓之尊己、割天下以自私、以富貴為崇高、心欲之而不已哉。

（b）且夫嗜欲好栄悪辱好逸悪労、皆生於自然。夫天地之大徳曰生、聖人之大宝曰位、崇高莫大於富貴、然富貴天地之情也。貴則人順己以行義於天下、富則所欲得、以有財聚人、此先王所重、関之自然、不得相外也。

又曰、富与貴、是人之所欲也。但当求之以道義、在上以不驕、無患、持満以損検、不溢。若此何為其傷徳耶。或覩富貴之

過、因憚而背之、是猶見食之有噎、因終身不飡耳。

（c）知名位之傷徳、故忽而不営、非欲而強禁也。識厚味之害性、故棄而弗顧、非貪而後抑也。外物以累心、不存神気。

（d）且聖人宝位以富貴為崇高者、蓋謂人君貴為天子、富有四海、民不可無主而存、主不能無尊而立、故為天下而尊君位、不為一人而重富貴也。

（e）蓋為季世悪貧賤而好富貴也、未能外栄華而安貧賤、且抑使由其道而不争、不可令其力争、故許其心競、中庸不可得、故与其狂狷、此俗談耳。

（f）不言至人当貪貴也、聖人不得已而臨天下、以万物為心、在宥群生、由身以道、与天下同於自得、穆然以無事為業、担爾以天下為公、居君位饗万国、恬若素士、……故君臣相忘於上、蒸民家足於下、豈勧百姓之尊己、割天下以自私、以富貴為崇高、心欲之而不已哉。

四　統合

嵆康の思想が儒家思想か道家思想と問いかけて、儒家と答えるにせよ、道家というにせよ、あるいは折衷だと答えるにせよ、そもそもそれで何を求めているのかが明らかにならないと、不毛に終わるおそれがないとはいえない。それがなにであるかを知るためには、未知のものそのものに、既知のカテゴリーをあてはめて、こちらの側に持ち込むという操作はむろん必要だろう。しかし、それがものそのものを過大にゆがめないためには、選ぶべきカテゴリーはそれなりの工夫が必要であろう。

嵆康研究の歴史をふりかえってみると、侯外廬「二元論」、任継愈「唯物論」、福永光司「自己でありえない嘆き」、西順蔵「元気一元論」、羅宗強「返帰自然論」と多種多彩である[8]。

ところで嵆康には『嵆中散集』が今残されていて、それが彼の著作のすべてではないにしても、一定のまとまりをもった彼自身のことばである以上、嵆康を知ろうとするのであれば、まずそれによるべきは当然であろう。しかもそ

れが一定のまとまりを有するものである以上、そこに用意されている秩序にしたがって理解されるべきであり、その秩序をみないで断片の集合に還元してしまうのは、理解と称するに不足であろう。

とはいえ、作品の一つ一つは、それが書かれたであろう日時や場所や、書かれるに至った事情を異にしていて、またそれぞれの動機も異にしているはずで、しかもそれら成立に関わる事象の大半は不明である。こうした場合、したがって、ただ漫然と言語の集積をながめていても、また、作品の一つ一つの趣旨を分析して明らかにするだけでは到底、嵇康の思想といい得るほどのまとまりが、おのずから見えてくるというものではない。我々が未知のものを相手に、こちらの側の知にそれを持ち込むだけの工夫がなされない限り、物はその姿をあらわすことはない。

これは私見なのだが、嵇康はいかにして自己統合を果たしていたかと、問いかけてみたい。嵇康の「卜疑集」は端的にこの問いを問うもののようにみえるからである。

「宏達先生」は自らいう、

超世独歩、玉を懐き褐を被す、交りて苟くも合せず、仕へて達するを期せず、常に以て忠信篤敬を為し、道を直にして之を行ふ。（巻三・一表）（a）

「超世独歩」とは、世俗の価値観とは一線を画すというのであろう。己には「玉」があると。とはいえ、それは「交」を絶つものでも、「仕」をこばむというのでもない。世にあることと、社会の中に身を置くことは否定しない、ただ「苟合」はしない、「期達」は目指さないという「志」を維持しつづける、それが自己の誠実（「忠信篤敬」）であり、「道」に忠実に生きることと考えている。

こうであれば問いはもちろん起こらない、彼は彼の「道」によって自己統合を果たしているのであるから。彼に「問い」を起こさせるのは現実のほうである。

然り而して大道既に隠れ、智巧滋いよ繁く、世俗膠加す、人情万端、利の在る所、鳥の鸞を追ふがごとし、富は

積蠹と為り、貴は聚怨と為る、動く者累多く、静かなる者患ひ鮮し。（巻三・一表）（b）

「然而」とは突然の変化を予想させる。それとも知らぬまに「大道」はみえなくなっている。気がついてみれば「世俗」は、「利」を求めるに狂奔している。かかる世に「動者」には累害多く、心「静者」には憂患はすくない。かくて「先生」は迷いに捉われる。如何にして生きるべきかと、十四の問いを書き連ねる。

太史貞父の答えは「至人」は占う必要はないとして、次のようである。

先生のごとき者は、文明、中に在り、素を見はし璞を表はし、内、心に愧ぢず、外、不俗に負かず、交りて利を為さず、仕へて禄を謀らず、古今に鑑み、情を滌ひ欲を蕩ふ。（巻三・二裏）（c）

「文明」とは、文字どおり美しさ、輝きということで、自己の内にあるものが「至」の価値の源泉ということだろう。自然の資質のままに「素」をあらわし、「璞」をあらわすこと、かくて「心」をうらぎらず、「俗」にそむかない、そうしたあり方があり得るという。あるいは、事実「先生」はそうなのであるという。世に出て人と交わっても「利」を求めるのでもなく、朝廷に仕えても、「禄」に汲々とするというのでもなく、古今に鑑みていて、情欲に動かされるということがない。かくして「人間の委曲」に悩まされることもなく、「南冥に大鵬をみる」ものだという。ことばは道家言であるのだが、「交」わりて「仕」えてとあるとおり、世を離れて、そこに心をあずけるというのではない。心を裏切ることなく世にあることができるというのである。これが「卜疑集」の結論なのだが、これはいかにして可能であるのか、問うべきはこの問題である。

（a）超世独歩、懐玉被褐、交不苟合、仕不期達、常以為忠信篤敬、直道而行之。
（b）然而大道既隠、智巧滋繁、世俗膠加、人情万端、利之所在、若鳥之追鸞、富為積蠹、貴為聚怨、動者多累、静者鮮患。
（c）若先生者、文明在中、見素表璞、内不愧心、外不負俗、交不為利、仕不謀禄、鑑乎古今、滌情蕩欲。

五　「越名教」

「内不愧心」「外不負俗」というのが、「卜疑集」で見出された境地であるが、それは如何にして可能か、これに答えるのが「釈私論」の「越名教而任自然」論である。

あり得べき誤解をあらかじめ解いておけば、自然のままにふるまうというのが、かの「任自然」ということだと嵇康は考えたのではない。すくなくとも「釈私論」にいう「任自然」の「自然」は、人の生得の能力のすべてでもないし、作為でない自然なふるまいをいうのでもないし、「道に冥合する」というのでもない。(9)「任自然」は端的にいえば「心の美質を発現させて行為する」というのに近いだろう。つまりその「自然」は、心のある状態を出現させることを意味するのだが、「任ずる」はその心のあり方だけが問題なのではなく、その心のあり方がいかに行為に実現されるかが目指され求められている。しかもこの行為は、世俗のなかでの行為であって、道家の「道」との冥合や山居隠者の心の静謐さ、平和といったタイプのものとは異質である。(10)嵇康のことばをたどってみる、

君子の、賢を行ふや、度有るを察して而る後ち行はざるなり、仁心、邪無し、善を議して而る後ち正しからざるなり、顕情無措、是《ぜ》を論じて而る後ち為さざるなり、是の故に傲然として賢を忘れ、而も賢、度と会す、忽然として心に任せ、而も心、善と遇ふ、儻然として無措、而も事、是と倶にするなり。（巻六・一裏）（a）

「君子之行賢也」とあるように、「釈私論」は「君子」のなす「行」いを論じるもので、「君子」がある行為をして「賢」を実現し、「正」をあらわし、「是」をなし、「善」を現実のものとすること、求められているのはこうした社会における諸行為の実現にかかわっている。

ではいかにして「善」「是」を、ある行為が現実化すると考えられているのであろうか。これに答えるのが「顕情無措」であり、「忘」であり「任心」という方法である。

ここに登場する概念は、すべてある行為の実現をめざす「心」のあり方を説明するものである。「有度を察しないこと」「善を議しないこと」「是を論じないこと」これが「任心」「無措」といい換えられている。「任心」「無措」はいかにして行為の「善」に出会い、なされた事柄の「是」を結実させるのであろうか。問題はここにある。「君子」の行動を論じて、嵆康は「無措乎是非而行不違乎道者也」というのであるが、そのなさんとする行為が、心を「是非」にとどめることなくして、しかもその行為の結果は「大道」にたがうなきものだとされている。これはまた、「矜尚不存乎心、故能越名教而任自然」とも解説されている。

ここで問題なのは、心にとどめられることなき「是非」と、行為として結実する「大道」の関係であろう。「矜尚」が心に存しないことが、どうして「名教」にある「是非」に心をとどめることなくして「自然に任せ」て、「大道」とたがうことなき結果を生みだすのであろうか。

「名教を越えて自然に任かす」とは、名教の既存の価値、規範の枠組みに心を拘束させないで、「自然の質」が生みだすであろう可能性を行為として実現させることである。

こうであるとすると、この「越名教」は「是非」という判断の基準を、その行為に先立って「心」に「措」かないということで、「名教」「是非」の正不正を、改めて問いかけるというものではない。一時的に「忘」の対象とされたり、「無」となることはあり得ても、行為が完了した時点では、行為者はふたたびもとの「名教」の中にやはりあり、その結果した「是非」は問われなければならないし、また問われる。行為者は「君子」であって「名教」の中に生きているのであるから。

ただし、嵆康は是非を忘れて行為して、その結果が「大道」にたがわないとのべている。この「大道」は、名教の士君子にとっては名教の示す規範のことだが、嵆康の場合、それをことさらに「大道」というのは、それと同じ場合もあり、それとは違う場合もあり得るということだろう。嵆康は名教のなかにいて物を考えているから、そのいうと

ころの「是非」は名教のそれを指示することになる。しかし、「大道」は、当該社会の枠の中にすっぽり収まりきらぬ余地を残している。「大道」は、当該社会の具体的な規範や、その規範の総体をも指示し得るが、しかし、それはたとえば「是非」というような具体性、実定的性格を欠いている。そこにいう人びとと異なる内容を容れる余地が「大道」ということばにはある。この「余地」があることにおいて「名教」という枠組みが「越」えられる可能性を残しているのではないか。名教の既存の価値観に拘束されない、新しい「規範」を生みだす可能性がそこにあるということであろう。

この「越名教而任自然」は、名教の士大夫たちの欺瞞に我慢ならぬ嵇康の批判意識が生みだしたもので、彼は名教の中にあって名教を批判したものである。名教の中にあって名教を越えでる余地（可能性）を嵇康は求めた、その余地を求める意識が「声無哀楽論」などの論を生みだしたし、またその余地を求めることにおいて、嵇康は統合を果たしていた。こういう営為をいかなるカテゴリーにおいて理解すべきか。嵇康は「釈私論」その他で、かように世俗士大夫たちを批判していて、これが彼の著述の主要な動機をなしているが、こうした考え方を「儒家」という枠組みにいれるか、「道家」という枠組みで考えるか、それとも「折衷」とすべきかは、さして嵇康の思想内容の理解の主要な問題ともみえないし、また理解を一層深化せしめるとも期待されないとおもう。(11)

（a）君子之行賢也、不察於有度而後行也、仁心無邪、不議於善而後正也、顕情無措、不論於是而後為也、是故傲然忘賢、而賢与度会、忽然任心、而心与善遇、儻然無措、而事与是倶也。

六　結語

嵇康の思想が「儒家思想」であるか「道家思想」であるか、あるいは「儒家的」か、あるいは「道家的」か、と問

いかけて、「儒家」だ「道家」だ「折衷」だ、ということにどれほどの意味が託されているのか、今のところわたしには自信がもてない。しかし、嵆康自身がどのように考えていたかをみてみる限りでいえば、彼はもちろん、曹魏王朝の士大夫であり、儒家的倫理に生きているし、その教養も彼のことばとは裏腹に十分儒家的なものを身につけている。ここに注目すれば彼は儒家であり、その思想は儒家的なものだと一応いうことはできよう。これとは別に、嵆康が生きていくうえで、どのように自己統合を果たしていたかを問いかけてみるならば、彼自身が明言しているように、「老子・莊周、吾之師也」とあるように、道家の考え方に学ぶところは多いともいえる。問題は嵆康が自覚的に自らの人生、あるいは生きる意味の問題をどのように考え、どのように行動し、発言したか、ということである。

嵆康はその「論」を通して、世俗士大夫たちが「思不出位」であるとしばしば批判している。士人が自己の発言と行動とを自己の与えられた「位」の中に自ら限り、その「外」の可能性のあることにすこしも思いを致さないことを執拗に論難している。一方、自分に即しては「名教を越える」可能性を求めて、「任自然」によって、果敢に未知の世界へ踏み込むことを求めていた。嵆康は「流俗」やそこに生きる偽君子を批判したが、かといって神仙に慰めを求め、「道」や「自然」に冥合して、心の平和、安息に止まろうとしたものでもない。「流俗」のなかにおいて、心の恐懼疑惑にとらわれることなく、「自然の美質」を発現し、果断に一歩を踏みだそうとする、そうした決意に達していたといえるだろう。こうした思考と行動とが「儒家」であるか「道家」であるか、あるいは「折衷」であるかは、およそ嵆康の自覚とはかかわらないことであろう。士人である嵆康を「儒家」というのは常論だろうが、「位」を越えようとした彼の「志」を評価するには足りないことばではあるだろう。

注

1　羅宗強『玄学与魏晋士人心態』（文史哲出版社）は「玄学思潮」の中に嵆康の思想を位置づけようとする、この「玄学思潮」は従

来のものとちがう新しさがあると思うが、別の機会に検討するつもりである。

2 湯用彤・任継愈『魏晋玄学中的社会政治略論』（上海人民出版社、一九六二年）に「儒家社会倫理観念の欺瞞性を説明している」（三五頁）とある。

3 侯外廬「嵆康的政治文化論与人生論（一）嵆康的政治観」の「ある部分では貴族政治の理想を反映しており、ある部分では現実の政治を批判している」（一八六頁）などの議論がその早いものである。

4 武田秀夫「嵆康思想の一視点」（『京都産業大学論集』第16第4号人文科学系列第14号）には「嵆康の思想の中には、極めて秀れた老荘思想の影響と受容とがある。とともに、そうした老荘的表現の中に、時としてみられるのは、儒家的聖人たちの登場であり、そうした聖人たちの治世の描写である。」（二四五頁）とあり、また、簡暁花「嵆康の政治思想…その儒家意識と道家意識…」（『文化』62巻3号・4号）、同「嵆康における「至人」について」（『集刊東洋学』85）は「折衷」を論証するに熱心である、

5 こうした議論とは別に、嵆康を「道家」の側にひきつける議論が一方にあるし、羅宗強『玄学与魏晋士人心態』以降、「文化」的側面とあわせて論じられる。この問題については別に述べる。

6 拙稿「嵆康の「声無哀楽論」について」（『国学院雑誌』89巻9号）参照。（第六章参照）

7 このほかに、「難自然好学論」「太師箴」の議論が問題となる。前者については「嵆康等の自然について」（『中国文人論集』所収）で言及したことがある。

8 こうした嵆康研究の歴史を跡付けることが必要だろう。近年の「文学研究」という視野からは『魏晋南北朝文学研究』（北京出版社、二〇〇一年）があるが、限られた時期の限られた業績を扱う。ことに思想史研究という視野は排除されている。このことの意味と併せて検討する必要がある。

9 この「自然」の理解については、諸説ある。羅宗強等の「回帰自然」論、余敦康の「自我を越えて自然本体に合一する」という論など代表的なものである。もちろん「名教を越えて」とは、名教という価値・規範意識をたんに心のなかで「忘」し、それにとらわれない、という意味ではない。「越える」とは、名教の中にあって実際に行為するということを前提としている。名教の価値意識規範意識によって自己の判断をあらかじめ制約させないで、つまり自己を名教世界のなかに置きながら、なおかつ「心の自然」に任せようとするものである。つまり自己が価値を形成しつつ行為することを意味する。行為しつつ価値を形成し、価値を形成しつつ行為する、そういう価値意識と行為とを自己に由来する一体のものとして考える、そういう行為のありかた、つまり生き方、それを「越名教而任自然」というのである。

「任自然」は、その行為の結果が善に帰結するとは期待されているが、その善は「名教」のもっている「善」に一致する、あるい

はそこに含まれるとまでは期待されていない。むしろそうした「期待」は心の予断であって、「任自然」はそれを意識から排除されるべし、と考えられている。「予断」から自由となってむしろ果敢に行為することが求められている。これが嵆康の「任自然」であり、それを「回帰自然」といい「自然本体との合一」といってもよいが、それが社会のなかで行為するためのものであるという、本質的性格を見落としてはならないだろう。嵆康の求めたものは、「自然」と冥合する境地ではなかったのである。

10　拙稿「嵆康における「名教」問題と「卜疑集」について」（『国学院雑誌』第93巻9号）及び「嵆康の『釈私論』について」（『国学院中国学会報』第44輯）参照。（第八章・第九章参照）

第十五章　嵆康の「宅に吉凶がないとはいえない」という問題について

嵆康と阮侃との間で「宅の吉凶」をめぐって論争がなされたが、そのなかで嵆康は当時の俗説に近い迷信に加担するかのごとき発言をしている。このことの意味はいかに理解されるべきであろうか。理性的であるはずの嵆康が「神秘」的世界へとひきよせられているのであろうか。

一　はじめに

『嵆康集』には、九つの「論」と題する文章が残されているが、(1)今、そのなかから、阮侃の「宅無吉凶摂生論」と、それへの嵆康の批判「難宅無吉凶摂生論」等を取り上げる。「宅無吉凶摂生論」等で議論された問題は大別して二つ、一つは「性命」をめぐっての議論、(2)今一つは「智所知」「智所不知」をめぐっての論である。ここで考察しようとするのは後者の議論の中の一つ、すなわち「宅無吉凶」の問題である。

おおよそ嵆康の「論」の大半は、彼のいう「流俗」や「常論」に対する批判を表明したもので、所謂「越名教而任自然」という命題に代表されるような、彼の「名教」批判の立場の発露されたものということができる。その内でたとえば「声無哀楽論」は、儒教の「聖人」にかかわる伝承を鋭い論理分析によって批判したもので、すぐれて理性的な思考を展開したものとしてよく知られている。(3)今、簡単にその一端をうかがってみると、次のような議論がある。

「秦客」は「治乱在政、而音声応之、故哀思之情、表於金石、安楽之象、形於管弦也」という命題や、「仲尼聞韶、識虞舜之徳」及び「季札聴絃、知衆国之風」を例として、「声有哀楽」という「已然之事、先賢所不疑也」すなわち儒教において真実とされてきた伝承を根拠として、「東野主人」の主張している「声無哀楽」の論の真実性を疑う。これに対して「東野主人」は、「音声は臭味が天地にある」のと同じことであると述べ、「愛憎」「哀楽」とは区別される存在であることを導き出し、「秦客」の議論の拠り所を「俗儒の妄記」にすぎぬ虚偽だと痛烈にやりこめている。「東野主人」の考えが嵇康のものであるのはいうまでもないが、彼は自己の、事物について考察する態度を次のように述べている。

　夫れ類を推し物を弁ずるに、当に先づ之を自然の理に求むべし、理已に定まり、然る後ち古義を借り、以て之を明らかにするのみ。（巻五・四表）（a）

　事物を明らかにするには、事物に即して「理」を明らかにすべきだというもので、これは当時の合理的思考（自然之理）で教学教説（古義）の真実性を吟味検討しようとするものであって、理性的論理的判断を第一義とする嵇康の思考の特色と優越性をよくあらわしているといえるだろう。彼の思考の拠り所とすることばをひろってみると、このほか「理自」「物之自然」「自然可尋」「統物之理」「知之之理」「理之所得」などがあって、事象そのものに即して論理的判断を重ねていく彼の方法がよくあらわれている。また「臭味」「味」「賢愚」「酒醴」「食辛」「薫目」「酒」などの事例によって、経験的具体的事物を例として演繹的に「理」を導きだそうとする態度が窺われる。

　嵇康はこうした方法と態度によって、「秦客」の「神妙独見」「前賢之識微」「夫子之妙察」「独見」「美談」「載録」「前言往記」を拠り所とする「教学」を信奉する態度を批判しているのである。

　以上のような嵇康の批判と論理的思考は、このほかのたとえば「養生論」や「釈私論」などの「論」においても形をかえて多彩に展開されているのであり、彼の一貫した思想と行動とを窺うに足るものであるが、ところが今、取り

上げる阮侃の「宅無吉凶摂生論」を批判する嵆康の諸「論」においては、そこにやや異質なものが存在するようにおもえる。阮侃が「宅無吉凶」だと主張するのに対して、嵆康は逆に「宅に吉凶がないとはいわない」と述べているからである。

さきほどの「声無哀楽論」では、事物の「理」や「物之自然」からその真実を見極めようとする嵆康が、どうしてここでは「宅無吉凶」という判断を導き出さないのであろうか。権威主義的思考や古の伝承、教説を容易に信じない嵆康が、どうしてまたこの迷信、俗信だと容易に知られそうな宅の吉凶に対して、「ないとはいわない」という曖昧な態度を示しているように見えるのであろうか。

この「宅無吉凶」の問題をめぐっての嵆康の議論が、彼の思考とその生き方とにどのように関わっているのか、以下に考察してみたい。(4)

（a）夫推類弁物、当先求之自然之理、理已定、然後借古義以明之耳。

二　嵆康の論

阮侃の議論は、当時の俗信や迷信に対する、知識人としての自信に満ちた批判であって、一見していう限りことさら奇異な印象を与えるものではないし、粗雑な議論でもない。彼は当時の「俗信」をかなり明晰に批判している。

夫れ善く寿強を求むる者は、必ず先づ災疾の自りて来る所を知る、然る後ち其の至るや防ぐべきなり。禍此に起こり、防を彼に為せば、則ち禍自りて瘳《いゆ》る無し。世に安宅葬埋陰陽度数刑徳の忌有り、是れ何の生ずる所ぞや、性命を見ず、禍福を知らざればなり。見ざるの故に妄に求む、知らざるの故に幸を干む。是を以て善く生を執る者は、性命の宜しき所を見、禍福の来る所を知る。故に之を実に求め之を信に防ぐ。

（巻八・一表）（a）

もし人が「寿強」であることを望むならば、「災疾」の起こる原因をつきとめて、必要な措置をあらかじめなすことだ、と阮侃はいう。世俗にいう「安宅葬埋陰陽度数刑徳之忌」などは、人々が「性命」「禍福」が一体いかなるものであるかということを見極めないところから生まれた俗信であって、賢明なる者はこうしたものには惑わされないのである。ことがらが如何にして起こるのかその原因を正しく見極め、正しく行為するならば、災禍にあうことなどはないものであると断定している。

この世俗の迷信を批判する議論のなかに「宅無吉凶」という問題が、議論のテーマとして注目されているのであるが、阮侃は最初、次のように簡潔に述べているだけであった。

設し三公の宅を為し、愚民をして之に居らしむれば、必ず三公と為らざること知るべきなり。（巻八・二表）

或ひと曰く、愚民必ず久しく公侯の宅に居るを得ずと、然らば則ち果たして宅無きなり。（巻八・二表）（b）

「三公之宅」を設けるとはどういうことか。何代にもわたって「三公」にのぼりつめる家柄がある、これは事実として知られていたろう。こうした一族が代々住まう宅居が当然あるはずだが、そこに「愚民」を住まわせてみる。仮にそういうことができたとしての話だろうが、それで彼の「愚民」が「三公」に実際なり得るだろうかと考えてみる、これは起こり得ないことだろう、というのが阮侃の主張である。また「愚民は公侯宅に久しく住み得ない」というある人の説を引いて、そうとすれば「（そこに住まう人を）三公に至らせる、そういう宅など存在しない」とも論じている。阮侃がこうした議論をするのは、代々「三公」に至る家柄があって、そのたぶん豪壮な邸宅をみて人々が「三公」を生み出す「邸宅」だと、そういううわさとか評判はささやかれていたのであろう。「三公を生む邸宅」という風説である。阮侃はこの風説を批判したものであろう。「仮に三公を生みだす宅があったとしても、それはそこにふさわしい人が住まうことで、三公が生まれるにすぎないのであり、もし愚民をそこに住まわせたならば、三公になることなどできはしない」と。三公になるかならないかは、人の問題であり宅の問題ではない、だから目的と方法との

関係を正確に見定める必要があるのだ、というのが彼の主張である。

この一応すじの通った主張であるように見える議論に、しかし嵇康は同意しない。そうではないという。これはどうしてだろう。

嵇康はもちろん「三公の宅を作れば、三公を生み出すことができる」と、阮侃とは正反対の論を主張しているのではないし、また具体的な「三公の宅」について論じるのでもない。「人を幸福にする住宅はあり得るのではないか」と述べて、反論するのである。阮侃の主張を全面的に受け容れると、そこから「三公」になるのは、たとえば「人」の問題であり、これに住宅など、あるいはその生活環境などの問題は関連しないという帰結になるだろう。嵇康はここを批判する。

吉宅能く独り福を成すと謂はず。（巻八・六裏）（c）

吉宅があればそれだけで幸福になれるというものではない、しかし、次のような諸条件は考量されなくてはならないと嵇康はいう、

君子既に賢才有り、又其の宅を卜す。復た積徳に順ふ、乃ち元吉を享く。猶ほ夫の良農既に善芸を懐き、又沃土を択び、復た耘耔を加へ、乃ち盈倉の報有るがごときのみ。（巻八・六裏）（d）

君子たり得る条件は、一つにはその才能ではあろう、しかし、古人はそれでも宅の吉凶は占うのであり、さらに徳に務めるという努力も加わる、それではじめて君子として幸福を手にすることができる。それは農夫がいかに優れた技術を身につけていたとしても、肥沃な土地をえらび、せっせと耕し草取りし、それではじめて豊かなみのりを得られるのと、ちょうど同じである。

だから今、愚民が吉宅に住んでも幸運を得られないという一事を根拠として、宅は人の幸福に関与しないと結論するのは早計ではないかと嵇康はいう。

今、愚民の福を吉居に得る能はざるを見、便ち宅に善悪無しと謂ふは、何ぞ種田の十千無きを観て、而ち田に壌堉無しと謂ふに異ならんや。（巻八・七表）（e）

「種田」の取れ高は、およそその地域で毎年決まっているだろう。農法は何十年に渡って祖父から父、父から子へとその生産の方法は継承されて、ほぼ一定の生産高を着実にあげていく、そうしたものであろう。しかし、そうした事実が幾百幾千と存在するからといって、「田」というものはすべてそうしたものと断定するのは誤りだろう。ある種の条件が変わるならば、ある日予想もしない「豊壌」を期待できないとはいえない。事実稲の品種改良、耕作の方法の改革、肥料の進化など、後世からみればその可能性の余地は十分にある。

良田美なりと雖も、而れども独り茂らず、卜宅吉なりと雖も、而れども功は独り成らず。相ひ須つの理誠に然り、則ち宅の吉凶未だ惑ふべからざるなり。今、徴祥を信じては則ち人理の宜しき所を棄て、卜相を守りては則ち陰陽の吉凶を絶つ、知力を持しては則ち天道の存する所を忘る、此れ何ぞ時雨の、物を生ずるを識り、因りて垂拱して嘉穀を望むに異ならんや。（巻八・七表）（f）

「良田」があるからといって、それだけで稲が実るものではない、だから宅を卜して吉だからといって、何もしないでいて成功を収められるはずもない。なにかことがらが成るか成らないかは、諸条件が相まって成るものである（「相須之理誠然」）。だから、宅の吉凶は一つの条件であり、その条件のもっている可能性を見落とすべきではないという。

人は一つの条件に注目すると他の条件を知らずに見落としてしまう、「徴瑞」「守卜」「知力」があるからといって「人理之所宜」「陰陽之吉凶」「天道之所存」を無視することはできない。

是の故に疑怪の論生じ、偏是の議興る。託する所一にあらず、烏ぞ能く相ひ通ぜんや。夫の兼ねて之を善くする者のごときは、半ば冢宅に非ざる無きを得んや。（巻八・七表）（g）

こうして見るならば、「宅の吉凶」ということは、「三公」に至る契機としてまったく無関係とは断言できない、ということになる、と嵆康は述べている。「半分ぐらいは関与していないものではないことはないよ」と。おおよその議論はこうしたものである。

嵆康の取り上げている問題は、実に些末で繁雑にすぎることがらであって、見方によれば「意地の悪い」難癖とも見えてしまうかもしれない。しかしこれはそう見るべきではない。嵆康はたぶん、「ある人がそこに住まえば必ず三公に至る」というような「宅」があると自ら信じているのではないだろう。彼が問題としているのは、「そんなものはない」と断言してしまう「偏是之論」、その思考がはらむ問題であり、そこに注意を喚起し、その思考を批判することが、彼のこの論の動機であるようにみえる。

そもそも阮侃は「災疾の起こる原因を未然に知って適切な対応をする」という自己の「知」の正当なるあり方を端的に次のような例で示していた。

凡そ火流寒至れば則ち衣を授く、時雨既に降れば則ち当に下種すべし、賊方に至れば則ち当に疾走すべし。今、実を舎て虚に趣く、故に三患随ひ至る。凡そ忌祟を以て家を治むる者は、福を求めて其の極皆貧なり。

（巻八・三裏）（h）

「禍福」のやってくる原因を正しく「知る」ことによって、それを未然に予防すること、これが正しい「知」のあり方で、誤った「安宅葬埋陰陽度数刑徳之忌」などの知識によるべきではないと。ここには阮侃の基本的な考え方がよくあらわれている。ところが、この至極もっともにみえる論を嵆康は次のように批判する。

論に曰く賊方に至れば、疾走を以て務と為す。食、消せざれば、黄丸を以て先と為すと。子は徒だ此の、須臾に安んずると、乞胡に求むるとより賢なりと為すを知り、賊疾を無形に制し、功を幽に事して跌《たが》ふ無きを知らざるなり。夫れ火を救ふに水を以てすれば、自ら抱薪より多となすと雖も、而れども曲突の、物に先んずるを知らざ

るなり。況んや天下の微事、言の及ぶ能はざる所、数の分つ能はざる所。是を以て古人存して論ぜず、神として之を明らかにす、遂に来物を知る、故に能く独り万化の前を観、功を大順の後に収む、百姓、之を自然と謂ひて、然る所以を知らず。此のごときは豈に常理の逮ぶ所ならんや。今形象著明なるも、数有る者も猶尚ほ之に滞る。天地広遠、品物多方にして、智の知る所、未だ知らざる所の者の衆きに若かざるなり。今、辟穀の術を執り、養生已に備はれり、至理已に尽せりと謂ひ、心を馳せ視を極め、此を斉してより而還、意の及ばざる所、皆之無しと謂ふ。見る所に拠り、以て古人の言ひ難き所を定めんと欲す、蟪蛄の氷を議するに似る無きを得んや。識る所を以て古人の所棄つる所を決せんと欲す、戎人の布を中国に問ひ、麻種を観て事《な》さざるに似る無きを得んや。　（巻八・七裏）（i）

「賊方至、以疾走為務」は阮侃が有効なる知識として取り上げた端的な例であった。賊に出会ったならば、くずぐずせず逃げるのにこしたことはないと。これは処世の智恵とでもいえる、当時の常識ではあったろう。嵆康はこの常識を疑う、賊に出会ったなら、それは逃げるにしくはない、そのこと自体は正しい、しかし、もっと考えるべきは、賊に遭うという事態を、出会う以前に如何にして回避するか、そこにこそ智恵と工夫が必要ではないか、考えるべきはそうした現象を生じせしめているものについてではないか（「制賊疾於無形、事功幽而無跡」）。

ことがらが現象としてあらわれているものについてすら、このように真の原因は知りにくいものである。とすれば「言所不能及、数所不能分」ような「微事」については、古人ですら「論」じていない。これをどうして「常理」によってはかり知ることができるのか。またこの「天地広遠、品物多方」というこの世界の情況に対して、いかにして「智之所知、未若所不知者衆也」という乏しい人の知見が、どれほどの有効性をもつものか。このように嵆康は問いかけている。

ここに嵆康の批判の動機が端的にあらわれているとみることができる。すなわち自己の知見の及ばないものはすべ

て存在しないと、どうしてそう断言できるのかと、問いかけているのである。この動機は後論で一層詳しく展開される。阮侃はこれをどのように理解したであろうか。反論がなされた。

（a）夫善求寿強者、必先知災疾之所自来、然後其至可防也。禍起於此、為防於彼、則禍無自廖矣。世有安宅葬埋陰陽度数刑徳之忌、是何所生乎、不見性命、不知禍福也。不見故妄求、不知故干幸。是以善執生者、見性命之所宜、知禍福之所来。故求之実而防之信。

（b）設為三公之宅、而令愚民居之、必不為三公可知也。
或曰、愚民必不得久居公侯宅、然則果無宅也。

（c）不謂吉宅能独成福。

（d）君子既有賢才、又卜其宅。復順積徳、乃享元吉。猶夫良農既懐善芸、又択沃土、復加耘耔、乃有盈倉之報耳。

（e）今見愚民不能得福於吉居、便謂宅無善悪、何異覩種田之無十千、而謂田無壌埆耶。

（f）良田雖美、而不独茂、卜宅雖吉、而功不独成。相須之理誠然、則宅之吉凶未可惑也。今信徴祥則棄人理之所宜、守卜相則絶陰陽之吉凶、持知力則忘天道之所存、此何異識時雨之生物、因垂拱而望嘉穀乎。

（g）是故疑怪之論生、偏是之議興。所託不一、烏能相通。若夫兼而善之者、得無半非冢宅耶。

（h）凡火流寒至則授衣、時雨既降則当下種、賊方至則当疾走。今舎実趣虚、故三患随至。凡以忌祟治家者、求福而其極皆貧。

（i）論曰賊方至、以疾走為務。食不消、以黄丸為先。子徒知此為賢於安須臾与求乞胡、不知制賊疾於無形、事功幽而無跌也。夫救火以水、雖自多於抱薪、而不知曲突之先物矣。況乎天下微事、言所不能及、数所不能分。是以古人存而不論、神而明之、遂知来物、故能独観於万化之前、収功於大順之後、百姓謂之自然、而不知所以然。若此豈常理之所逮耶。今形象著明、有数者猶尚滞之。天地広遠、品物多方、智之所知、未若所不知者衆也。
今執辟穀之術、謂養生已備、至理已尽、馳心極視、斉此而還、意所不及、皆謂無之。欲拠所見、以定古人所難言、得無似蟪蛄之議氷耶。欲以所識而決古人所棄、得無似戎人問布於中国、覩麻種而不事耶。

三　阮侃の反論

阮侃は自己の立場を経典にもとづいて次のように述べる。

易に曰く、河は図を出し、洛は書を出す、聖人之に則る。孝経に曰く、之れが宗廟を為し、鬼を以て之を享けしむ、其の本を立つること此のごとき者有り。子貢称す、性と天道とは、聞くを得べからずと、仲由、神を問ひて夫子答へず。其れ末を抑ふること彼のごとき者有り、是れ何ぞや。　（巻九・一表）（a）

易には「河出図、洛出書、聖人則之」とあり、孝経には「以鬼享之」とある。根本についてはこのように聖人は述べ、神秘なるものの存在を疑わない。一方、子貢には「性」と「天道」の問題に答えることはしなかったし、また仲由には「神」の問題に答えることもなかった。このように「本」と「末」とでは、聖人の立場がことなっているのはどうしてか。阮侃はまずこのように問いを立てて自ら答える。

茲れ所謂る明に礼楽有り、幽に鬼神有り、人謀鬼謀、以て天下の亹亹《びび》を成すなり。是を以て墨翟、明鬼の篇を著し、董無心、難墨の説を設く。二賢の言、倶に殊途にして、両惑を免れず、是れ何ぞや。夫れ甚しく之を有りとすれば則ち愚なり、甚しく之を無しとすれば則ち誕なり。故に二（三）賢者皆偏辞なり。　（巻九・一表）（b）

経典にも世界を説明して「明・幽」とがある。しかし、そうだからといって「鬼」の世界にとらわれることも、「人」の世界だけに限ることも、いずれも二つの世界のバランスを崩すもので「惑」たるを免れない。「甚だしき」は「愚」でなければ「誕」であると。

嵇康の「難論の核心」を阮侃は、「神」の問題として捉え、その上で嵇康を次のように批判するのである

子の、神を言ふ、将た彼を為さんか。唯だ吾亦敢て明らかにせざるなり。夫れ私神立てば則ち公神廃せらる。邪忌設くれば則ち正忌喪はる。宅墓占すれば則ち家道苦しむ。背向繁ければ則ち妖心興る。子の、神を言ふ、其れ

此を為すか。則ち唯だ吾の疾争する所なり。　（巻九・一裏）（c）

阮侃の立場は次のようである。儒教の経典に世界を「幽明」にわけてある、「神」の問題はこの「幽」に属する。しかし儒教の教えは、ここに甚だしく拘泥することはしないのであると。この枠組みを超えて「神」に拘泥することは「私神」を生みだし、枠組みのなかにある「公神」を阻害することになる。同様に「邪忌」が用いられるならば、教説の枠組みにおさまっている「正忌」を阻害する。「宅墓」「背向」をいうのは、これを意図するものかと、疑わざるをえない。阮侃がこうした反論を展開する動機には護教的なものであるのが知られるであろう。

苟くも大いに其の類を獲れば、微細を患へず。是を以て（瓶）水を見て、天下の寒きを知り、旋機を察して、日月の動を得たり。足下、蚕種の説を細とし、因りて忽して察せず、是れ噎溺未だ在る所を知らず、亦舟稼有るを弁ずる莫きなり。　（巻九・一裏）（d）

「類」とは法則、「微細」とは経験的事実のことだろう。経験的事実を観察するのは、そこから一定の法則を見出すためであり、「類」が原則として定立されるのであれば、それが経験的事実の細部にわたって説明できることまでは求めないというのであろう。「蚕種之説」とは阮侃の最初の「論」には次のようにあった。

嘗て蚕を知らざる者有り、口を出し手を動かすに、皆忌崇と為す。蚕糸を得ざること滋々甚し。忌崇を為すこと滋いよ多し。猶ほ自ら之を犯すなり。之に教へて蚕を知らしむる者有り、其の桑火寒暑燥湿を顓《もつぱら》にするなり。是に於て百忌自ら息みて、利十倍す。何者となれば、先には然る所以を知らず、故に忌崇の情繁し、後には然る所以を知る、故に之を求むるの術正し。故に忌崇は不知に生ず。性を知ること、猶ほ蚕の如からしむれば、則ち忌崇立つ所無し。　（巻八・一裏）（e）

およそこういうことだろう。養蚕について知識のない者がいて、様々に試みてうまくいかないのをすべて「忌崇」のせいだとして、いよいよ成果を得ることがなかった。ところが養蚕についての正しい知識のある者が、その方法を

指導すると、たちどころに「百忌」は消えて、十倍の成果を得たという話がある。ここから一般に「忌祟」とされているものは、正しい「術」についての知識を欠いているからで、正しく知ることができるならば「忌祟」はもはや存在しないと。これが阮侃の「論」であった。

これを嵇康は「難論」で次のように批判していた。

縦ひ神微を弁明し、惑を祛ひ滞を起こし、端を立て以て由る所を明らかにせんと欲するも、（独）断し以て其の要を検し、乃ち（明）微と為す、若し但だ群愚を撮提し、蚕種を（挙）げて、忿して之を棄て、因りて陰陽吉凶の理無しと謂はば、噎して粒稼を怨み、溺して舟楫を責むる者に似る無きを得んや。（巻八・四表）（f）

蚕種を知らなかったものが、「忌祟」だと思っていたものがそうではないと知らされて、それで怒って、それまでの「忌祟」についての知識一切を棄てて「陰陽吉凶之理」は存在しないというならば、これは喉にご飯をつまらせて、穀物を恨み、舟を沈めてしまって舟や楫のせいにするのと同じことだと。

この嵇康の反論を再度批判したのが、前引の阮侃の論である。これは「あなたは蚕種の説を細として無視するが」というのであろう。つまり阮侃は「蚕種の説」によって、「忌祟」が正しい知識によって解決可能であることを示そうとした、これが彼の「類」だろう。それを嵇康はふたたび「微細」な「忌祟」の諸事実へもどそうとしていると。

前論での阮侃の主張は、正しい知識によって「忌祟」は解消されるというものであった。この第二論では、「神秘」の存在について、一定程度においてその存在を彼は認めている。ただし、あくまで原則的な領域に止まるものであった。つまり彼の求めているのは、儒家の常識において許容される領域ということである。この領域から逸脱する「神秘」は彼には容認できないのである。

以上のような基本的立場を表明した上で、阮侃は「宅無吉凶」の問題を取り上げる。康は宅の吉凶は「良農」が実りの豊壌を得るようなものだと述べていたが、これを阮侃は次のように批判している。

難に曰く、「吉宅能く独り福を成すと謂はず、猶ほ夫の良農の、既に善芸を懐き、又沃土を択び、復た耘耔を加へ、乃ち盈倉の報有るがごとし」と。此の言当たれるかな。誠に三者能く修むれば則ち農事畢はれり。若し或は尽くすに邪用を以てし、之を虚に求むれば、則ち宋人の所謂る予、苗の長ずるを助くると、敗農の道なり。今冢宅を以て喩ふれば、此れ宜しく何に比すべきか。樹芸と為すか、耘耔と為すか。三者のごとき比する有れば、則ち請ふ後説を事とせん。若し其れ徴無ければ、則ち愈いよ其の誣を見る。今卜相に徴有ること彼のごとし、冢宅に験無きこと此のごとし。相ひ半ばする所以に非ざるなり。（巻九・三裏）（g）

阮侃は嵇康の比喩に同意を一応しめした上で、「助長」の比喩を「宅の吉凶」にあてはめる。「宅の吉凶」を信じて幸運を徒らに期待することは、実りの豊穣を期待して、苗を枯らしてしまうに等しいというのであろう。

しかしこの阮侃の批判は、嵇康の論を正当な論理で批判したものとはいえない。阮侃はたんに嵇康の「譬喩」の含む問題を取り上げて、「譬喩」の含んでいる可能性を拡大して、たとえられた「農事」の破綻する事例を根拠として、「譬喩」されていた当の「福」の不成立を導きだしたのである。

嵇康の「譬喩」は、三つの要素があるとして、その三つがそろって始めてある結果が生じる、その一つを欠いてもその結果は生じないという、その論理を説明しようとするものである。したがって、各要素はその必然的関係が問題なのであって、それぞれの実質がどういうものであるかは問うところではない。しかし阮侃はその実質の可能性を検討することから、その論理の破綻の可能性を明らかにしようとしている。

結局、阮侃はここで、卜相は有効だが冢宅はそうでない、というのだが、その根拠は示していない。ただ「君子」社会の常識であるというのだろう。「君子」の間に通用する知識とは儒教の「常」の論理であり思考であり、そしてそれは「聖人」に支持されているというのであろう。彼が「易」と「孝経」をもちだすのはそうした立場のあらわれであろう。

（a）易曰河出図、洛出書、聖人則之。孝経曰為之宗廟、以鬼享之、其立本有如此者。子貢称性与天道、不可得聞、仲由問神而夫子不答。其抑末有如彼者、是何也。

（b）茲所謂明有礼楽、幽有鬼神、人謀鬼謀、以成天下之也。是以墨著明鬼之篇、董無心設難墨之説。二賢之言、倶不免於殊途、両惑、是何也。夫甚有之則愚、甚無之則誕。故二（三）賢者皆偏辞也。

（c）子之言神、将為彼耶。唯吾亦不敢明也。夫私神立則公神廢。邪忌設則正忌喪。宅墓占則家道苦。背向繁則妖心興。子之言神、其為此乎。則唯吾之所疾争也。

（d）苟大獲其類、不患微細。是以見（瓶）水而知天下之寒、察旋機而得日月之動。足下細蚕種之説、因忽而不察、是噎溺未知所在、亦莫弁有舟稼也。

（e）嘗有不知蚕者、出口動手、皆為忌祟。不得蚕糸滋甚。為忌祟滋多。猶自犯之也。有教之知蚕者、其顚於桑火寒暑燥湿也。於是百忌自息而利十倍。何者先不知所以然、故忌祟之情繁、後知所以然、故求之之術正。故忌祟生於不知。使知性、猶如蚕、則忌祟無所立。

（f）縦欲弁明神微、祛惑起滞、立端以明所由、（独）断以検其要、乃為（明）微、若但撮提群愚、（挙）蚕種、忿而棄之、因謂無陰陽吉凶之理、得無似噎而怨粒稼、溺而責舟楫者耶。

（g）難曰、「不謂吉宅能独成福、猶夫良農既懐芸、又択沃土、復加耘耔、乃有盈倉之報」。此言当哉。誠三者能修則農事畢矣。若或尽以邪用、求之於虚、則宋人所謂予助苗長、敗農之道也。今以冢宅喩、此宜何比耶。為樹芸乎、為耘耔也。若三者有比則請事後説。若其無徴則愈見其誣矣。今卜相有徴如彼、冢宅無験如此。非所以相半也。

四　康の再論

阮侃は前論で「鬼神」の問題にふれて、自己の立場を「其の類を獲る」ものと述べていた。神秘的存在についてもそれが「公」のものであるならばその存在を認め、そうでないものを「私」として排除するという、儒家の合理主義

とでもいうべき立場であった。極端なものを退け、中庸において安定と秩序とを得ようとするものでもあった。これに対して嵆康は「幽明並済」という立場を対置している。

まず「鬼神」については、

按ずるに、論ずる所甚しく有りとすれば則ち愚、甚しく無しとすれば則ち誕なりと。今、小しく有りとせしむれば便ち愚ならざるを得んや。了《まつた》く無しとすれば乃ち之を離とするを得んや。若し小しく有りとして則ち愚ならざれば、吾未だ知小しく有りとするの其の限の止まる所を知らざるなり。若し了く無しとすれば乃ち之を離とするを得れば、則ち甚しく無しとする者、為して之を誕と謂ふ無きなり。（巻九・四裏）（a）

嵆康は阮侃の中庸の域に止まろうとするその基準の曖昧さを批判する。「甚だしい」ものを退けるというけれど、一体どこまでが甚だしくて、どこからが甚だしくないのかと。阮侃からいえば社会の「通念」だとか「常識」とされる範囲、あるいは経典に記してある範囲ということだろう。当面する社会、世間がそれで円滑に機能する限りにおいて認めるというのであるから、論理的に、あるいはことばで明示して示し得るものではないし、その必要もないというのであろう。

これに対して嵆康は、「古人」の、世界についての見解にその「徴」を求めて論じている。

吾謂へらく古人、徳を天地に合わせ、動は自然に応ず、世の所立つる所を経て、徴有らざる莫し、豈に宗廟を匿設し以て後嗣の、空しく鬼神を借り以て将来を誷するを期せんや。足下将に吾の墨と殊ならざるを謂はんとす。今、同じく鬼を有りとするを辞せず、但だ一区を偏守せず、当に然るべき所を明らかにし、人鬼をして同に謀り、幽明をして並び済せしむ、亦求衷を求むる所以なり、所以に異と為すのみ。（巻九・五表）（b）

嵆康は自己の立場を端的に宣言する、「但だ一区を偏守せず」と。わたしは「理」のあるところ、その「理」を明らかにする、その「理」のあるところが「墨」であるならば「墨」をも容認すると。「理」が明らかとなる以前に、

る。

「儒」が正しく、「墨」が誤っているとは決められないということであろう。予断を退けるというのが嵆康の姿勢である。

以上のように、嵆康はこの長文の応酬という論争を通じて、「宅に吉凶はない」とはいえないという結論を下している。これは一見する限り、むしろ世俗の迷信、忌祟を擁護していて、当時一流の知識人であったはずの彼の議論としては、いくらか奇異の感じをあたえないでもない。しかし、本当に彼は迷信を擁護しているというにすぎないのであろうか。それとも見かけとはちがって、ここに冷静な批判なり判断がはたらいているのだろうか。

宅に吉凶がないとはいえないという理由を嵆康は次のように述べている。

宅の吉凶、其の報賒遥かなり、故に君子之を疑ふ、今、若し交賒を以て虚と為せば、則ち恐らくは物を求むる所以の地鮮《すくな》し。吾、溝澮を見れば、江海を疑はず。丘陵を覩れば則ち泰山の高き有るを知るなり。若し薬を守れば則ち宅を棄て、交を見れば則ち賒を非とす、是れ海人の、終身山無しとし、山客の、大魚無しと曰ふ所以なり。（巻九・十一表）(c)

世の知識人たちが宅の吉凶を容易に信じないのは、それが結果として出現するには、気の遠くなるほどはるかに長い時間を要するからだという。確かにすぐにその結果を確認することはできない。しかし、即座にその結果が知られないということから、そのものの実在を疑うのが正当だとすれば、この世にあるものでその実在が疑われないものは、実はすくないことになる。あの「山」や海にいる「魚」ですら、ある場合にはその存在が疑わしいものとなる。したがって、今、目にみえないものはすべて存在しないとするのは誤りであると、嵆康は述べている。

嵆康は阮侃の論を批判する動機を次のように述べていた。

足下師心陋見、断然として疑はず、繫決すること此のごとし、以て独断とするに足る。来論を思省するに、旨多く通ぜず。謹しみて来言に因り、以て此の難を生ず。方に金木を推して未だ在る所を知らざるに、食治有る莫し

とす。世に自ら理まるの道無し、法に独善の術無し。苟くも其の人に非ざれば、道、虚しくは行はれず。礼楽政刑、外事を経常するに、猶ほ疏なる所有り。況んや幽微なる者をや。縦ひ神微を弁明し、惑を袪し滞を起こさんと欲するも、端を立て以て由る所を明らかにし、独断以て其の要を検し、乃ち(明)微と為す。

（巻八・四表）（d）

この世界のことは、ただそこにあるというだけで、その真実のあり方が知られるというものではない。またその知り方についても、誰もがやみくもに手探りすればよいというものでもなく、正当なる手続きを踏まえるのでなくてはならない。正しい知識は正しい方法と正当な人によってこそ得られる。「幽微」なる世界は、「独断」によって明らかにされるものではない、手がかりを設定して、その根拠を明らかにしていくのでなくてはならない、という。つまり阮侃の論は、幽微の世界を問題としながら、その推論の手続きや根拠が十分に示されていないと、これは宣言している。

つまり嵆康の阮侃に対する批判の核心は、阮侃が我知らず思考の及ぶ範囲を制約していて、またそのことに無自覚であるというところにある。

若し但だ群愚を撮提し、乃ち蚕種を挙げ、忿して之を棄て、因りて陰陽吉凶の理無しと謂はば、噎して粒稼を怨み、溺して舟楫を責むる者に似る無きを得んや。

（巻八・四表）（e）

阮侃は「蚕種」という一つの事例からそこに「陰陽吉凶之理」が存在しないことをいう。仮にそれがそのとおりだとしても、「陰陽吉凶之理」は、「蚕種」で尽きているわけではない。これを主張する側からすれば、この世界のすべての事象万物に及んでいるはずである。阮侃はただそのうち理の及んでいない事例を指摘したにすぎない。この例から万物に及ぶ普遍的な理でないとはいえても、理が存在することを否定し得ているわけではない。依然として理はあるのだという考えを退けてはいない。そう信じる人がある限り、理の支配する世界はある、このあるという事実を阮

侃は否定し得ていないにもかかわらず、彼は否定したと信じている。阮侃はないと信じているが、実は「微」は存在している、と嵆康はいうのであろう。

では嵆康のいう「幽微」の世界とはどのようなものか、阮侃が経典に基づいて肯定する「幽」の世界とどこにちがいがあるのであろうか。

世界の構造は両者においてちがいはない、「明・幽」に二分されるのも同じである。ただ問題は人は明の世界にあるわけだから、その明から幽の世界へどのように関わっていくのかというところにある。阮侃は明から幽へと「甚だしく探索の手をさしのべることを控えるという態度を正しいとする。これは儒教の基本的な立場であり、士大夫の倫理であるというのだろう。自己のあるべき一定の領域に踏みとどまるという態度である。

これに対して嵆康は、明と幽との世界を一定に固定して分離するようなことをしない、そこに区別があるとしても、明の側から幽へと働きかけることが可能であり、その領域は絶えず拡大変化できるものと考えている。「甚だしき」をなさないという阮侃の態度は嵆康からみれば、それは明から幽への働きかけをあらかじめ断念し、自己の生そのものに制約を課してしまい、生命を萎縮させるものとみえる。つまり阮侃は、人の可能性を経典にもとづいて自己規制している、ということになる。こうした「生」の萎縮こそ嵆康がきらったものはない。この「難論」が執拗にくりかえされざるを得なかった理由は、阮侃の思考の枠組みが名教の枠の中に自ら規制している、そのことを嵆康がみとっていたからではなかろうか。

幽と明ということでいえば、阮侃も嵆康も、幽と明の「二重構造」の世界を生きている。これは人の生が死と隣り合わせのものであってみれば当然そうなる。また現在と未来ということでいえば、今の自分に明日が未知であるのは自明であり、明は幽へと連続している。二つの世界が隣接している、あるいは後者が前者をおおっているといえよう。ただし、こうした世界のあり方は、嵆康独自の構造というのではなく、阮侃にとってもまた誰にとってもそうである

はずである。ただ嵆康と阮侃とのちがいはある。

阮侃はこうした世界を明の側から固定していこうとしているのに対して、嵆康は明の領域から不断に幽の世界へ拡大していこうと意欲しており、その意欲こそを生の意味だと考えているところがちがう。したがって嵆康はこの意欲を萎えさせたり、抑制しようとする考え方には批判の矛先を向けていく。彼がこの宅の吉凶という、いかがわしい問題に執拗な議論を展開させるのは知的「遊戯」ではない。「宅無吉凶」と断定してしまう思考が、自ら課した思考の枠組みのなかに自足し、確かではない権威に依存して生きるという生き方を強いる結果になってしまうのではないかと危惧しているのであり、批判しているのである。誤解のないようにいえば、嵆康は「宅有吉凶」という主張を支持しているのではない、「宅無吉凶」だとは必ずしもいえない、そのように断定してしまうことに問題があると批判しているのである。だから彼が迷信を信じたとか「不合理」な主張をしているというのではない。

（a）按所論甚有則愚、甚無則誕。今使小有便得不愚耶。了無乃得離之也。若小有則不愚、吾未知小有其限所止也。若了無乃得離之、則甚無者、無為謂之誕也。

（b）吾謂古人合徳天地、動応自然、経世所立、莫不有徴、豈匿設宗廟以期後嗣、空借鬼神以誷将来耶。足下将謂吾与墨不殊。今不辞同有鬼、但不偏守一区、明所当然、使人鬼同謀、幽明並済、亦所以求衷、所以為異耳。

（c）宅之吉凶、其報賒遥、故君子疑之、今若以交賒為虚、則恐所以求物之地鮮矣。吾見溝澮、不疑江海。覩丘陵則知有泰山之高也。若守薬則棄宅、見交則非賒、是海人所以終身無山、山客曰無大魚也。

（d）足下師心陋見断然不疑、繋決如此、足以独断、思省来論、旨多不通。謹因来言、以生此難。方推金木未知所在、莫有食治。世無自理之道、法無独善之術。苟非其人、道不虚行。礼楽政刑、経常外事、猶有所疏。況乎幽微者。縦欲弁明神微、祛惑起滞、立端以明所由、独断以検其要、乃為(明)微。

（e）若但撮提群愚、乃挙蚕種、忿而棄之、因謂無陰陽吉凶之理、得無噎而怨粒稼溺而責舟楫者耶。

五　「幽微」の問題

「宅無吉凶」という問題についていえば、阮侃は「ない」といい、嵆康は「ないとはいいきれない」という。嵆康はこの「いいきれない」というところに執着していて譲らない。これはこの「いいきれない」という問題が、彼の世界認識の態度に由来する、一貫した強いものだからであり、これがすべての彼の批判を生み出しているからであるのは前述のとおり。彼はこの「いいきれない」論に対して、世俗の「常論」や「独談」を対立させてこれを批判する。その二、三の例は彼の「養生論」や「難自然好学論」において確認することができる。

能く世教の内を馳騁し、巧を栄辱の間に争ひ、多同を以て自ら滅じ、思ひ位を出でず、奇事をして見る所に絶ち、妙理をして常論に断ぜしめ、以て変通達微を言ふも、未だ之を聞かざるなり。（巻四・十裏）

夫れ至物微妙、理を以て知るべく、目を以て識り難し、譬へば猶ほ予章生ずること七年、然る後覚すべきがごときのみ。（巻三・五表）

心を遊ばせ見を極め、其の外を覩ず、終年馳騁し、思ひ位を出でず、聚族献議し、唯だ学を貴しと為し、執書摘句、俯仰咨嗟し、其の言に服膺せしめ、以て栄華と為す。（巻七・三表）

矜忤の容、以て常人に観し、矯飾の言、以て俗誉を要むる有り、永年の良規、茲より盛んなる莫しと謂ひ、終日馳思し、其の外を闚ふ莫し、故に能く其の私の体を成し、而して其の自然の質を喪ふなり。（巻六・三裏）（a）

人々の思考の枠組みは「世教之内」「常論」、「理」「目」、「位」、「永年良規」によって形成され「栄華」「俗誉」によって支えられる。そして「奇事」「妙理」「至物」「外」という未知の世界への踏みだしをためらわせている、と。「声無哀楽論」の「自然の理」もこうした「常論」に対立していたのであった。

以上のような、人々の信じて疑わない「常論」を嵆康が批判する理由は、彼等がその真実そうであることを突き止

めて信じているのではなく、実はその範囲に止まっていることが、快適で安楽であるという動機によるものだからである。「栄華」を生みだす「良規」、そこにとどまることを「教え」は示唆しているからであるという。

阮侃が「宅の吉凶」などの迷信、俗習を批判するのは、一見その不合理、筋の通らないことへの批判のようであるが、その実、彼は「教え」の範囲にあっては「鬼神」の存在もみとめる。彼が批判するのはそれが経典の外にある俗習であった、ということになる。彼の批判はある権威を固定しておいて、そこから逸脱するものに対しては鋭く切り込むのであるが、その権威そのものの確実さは疑うことをしないのである。嵆康が批判するのはこの点である。

阮侃は最初の「宅無吉凶摂生論」は、特別、論拠となるものを明示しているわけではなかった。「世」の「不知」から出ている俗信を「善求寿強者」「善執生者」「達者」「君子」の「見知」の「智」を根拠として批判するものであった。この「智」を支えるものとして、「詩」、孔子の逸話、「古言」などが引用されていた。

これを批判した嵆康の「難宅無吉凶摂生論」は、こうした立場に対して、

夫れ神祇遐遠、吉凶明らめ難し、中人自ら竭すと雖も、其の端を得る莫く、以て道に惑ひ易し。

（巻八・三裏）（b）

と述べて、「夫子」の「神怪」をいわない理由をかえって「幽微」世界を知ることの難しさを導き出し、阮侃を「師心陋見、断然不疑」ものとした。阮侃は「常理」の及ばない世界をとらえきれず、「意所不及、皆謂無之」と考えているのだと批判した。

これに対して阮侃は、『易』『孝経』を引用し、「所謂明有礼楽、幽有鬼神」を根拠として、「幽」の世界に「甚」だしく拘泥せず、「公神」「私神」の区別のあるべきをいい、「苟大獲其類、不患微細」という立場をのべた。これを「古之君子、修身択術、成性存存、自尽焉耳」だといい、嵆康を「吾亦懼子遊非其域、儻有忘帰之累也」だと批判した。

嵇康は「先王」の「致教」の権威を一応みとめながら「若玄機神妙、不言之化」については「至精」なるあり方でなくてはならぬとのべた。たんに「己を度と為す」立場を不足だとしたのである（「探頤索隠」巻九・十二裏）。

以上のような議論の展開をたどってみると、両者の対立がどのような考え方のちがいから生まれているかが明らかとなる。最初、阮侃は「見知」によって「俗」の迷信を批判した。これに対して嵇康が「幽微」の世界の存在が経典にも記されていて、決して「俗信」だけがあるのでないことを示唆すると、阮侃は経典に見える「幽微」世界への関わり方には、一定の限界があるのだとし、嵇康はその限界を逸脱しているものだと反論した。これに対して嵇康は阮侃のいう限界がその境界を明示できないこと、そこに逆に欠点を見出したということになる。

つまり最終的には、阮侃は儒教の教学の立場が「幽微」世界と関わるその限界にたちどまり、嵇康がその限界が「索隠」によって絶えず拡大し流動するものであることを示したことになる。教えである以上教学の世界はその領域が一定であり安定したものであることが望まれる。阮侃が「公神」といい「類」というのは、そうした理由による。

嵇康はこの「踏みとどまる」ことが謂われなきものだと批判する。「探頤索隠」は「妄」ではない、と。「所知」が「所未知者」の衆《おお》きに若《し》かざる以上、「智」が探索の手をやめない、これを踏みとどまらせる理由はどこにもないと嵇康は考えたのであろう。阮侃がそれを「忘帰」だと非難するのは、その後の嵇康の生涯をたどってみれば、当たっていないとはある意味ではいえなくもないであろう。阮侃にとって「帰」るべきところは教学の枠のなかのことにほかならないし、嵇康はこの枠をあらかじめ自己の思考の枠とすることを予断だとして退けた。「越名教而任自然」とはそうした彼の思考と行動とを端的にいいあらわしていた。

こうしてみるとこの「宅に吉凶はない」とはいえないという「論」も、おなじ思考に課する「枠組み」への批判であったといえるだろう。

（a）能馳騁於世教之内、争巧於栄辱之間、以多同自滅、思不出位、使奇事絶於所見、妙理断於常論、以言変通達微、未之聞也。夫至物微妙、可以理知、難以目識、譬猶予章生七年、然後可覚耳。

遊心極見、不覩其外、終年馳騁、思不出位、聚族献議、唯学為貴、執書摘句、俯仰咨嗟、使服膺其言、以為栄華。有矜忤之容、以観常人、矯飾之言、以要俗誉、謂永年良規、莫盛於茲、終日馳思、莫闚其外、故能成其私之体、而喪其自然之質也。

（b）夫神祇遐遠、吉凶難明、雖中人自竭、莫得其端、而易以惑道。

六 「論」の評価

阮侃の「宅無吉凶論」に即して展開された嵆康の執拗な批判、鋭利な思考を、ではどのように評価すべきであろうか、次に考えるのはこの問題である。かつて辺土那氏は次のように述べている[5]、

その所論がではどのような具体的な行動へと結びつくのか必ずしも分明でなく観念的なことである。（五二頁）

またこの議論の「遊戯的」性格を指摘する論がある[6]。

だから宅の吉凶論争などは気の合った友人との論理の遊戯でしかなかったのではないか。（五五五頁）

これはこの「難宅無吉凶論」等についてのみそういわれるのか、その他嵆康のすべての論がそうだというのか、必ずしも明確ではないが、いずれにせよ彼の「論」が、そのような外見を呈しているのは事実であろうし、ことにこの「宅無吉凶」を批判する論は、微にいり細をうがつの感が強い。しかし、こうした諸論のその動機にたちいって考察してみるならば、それぞれの論が嵆康の主体的な思惟に支えられた強い動機にもとづくものであることが、その一つ一つについて明らかにすることができる。そのなかでこの論はややその動機がみえにくいというにすぎない。子細に検討してみれば、知ることを徹底させること、予断によって智の探索に余計な限界を設定しないという、彼の基本的

な立場が表明されたのだとみることができるであろう。そうであってみれば、この論も嵆康の他の論と同様に、彼の批判意識が誠実にあらわれていることが知られるであろう。

そもそも怪力乱神を語らずとは、儒教の合理的経験的領域に「知」を限ろうとする立場を表明したものだが、しかし国家の教学として儒教が展開するなかで、儒教は「神秘」の領域にも踏み込む。漢代の天人感応説はその顕著な例であろう。これは教学がその権威性を必要としており、教えの絶対性、永遠性を強化するためには不可欠の要素と考えられたのであろう。したがって「俗論」「常論」は一定の合理と神秘とをあわせもつことになる。嵆康の批判意識は、儒教のこの「合理性的経験的」側面と「神秘性」との二面に対して批判を展開した結果となっている。

「宅無吉凶」論では、阮侃の経験知の領域を重視する立場が、その不徹底さにおいて批判されたし、「声無哀楽論」では「自然の理」に合致しない「神秘」が批判された。その批判の方向は、一方は「神秘」を肯定していく方向にむかい、一方は「神秘」を排除していく方向にむかっているようにみえる。しかし、いずれも「神秘」を神秘としてあつかうのではなく、一定の権威に権威性を高めようとする要求にでるものであることが、論争の結果見出されていて、嵆康が批判しようとしたのはその理由なき権威性であったことが知られるのである。だからこの二つの論の矛盾は、名教批判という一貫性において統合されているということができるであろう。

以上のことは、嵆康の「全体」ということについて考えてみるならば一層はっきりとするであろう。嵆康の作品の一つ一つは、それぞれ完結した世界として扱うことは比較的容易であり、また知られ得る彼の生涯の軌跡もまた一定の完結した様相をみせているところから、それを個別的に扱うという立場もあるであろう。ただこうした方法では、個別の事象を生み出しているはずの当のものがどのようなものであるかが一向にわからない。嵆康の作品と彼の軌跡とを生みだしたものは嵆康の内的世界だろう、これは各要素の連関から解明するほかないであろう。この連関こそが「全体」を生み出したものだろう。各論は、それぞれ特定の時期に特定の相手との論争の中から生まれたり、あるい

は特定の話題について論じられた。それぞれの目指すところは多端であるが、しかしそうした論を生み出しているものは、ひとつの方向を指しているように見える。

人が物を考えるという場合、そこに様々の制約が加わり、しかもそのことに人は無自覚であるという場合が多い。そもそもことばで「物」を捉え描くということが、ある種の抽象であって、「物」そのものを描ききることは元来ことばにはできない能力である。ことばを使って思考がなされ、行動がおこるその場合、思考と行動の広がり、可能性は「常論」の枠にとどまろうとする。これはそれが経済的で効率よく、快適な「生」を生きると信じられるからである。「名教」社会が持続する一半の理由はここにあるだろう。しかしそれが、もともとの「物」の世界に比べて抽象であり、貧しいものである。嵇康が気づいていたのはこのことだろう。

「卜疑集」では、行為を選ぼうと迷うその迷いが「生」を萎縮し逼迫させていることに嵇康は気づいている。「釈私論」は拠り所と信じる「名教」が「自然」の意識世界に比べてはるかに制約されたものであることを批判している。「養生論」等では、「生」の処し方によっては、人々が限界だとしていたものが新しい広がりのあるものであることをいう。ここから嵇康の、既存の枠組みを問い直すという一貫した態度をみることができる。これは当該政権の欺瞞を容認できないという思考を生み出すであろうし、生み出したかもしれないが、このことに向けて嵇康の営為がなされたのだとまではいえないだろうとは考えられる。こうしてみると、この嵇康の「宅に吉凶はない」とはいえないという「論」は、その話題とするところいかに些末であり煩瑣であり、ただ論理の展開を延々と反復しているように見える外貌であるにもかかわらず、嵇康にとっては、自己の思考と行動とを動機づけている、自己のものを他にあずけないという生き方がその根底にあるのが知られるであろう。彼が批判している個別の事象の背後には、「論」を展開する側に権威を予断として持ち込む思考が、それと自覚されないままに持ち込まれており、そのことが彼等の「論」を制約していると嵇康は見ていたのであり、この予断から自由になること、嵇康が求めたのはこのことであろう。そう

してこの予断からの解放への希求が彼の思考と行動とをかたちづくっているとみることができる。その意味でこの「論」が仮に「遊戯」だとすれば、それはそれで綱渡りのような、危険でかつ真剣な遊戯だということになるであろう。

七　結語

嵆康と阮侃の間で議論された「宅無吉凶」という問題の含んでいる広がりを、嵆康の思想「全体」に占める位置という観点から考察した。嵆康が必ずしも宅に吉凶はないと断言しないとあえていう理由は、事実の正否というよりも、むしろそうした断定をなし、その断定のもとに行為を組み立てていく、そうした思考が、自覚せぬうちに狭い領域に自己の生を追い込んでいるということ、これを明らかにすることにあったようである。世俗士大夫たちの「位」のなかに逼塞する（「思不出位」）生活意識を批判する嵆康の一貫した態度のこれもあらわれとみることができる。

阮侃との間で応酬された「宅無吉凶摂生」をめぐっての議論では、嵆康に「神秘的」なものへの傾斜がみとめられ、むしろ「確実な根拠」にもとづかない「独断」的態度にみえる一面がある。これは彼の矛盾といえなくもないが、しかし子細に検討してみると、この「独断」的思考がかえってその他の、彼の知性の発露の根源となっていることが明らかになると考えられる。「神秘的」なものへの関心は、阮侃の提起した問題から喚起されたという面が強く、嵆康の関心からすればややずれていて、嵆康にとってはむしろ二次的な問題であったかもしれない。嵆康の求めたものは「知ること」「考える」ということを、自己に不本意な、望みもしないことによってあらかじめ制約させないということであろう。だからこの無意識にも制約としてはたらくものを見つけると、彼はそれに反撥せざるを得なくなる。そうした反応のあらわれたものがこの論であろう。不可知の世界と命の不定とを深く信じることが、経験的日常的生活世界を相対的で限定的なものと判断させ、その可変性のあり得ることを見出させ、そこから「名教」世界がこの経験

世界という限定のなかのそのまた一部にすぎないことをおもわせ、「名教」世界の枠組みを懐疑し疑わせるという新しい視点を喚起したものであろう。彼の関心は、人が生きることが未来は未知としてそこに向かっていくのだと考えることであったろう。

「宅の吉凶」についていえば、彼は「宅に吉凶がある」とのべているのではない、「宅に吉凶がないとはいえない」と、あくまでも「宅無吉凶」の論を批判しているのである。これは、この断定がそう断定する当人の思考に確かでないものを根拠とし、未知の世界にかかわる意欲すなわち生きること、を制約し減衰させる契機をあたえているところを嵆康が批判したものである。嵆康にとって人が生きるということは、絶えず未知の領域を手さぐりにさぐっていくもので、あらかじめなにかでそれをできるだけ狭くしてしまわないこと、そうあるべきものと考えられていたからであろう。

この論を生みだす根本にあったものは、未知の未来にむかって強く生きようとする彼の意志であったということができるだろう。

注

1 一「養生論」、二「答難養生論」、三「声無哀楽論」、四「釈私論」、五「管蔡論」、六「明胆論」、七「難自然好学論」、八「難宅無吉凶摂生論」九「答釈難宅無吉凶摂生論」

2 「性命」の問題については拙稿「嵆康における運命の問題」(『漢文学会々報』第33輯)で述べた。また「智」の問題についても、辺土那朝邦氏「嵆康の「難宅無吉凶摂生論」によせて」(『中国哲学論集』15)がすでにある。その理解の方向、大枠においておおむね賛成できるのであるが、しかしこの「論」の、嵆康の思想の「全体」との関連、位置づけについては、同氏の関心の外にあるように見受けられる。拙稿の主たる動機はこの問題の解明にある。

3 森秀樹氏「嵆康における「超越」と「神秘」—養生論、音楽論をめぐって—」(『超越と神秘』所収)に「固定した認識の枠をはみ出し、残された一縷の認識の可能性に賭けること」と、嵆康の「目指した中心のテーマ」という指摘がある。

4　相宅術の歴史については、平木康平氏「養生における相宅術―嵆康の養生思想をめぐって―」（『中国古代養生思想の総合的研究』所収）が概観している。また前掲辺土那氏もこの問題を扱っている。

5　辺土那氏「嵆康の「難宅無吉凶摂政論」によせて」に「その宅に吉凶有りとする説が阮徳如の「宅無吉凶論」への反措定として打ち出されており、「吾怯於専断」に端的に表明されているように、その所論がではどのような具体的な行動へと結びつくのか必ずしも分明でなく」（五二頁）とあるが、嵆康は「宅無吉凶」だと断定し、そこで思考を固定し限定する、そういう思考態度を批判し、その固陋さから解放することが必要だと考えたのであろう。彼自身が「宅に吉凶が有る」と信じたわけではあるまいし、そう信じることが必要だというのでもない。辺土那氏が「彼らの狭小的合理思考を批判し得ている」（五一頁）というそのことこそ、嵆康の実践的課題であったのではないか。

6　木全徳雄氏「儒教合理主義の立場―阮侃と嵆康との〈宅無吉凶〉論争にあらわれたる―」（『池田末利博士古稀記念東洋学論集』所収）。また、小尾郊一氏「嵆康の「論」」（『真実と虚構―六朝文学』所収）は「相手を非難し、やりこめようとする」ところにその特色をみている。

第十六章　嵇康の至論について

前章までで一応嵇康の主要な作品に即して、おおよその思想形成の過程を追跡するかたちで考察してきた。ここでは改めて彼の「至」という方法概念が如何にして自覚的な方法として確立し、現実の問題に対して適用されていくのか、その可能性とひろがりを検証してみる。

一　はじめに

嵇康の思考の特色を求めてみると、最初にとりあげた「養生論」の次の命題によって窺ってみるのがよい。嵇康はいう、「導養、理を得、以て性命を尽くせば、上は千余歳を獲、下は可数《ほぼ》百年之有るのみ。而れども世皆精しからず、故に之を得る無し」（巻三・三表）。「性命」は正しく養われるならば、「千余歳」から「数百年」にも及びうるはずだという。これは「性命」を損なう条件を、一つ一つ克服していけば、それに応じて「性命」は、そのもともともっている可能性のままに実現されると、嵇康は論理において信じていることを意味する。しかし、そうであるにもかかわらず、現実に「世」においてそうであり得ない理由も、嵇康は「世」の人々の「不精」なる思考と実践の不確かさにあるとみてとっている。ここから彼の批判の「論」は生まれてくる。つまり嵇康は物の「至」、すなわち極限の状態を論理によって思い描き、それを根拠にして経験的事象を吟味し、批判するという思考方法をとっていることになる。これをかりに「至論」と名づけてみる。つまり彼の思考方法にしたがえば、物事はその本来もっている可能性を十全

物の、その本来のひろがり深さを回復せしめるべく、吟味し批判するのが彼の「至論」だということになるだろう。そして事に発揮してあり得ているのではなく、様々の条件に妨げられて、いわば萎縮してあると見ているのであり、そして事物の、その本来のひろがり深さを回復せしめるべく、吟味し批判するのが彼の「至論」だということになるだろう。嵆康の思想の、その思索の後に行き着いたところは「無措顕情」の実践による未来の「時」の可能性を喪失せしめないという生き方であった。「至論」を構成して現実を批判するというのが、そのための方法であったと考えられる。ここから、そうした「至論」[1]という思考方法がどのように自覚され形成されていったかという、その形成過程を考察することによって、逆に各論の相互関係を明らかにできるのではないかと思うのである。もちろん、各論の成立順序は確かなことは不明とするほかはないので、ここで考え得る順序、各論の成立過程は、あくまでも各論の間に論理の発展拡大があるという想定のもとに推定されたものであるにすぎない。

各論の順序を定めるうえで一つの手がかりは「卜疑集」から得られる。簡単にいって「卜疑集」の趣旨は、理想の時代が失われた混迷のなかにあって、それでも世に執着して生きていくとすれば、どのようにすればよいのかという問いかけが嵆康によってなされたのであり、そして「至論」を構成して思索した嵆康の見出した解答は、「無措顕情」によって生きるという覚醒と決意とであったと考えられる。ここに嵆康の思考の基本的な性格、すなわち「世」に在る自己を如何にするかという切実な問題と、そしてその解答とが鮮明にあらわれているとみることができるのであり、「至論」を構成して所与の現実を批判するという彼の思考方法が、そこに密接に結びついているのをみて取ることができるようである。[2]

そこで問題は、以上のような嵆康の「無措顕情」という生き方あるいは態度を導き出した「至論」という考え方は、ではどのようにして思い出されたかということになる。もちろんこの「至」において物を見るという方法は、すでに各論の中に断片的には様々な形であらわれている。したがって、各論にあらわれている「至」において物をみるという思考方法の、浅深広狭を考察することによって、各論の展開していく過程が明らかになるのではないかと考えられ

る。すなわち「卜疑集」を中心として各論がどのような位置にあるのか、そして各論は相互にどのような関係にあるのかということを「至論」という思考方法の展開をとおして明らかにしてみようというのが、この論の主たるねらいである。

二　「養生論」

嵇康は「養生論」のなかで「至物」について言及しているが、おそらく彼の「至論」という思考の性格を考えるうえでの基本的な要件がここに認められるであろう、恐らく最も初期の作品であると推定できる。養生のたゆまぬ実践の果てに見出される顕著な効果をまるで信じようとしない俗人に対して嵇康は、その理由を説明して次のように述べている。

夫れ至物微妙にして、理を以て知るべく、目を以て識り難し(3)。（巻三・五表）（a）

これによれば、「至物は微妙」であって「理」によって推理することで始めて知られ得るもので、目でみてわかるものではないという。一応この文脈での「至物」は、養生を実践することで得られる効果のことが「至物」といわれているのであって、これはいまだ養生を実践していない人にとって、それを物として目で捉えることはもちろんできないことをいうものである。しかしこれを一般化していえば、目で知るものと「理」で知るものという区別があるということを前提としているのであろう。その場合、一つには時間的空間的に隔たって存在するものが「至物」と称されるであろう。また一つには、今現在自己の目の前にありながら目によっては知られないなにかということでもあるであろう。ただ、この「養生論」でみる限りでは、嵇康は神仙の存在と養生の遠い将来における効果を「至物」として考えているに止まっているようであって、「物」一般のあり方を意識しているものでは必ずしもないようである。

また「答難養生論」では、「至理」によって滋味声色を忘れ、あるいは計算を働かして、生命を守ることが考えら

れている。これはまた、言い換えられて「交賒の理」ともいわれている。

世の累多きは、見の不明なるに由るのみ。又常人の情、遠ければ大と雖も之を忽《ゆるがせ》にせざる莫し。近ければ小と雖も之を存せざる莫し。夫れ何の故ぞや。誠に交賒相ひ奪ひ、識見情を異にするを以てなり。

（巻四・六表）（b）

智者は則ち然らず。軽重を審らかにし然る後動き、得失を量り以て身を居らしむ。交賒の理同じ、故に遠きに備ふること近きがごとし。

（巻四・六裏）（c）

ここでは「常人」が目先のことを大切にし、逆に遠く将来に必然的に生じるであろう事態を軽視するのに対して、「智者」は、「遠近」のちがいにとらわれずに得失を正しく量り得るとされている。しかし、いずれにせよ、この段階の嵆康は、目の前のことに縛られないで遠い将来において生じるであろう結果を予測し、有利な効果を期待できるように行動すべきであるとのべているに止まる。ところがもう一か所「至理誠に微かなり」とのべている「至理」は、こうしたものとは少し性格が異なっている。まず嵆康は次のようにいう、

夫れ此を俟ちて而る後足れりと為し、之を天理自然と謂ふ者は、皆身を役するに物を以てし、志を欲に喪ふなり。性命の情を原《たず》ぬるに、論ずる所に累有り。夫れ渇者は唯だ水を是れ見、酌者は唯だ酒を是れ求むれば、人は皆疾有るに生ずるを知るなり。

（巻四・十表）（d）

向秀等の一般の士大夫達がきらびやかな馬車を並べ立て、食膳には四方の珍味を山のごとく盛り合わせ、それを「天理自然」と称しているけれども、これはすべて「物」によって「身」を疲弊させているもので、とても「性命の情」を正しく把握しているものとはいえないと嵆康はいう。「渇者」「酌者（酒に溺れる者）」たちと同じように、「疾」あるものにほかならないのだという。ではどうしてこの自明なことがらの誤りが人々には理解されないのであろうか。嵆康はその原因を分析してまた次のようにいう。

夫れ至理は誠に微かなり、善く世に溺る。然れども或は諸を身に求めて而る後悟り、外物を校して之を知るべき者なり。人は少き従《わか》り長に至るまで、降殺、好悪に盛衰有り。或は稚年の楽しむ所壮にして之を棄て、始めの薄んずる所終はりにして之を重んず。其の悦ぶ所に当たりては奪ふべからず、その醜しとする所に値りては歓ぶべからず。然れども還り成り地を易ふれば、則ち情初めに変ず。苟しくも嗜欲に変ずる有れば、安くんぞ今の耽る所、臭腐為らず、曩の賤しむ所奇美為らざるを知らんや。（巻四・十表）（e）

そもそも人の一生を考えてみれば、若いときに好んでいたことが晩年に及ぶまで変わることなく継続するというものではない。だから人の「嗜欲」は最も強い時にはまるで変わりようがないように見えるものだが、「地」（状況）が変わりさえすれば初めとはまったく別のものとなり得るはずだという。つまり「嗜欲」はその今ある状態そのとおりに永遠にあるものだと人々は思い込んでいるが、それを時間軸の上において眺めてみるならば、一刻一刻においてまったく別のものであり得るのであると嵇康はいう。つまりそれは「至理」というあり方において物を考えるならば、そうならざるを得ない必然的なことだと嵇康はのべているのである。だからここで嵇康がそこに認められると考えている「至理」は、時間的に遠い未来にはこのように事態が推移するだろうという予測ではなくて、今、目の前に見えているその物が目に見えているとおりに必ずしもあるのではないという認識を示すものであろう。

凡そ此のごときの類は、上は周・孔を以て関鍵と為し、志を一誠に畢くし、下は嗜欲を以て鞭策と為し、罷めんと欲して能はず、世教の内に馳驟し、巧みを栄辱の間に争ひ、多同を以て自ら減じ、思ひ位を出でず、奇事は見る所に絶ち、妙理は常論に断たしめ、変通達微を言ふも未だ之を聞かざるなり。（巻四・九裏）（f）

人々は周・孔の教えをひたすらに信じて、嗜欲に駆り立てられ、栄辱を競い合い、自己の世界をその狭い視野の中に限っていて、それを「自然」だと思い込んでいる。そして多くの人々が自分と同じであることに慰められて、その「位」という枠から一歩も出ようとしない。彼等のそうした行為に確信を与えている物の考え方を、嵇康はそれを世

の「常論」だという。そしてこの「常論」が人々にこの物の真実「妙理」を見えなくさせているのだという。

したがって、この「微」かな理を見出すためには、一旦は目の前の世界から視線をそらす必要がある。そのためには「至論」によって物を見、物を考えるということが必要とされると嵆康はいう。つまり人々の「常論」に疑問を呈することの根拠として、嵆康はこの「至理」による思考の意味を考えているのである。つまりここでの「至理」による思考は、目の前にあるものを疑い、そして批判するという機能において注目されているとみることができるであろう。すなわち今、目の前にある物のあり方が唯一絶対のあり方を必ずしもしているわけでもなく、その同じものがまったく別のあり方でもあり得るということを、それはいうものであって、したがって、逆にある別のあり方を積極的に必ずしも主張するというものではない。嵆康の関心は、人々が「今」に縛られていることを批判することにもっぱら注がれているのである。

したがって嵆康が「至楽」について述べるとき、その「至」は普通の人々がこれこそが「楽」だと信じていることへの批判として、理によって構成された「至楽」なのであって、その実現を実際に目指していこうとするものであるとは考えられてはいないと見るべきであろう。たとえば、嵆康は次のように「至楽」についていうのであるが、

至楽なる者有り、充屈するに非ず、得失以て之を累する無きのみ。且《も》し父母疾有りて、困に在りて瘳ゆれば、則ち憂喜並びに用ふ。此に由りて之を言へば、喜び無きに若かざること知るべきなり。然らば則ち無楽は豈に至楽に非ざらんや。　（巻四・十一表）（g）

おそらくこれによって、喜びのない、感情に左右されない心の静謐さを彼が究極の理想としていたと理解するのは誤りであろう。人々が富貴の得られることこそが「至楽」だと安易に固く信じている、その思考の枠組みを打ち砕くための装置として考えだされたのが、嵆康の「至楽」という物の認識なのであろう。同じことは養生のあり得べきさまを説いて次のようにのべているのも、嵆康が実際にそうなることを期待し、目標としていたことと理解すべきでは

ないであろう。

故に天和に順がふに自然を以てし、道徳を以て師友と為し、陰陽の変化を玩び、長生の永久を得、自然に任せ以て身を託し、天地に並び朽ちざる者は、孰か之を享けんや。（巻四・十一表）（h）

なるほど、ここには「天和」とともにその「自然」なるあり方によって「永遠」の生命が得られるのだとのべられている。しかしこの「永遠」は、要するに人々の狭く閉ざされている思考をそこから解放するための、一つの装置として設定されたものなのであって、「至」という視点に立つことによって始めて見出さるものということになるであろう。だから嵇康が養生を究極の人生の目的としていたのでないことは、もちろん改めていうまでもなかろう。

したがって、以上の嵇康の「養生論」「答難養生論」は、養生を現実的な条件の制約を無視して論理的に突き詰めていくと、神仙を見出し得ると、考えられたものであって、究極において神仙の存在の可能性が見出し得るところから、現実的に制約されてある各人間が、その可能性を考えて、現実にある諸々の制約的条件の一つ一つに変更を加えていくことによって、「常論」の域に逼塞させられている地点から、新しい可能性の存在へと変質し得るという、原理的思考を提示したものであるということになる。そしてそのことからすれば、「養生論」等は、養生の原則と方法とを主張することに止まらず、むしろ元来、養生は普遍的な原理を具体的に示すための方法論なのであるということになるであろう。ここに嵇康の「至論」という思考のもっている、論理に対する忠実さと、そこに秘められている無限の可能性を見て取ることができるであろう。

かくみてくるならば、「養生論」等は、嵇康の「至」という思考方法が展開されていく基礎をなしているもので、いわば「至論」の基礎理論ともいうことができるであろう。恐らく嵇康の思想の発展段階をここに想定してみるならば、これは最も早い時期のものとみられよう。そして、これとほぼ同じ時期、「声無哀楽論」が登場したものと考えられる。

（a）夫至物微妙、可以理知、難以目識。
（b）世之多累、由見之不明耳。又常人之情、遠雖大、莫不忽之。近雖小、莫不存之。夫何故哉。誠以交賒相奪、識見異情也。
（c）智者則然矣。審軽重、然後動、量得失、以居身。交徐之理同、故備遠如近。
（d）夫俟此而後為足、謂之天理自然者、皆役身以物、喪志于欲。原性命之情、有累于所論矣。夫渇者唯水是見、酌者唯酒是求、人皆知乎生于有疾也。
（e）夫至理誠微、善溺于世。然或可求諸身而後悟、校外物以知之者。人従少至長、降殺好悪有盛衰。或稚年所楽、壮而棄之、始之所薄、終而重之。当其所悦、謂不可奪、値其所醜、謂不可歓。然還成易地、則情変于初也。苟嗜欲有変、安知今之所耽、不為臭腐、曩之所賤、不為奇美為邪。
（f）凡若此類、上以周孔為関鍵、畢志一誠、下以嗜欲為鞭策、欲罷不能、馳驟于世教之内、争巧于栄辱之間、以多同自滅、思不出位、使奇事絶于所見、妙理断于常論、以言変通達微、未之聞也。
（g）有至楽者、非充屈也、得失無以累之耳。且父母有疾、在困而瘳、則憂喜並用矣。由此言之、不若無喜、可知也。然則無楽、豈非至楽邪。
（h）故順天和以自然、以道徳為師友、玩陰陽之変化、得長生之永久、任自然以託身、並天地而不朽者、孰享之哉。

三「声無哀楽論」

「声無哀楽論」は嵇康の思想形成を考える上で従来人々の重視してきたものである(4)。これを「至論」という思考との関わりという観点からながめてみるならば、どのように評価し得るであろうか。「声無哀楽論」はそもそも人々が音楽の中には哀楽という感情が存在すると漠然と信じているのを嵇康が厳密に批判したものである。だから論全体が「至論」という考え方の形成に深く関わっていると考えられる。

この論中で嵇康は音楽の発生を解説しているところがあって、このことによって研究者の中には、嵇康の唯物論を導きだしたり、あるいは二元論の世界観を導きだしたりして、嵇康の世界観がこれだといわれることがある。しかしこれが「至論」によって構成された理論世界であることに注目するならば、彼の描く一つの世界を固定的実体的に捉えるのは恐らく正しくないことが容易に知られるはずである。人々が嵇康の世界観をいうとき、必ず引用されるのは次の資料である。

夫れ天地の合徳、万物取りて生ず。寒暑代はり往き、五行以て成る。故に章はれて五色と為り、発して五音と為る。音声の作る、其れ猶ほ臭味の天地の間に在るがごとし。其の善と不善とは、濁乱に遭遇すと雖も、其の体自若たりて変ぜざるなり。（巻五・一表）（a）

つまり天地は自然で万物の生成の根源にあるものだから、あらゆるものが「物質」に還元されるとこれに拠って考えるならば、嵇康にも唯物論の萌芽が認められるというものであろう。あるいはそこに「自若」たる物の存在に注目すると、侯外廬のような二元論を見出すことができるものなのかもしれない。しかしこれは、人々の信じて疑わない「音」というもののあり方を、時間軸の上でその始源へとさかのぼって考えた場合、「音」はこんなふうにあったはずであるというにすぎないのであって、やはり人々の「常論」を批判するために構成された「至論」という方法の一つの要素を構成するにすぎないものであって、いわば批判のための一種の装置であると考えられる。その意味ではむしろ観念論とみたほうが実際に近いといえるかもしれない。たとえば嵇康は「俗儒」を批判して次のようにのべている。

則ち仲尼の識微、季札の善聴、固より亦誣なり。此れ皆俗儒の妄記、その事を神にせんと欲して、追ひて為すのみ。天下をして声音の道に惑はしめ、理の自らなるを言はしめず。……夫れ類を推して物を弁ずるには、当に先づ自然の理に求むべし。理すでに定まりて、然る後古義を借りて、以て之を明らかにするのみ。（巻五・四表）（b）

ここでいわれている「自然」は、実体としてある個々の自然の事象を意味するものではなく、したがって、ここにいう「自然の理」は、物と物との間の必然の法則を意味するのであって、自然存在にその範囲は限定されているわけではなく、事と事のあいだにおける必然の法則でもあり得るであろう。つまり、嵆康は事物の相互関係がその必然の理によって規定されていて、恣意的な判断をいれる余地はないというのである。したがって、「俗儒の妄記」を必然の「理」によって批判するという吟味を経て見出されるのが「自然の理」ということになるであろう。嵆康がここで論じているのは、たとえば次のような問題である。

又難に云ふ、哀楽の作るや、猶ほ愛憎の賢愚に由るがごとし。此れ声の我をして哀しませしめ、音の我をして楽しませしむと為す。苟しくも哀楽声に由れば、更に実有りと為すと。（巻五・四表）（c）

「秦客」の論難は人が音楽を聞いて哀楽の情を起こすのは、音楽が聞く者を哀楽させるのだという。そしてそこから考えるならば、声音には哀楽が存在するはずであるというものである。

心戚む者は、則ち形之が為に動く、情悲しき者は、則ち声之が為に哀し。此れ自然相ひ応ず、逃ぐるを得べからず。唯だ神明者之を能く精らかにするのみ。（巻五・三表）（d）

つまり「秦客」によれば心に起こった哀しみの感情は、そのまま自然に哀しみの声となって現れるというものである。これに対する嵆康の反論は次のようである。

夫れ五色に好醜有り、五声に善悪有り。此れ物の自然なり。愛と不愛とに至りては、人情の変、物を統ぶるの理は、唯だ此に止まる。（巻五・四裏）（e）

五色に好醜があるというのは、色の美しさに様々な区別があるというのであろう。五声に善悪があるというのも、声の美しさに様々な段階と区別があるというものであろう。もちろん、厳密にいえば好醜・善悪という価値的な区別は文化的な性格を帯びているわけではあるが、ひとまず嵆康にしたがえば、それは自然としてあるものだということ

になる。そこから嵆康は音声によって引き起こされる愛不愛の感情は、人に属して人が左右し得るものであって、音声との自然必然の関係はないと結論するのである。

これで見るならば、嵆康の自然はひとまず自然存在の観察から導かれた法則であるとしてよいが、彼はその見出された法則を文化社会に属する事象に適用して、これを偽自然から厳密に区別して取りだすのである。したがって、自然必然の理は人々が憶見によって信じているある事象が、実は自然ではないということも必然的に導きだし得るはずのものである。「秦客」は介葛盧が牛の鳴き声を聞いて、その三匹の子牛が犠牲として神に捧げられようとしていることを知ったという話（『左伝』僖公二十九年）を話題として取り上げて、上世以来、声音には盛衰吉凶があるのだと論じる。これに対して嵆康は聖人が胡域に入った場合を想定して以下のように考えている。

今且く先づ其の易しき所を議せん。請ひ問ふ聖人卒に胡域に入れば、当に其の言ふ所を知るべきや否や。難者必ず曰はん之を知ると。之を知るの理、何を以て之を明らかにせん。願はくは子の難を借りて鑑識の域を立てん。或は当に与に関して接して其の言を識るか、将《は》た律を吹き管を鳴らし、其の音を校せんか。気を観て色に取り其の心を知らんか。此れ心を知るは気色に由ると為し、不言に自ると雖も、猶ほ将に之を知らん。之を知るの道、言を待たざるべし。若し律を吹き音を校し、以て其の心を知れば、仮令ひ心に馬を志《おも》ひ、誤りて鹿と言ふも、察者固より当に鹿に由りて以て馬を弘《し》るべし。此れ心は言ふ所に係ると為さず、言或は以て心を証するに足らざるなり。（巻五・六裏）（f）

さて聖人がことばの通じない胡域に入った場合、実際に彼等と生活を共にして其のことばを学び知るか、或は楽器を吹き鳴らしてその音で知るか、或は相手の動作表情からその心を読み取るかのいずれかであろう。この場合問題になるのは楽器を吹き鳴らしてそれでその人の心を知るという場合のことである。これがもし可能であるとするならば、ある人が心では馬を思っていて、誤って鹿ということばを発したとすれば、優れた人であればその鹿ということばか

ら馬を知ることができるはずである。この想定が馬鹿げているとするならば、そうするとことばは心を表すものでもなく、心はことばとは無関係に存在しているという結論が導かれるはずである。そしてこれは音声と心との間においても成立するはずである。とするならば音声で心を知ることは当然できないということにならざるを得ない。かくして嵇康はことばの本質について次のように結論を述べる。

夫れ言は自然一定の物に非ず。五方俗を殊にし、同事にして号を異にす。一名を挙げて以て標識と為すのみ。夫れ聖人の窮理、自然尋ぬべし、微として照らさざる無しと謂ふ。理蔽はるれば則ち近しと雖も見えず。故に異域の言は強ひて通ずるを得ず。此を推して以往、葛盧の牛鳴を知らざること全からざるを得んや。

（巻五・七表）（g）

ことばは自然のものではなく、地域が異なれば同じものを違ったふうにいうのである。つまりことばはそれに対応するものとの間に一対一に対応しているものではない。ことばは無数に存在する事物の一端を捉えて固定することによって作られたもので、特定の文化体系の中でしか通用しないものである。だから異域のことばを中国の人が聞いても、そこからそれに対応する事物を想起することはできはしない。つまり哀しみの気持ちは自然に哀しみのことばとなってあらわれると人々は考えているけれども、じつはある文化の体系の中にいる人は、哀しみをあらわすことばという約束に従ってことばを選んでいるのにすぎない。そうすると哀しい心は自然に哀しい音楽となってあらわれるという考えもこれと同じことで、特定の文化体系の中での一定の約束ごとにすぎないということになる。

以上のような考察によって、「秦客」の論は嵇康によって論破されているとひとまずいうことができるであろう。嵇康が「秦客」の論を批判する際の核心のところは、「秦客」の信じている自然が実はすこしも自然でないという点を批判するところにある。

「秦客」にとっても嵇康にとっても、真実か真実でないかの判断はそれが自然としてそうなのかそうでないのかに

かかっている。「秦客」の自然は、生活感情として自然と感じられること、人々が漠然と生活習慣によってそう思い続けていることであった。哀しみの気持ちと哀しみをあらわすことば、哀しみをあらわす音楽、これらは皆、「秦客」にも人々にも自然そうなのだと思われ続けたことがらである。しかし嵇康はその生活感情に由来する自然を理によって批判する。そのための方法が聖人を異域におくりこむという仮定によって始められたのである。これは今、目の前にある、ことばと物、声と心、音楽と感情という問題を考えるために、「異域における聖人」という一種の極限状況を作りだして、その純粋な条件のもとで、ことばと物との関係を考察してみたということであろう。

かくして得られた結論はおおよそ次のようなものであろう。ことばとそれに対応している物とは一対一に対応しているわけではない。それはことばが物の自然として存在しているのではなく、ことばは無数にある物の一面を捉えて固定することしかできないもので、特定の文化と結びついて存在し得るものだからである。だから異域のことばを聞いても中国の人間にはそれに対応する物、たとえば哀しみの感情を想起することはできないのであると嵇康はいう。これでみれば、人々が哀しい声（ことば）と哀しみの情（物）との間に自然必然の関係を見出しているのは、実は長い文化的伝統にたんに縛られてきたからにすぎないという結論になる。かくして、嵇康の自然が人々が漠然と信じてきた「自然」の内容を批判し、突き詰めて厳密化したところに成立している観念であることがしられよう。この観念は自然存在とも対応し得るのであるが、しかし自然を対象として取り出し、帰納された法則ではない。経験的日常的常見によって形成されている世界を理によって批判して見出された、「至理」という観念世界の構成物にほかならないのである。以下にもう一つの例を検討してみる。

伯牙が琴を弾くと、鍾子期には彼の心がそれによって理解できたというし、また隷人が磬をうちならすと、子産にはその心の哀しみが理解できたという。このことによって、「秦客」は常音、曲度はないと反論する。つまり心のいたみは、音にあらわれ、神明者には分かるのだという。そしてこれは「自然」にそうなのだという。これが論点の一。

論点の二は、季子が詩や礼をみて風雅を区別したこと、仲尼が韶の音の一致に感動したという。あるいは師襄が操ると仲尼は文王の容を想起できたし、師涓が曲をすすめると子野にはそれが亡国の音だと知られたという。

以上二つの類別された例によって、「秦客」は、前賢、夫子の「識微」「妙察」を擁護している。これに対して嵆康は、この二つに類別された逸話の矛盾を明らかにする。鍾子期の話が本当ならば、常音、曲度は存在しないことになる。心の哀しみはそのまま音にあらわれるのであるから、音は一定のものではあり得ない、哀しみの多様さに応じて多様なものであらざるを得ないことになるであろう。季子や師襄のはなしが本当ならば、文王の功徳や風俗の盛衰が声音にあらわれたことになるから、過去、現在、将来へと伝達可能なものがあるはずである。したがって、それには他の音から区別される一定の常度、定数が必要なはずである。そうすると前者の常音、曲度を必要としないという考え方とこれは矛盾するのは明らかである。

さて、この議論の勝敗は明らかである。「秦客」は音楽そのものについてなにも考察するところはなく、ただ前賢たちの言い伝えを墨守しようとしているにすぎないのに対して、嵆康は名だたる琴の名手であって、声楽そのものについて、その原則を明らかにしようとしているからである。嵆康は楽音そのものは無色であり、その一定の組み合わせが、人の感情を喚起するという原則によって事象を検討していく。

一方「秦客」は、あらかじめ世に価値ありとされている事象を連ねることによって、先賢の神聖を擁護しようとしているわけである。その対立は「秦客」がいう自然と嵆康のいう自然との対立に端的にあらわれている。「秦客」の自然は、人々が長くそういい伝え、誰もがその必然性を疑っていないことを自然としているだけで、実は根拠らしきものも原則もない。一方、嵆康は「類を推し物を弁ず」という原則によって、そこに見出される必然の関係を自然というのである。この立場では、先賢のいい伝えという儒教社会における文化的価値は、ひとまず類や物というニュートラルな考察の対象へと還元されて考察されている。ここに、嵆康のこの時代にたいする独自なところをみて取るこ

とができるであろう。

したがって、嵆康の論の思考の特色は、この価値的事象を一旦はニュートラルな物として還元し得るというところにもとめられるであろう。だからその物が実在し得るか、あるいは物質であるか観念であるかはもちろん問うところではなく、嵆康にとって大事なことは、既成の価値判断から自由である視点を得ることにあったとみるべきである。もちろん「至論」において物を批判するということと、既成の価値観から自由な立場で物をみるというのは同じことなのである。以上の例によってみるならば、この三者はいずれも「至」という、物の極限において構成されたもので、それは常物の偽りを暴くための装置フィルターであって、「至」として構成されたものが、実体的に捉えられていて、嵆康の理想を託すべき世界と考えられていたわけではないということになろう。嵆康の側からいえば、常物を至物との対比においてみることで、新しく常物そのものをみ直したり捉え直したりすることが求められているわけである。嵆康にとって、今、俗にある物のあり方が正しくあり得ているかどうかということが問題なのであって、嵆康は今と俗の中にあって、正や真を見出そうとしているのであり、それをすてて別の世界のものとして理想を追い求めているというわけではないということができるであろう。

以上のようにみるならば、嵆康の「至論」において物を見るという方法は、文化的価値によって色づけされた現実に存在する事物を、一旦はその諸々の価値から自由になって（括弧に入れて）みて、そうして見出された「至物」によって、改めて現実に存在する事物を眺める、そしてそのズレやゆがみを指摘するということになろう。したがって、「至論」から構成された「自然」によって、人々の信じている「自然」を批判するという方法は、「養生論」での「至論」の思考方法とほぼ同一のレベルのものとみることができるのであろうし、これもその基礎理論の一端を形成しているとみることができる。恐らく以上の「論」の成立時期と、そう遠くないところで「明胆論」が書きあらわされたのではなかろうか。

（a）夫天地合徳、万物資生。寒暑代往、五行以成。故章為五色、発為五音。音声之作、其猶臭味在天地之間。其善与不善、雖遭遇濁乱、其体自若而不変也。

（b）則仲尼之識微、季札之善聴、固亦誣矣。此皆俗儒妄記、欲神其事、而追為耳。欲令天下惑声音之道、不言理自。……夫推類弁物、当先求自然之理。理已定、然後借古義、以明之耳。

（c）又難云、哀楽之作、猶愛憎之由賢愚。此為声使我哀、而音使我楽。苟哀楽由声、更為有実矣。

（d）心戚者、則形為之動、情悲者、則声為之哀。此自然相応、不可得逃。唯神明者能精之耳。

（e）夫五色有好醜有、五声有善悪。此物之自然也。至于愛与不愛、（喜与不喜）、人情之変、統物之理、唯止于此。

（f）今且先議其所易。請問聖人卒入胡域、当知其所言否乎。難者必曰、知之。知之之理、何以明之。願借子之難以立鑑識之域焉。或当与関、接識其言邪、将吹律鳴管、校其音邪。観気取色、知其心邪。此為知心、自由気色、雖自不言、猶将知之。知之之道、可不待言也。若吹律校音、以知其心、仮令心志于馬、而誤言鹿、察者固当由鹿以弘馬也。此為心不係所言、言或不足以証心也。

（g）夫言非自然一定之物、五方殊俗、同事異号、挙一名以為標識耳。夫聖人窮理、謂自然可尋。無微不照、理蔽則近不見。故異域之言、不得強通。推此以往、葛盧之不知牛鳴得不全乎。

四　「明胆論」

「明胆論」は、嵇康と「呂子」との間で、「明」と「胆」との問題をめぐって議論が交わされたものである。「呂子」は「明」と「胆」とについて次のように述べている。

以為へらく人に胆有るも明無かるべし、明有れば便ち胆有り。(5)　（巻六・六裏）（a）

「呂子」の考えでは、「胆」があっても「明」は生まれないが、「明」があれば「胆」も生まれるというものである。

彼は人の行為を評価するうえでの基準として、「胆」と「明」との二つの観点を用意する。そのうえで、「明」の役割を重くみる。明断なる知性があれば、胆力はそこから自然に生まれる。しかし、胆力にはそれがあっても「明」を生みださない。したがって、彼によれば、「明」かつ「胆」なる人と、「胆」だけの人とが存在するということになる。その実際の例として賈誼の行動を「明」と「胆」の観点から説明して「呂子」は次のように述べている。

漢の賈生は、切直の策を陳べ、危言の至を奮ひ、之を行ひて疑ふ無し。明の察する所なり。鵬を忌みて賦を作る。暗の惑はす所なり。一人の胆、豈に盈縮有らんや。（巻六・七表）（b）

これによれば、賈誼は最初「明」であって、それゆえ「胆」もあったが、後に「明」を失ってしまった。ただ「胆」は「明」を失った後もそのまま変わらずにある、というのである。だから行動に違いを生みだすのは「明」があるかないかであって、「胆」は独立した要素とは考えられていないというのである。

さて「呂子」のこの論だが、資料の制約もあって実際彼が何を主張しようとしているのか、その真意はよくわからない。考え得るとすればおそらく、人として必要な能力は「明」であって、「明」さえあれば「胆」もついてくるというのだから、人々が仮に目指すべきだとすれば、「明」こそ大切だということなのだろう。これはたぶん知性をみがくことに努めるようにという士人社会の常識の論を、一歩その原理にさかのぼって基礎付けようとしたものであろう。そしておそらくこの論の成立は劉邵が活躍していた正始年間で、「人物志」での議論と密接な関係があると思われる。

ところで「呂子」と嵇康との対立点は、「明」と「胆」の二気が、人の内部でどのように存在しているかという問題であって、「呂子」は「胆」があっても「明」はないという形と、「明」があれば「胆」もあるという形とを考えているのに対して、嵇康は「明」と「胆」とは別々の気であって、相互に関連性はないと考えているという点にある。ところで、この両者の見解の相違がどのような思想上の問題となってあらわれてくるかといえば、二人が議論してい

るのはすべて歴史上の人物の評価である。近くは霍光や李延年、あるいは樊於期の母など様々であるが、そのなかでとりわけ、嵇康の後の思想の展開を考える上で重要なのは、子夏と左師との場合であろう。子夏にせよ左師にせよ、伝統的な評価では主君殺害の罪人ということになっていて、名教社会の価値基準からすれば一顧だにあたいしないものたちということになっている。「呂子」の理論によれば、「明」であっても「胆」がないという形は存在しないし、そもそもまったく評価にあたいしないとされてしまう。それは「呂子」の論がもともと名教社会の評価と調和的にあることを考慮されて構成されているからであろう。

ところが、嵇康の論によれば、彼等は「明」の点では優れていたのだが、勇気を欠いていたために、君主殺害に加担する結果となったのだという、それまでにない新しい視点が生みだされていることになる。これは主家殺しという、伝統的評価をもちろん覆すものではないが、主家殺しということの実際の事情を改めて資料に即して見つめなおす機会を用意するものである。だから、伝統的な価値評価の適用に一旦は立ち止まって、実際の事情をみずから考察する態度を要求するものということができる。したがって、その意味では「管蔡論」での議論と直接につながっていくものであろう。

では嵇康は如何にして伝統的価値評価から自由な立場にたち得たのであろうか。普通にはそれを彼の「元気一元」の世界観から説明する。しかし、この「元気一元」の世界観が嵇康の思想の根底にあるとまではおそらくいえないであろう。むしろ至物を構成するうえで、当時の一つの世界の見方を利用したという程度のことではなかろうか。世界の始めを「元気」によって説明する人々が必ずしも嵇康のようにあり得たわけでもないし、「元気一元」の世界が必ずしも俗論や伝統的世界観と調和しないものでもなかったことから考えるならば、嵇康の思想の核心はやはり別のところに求められるべきであろう。

「至論」の立場からこの問題をみるならば、所与の世界は伝統的・文化的価値に色づけされてあらわれているが、

そうした一切の価値を一旦はカッコにいれて眺めてみると、「元気一元」の世界が取り出されるというもので、その世界は自立的にあるものではなく、所与の世界に一定の操作をくわえて、新しく眺めた結果として見えているに過ぎない。したがって、この「明胆論」で見る限り、儒家の伝統的思考の枠を至において吟味することによって、俗論が物の真実から遠くにあることを指摘するということにその趣旨はあったのではなかろうか。嵇康はここでは「至」において物をみるという方法によって、名教世界を構成している倫理の一角をその視野に捉えはじめたものということができるであろう。

（a）以為人有胆可無明、有明有便有胆矣。

（b）漢之賈生、陳切直之策、奮危言之至、行之無疑。明所察也。忌鵩作賦。暗所惑也。一人之胆、豈有盈縮乎。

五 「難宅無吉凶摂生論」と「釈私論」

嵇康の「難宅無吉凶摂生論」以下の議論が阮侃の命定論を批判することにその趣旨があって、それは必ずしも嵇康がその反対にあるもう一つの常見に賛成することを意味するものではないことは、かつて論じたことがある。(6) ここでは嵇康の批判の方法について検討して、彼の思考の特色をみてみる。そしてそれが、他の論にみえる思考方法とどのように繋がっていくのかを考えてみたいと思う。

この論では人の運命の問題が取り上げられているが、嵇康はそれを命定論で考えるのでもなく、信順という定命論の立場でみるのでもない。彼の思考では、運命のようなものは、その真相は不明なのであって、不明なものを不明なものとして扱わないで、一定の常見で限定してしまうことに問題があると嵇康はいうのである。その理由を嵇康は次のように説明している。

> 夫れ神祇遐遠にして、吉凶明らめ難し。中人自ら竭すと雖も、其の端を得る莫し。（巻八・三裏）（a）
> 況んや天下の微事、言の及ぶ能はざる所、数の分つ能はざる所をや。是を以て古人存して論ぜず、神として之を明らかにし、遂に来物を知る。故に能く独り万化の前を観、功を大順の後に収む。百姓之を自然と謂ひて、然る所以を知らず。此のごときは、豈に常理の逮ぶ所ならんや。今形象著明にして、数有る者すら、猶尚ほ之に滞る。天地広遠にして、品物多方なれば、智の知る所、未だ知らざる所の者の衆きに若かず。今避穀の術を執りて、養生已に備はれり、至理已に尽くせり、と謂ひて、心を馳せ観を極め、此れ斉《よ》り而還、意の及ばざる所、皆之無しと謂ふ。故に見る所に拠り、以て古人の言ひ難き所を定む。蟪蛄《けいこ》の氷雪を議するに似る無きを得んや……吾専断を怯る、進んでは敢へて禍福を卜相に定めず、退きては敢へて家に吉凶無しと謂はざるなり。（巻八・七裏）（b）

嵇康はこの「天地の間」には、知を尽くしてもその手がかりも得られぬことがあるという。一つには「吉凶」という問題であって、人が将来において幸運にめぐまれるかそうでないかは、あらかじめ知り得ないという。また「言」や「数」によっては知り得ぬこと、すなわち「天下の微事」もあるという。だから知り得ぬことには独断を加えないというのが嵇康のこの「論」の趣旨である。独断の「知」はたんに未知の全体をあらかじめ制限することにしかならないからである。

阮侃の提供した話題は養生が必要だということと、禍福は卜相によって知られるということと、家に吉凶はないということであった。嵇康はこの三つの論が相互に矛盾することを明らかにして、阮侃がどうして矛盾を矛盾と考えないで済ましてきているかを問題とする。嵇康によればそれは阮侃等が自己の限りある智の限界と物の智の及び得ないところのあることを知らないことによる、というものである。そうするとこれは、「養生論」での「至論」が「常論」の対象を直接批判するものであったのに対して、これは「常論」の有効性の限界を指摘するものということができるであろう。

この嵇康の立場は、未来に起こることがらにたいして、常の智や常論による判断を加えないということだから、「卜疑集」や「釈私論」「管蔡論」の、自己の未来にあらかじめ是非を加えないという考え方の、一般的な理論に近いとみることができるであろう。ただこの場合、常論を拒否するだけであって、未来にたいして自己の行為がそれを切り開くとは確信されていないところからみれば、「卜疑集」等の一歩手前に位置するものとみられるであろう。嵇康の思想に一つの転機をもたらしたのは、おそらく「釈私論」や「管蔡論」「卜疑集」であって、「太師箴」も近いところに位置しているであろうと思われる。これらの論が一応のまとまりをもつと考えられる理由は、「養生論」以下の論が俗論を至論によって批判することに終始しているのに対して、此等の論は同じく俗論を至論によって批判するという方法によりながらも、そこに止まるものではなく、現在から未来へむけての自己と世のありようへ、強い関心があらわれているという点で、嵇康の思考態度に画期的な変化があらわれているとみられるからである。

自己の在り方についての思索の深化は、次にみる「釈私論」において顕著にみえている。「釈私論」での嵇康の主張のポイントは、「あらかじめ心に是非を措くことなく行為して、しかもそれが道に合致するのだ」というところにあるのだが、さてその場合問題は、ある行為の将来の結果としてあらわれる「道」が、現在の名教のもっている価値基準と同じなのかちがうのかというところにある。厳密にいえば、ある行為がまだなされていない時点では、現在の名教の有している価値基準は適用できないはずである。だが実際、現在の名教の価値基準はそれなら人の未来を拘束し得ないかといえば、おおくの場合そうではない。たとえば将来人が殺されるとすれば、それにたいして適応される罰則が存在しているわけで、将来においてその行為が殺人罪と認定されれば、必然的に罰則に基づいて名教の側は判断し、実力を行使することは確実である。しかしそうした予測をもちながらも、なお厳密に考えるならば、そもそもある行為に、たとえば殺人罪を適用するかしないかは、事がおこなわれていない以上、将来にそうなるだろうという予測にすぎない。嵇康の「心に是非を措くな」というのは、そうした予測で心をあらかじめ萎えさせるなということ

なのであろう。これはそれまで、過去のある時点において構成されて俗論を批判するのに用いられていた「至論」を、自己の未来において構成しているものとみることができる。

すなわち人は普通、未来のことは知り得ないと良識において考えている。しかし、その知り得ないという判断は、まったく未来はゼロだと考えているかといえば、現在からの類推によって、未来もたかだかこの程度だろうと考えているのであって、実はあらかじめ一定の価値の枠組みを付与していて、しかもそのことに気がつかないだけだということになる。そこで嵆康は、人々がそうした予測、予断から一旦は自由になることが必要だと考えたと思われる。「卜疑集」での太史貞父の与えた解答も実はこの点でまったく一致している。

嵆康の生涯をここにかさねあわせて見るならば、迫り来る危機を回避する手段も考え得ぬでもなかったはずであるが、彼がそうしなかったのは、実は嵆康が自己の未来を「至論」において眺めていたということなのではなかろうか。未だ来たらざる未来は自己のあり方によって、その一瞬一瞬が如何ようにもあり得るはずだと、嵆康は「至」において物をみ、「至」において「世」をみようとし続けて、かくして刑死したということではなかろうか。

（a）　夫神祇遐遠、吉凶難明。雖中人自竭、莫得其端。

（b）　況乎天下之微事、言所不能及、数所不能分。是以古人存而不論、神而明之、遂知来物。故能独観于万化之前、収功于大順之後。百姓謂之自然、而不知所以然。若此、豈常理之所逮耶。今形象著明、有数者、猶尚滞之。天地広遠、品物多方、智之所知、未若所不知者衆也。今執辟穀之術、謂養生已備、至理已尽、馳心極観、斉此而還、意所不及、皆謂無之。故拠所見、以定古人之難所言。得無似蟪蛄之議氷雪邪。……吾怯于専断、進不敢定禍福于卜相、退不敢謂家無吉凶也。

六　結語

嵆康の思想は、「論」と題する作品を具体的に分析し再構成することから知られるのであるが、各論の成立年や論相互の関係は具体的には明らかにし得ないという事実があって、その思想の全体構造やその発展の過程は容易に知り得ぬという困難な問題が付きまとっている。そこで、彼の思考に特徴的な「至」において物をみ、物を考えるという思考方法が、各論のなかで実際にどのような役割を果たしており、そしてそこに彼の考え方の発展なり展開があるのかどうかを検討し、論相互の全体的な配置を明らかにしようとしたわけである。確定的なことはなかなかにいいにくいのであるが、「釈私論」と「卜疑集」にみえる「無措顕情」という考え方を、一応嵆康の最終的に見出した立脚点とみて、彼の全思想をその観点から改めて分析してみようとしてきたものである。その考察の結果を簡単にまとめてみるならば、およそ次のようにいうことができるであろう。

「養生論」「声無哀楽論」「明胆論」などが彼のおそらく最も早い段階に位置するものと想定されて、そこでは物をその「至」の状態において本質を把握するという、すなわち所与の、価値的にみられている世界を一旦は括弧にいれて物の真相をみるという方法がとられ、その到達点から改めて、世俗の人々が漠然とただ信じている事物のあり方が批判されたであろうと考えられる。続いて「難自然好学論」「難宅無吉凶摂生論」で「至」という思考は、名教社会を支えている命定論や教学を人の本性に基礎付ける思考にたいする批判に発展するに至ったと見ることができるであろう。さらに次の段階として、儒教の聖人を言外に司馬氏を意識させるようなかたちで批判するという、「卜疑集」や「絶交書」がある。そしてほぼ同じ時期に「釈私論」「管蔡論」が書きあらわされたであろうか。この時期に特徴的なことは、「至」において物をみるという方法が、自己の人生の本質を彼にみさせ、自己の心のあり方を自らありと見させたということであろう。この認識に基づいて彼は、いまだ来たらざる次の瞬間瞬間に生命を燃焼させる

という決意に至ったものと考えられる。嵆康の思想形成の過程を「卜疑集」を中心として構成してみると、ほぼ以上のような論理的序列ができるであろう。

この思想形成の過程で重要な役割を果たしていたのは、物を「至」において物を見、物を考えるという考え方である。くり返し述べてきたように、それは既成の思考の枠組みを一旦は打ち壊して物を改めて捉えなおすという一つの方法であって、そこで描かれている物の極限的あり方が目指すべき理想とされているわけでもなく、そこに彼の世界観が描かれているわけでもないという点が、嵆康の思想の本質を捉えるうえで最も重要なところであろう。この観点に立って眺めてみるならば、彼の描いている太古の至治のさまも、「元気一元」の世界も、ともに「至論」を構成するうえでの一要素、「方法」というに止まるのであって、その意義を加重に評価すべきではないと考えられる。ここを見誤るならば、嵆康の思想は様々に拡散してしまうことになるであろうし、あるいは彼の思想の部分を全体像としたり本質であると錯覚することになるであろう。

嵆康が刑死したというたぶん疑い得ない事実と、彼の各論との間を如何にして繫ぎ得るのかというのが、嵆康の思想理解の本質をなしていると、もし考え得るならば、「至論」という彼の思考方法と「無措顕情」という行為論とを無視することはできないであろうと思われる。こうして形成された「至論」による思考は、最終的には名教批判となってあらわれたと考えられる。「至物」による、今、俗の物にたいする見直しは、漸次拡大されていけば、今ある「世」をトータルに名教世界と捉えるならば、同様の「至」における名教が構成されて、それによって今の、俗の「名教」のあり方が捉えなおされることになるはずである。これが嵆康の名教批判の本質であって、今の俗の名教のなかにあって真や正が求められるから、その批判は今の名教を維持している側には鋭く響くはずである。だから嵆康が刑死した理由は、この名教批判の鋭さによるのであり、そしてそれを準備したのが彼の「至論」という方法であったということができるのではなかろうか。嵆康の各論はそれぞれが一定のまとまりをもっていて、その一つ一つを個

別に問題として取り上げるならば、それぞれに興味深い話題を提供してくれるのではあるが、しかし重要なのは嵆康の思想の全体を見て、そこと各論との関係に一定の脈絡を見出すことであろう。これはそうした試みの一つであった。

注

1 「至論」という語は、文集中に見えないが、世の「常論」に対置して嵆康は「至物」「至理」をいう。侯外廬『中国思想通史』、西順蔵「嵆康の論の思想」（『中国思想論集』所収）などに言及がある。

2 拙稿「嵆康における「名教」問題と「卜疑集」について」（『国学院雑誌』93巻9号）参照。

3 『芸文類聚』巻十七に拠って字を改める。

4 「声無哀楽論」の問題は、拙稿「嵆康の「声無哀楽論」について」（『国学院雑誌』89巻9号）で論じている。

5 『芸文類聚』巻十七の引用文に拠って字を改めた。

6 拙稿「嵆康における運命の問題」（『国学院漢文学会々報』33号）参照。

（補足）

「至論」という方法と「無措顕情」という、彼の人生に対する態度決意の関係が分かりにくい。事物認識の方法であった「至論」が、その対象を自己と自己の人生とに向けられ、「至」においてそれが見られ、つまり「至論」によって批判され、そして見出されたのが「無措顕情」という生き方への決意ということになるであろう。

「無措顕情」とは、生命の本来の姿のこと、予断・偏見・先見・迷い等の意識で眺められている自己が、その余計な意識を忘れることによって、本来の生命の輝き、充実感を味わうこと。生命を「至」の状態において見出すならば、このようになるはずということである。

嵆康論のむすび

嵆康の全体、嵆康の「生」という全体をどのようにして構成することができるか、求めてきたのはこのことであった。我々が知り得るのは、今に残された著作という、彼の「全体」にたいするその「部分」でしかない。仮に彼の全著作が完全な形で存在したとしても、この関係は同じことで、我々は彼の「全体」の部分を読み、理解することしかできない。したがって、この読み解き得た「部分」を彼の「全体」と等価とみなすことはできない。読み得るものは常に嵆康の「部分」である。しかし、ことばによってなされた彼の著作は、「部分」を「部分」に終わらせない力をもっていることもまた事実である。彼のことばの一つ一つの響きが、彼の「全体」へと飛躍すること、はせ参じることを可能にする、そういう力をもっているのではないか。

たとえば「志無きは人に非ず」と嵆康はいうが、この一語一語は符号にすぎないのであるが、しかし、この符号の連なり、特定の組み合わせは、一語一語の積算以上の豊富な意味をもつ。この意味のつながり、そこからこの意味を生みだした思惟の「全体」を構成することが可能なのではないか。我々が対象とする嵆康とは、生きた存在であり、これは我々と同じく物を考える、一定の統一ある「全体」として常にあるわけである。

私がここで取った具体的な方法は、嵆康の各作品の分析を通して「全体」へとたどっていくことである。そうして得られた彼の「全体」像から再び各作品を位置づけるということ、これがもう一つの行き方である。こうした「部分」と「全体」の関係を総合したところにあらわれるものが、一応可能な限りの、嵆康の「全体」とみなし得るもの

であろう。

彼の著作を仮に前期、後期と分かってみるならば、「養生論」「難自然好学論」「難宅無吉凶摂生論」「声無哀楽論」などが前期のものと想定できる。ここでは嵇康は、その話題とするところに対して一応客観的な分析を展開している。一方「卜疑集」「家誡書」「絶交書」等は、後期に想定できて、ここでは嵇康自身の生存がその思考の対象とされ、その態度は主体的である。前者では「微」「交」「至」等の概念において特徴づけられ、後者では主体のあり方として「釈」「忘」等の概念によって特色づけられている。とはいえ、こうした区別は便宜的なもので、根本的には彼の主体の意識、「世にある者としての自己の生」のあり方への問い、という問題意識に貫かれているとみることができる。この「世に在るものとしての自己」を問いかけること、そして行為する自己を、予断によって萎縮させないこと、これが彼のいう「志」ということではなかったか、とおもうのである。

嵇康の、人に最もよく知られたことばとして「名教を越えて自然に任す」がある。実にこの一文をどのように理解するかは、そこから構成される嵇康像を大きく左右することになる。「自然に任す」という部分に注目し、そこに「老荘」と「養生」とが加えられると、兄の嵇喜がその伝記に描いている嵇康像とぴったりと一致する。だからこれがある日の嵇康の実像であったり、ある一面を伝えるであろう事実を否定しようというのではない。そうした面が確かにあったであろう。しかしまた、これを否定する、あるいはこれに対立する一面も確実に存在したのである。嵇康は「絶交書」のなかで、「湯武を非とし周・孔を薄んず」と述懐してもいるし、なによりも、どういういきさつによるにせよ、彼は刑死しているという事実がある。だからあちらをみてこちらをみないというのでは不十分だろう。「養生」と「名教」批判とを生みだした嵇康という「全体」が理解されるのでなくてはならない、そうした問題意識のもとに考察をすすめてきたものである。

「名教を越えて自然に任す」とは、二つのことではない。「名教」に対する批判という行為が、彼の心に真実とおもう意識と、それは分離できないものであることをこの一文はいう。彼のいう名教は、世俗士大夫がその生活を築き、生きている世界の全体と、そして彼等の信じる教えの体系とであった。嵆康はそこに欺瞞を見出し、それを批判する。批判は反批判を惹起し、論難が応酬される。論難はやがて力による制圧を生むことは必然である。彼は彼が批判する、当の世俗社会のその一員なのであるから。しかし、にもかかわらず、彼にその批判を抑止せしめなかったものはなにか。この解答を「卜疑集」においてみた。そして果敢なる批判に踏み込む彼の決意を「釈私論」においてみた。嵆康がその息子嵆紹におくったことば「無志非人」とは、「無措顕情」と別のことではないだろう。人が与えられた条件のもとで人であろうとすること、あり続けようと意志することをそれはいうものであろう。

この「家誡」を読んだであろう、息子の嵆紹は後に晋に仕え、降り注ぐ矢の中に立ちはだかり、恵帝の身を守り、その側に倒れ伏すという壮烈な最期を遂げ、『晋書』「忠義列伝」に名を連ねるが、(1)これを王船山は「不孝之罪、通於天矣」と非難する。その「血」は嵆康の「琴」にこそ注がれるべきで、「司馬氏之衣」を濡らすべきではなかったと。(2)しかし、平心に考えてみれば嵆紹の行為が「無措顕情」の発露であったといえなくもないのではなかろうか。嵆紹の行為は、「志」を萎縮させているものにはなし得ないからである。

注

1　値王師敗績於蕩陰、百官及侍衛莫不散潰。唯紹儼然端冕、以身捍衛、兵交御輦、飛箭雨集。紹遂被害于帝側、血濺御服。天子深哀歎之。(『晋書』巻八十九・二三〇〇頁)

2　紹蓋前人之美、而以父母之身、糜爛而殉怨不共天之乱賊、愚哉其不仁也。蕩陰之血、何不洒於魏社為屋之日、何不洒於叔夜赴市之琴、而洒於司馬氏之衣也。(『読通鑑論』巻十一・三五三頁)

参考・引用文献一覧

『嵆康集』のテキスト及び注釈書

魯迅輯校『嵆康集』（中華書局、一九七四年）
『嵆康集』（『魯迅三十年集』所収）
『嵆康集』（「魯迅輯録古籍叢編」第四巻）
『嵆中散集』（四部叢刊本）
『嵆中散集』（四部備要本）
『嵆中散集』（文淵閣本）
戴明揚『嵆康集校注』（人民文学出版社、一九六二年）
殷翔・郭全芝『嵆康集注』（黄山書社出版、一九八六年）
夏明釗『嵆康集訳注』（黒竜江人民出版社、一九八七年）

全般的な参考書

狩野直喜『魏晋学術考』（筑摩書房、昭和四十三年）
森三樹三郎『六朝士大夫の精神』（同朋舎、昭和六十一年）
中島隆蔵『六朝思想の研究』（平楽寺書店、昭和六十年）

中国の研究書

馮友蘭『中国哲学史新編』第四冊（人民出版社、一九八六年）
方立天『中国古代著名哲学家評伝』第二巻（斉魯書社出版、一九八〇年）
方立天『中国古代著名哲学家評伝』続編二（斉魯書社出版、一九八二年）
任継愈『中国哲学発展史』（魏晋南北朝）（人民出版社、一九八八年）
湯用彤・任継愈『魏晋玄学中的社会政治思想略論』（上海人民出版社、一九五六年）
容肇祖『魏晋的自然主義』（台湾商務印書館、民国五十九［一九七〇］年）
王瑶『中古文学史』（北京大学出版社、一九八六年）
劉師培『中国中古文学史』（人民文学出版社、一九九八年）
徐公持『魏晋文学史』（人民出版社、一九九九年）
羅宗強『魏晋南北朝思想文学史』（中華書局、一九九六年）
孫述圻『六朝思想史』（江蘇省新華書店、一九九二年）
越書廉『魏晋玄学探微』（河南人民出版社、一九九二年）
何満子『中古文人風采』（上海古籍出版社、一九九八年）
徐公持『阮籍与嵇康』（上海古籍出版社、一九八六年）
李春青『魏晋清玄』（北京師範大学出版社、一九九三年）
許抗生『三国両晋玄仏道簡論』（斉魯書社出版、一九九一年）
卞敏『六朝人生哲学』（南京出版社、一九九二年）
田文棠『魏晋三大思潮論稿』（陝西人民出版社、一九八八年）
湯一介『郭象与魏晋玄学』（湖北人民出版社、一九八三年）

孔繁『魏晋玄学与文学』（中国社会科学出版社、一九八七年）
李建中『魏晋文学与魏晋人格』（湖北教育出版社、一九九八年）
羅宗強『玄学与魏晋士人心態』（浙江人民出版社、一九九一年）
尤雅姿『魏晋士人之思想與文化研究』（文史哲出版社、中華民国八十七〔一九九八〕年）
朱大渭『魏晋南北朝社会生活史』（中国社会科学出版社、一九九八年）
孔繁『魏晋玄談』（遼寧教育出版、一九九一年）
袁済喜『人海孤舟』（河南人民出版、一九九五年）

初出一覧

第一章　「嵆康における「自然」の観念について――「養生論」の立場――」『国学院雑誌』第88巻8号（昭和六十二年八月）
第二章　「嵆康等の自然について」『中国文人論集』（明治書院、平成九年）
第三章　「嵆康の養生論について」『国学院雑誌』第95巻10号（平成六年十月）
第四章　「嵆康における運命の問題」『国学院大学漢文学会々報』第33輯（昭和六十二年十二月）
第五章　「嵆康における「神仙」思想と「大道」の理想について」『国学院雑誌』第90巻10号（平成元年十月）
第六章　「嵆康の「声無哀楽論」について――「移風易俗」と「楽」の問題――」『国学院雑誌』第89巻9号（昭和六十三年九月）
第七章　「嵆康における「自得」と「兼善」の問題について――「卜疑集」と「釈私論」――」『国学院大学漢文学会々報』第34輯（昭和六十三年十二月）
第八章　「嵆康における「名教」問題」と「卜疑集」について」『国学院雑誌』第93巻9号（平成四年九月）
第九章　「嵆康の「釈私論」について」『国学院中国学会報』第44輯（平成十年十二月）
第十章　「嵆康の「与山巨源絶交書」について」『東方学』第103輯（平成十四年一月）
第十一章　「嵆康「管蔡論」考」『日本中国学会報』第54輯（平成十四年十月）
第十二章　「嵆康の「太師箴」について」『中国の思想世界』（平成十六年三月）
第十三章　「嵆康の「非湯武」考」『国学院雑誌』第102巻12号（平成十三年十二月）
第十四章　「嵆康の所謂政治的思考と自己統合について」『国学院雑誌』第106巻11号（平成十七年十一月）
第十五章　「嵆康の「宅に吉凶が無いとはいえない」という問題について」『国学院中国学会報』第49輯（平成十五年十二月）
第十六章　「嵆康の至論について」『東洋文化』第74号（無窮会、平成七年）

あとがき

昭和六十二年に書いた「嵇康における「自然」という観念について」から平成十八年の「嵇康の「太師箴」について」まで十六篇をまとめて一書としたものである。たぶん平成八年頃、勤め先の学内報かなにかに書いた短文を見つけたので、今、あとがきとする。

「中国文学」を学ぶことの意味を考えてみたいと思い、近頃考えていることを書いてみる。後漢末の混乱を終息し、呉蜀を降して統一政権を樹立したのは曹魏王朝であるが、その政権は弱体で、やがて司馬氏によって簒奪されて滅ぶ。「竹林の七賢」として知られる嵇康・阮籍は、この曹魏と司馬の「争い」の中を生きた。嵇康は、曹魏側の毌丘倹が司馬打倒の挙兵をすると、これに加わろうとしたという逸話が伝えられている。阮籍には、曹魏から司馬への「禅譲」を勧告する文章を前後不覚の酔いにまぎれて書かされたという逸話がある。この二つの「逸話」は同工異曲である。つまり「逸話」の語り手は、嵇康と阮籍とが、ともに曹魏王朝が司馬氏によって政権を奪われようとする「不正」に対して何らかの「抵抗」を示したと考えようとしている。あるいはそうであることを二人に期待しているように見える。

曹魏時代の資料は至って乏しい。したがって、嵇康・阮籍の行動についての記述も至って乏しい。乏しいから逸話の断片であっても、あればそれを一応事実として受け容れようと誰しもおもう。この「一応」がくせものであって、

この一応の事実から嵆康・阮籍の全体像を構成しようとする、その出発点にこの「逸話」の「司馬への抵抗」という契機を、彼等に無断で前提としてしまう。しかも、そこから彼等を司馬に対立する「曹魏側」へと分類してしまうことになる。嵆康・阮籍は曹魏の「忠臣」であろうとしたと。しかし、これは一考の余地があるようだ。

ある集団の中で二つのグループが「正義」を争ったとき、論理的にいってどちらか一方が正しいとは必ずしもいえまい。二人が「正義」を争ったとき、あちらでなければこちらが正しいとはいえまい。そうでないことがあり得る。この原則からすれば、司馬でなければ曹魏だとは決めつけられないだろう。司馬でも曹魏でもない「立場」が嵆康・阮籍にはあり得たのではないか、このことの意味を考えてみたいと思っている。それは「中間派」だという決めつけ論はこれまでもあったが、そういう外からの決めつけに抗する「内」という余地を構成する可能性を嵆康・阮籍において考えてみたい。そんなことに意味があるのかという人がいても不思議ではないが、「意味」があるかないかはよく考えてみなくてはいえないことだ。そもそも中国文学になんの意味があるかは、学ぶ人がまず第一に自分で考えることだと私は思う。

『嵆中散集』からの原文の引用は四部叢刊本で新しく統一した。嵆康を読むにあたっての常識にしたがったものだが、ただ実際は最善の刊本を選ぶというだけでは読み切れないところがある。戴明揚の校注は、注釈書として詳細なものだが、必ずしも依拠できないところもある。この場合、文淵閣本、あるいは備要本などの、ひとはすてて顧みない俗書も参考になるところがないわけではない。

どこかで書いておいたが、「嵆康集」を読むという場合、意をもって迎えることをしないと読みきれないところがある。その場合、方法とは、どんな俗本であれ、ただ繰り返しページをくりつづけ、心にその意を知るという「独断」、すなわち孤独な方法を、できる限り誠実に試みるということでしかないようにおもう。もちろん、結果として

「独断」を免れることは密かに期待しているのだが。

「はしがき」にも書いたが、嵆康と阮籍は同じく「竹林の士」であるとはいえ、その違いは小さくない。その違いの意味を考えようと、もともとこの「論」は構想された。阮籍についていうべきことがすこしないわけでもないが、しかし阮籍には今ひとつつかみかねるところがあって、後日に期待したいとおもう。

論文を一書とするに当たっては、かつて新釈漢文大系の『文選』で「苦労を分けおう」た、元明治書院の藪上信吾氏の援助をかたじけなくした。また、編集部の佐伯正美氏、そして木南伸生氏の助力を得て本書は成った。心からお礼申し上げる。

馬場英雄

平成二十年二月吉日

や行

ら行

た行

な行

は行

ま行

書　名　索　引

あ行

か行

さ行

ま行

や行

ら行

た行

な行

は行

さ行

人　名　索　引

あ行

か行

【著者紹介】

馬場 英雄（ばば ひでお）

1952年，滋賀県に生まれる。

大東文化大学中国文学科卒業，東北大学大学院博士後期課程単位取得退学。

現在，国学院大学非常勤講師。中国哲学専攻。

共著に『中国における人間性の探究』（創文社），『中国の思想世界』（いずみや出版），『中国文学概説』（笠間書院），『新釈漢文大系　文選（中・下）』（明治書院）などがある。

嵇康《けいこう》の思想《しそう》

平成20年3月5日　印刷
平成20年3月10日　発行

著者　馬場英雄

発行者　株式会社 明治書院
代表者　三樹　敏

印刷者　藤原印刷株式会社
代表者　藤原愛子

発行所　株式会社 明治書院

〒169-0072　東京都新宿区大久保1-1-7
電話　(03)5292-0117　振替口座　00130-7-4991

ISBN 978-4-625-46400-3

渋谷文泉閣製本　Printed in Japan